GENESISシリーズ

境界線上のホライゾン NEXT BOX

ガールズトーク アドバンス

GTA

喧嘩と花火

——始まりであります……!

川上 稔

イラスト・さとやす（TENKY）

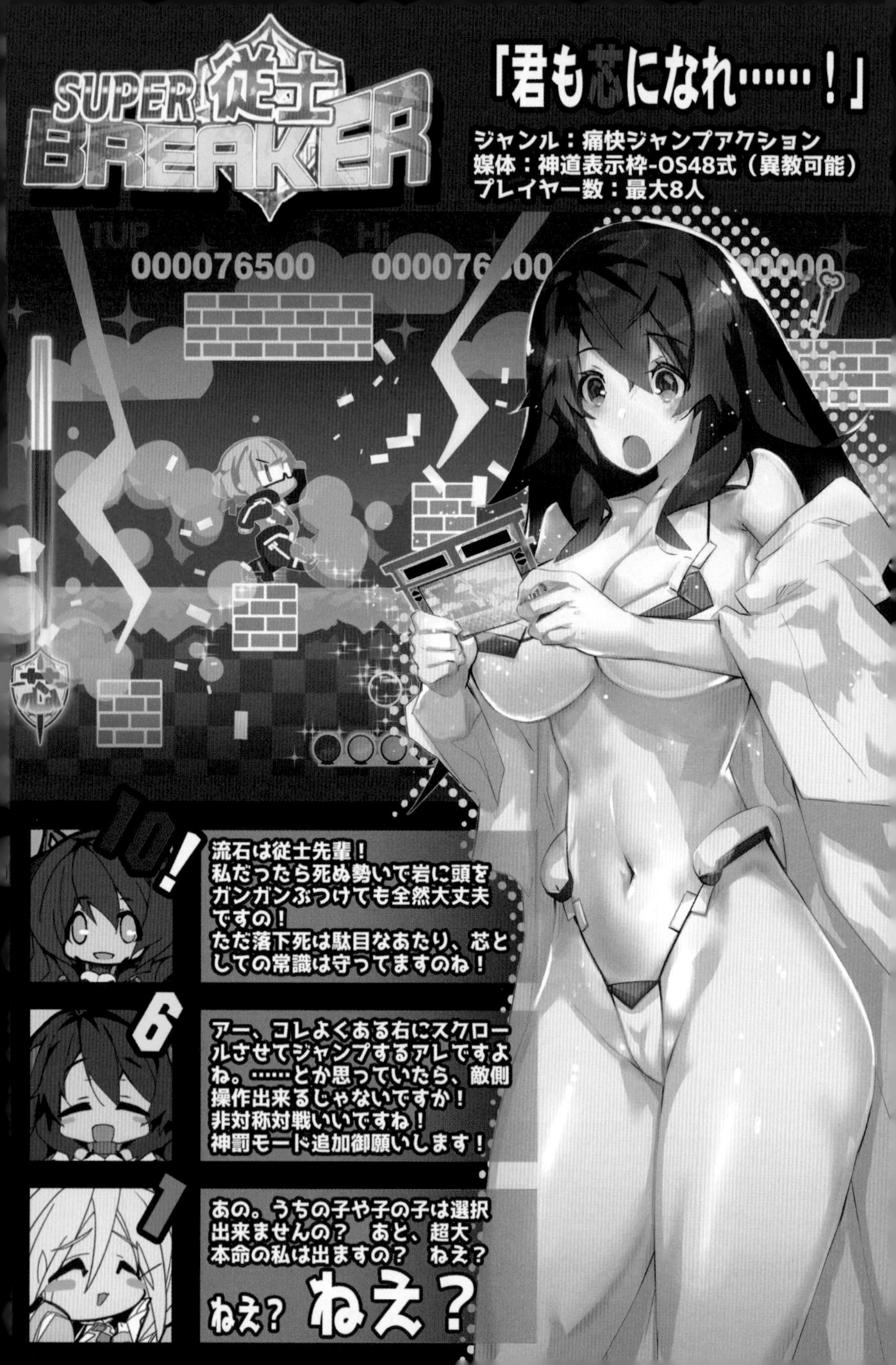
SUPER 従士 BREAKER
「君も芯になれ……！」
ジャンル：痛快ジャンプアクション
媒体：神道表示枠-OS48式（異教可能）
プレイヤー数：最大8人
1UP
000076500
Hi
10！
流石は従士先輩！
私だったら死ぬ勢いで岩に頭をガンガンぶつけても全然大丈夫ですの！
ただ落下死は駄目なあたり、芯としての常識は守ってますのね！
6
アー、コレよくある右にスクロールさせてジャンプするアレですよね。……とか思っていたら、敵側操作出来るじゃないですか！
非対称対戦いいですね！
神罰モード追加御願いします！
1
あの。うちの子や子の子は選択出来ませんの？　あと、超大本命の私は出ますの？　ねえ？
ねえ？　ねえ？

浅間
清正
福島

NA TMEREK

SUPER
AITAI あいたい FEST '49
STAGE SELECT
PLAYER SELECT

AXEL

目次

「今回のGT……、ええ、ガールでありますよガールで！　文句無いでありますね!?　そちら同情の視線を向ける皆様もいずれ通る道でありますよ!?　――で、ええと、今回はアレであります。運命事変から後、武蔵各所に設けられた相対場。そこでの実家方面とのバトルとか、ええ、御祭でありますねえ……！」

序章『現場と管理者』……………………P15
第一章『保護者と集い』…………………P31
第二章『怪異と事故』……………………P45
第三章『順当と意外』……………………P65
第四章『攻撃と防御』……………………P89
第五章『メンツと介入』…………………P111
第六章『他国と牽制』……………………P129
第七章『落ち着きと欠如』………………P145
第八章『相談と応談』……………………P161
第九章『来訪と集合』……………………P181
第十章『歓喜と私』………………………P197
第十一章『理解と知識』…………………P219
第十二章『予感と時間』…………………P233
第十三章『静かな変化と確実性』………P249
第十四章『不確定とロジック』…………P269
第十五章『予見と精査』…………………P287
第十六章『確定と感情』…………………P301
第十七章『二人と不明』…………………P313
第十八章『いつもと特別』………………P337
第十九章『正確と把握』…………………P355
第二十章『経験と特例』…………………P375
第二十一章『駆け引きと因果』…………P391
第二十二章『イカと侍女』………………P411
第二十三章『内心と見送り』……………P427
第二十四章『喝采と力』…………………P449
第二十五章『狼と高まり』………………P469
第二十六章『年上と年下』………………P495
第二十七章『喧嘩と花火』………………P514
第二十八章『結末と決着』………………P523
最終章『花と火』…………………………P539

GENESISシリーズ
境界線上のホライゾン
NEXT BOX

ガールズトークアドバンス
GTA 喧嘩と花火

川上 稔

イラスト・さとやす（TENKY）
デザイン・渡邊宏一（2725 Inc.）

―これまでのストーリー――

「ハイ！　そういうことで、全体のストーリーというか、流れを左に示してみました！　大事なのは本編部分ですね」

・遠い未来の地球。訳あって日本の上で歴史をやり直している人類に対し、世界が滅びていく"末世"という現象が発生した。

▼

・"末世"の解法として挙げられた大罪武装を巡り、航空都市艦・武蔵の学生達は、世界各国と渡り合い、ヴェストファーレン会議で世界の新秩序を提唱。最終決戦を経て、運命事変と呼ばれる"末世"の騒動を解決した。

「――まあ、こんな処ですわね。これらのことを詳しく知りたい場合、本編を読むのも有りですけど**"NEXTBOX序章編"**にて、本編のダイジェストやガイドが載っていますわ。そちらを履修すれば充分ですので、手っ取り早く済ませたい場合はどうぞ」

「なお、今作については、上に書いたような**"何か偉いことがあったけど、それが上手く収まった直後の混乱期"**とか、そのくらいの解釈で大丈夫ですね」

【武蔵の現在】
※大阪湾上空で補修中。

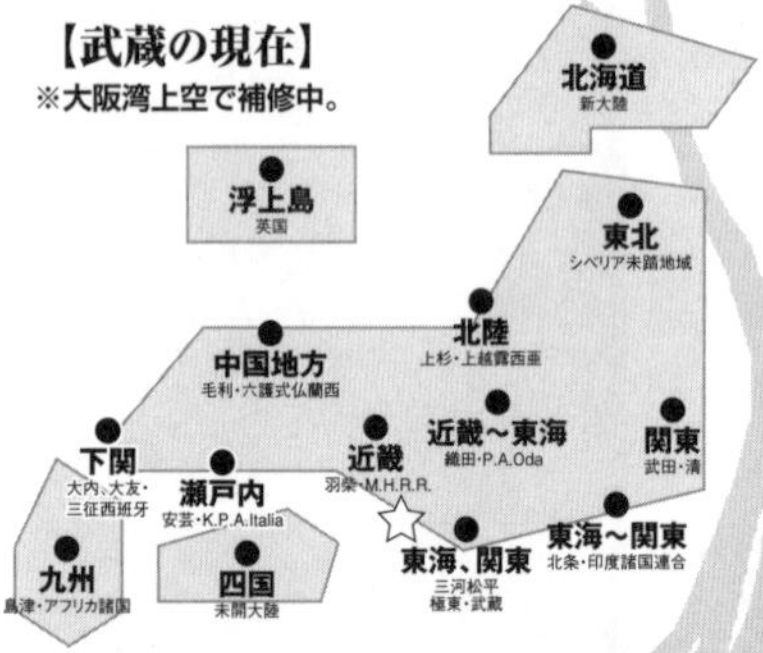

【武蔵を構成する八艦の位置関係】

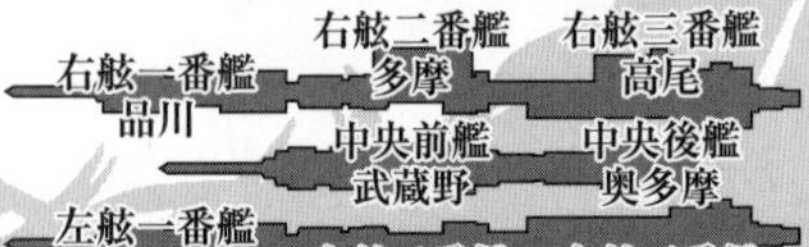

stoty

stoty

―GTAシリーズ紹介―

『GTA狼と魂』 ―― 王と騎士の関係、ここにスタート! ――

「ではここからは、GTAの既刊、電子書籍のみで配信されている新装版についての説明ですの。この"狼と魂"は、主に私がメインとなっている回で、中等部三年の時期に起きたある事件の記録ですわ」

「フフ、愚弟とミトツダイラの"王と騎士"の関係が、何となくスタートし始めた頃の話ね。歴史再現としては、桶狭間の戦いがチョイと関わったりで、結構賑やかだった憶えがあるわね」

「私達の中等部時代の生活や、人間関係。将来への構え方とか、ちょっと呼び名も違ったりする貴重な記録ですね」

『GTA祭と夢』 ―― 政治家への希望と現実、燻る……! ――

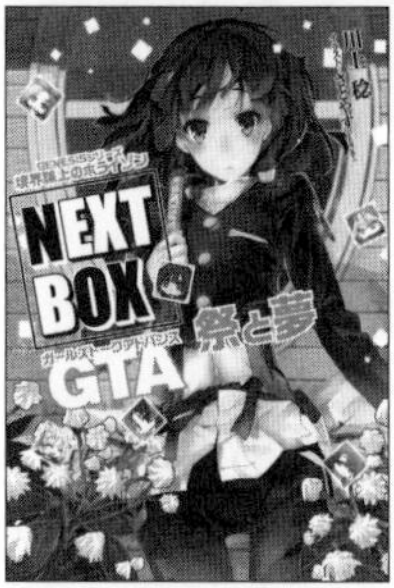

「この"祭と夢"は、高等部二年の始まる直前。私が武蔵に引っ越してきた時の話だな。マーいろいろなことが解っていなかったが、そこに極東を震わせかねない事件が差し込まれてきていた、という話でもある。私が政治デビューというか、外交の恐ろしさを知った回でもあって、これを経て運命事変に至る事になる訳だ」

「三河と武蔵を行ったり来たり、という正純で御座ったが、三河の方では殺人事件も起きたりで、かなり不穏な謎解きもあったので御座るよ?」

「ちなみにこのホライゾンが武蔵に降臨した時期もこの頃でして。青雷亭に拾われて一丁やってやっか的な。そんなホライゾンの活躍も見られますな」

『GTA縁と花』 ―― 英国と本土の間、想いの縁が咲く! ――

「こちら"縁と花"は、アルマダ海戦の直後。武蔵がIZUMOに入る前にあった出来事を追った記録ですね。私が点蔵様と一緒の部屋で生活する前、外交館預かりとなっていたり、武蔵が世界デビューを始めたばかりの慌ただしさを感じる事が出来ます」

「私と宗茂様も、まだ武蔵の住人としては決まっておらず、三征西班牙の外交館に仮の住まいを得ておりました。そこに副会長達が尋ねてきて、まあいろいろありましたね……」

「起きる事件は、極東の歴史再現。武家諸法度を巡るものですけれど、それと英国王女の関係や如何に、という処ですわね。私や教皇総長もそれなりに関与していたりで、後半の議論戦は必見ですのよ?」

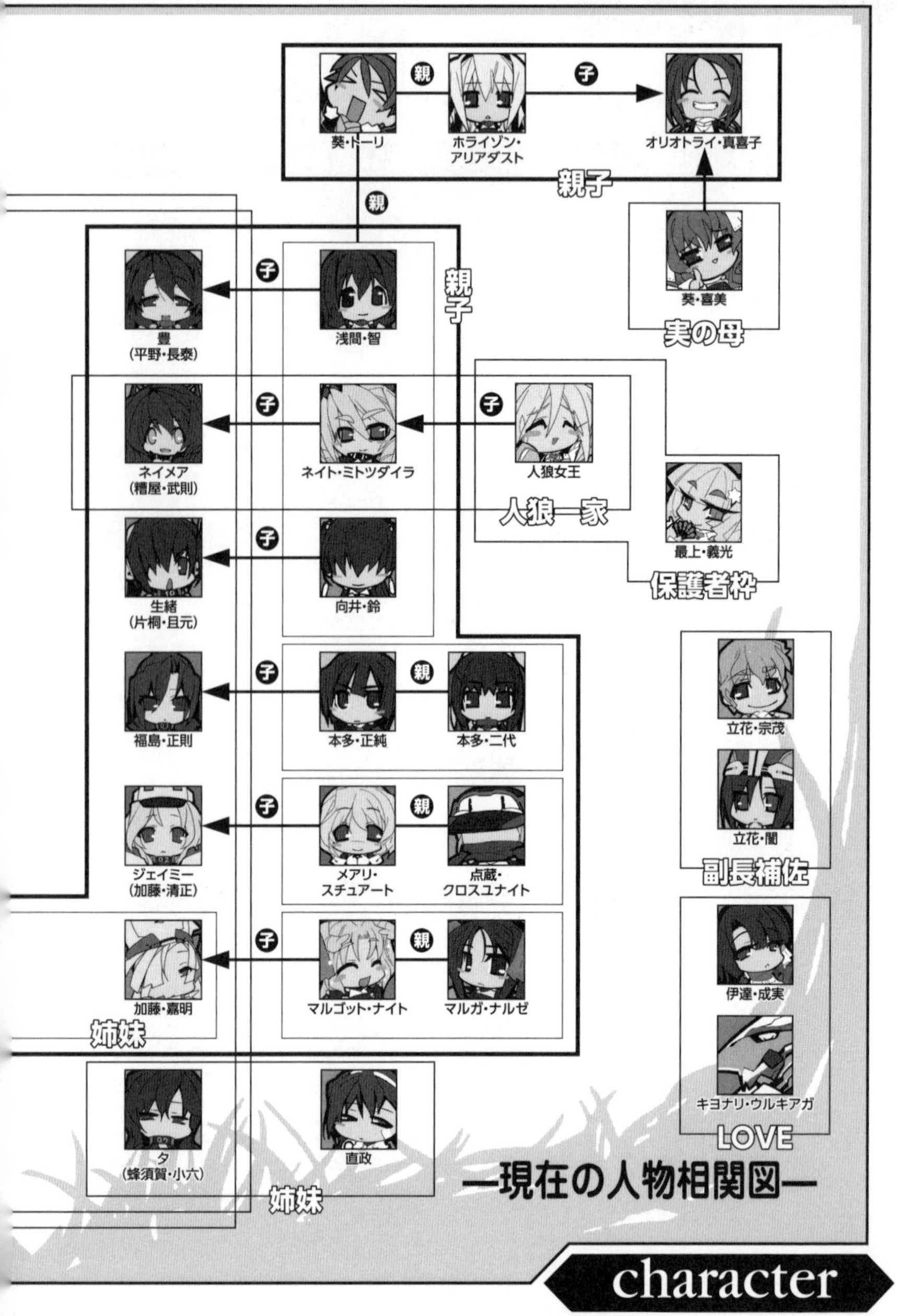

葵・トーリ
親
ホライゾン・アリアダスト
子
オリオトライ・真喜子
親子
葵・喜美
実の母
親
浅間・智
子
豊（平野・長泰）
親子
ネイト・ミトツダイラ
子
ネイメア（糟屋・武則）
子
人狼女王
人狼一家
最上・義光
保護者枠
向井・鈴
子
生緒（片桐・且元）
本多・正純
親
本多・二代
子
福島・正則
メアリ・スチュアート
親
点蔵・クロスユナイト
子
ジェイミー（加藤・清正）
マルゴット・ナイト
親
マルガ・ナルゼ
子
加藤・嘉明
姉妹
夕（蜂須賀・小六）
直政
姉妹
立花・宗茂
立花・誾
副長補佐
伊達・成実
キヨナリ・ウルキアガ
LOVE
—現在の人物相関図—
character

character

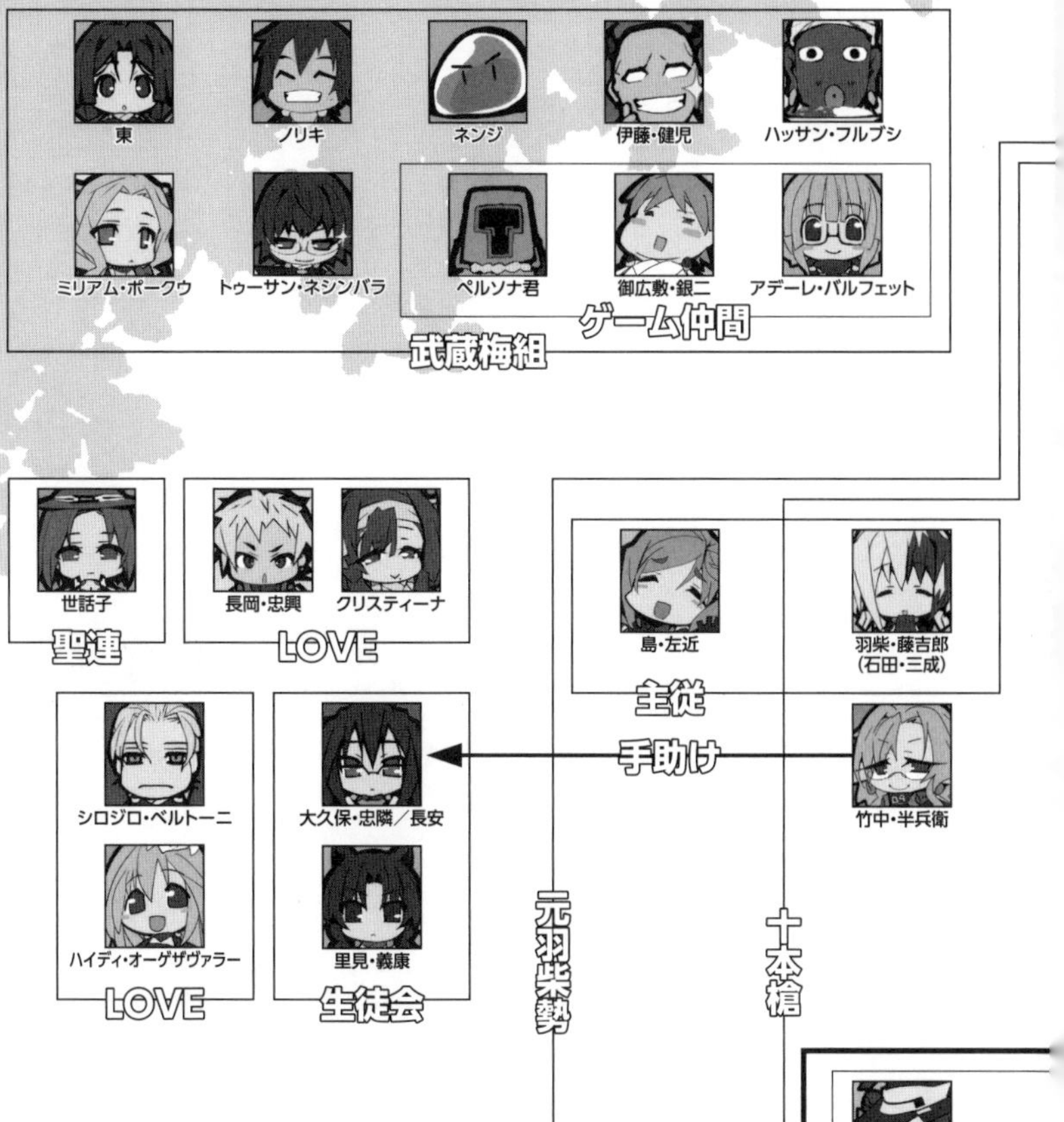

「一般？　に“武蔵勢”と呼ばれる面々を中心にすると、こんな感じですね。
親子関係で三年生と二年生が対のグループになっているのが特徴です」

「ここでそれ言って頭に入りますの？」

「フフ、そんなの気にせず流れで読んでいけばいいのよ。アイコントークの強みって、それだから」

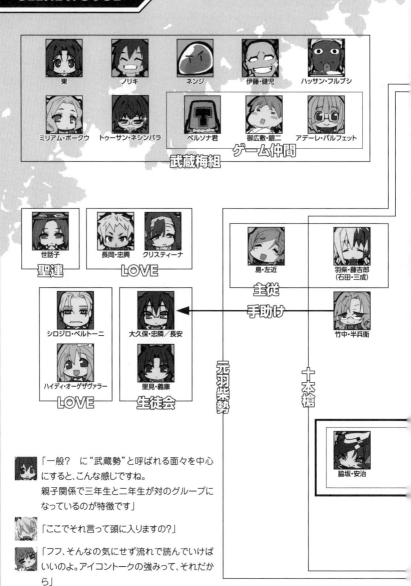

break time

『──で、今回、私が前に出ていいのでありますか?』

「大丈夫です!　年齢制限とか無いんで!　ガッツリと!」

「要らん一言付けてないかな?」

GENESISシリーズ
境界線上のホライゾン NEXT BOX ガールズトークアドバンス GTA

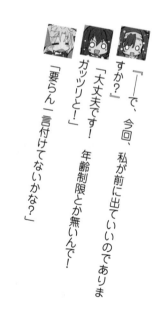

序章
『現場と管理者』

夜も昼も関係なく
誰も彼も関係なく
ただ判断の行き処
配点・（相対場）

●

暗い空に都市がある。

航空都市艦だ。

「武蔵《むさし》」と各艦に刻印された全八艦。全長八キロを超える白と黒のその姿は、今、広大な湾上にて、黒と赤の同型艦と並んで広大な空域を支配していた。

両艦、共に夜闇へと沈みつつある。

二艦は、湾沿岸と向かいの島部沿岸が持つ町の灯《あか》りに下から照らされ。

自らは、艦上にある各都市の灯りによって照らされていた。

そして音が響く。

鐘の音だ。

夕闇を超えて夜に向かう空。航空都市の上から、拡声術式で音が響く。

音は六回。重ねて声も付いてきた。

『――市民の皆様。準バハムート級航空都市艦・武蔵が、武蔵アリアダスト教導院の鐘で夜六時をお知らせ致します。本艦は現在、大坂《おおさか》湾上空で補修中。明日は早朝から晴れるため、日照によっては情報遮断ステルス障壁を下部展開、本土の皆様に御迷惑にならないよう過ごす時間帯が御座います。御注意下さい。――以上』

それだけではない。

鐘の残響が消え行く武蔵艦上に、歌が響いた。

ゆっくりとした声の響きは、武蔵の中央後艦の艦首側、表層部の墓地からだ。


「――通りませ――」

通りませ　通りませ
行かば　何処《いずこ》が細道なれば
天神元へと　至る細道
御意見御無用　通れぬとても
この子の十の　御祝《おいわ》い

「ギッ」

噛《か》んだ。

声が聞こえる。今の「ギッ」は何事かと、気配を窺《うかが》うような空気を生み始めた武蔵艦上に、奥多摩《おくたま》墓地からデカい響きで、

「ちょっと！　ちょっとホライゾン！　大丈夫ですか！」

「あいや浅間《あさま》様、今回、チョイと遅刻気味と急いで走った処《ところ》、スイーツタイムにと余裕で食ったチーズ豚丼が反乱を起こしまして」

「いいですのホライゾン？　糖質の量が多くて脂肪分も高いから豚丼はパルフェ系のスイーツですけど、早食いはいけませんのよ？」

「ミト！　何か言ってる事がヤレてますけど大丈夫ですか!?」

「――御母様達は相変わらずですわねー……」

「いやあ、第五特務達はここからが面白いんですよ番外特務！」

「……どういうことですの？」

と、己は手元に表示枠《サインフレーム》を開いた。

ネイメア・ミトツダイラ。

奥多摩艦首でぎゃあぎゃあやってる内の一人、ネイト・ミトツダイラの娘として、武蔵内で馴《な》染《じ》んでいる。そんな自覚はある。

今、自分がいるのは、武蔵の右舷後艦・高尾《たかお》の地下だ。

高尾に幾つかある吹き抜け公園の内、艦首側にある高尾第一吹き抜け公園。最近になって〝八王子《はちおうじ》公園〟と看板がついた場所だった。

吹き抜け公園としてはオーソドックスな、最下段の公園部分は壁沿いに水路を持った構造。巨大艦の換気と水質循環を行う役目も持つ吹き抜け公園は、基本、夜になると立ち入り禁止になる場所だった。

だが今は違う。

「――武蔵全体が、まだ補修と改修を続けながら、人の行き来の激しい外交艦みたいになってますものね」

公園の出入り口に掲げられた表示枠には、まず時刻が記されている。今は１６４９年の二月十日。午後六時三分。そして追加で記されているのは、

「――相対場の利用者番号」

●

相対場。

去年、ヴェストファーレン会議が終了してから、自然発生的に生まれたものだ。

簡単に言えば、相対を行う場である。だが今は主に、

「――戦闘をメインとした相対で、裁判や判断を決める場となってますのよね」

「とにかく速度重視の世情ですからね」

その通りだ。ヴェストファーレン会議が終わった事で生まれたのは、世界各国が〝これから〟を手に出来るという未来だった。

運命事変と呼ばれる末世解決がなされ、皆の望んだ未来が始まったのは、ほんの三週間前。だがそれ以前から、運命事変の終了を見越し、各国は交渉などを開始した。

場となったのは、各国が自由に行き来出来る武蔵上だった。

……初めは外交館や、教導院の用意した場所を使ってましたの。

だが交渉の進行が思うように進むことは少なく、各国のスケジュールは密となった。更に武蔵内でも、まずは運命事変の最終決戦のための用意として、諸事が発生。武蔵全体が、内外のトラブルや問題を多量に抱え込む場となったのだ。

だが、武蔵はその上も中も補修や改修中だ。事変以後の戦勝気分で住まいを引っ越したり買い換える者も多く、つまり全体的に資材で埋ま

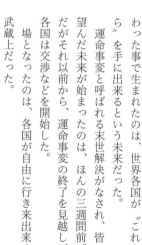

り、慌ただしい。

　そんな中、当然のように役所で裁判などやってる余裕は無く、往来で始まった諸事の解決に向けての遣《や》り取《と》りは、多くの場合そこでの相対となる。しかし交通や運搬の邪魔として排除されるようになると、

「縦町で始まった臨時相対場が、今はコレですからね！」

　祭だ。

　相対祭である。

　多量発生している裁判や諸事の解決。その一助と言うことで黙認された初期の相対場は、やがて、今度は逆に公の方に認知され、

「今なら武蔵に行くと、外交問題が相対で解決出来るぞ！」

　という噂《うわさ》が広まった。国家紛争の解決に必要な話し合いの時間。それを面倒と思う国々が、外交官として役職者クラスを派遣し、武蔵上での相対合戦が始まったのだ。

　安易な歴史再現を行う場にならないよう、教皇総長を初めとした聖連国家が副会長に苦言した他、相対の被害が往来でも生じたことから、武蔵は総長連合や有力者を派遣。

　結果として、

「現在のように、各艦の主要吹き抜け公園で、役職者管理による相対場が設けられ、国際問題も扱われるようになりましたのよね」

●

　ネイメアは、総長連合から番外特務という役職を与えられている。

　何の事はない。名誉職のようなもので、武蔵在住の戦闘系有力者を総長連合が管轄、仕事を与える代わり、身分を保証するだけのことだ。

　とはいえ交通や裁判、キャッシュの特権がなかなか便利。三ヶ月続けますと記念品も貰《もら》えますの。

……御母様も、昔、この役職に就いていましたのよね。

　総長連合に正式所属するための予科ともいえ

る。

　今の処のメインの仕事は、この相対場の管理だ。

　自分の他、福島《ふくしま》と嘉明《よしあき》が、とりあえず番外特務の役職を頂き、それぞれ多摩《たま》と浅草《あさくさ》の相対場を管理している。

　清正《きよまさ》や安治《アンジー》もそれぞれの補佐で出ているが、自分の方は単独だ。たまに豊《ゆたか》が遊びに来るが、彼女も彼女で奥多摩にある浅間神社代表として忙しい。

　今日も午後半ばくらいに通神が来たのだ。

●

『いやあ、さっき御昼を父さんの処で一緒に頂いたばかりですけど、そっちどうです？　こっちはホ母様謹製の〝硬すぎて刺さるプリン〟がどうしてこうなってるのか成分分析してますけど』

『それでしたらこっちの方、さっき噛み砕いて頂きましたの。音が凄《すご》くて相対場の人達が振り向いてましたけど』
　あー成程、という豊のこのパターンは、つまりアレだ。何か言いたいことがある。だからこっちは、

『そっち、どうですの？』

『あ、はい。何かやたらとＨＡＮＺＡＩ系の裁判？　みたいなのが回されてきてまして、うちは基本、術式や加護の違法行為をシメるだけにしたいんですけど、やっぱり番屋側も奉行係の手が回らないんですかね』

『どういう塩梅《あんばい》ですの？』

『ええ。何か今回は凶状系がやたら多くてですね。一件一件処理していくと時間掛かるから、ちょっと母さん経由でサクヤにどうしたらいいか聞いてみたんですよ』
　何か凄い話になってる気がしますの。

『それで、どうなりましたの？』

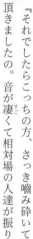

『はい。そうしたらサクヤの方からは《寛大にしとけよ》って来たから、そんな感じで』

『寛大？』

ええ、と向こうが応じた。

『悪さしようとすると、お尻に流体製プラスドライバーが柄の方からぶち込まれるんですよ』

『話が全く読めませんのよ――!?』

『いや、これはちょっと難しいいきさつなんですよネイメア』

『ホント？　ホントにそうですの？』

『ええ。とりあえず寛大にしようと言うことで、基本、罰は一つにして、期間で軽重を決めようとしたんですね。だからまあ、尻に突っ込むか、突っ込むのは決まりとして、じゃあ何を突っ込むか、と』

『今、聞き慣れない極東語がありましたけど、私、質問は許されてますの？』

『いや、ここからここから！』

『不安しかありませんのよ？』

まあまあ、と豊が言った。

『それでまあ、奥にいたお爺《じい》ちゃんに〝何か罰になるもの持ってきて〟って頼んだんですよ。そしたらお爺ちゃんが超ダッシュしてきたんですけど、手に持ってたのが〝罰？　×《バツ》ならコレ！　プラスドライバー！〟って』

『それ見て私、ツボ入っちゃって、目の前にいる罪人の方々指差しながら〝お尻からドライバーの先が生えるとか、ちょっと無いですよね！〟ってお爺ちゃんとゲラゲラ笑っちゃって。そうしたら罪人の方々が凄い焦った顔で〝冗談ですよね!?〟とか言うんですよ。私もお爺ちゃんも冗談言わないタイプなのに』

『――元の発想に問題がありますのよね。でも結局、人間プラスドライバーにしましたの？』

『いや、それがもの凄く不評で。だからどうしようかなー、って。そうしたら』

『そうしたら？』

『正面階段からダッシュで駆け上がってきたホ母様が〝豊様！　瓦礫《がれき》撤去用の大型バールを返却に来ました！　おや、お座りの皆様、何故にこちらをマジ顔で振り返るのですか？〟とか言うからもうサイコーに笑っちゃって』

『採用しましたの？』

『いや、罪人の方々がこっちに土下座して〝ドライバーで！　ドライバーで御願《おねが》いします！〟とか言うから、頼まれたらしょうが無いっていう、そんな感じで』

『そんな感じで』

どんな感じですの。

『いやあ、そうしたら秒で噂が広まったんですけど、抑止効果が凄かったらしく、今、すっごく暇なんですよね。仕方ないから入艦とかの情報整理してて』

『それがフツーの業務ですのよ？』

ともあれ浅間神社の方は、仕事が絶えず忙しいようだ。

それが午後半ば。

今は、武蔵全体が夜に向かっていく午後六時過ぎ。既に武蔵上の多くの職場は終業し、誰もが帰途や食事についている頃合いだ。

だが自分は、この現場を離れる事は出来ない。

何故《なぜ》なら、

「相対場としては、この時間からが多忙やな」

声がした。振り向くと、この場における自分の上役がいる。

「――代表委員長」

大久保《おおくぼ》だ。

●

大久保は、高尾が地元だ。歴史再現ということもあり、実家として屋敷《やしき》もある。だから高尾の裁判なども管理しているのだが、

……かなり公私混同な気もするわなあ。

ともあれ仕事はあるのだ。正直、旧武蔵が撃沈されてから休日が無い。正月も仕事してた。そんな状況だから、現場を任せられる人材がいるならそうしたい。

そして第五特務の娘であるネイメアや、共にいる従士先輩は、そういう人材だ。

「今の処、どうや？」

「現状、生徒会に直接物言い、というのはいませんの」

「たまに、わざと騒ぎを起こして順番を先にさせようとする人達がいるんで、そういうのは自分達の方で対処してますね」

Ｊｕｄ《ジャッジ》．、と己は頷《うなず》く。

「面倒なのは弾いたってや」

「正当なものは通していいんですのよね？」

「Ｊｕｄ．、国際的な問題とかもあるしな。そういうのはこっちに通して貰って構わんわ。せやけど、難癖、無意味なクレームについてはとりあえず張り倒して構へんわ」

あとな、と彼女が言った。

「正当な手続き経た通常業務ならどんな増えても構わへんで。社会の何処が滞っとるのか解るから、構造の改善にも繋《つな》がるし、私はそれが出来る立場やし。しかしまあ……」

「何ですの？」

「実家に戻ると祖父などがうるさくて構わん」

「例えば？」

せやな。
「うちはいろいろ市場なんかも経営しとるし、薬やアパレルなんぞも手がけとるやろ。だから祖父が言うねん。――〝浅間神社みたいな宣伝、やってみんか？〟って」
ああ、とネイメアが頷いた。

「――正月の浅間神社のCMは凄かったですの」

「……浅間神社の巫女《みこ》が水着でCMするんは、伝統なんか、アレ」

●

「――ハッピーニューイヤー１６４９！　世界は末世の炎に包まれなかったから神社にお賽銭《さいせん》投げ込む意味が出て来ましたね！　じゃあ皆さん！　居住区まだ完全に戻してないですし、補修全開ですけど、うちか、父さんと母さんの合体エロ堂……、じゃない！　東照宮《とうしょうぐう》にお参りに行って、武蔵の人口増加に荷担してみるとか、お金が欲しいとか地位が欲しいとか、そういう欲望まみれたお金をお賽銭箱にシュート！　今までの最高記録は立花《たちばな》・誾《ぎん》さんの百十八メートル遠投のロングシュートです！　昼の時間帯はうちのお爺ちゃんや父さんが拝殿の中で不規則に動いてますから、当てれるもんなら当てて見ましょう！　上手《うま》く当てると声を上げて慶《よろこ》びますよ！　今なら当てるためのお賽銭をキャッシュバック！　では、ご来店――、ご来社？　まあそれで！　お待ちしてます！　――え？　時間余ってる!?　じゃあ私が撮影した、新年から心が洗われる浅間神社の泉の映像を十五秒！　課金して頂くと更に十五秒追加で、こっちは三秒目から母さんが49式水着で入ってくる隠し撮りです！　本編は初詣イベント会場で！」

「情報量多すぎやろ」

「あれ、無関係な人も映ってましたよね」

「――最悪でしたの」

　ともあれ、とネイメアが言ってる間に、表示枠が来た。相対者の受付だ。大久保もいるので表示枠を回し見するが、

「辻の掃除の配分争いやな？」

「丁度、艦の中央に位置する処で、艦首側と艦尾側のどちらの廃棄場に持ち込むか、という問題も関わってるようですの」

　ふうむ、と大久保が唸《うな》った。

「処理場のローテーション。どうするか正解を言うなら、後部に溜《た》まっている廃材をまず処理場で集中処理。その後は艦首側と艦尾側で週交替や」

　でも、と己は言った。

「……でも、艦尾の処理場は、すぐに集中処理出来ますの？」

「無理やな。既にフル稼働しとるんやし」

　せやから、と大久保が言葉を繋げた。

「――一番艦の処理場が空いとるやろ。手空きの輸送艦を使用してそこに余剰廃棄物を持ち込み一時的に処理させるのがええわ。寧《むし》ろここは、ローテーションを決めるより、一番艦に廃棄物を運ぶのは艦首側と艦尾側住人のどちらがやるか、というのを決めた方がええ」

　と、彼女が相対受付の表示枠を指で弾いた。空中でスピンするそれを自分が手に載せて回している間、代表委員長の見解が来る。

「相対場で決着させるとええわ。しかし効力は今後三週間。その頃には艦尾処理場の余裕も出来とるやろ。こっちも保健委員の清掃係と、生活委員の建築係に情報共有させとくわ」

「Ｊｕｄ．、ではそうさせますの」
　と、回る表示枠を指で挟んで止め、受け付け許可を出す。すぐに麾下《きか》として派遣された第二特務隊と予備隊の面々が、二つある小相対場の周囲で動き出した。

●

　アデーレの視界に見えるのは、吹き抜け公園の中に観衆としての人が増えていく流れだ。上階側、壁に設けられたテラスも人だかりが出来ている。

「……皆、こういうのが好きですねえ」
　相対。
　つまりは戦闘を是とする決着の場だ。今、相対場に上がっているのは合計十人。五人ずつの代表戦ということだろう。

「段々、システムが立って、参加者が準備や専門化すると面倒ですの」

「そのためにアンタらがおるんやろ」
　確かにそうだ。

「とりあえず今の時期だけの対症療法、って感じですね」

「後に、ちょっとした相対大会は残してもええな、とか思っとるで。分野毎《ごと》に賞品かなんか設けてな。人材の引き抜きや管理にええやろ」

「代表委員長は商売上手ですのね」

「企画上手と言って欲しいわなあ」
　でもまあ、

「——他国の交渉役が乗り込んで来られると、面倒ですよねえ」

「Ｊｕｄ．、大御母様あたりが来ると、どう止めるのか、という話になりますの」

「そこまで行くと普通に国家間交渉やな。寧ろ、こんな相対場ではなく、正式な場で行くで？」
　そうして貰えると有り難い。だって、

「以前に、面倒な国家間相対がありましたからねえ」

●

ええ、とネイメアは頷いた。

視線の先、見知った影がある。上階のテラスにて公園を見下ろしているのは、二人だ。

「――」

「――」

瑞典《スウェーデン》総長と、長岡《ながおか》・忠興《ただおき》。
憶《おぼ》えている。

「運命事変の最終決戦が終わって、今よりも武蔵や大和《やまと》の補修が忙しかった時期ですのね。ほんの一月ほど前ですけど、武蔵上の居住区もまだ完全に戻されてはいない頃」
そこで、一つの事件があったのだ。それは、

「――この相対の場を利用して、一つの歴史再現が〝逆戻り〟した。――そんなレアな事例ですの」

●

何となく、という感で、ネイメアは母に通神を飛ばした。

今、話題に上げた相対と歴史再現につき、自分の方では解っていないことが多いのだ。

このところで現場は当時よりも落ち着いている。豊の方はプラスドライバーで忙しいのかもしれないが、まあ夜中に集まるくらいは出来るだろう。だから、

「あの、御母様？　今夜あたり、ホ母様や智《とも》母様も集って、何処かで御泊まり会、出来ませんの？
ちょっと今後の事も考えて、相対場のあり方や、以前あったことなど、よく知っておきたいですの」
つまりコレは、アレだ。

「ＧＴ《ガールズトーク》！　ＧＴですの。アレを開催出来ませんの？」

——GT!　GTですの!

break time

『コレよく考えたらネイメア自分のイイトコ語りたかったんですかね』

「まあ、可愛らしい」

「け、結果的にそうなりますのよね……!」

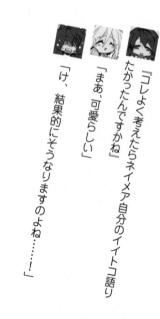

第一章
『保護者と集い』

久しぶりの誘いは
過去の間近
久しぶりの同意は
現在の近場
配点（GTですのね）

その夜、八時過ぎ、遅めの夕食を青雷亭《せいらいてい》本舗前のオープンカフェで頂きながら、浅間はミトツダイラからの提案を聞いた。

「GT!?　──久し振りですね」

二月の高空、夜とはいえ、武蔵上は換気の管理などが為されている。二十四時間稼働している地下の街や処理場の排熱を活《い》かし、主要箇所は上衣を一枚多めに着ておけば大丈夫、と言った処だ。

表示枠が示す気温も十九度前後。更に食事が温かければ、何の問題もない。今、自分が並べたチーズと山菜のリゾットの他、

「──おう、世話子《せわこ》の実家から送って来たっていう餃子《ギョーザ》。四枚一気にやってみたけど、イケっかな?」

「ほほう、世話子様と言うことはホライゾンのコネですね。一枚はこっちで処理をしましょう」

『おーい、じゃあ一枚寄越しな。こっちも丁度チャーハン作ってるし』

主神が言うので、本舗内に一皿持っていく。仮の入り口として使われている洗面所のドアを開けると、明らかに洗面所ではないテラスが広がっていたが、あまり詮索すると時空と常識が狂うので、テーブルに餃子を置いて退散。

表示枠で日時ズレとかしてないことを確認の上で、表に戻って、

「ちょっと直接奉納してきました」

「浅間様、何かスムーズに無茶苦茶してる気が」

『つーか、多いな!　一枚六十個か!』

「一つ一つは小さいから何とかなんだろ」

この状況、IZUMOに報告してないんだけど、大丈夫かなー、とは思う。

ともあれ食事開始。餃子にリゾットという異

質な組み合わせだが、

「意外に合いますね……。コレは発見です」

「何となく思ったんですけど、コレ、段々とチーズ味のラザニアを頂いてる気になりません？」

「お互い、足りない物を補ってる感ありますねえ。餃子の醤油《しょうゆ》と、リゾットの山菜がビミョーに噛み合ってると言うか」

　解る気がする。

「スープ合わせるなら、何だろう？」

「赤味噌《あかみそ》のお味噌汁……？　お酒だと、サッパリしたいなら梅酒ですかね……」

「もう、何の組み合わせだ、って感じですけど、和洋中、全部イケますわねえ……」

「フフ、餃子の醤油に酢を多めに突っ込んでもサッパリするわよ？　好みもあるけど、酢はタンパク質を締める一方で肉の分解をするから、チーズの味も餃子の味も立ててるし、消化にもいいわ」

　成程、と頂いていく。しかしまあ、ミトツダイラの娘からのGT要望の話もだが、

「ちょっと前まで、またこんな風に落ち着いて夕食とか、想像出来なかったですね」

●

　ミトツダイラは、浅間の言葉に頷いた。
　自分の方も、王の護衛があるため、正純《まさずみ》達を含めた政治の場に出る事が多い。その中では、やはりネイメアが言っていたように、

「相対場での遣り取りも有りますし、忙しいのは続いてますわ」

　それでもまあ、一時期よりは落ち着いている、というのが現状なのだろう。だから、

「久し振りに、御菓子《おかし》とか持ち込んでGT、というのは有りかも知れませんわね」

「GT、……遂《つい》にその時が来ましたか」

「ええ。久し振りですね、GT」

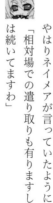

「Ｊｕｄ．、そうですね。浅間様達も久し振りですか、ＧＴ」

ですわね、と言いかけて、ホライゾンのニュアンスに何か不安を感じた。

一応聞いておきますけど、

「あの、ホライゾン？　ＧＴって、何の事ですの？」

問うと、ホライゾンが一度、天上側を見上げた。ややあってから、両腕と一緒に首を傾《かし》げ、

「合体トークのことでは？」

●

『いいわね……、合体トーク、そろそろ最新のＧＴを私も聞きたかったのよ……』

『わあい、また深夜にいきなり何をしてんだコイツら系のアレだね！』

『ど、何処から聞いてるのか知りませんけど、要らん期待は無しですのよ！』

『ではまず浅間様から、――やらかし曜日の翌朝、皆が本舗キッチンで朝食頂いてる中、分身トーリ様と二十分くらい遅れてくる理由を』

『ククク、朝から浅間で、って感じよねえ』

『こ、個人情報！　個人情報！』

『というか二十分でいいんですの？』

『いえ、一時間くらい早起きしてますよ？』

『何を当然のように訂正してますの――!?』

●

とりあえず浅間は、ホライゾンの知識を当然のように訂正した。その上で、

「あ！　一時間早く起きてるのは、東照宮の管理があるからですよ!?　浅間神社と合わせて開店しないといけないので！」

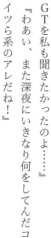

『東照宮（隠語）の管理ね……。解るわ……』

「というか開店？」

　あ、ちょっと本舗の手伝いの癖が出ましたわね、と思う。だが、まずはGTとなったら会場の準備だ。

「候補としては、何処にします？　実家の境内はこの時期だと流石《さすが》に冷える時間帯ありますし、本舗の女子部屋を繋げるのも、人数的にはちょっと厳しい感あります」

「生徒会居室か、やはり〝鈴《すず》の湯〟ではありませんの？」

「生徒会居室だと、今の時期は邪魔じゃないかしら」

「…………」

「……あ、すみません。喜美《きみ》が常識的な事言ったので、呆然《ぼうぜん》とすることでメンタルのバランス保ちました。今は落ち着いてます」

「フフ、そんな私は人の鼓動を速くする女……！　今日もドパドパドーパミン！　でも正直言うと、鈴の改築湯屋を見てみたいだけよ！」

「まあ大体そんなことだと思いましたけど、鈴に連絡は？」

　と、ホライゾンが表示枠でいきなり鈴と連絡を取った。

『あ、鈴様？　あ、はい。あの、今日ですね？　ええ。――今、右腕が行って説明しますのでお待ち下さい』

　大丈夫ですの？

●

　鈴は、改築を終えて調整中の湯屋の前で、右腕の説明を聞いた。
　昔はジェスチャーとか感情表現がよく解らなかったが、最近は何となく解る。ともあれ右腕は今、湯屋の前に澄まして立っているのだが、こちらとしては意図は通じたので、

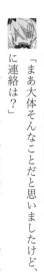

『――うん。二階、毛布の運び込み終わったから、使える、よ？　――それで、二階の厨房《ちゅうぼう》？　使ってみたいから、食材とか持ってきてくれると、嬉《うれ》しいか、な』

●

『……コレ、右腕が凄いんでしょうか。鈴さんが凄いんでしょうか』

『おやおや、右腕が鈴様と匹敵とは、本体としてホライゾンも誇らしいですねえ』

●

　ともあれ話は通じましたのね、とミトツダイラは思った。
　今は夕食中。食後の残務を終えたら遅めの御風呂を頂きに湯屋へ行く、という算段だろう。

「じゃあ皆、またベルさん処に集合？」

「Ｊｕｄ．、大人数が集まるとなると、それがいいように思いますわね」

「まだ〝鈴の湯〟の二階部分、開放してないそうですけど、聞いてみた方がいいですね」

「浅間神社は？」

　言う喜美が、通りかかった女子衆に手を振る。すると嬌声《きょうせい》が返ってきて、皆、小走りに押し合うようにして歩いて行く。ちょっとしたファンサービスという処か。
　ともあれこちらの反応としては、

「浅間神社は今、夜間禊祓《みそぎ》中ですね。昼間に持ち込まれる案件と処理で結構淀《よど》んで、〝営業外〟って札立てて禊祓するんですよ」

「食堂か何かですの？」

　いやまあそういうものだ。
　だが、何となく気分がちょっと上向き。それはやはり、

「鈴の湯も、改築があったから久し振りですわね」

　ホント、久し振りだと、そう思う。

「鈴さんの処だと、男子勢も集まれるから有り難いですよね」

「厨房って言ってたよな？　以前のベルさんの処だと、簡易調理の鍋とか、加熱器とか、そんな感じだったから、パワーアップしてると面白そうだなあ」

「フフ、私としては空詠《カラオケ》みや卓球設備とかの充実も期待したいわね」

「やはり湯船が広く、全員入っても足が伸ばせるといいですねえ」

皆、何となく期待感がある。

そして何となく思ったのは、今日の夕食の際に得た解放感のようなものもだが、

「ちょっと、一息吐《ひといきつ》きたい時期に入ってますわね」

●

運命事変。末世解決。それから一ヶ月ちょっとを過ぎて、忙しさのピークが少し下がった。

それぞれが顔を合わせる時間も出来ている。

ならば、

「――このあたりで、御泊まり会＋最近あったことのまとめとしてＧＴは有りなのかもしれませんわ」

●

多摩の地下吹き抜け公園。

やはり相対場が賑《にぎ》やかになっている現場を、闇は見回りに来ていた。

副長補佐の補佐、正式には副長補佐助役というらしいが、やや解りにくい役職だ。だが、それであっても自分としては、

……巡邏《じゅんら》など、今の時期に必要なことはやっておきたいものです。

武蔵は広大だ。

全長約八キロ。全幅約二キロ。フルに外を回ると合計二十キロあり、半日が潰れる。

各艦の要所を回ることにしても、地下や艦間構造がある。行く場所が各艦に複数あれば、必要時間は比例して増えていくのだ。

なので自分がこのところで選択しているのが、各艦の相対場を巡っていくルートだ。

　第一特務に頼むと、恐ろしいことに地下への行き来として最速となる縦町中央リフトの運行時間まで調べてくれて、同じようにルート検索を頼んだ第六特務からは、

「……何故、この几帳面《きちょうめん》さがメアリとのデートで活かされない……」

　などと愚痴を呟《つぶや》かれていたが、フォローする気はこちらにも無くて申し訳ない。

　ともあれ広大な武蔵だが、第一特務の示したルートを利用すると、想定より二時間ほど早く回れると解った。

　そうなると生徒会居室に寄って、見回り後の状況なども確認出来て幸い。第一特務には頭が上がらないが、

「……何故、この几帳面さが英国王女とのデートで活かされないのでしょう……」

　まあ、そういうことをしなくてもいい仲なのだと思いたい。

　そして今、自分の方では、多摩の相対場に来ている。多摩は外交の主役と言える艦なので、回るならばここが最初、または最後。今日は最後の日だ。

　相対場の管理は福島・正則《まさのり》。

　補佐として加藤《かとう》・清正をつけているが、多摩の外交の性質上、清正の方が表に立って判断しているようだ。

……ともあれ、一番難しい多摩の相対場を上手くまとめているようですね。

　福島は普通の教導院なら副長匹敵。清正も防御主体ではあるが、同等の実力を持ち、政治的な判断を下せる人材だ。彼女達、元羽柴《はしば》勢に、大久保達二年組がいるのだから、武蔵の〝層〟は随分と厚いと、そう思う。

　と、表示枠が来た。こちら、見回りを終えるところなのでタイミング読んだ宗茂《むねしげ》からだろう。

『闇さん。鈴の湯で新規開業前の招待一泊フェアが今夜あるそうですよ。来ないと過去を捏造《ねつぞう》されるから女子衆は集合した方がいいそうで』

『その一文の前半と後半が噛み合ってないのは何ですか一体！』

●

福島は、幾つかの案件を片付けていた。

番外特務が相対場に立つのは、基本、生徒会や総長連合への直訴潰しだ。場違いや無体な願いなど、ここでとりあえず排除する。本来なら受け付け却下、という案件ばかりだが、

「とりあえず相対に勝利すればチャンスがある、としておくのは、一方的ではなくていいかもしれませんね」

とはいえ、来る案件が大概どうでもいい。例えば、

「――僕達、明日は地元に戻るんですが、代表委員長達と握手会とか出来ませんか！」

「第五特務の御家族イメージソングの二枚目が欲しいんですが、何処で叶《かな》えて貰えますか！」

「青雷亭《ブルーサンダー》のメニューがＡとかＢとか一文字だけで解りにくい時間帯があるので、出来ればＡａとかＢｅとかもう少しヒントを貰えませんか！」

とかいうのばかりだ。清正に是非を聞くと、

「青雷亭の件は同情しますけど、他は張り倒していいんじゃないでしょうか」

キヨ殿、たまに厳《きび》しいで御座ります。

『というか最後のは凄く同意かなー』

『Ｍが〝Ｍａ〟ｙｏｎｅ-ｚｕか〝Ｍｉ〟ｓｏｓｉｒｕか解るだけでも生存率が上がるわよね……』

『〝Ｍａ〟ｃｃｈａや〝Ｍｉ〟ｋａｎとかあるから安心出来ないですよー』

『じゃあ却下で』

なかなか厳しい。だがその中でも、たまにこちらでは判別しにくいものがあるから難しい。

「武蔵の配送航路の拡充頼むよ！　艦間緩衝空域の航行制限を、武蔵内航空免許を三年以上保持出来てれば緩和とか、軽減措置が欲しい！」

とか、

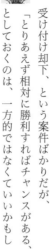

「暫定議員の内、勤続五年以上の者に対し、武蔵内の二十四時間包括移動許可を願いたい！　多摩、村山《むらやま》での制限は応相談とするが、浅草、品川の倉庫区画は必須としたい！」

　とか、

「廃棄材の処理を行おうと思ったら多量のエロゲが出てきて、第二特務が検分始めたらこれがまた遅いんです！　どうにかして下さい！」

　これは伊達《だて》家副長に相談した。すると、

「……他人の趣味に口出しすると、自分に返るわよ？」

「いえ、趣味じゃなくて仕事なのですが」

「あのね」

　言われた。

「仕事が趣味の馬鹿もいるのよ」

「――たとえば？」

「何か気がつくと戦闘とか鍛錬ばっか日常でもしてるのとか、いるでしょう？」

　キヨ殿が真顔でこちらを見てから、訴えを棄却したのは何故で御座ります？

　ともあれ、意外に生徒会や総長連合への訴えはある。

　ウケ狙い、というのも多分、ある気はするし、こちらへの腕試し案件のようなものもある。後者は実のところ、ちょっと楽しいで御座ります。

　ただ、そういう案件が連続した時期があって、キヨ殿が流石に面倒を感じたのか、

「じゃあ、今日から王賜剣三型《EX・カレトヴルッフ》の光剣を解禁しますね」

　と言ったら一気にその手のが無くなったで御座ります。

●

「キヨ殿、拙者《せっしゃ》との訓練で王賜剣三型の光剣を解禁して下さらぬのに、一般市民にはそれをするとか……」

「いや、ツッコむ処そこじゃないですから！　落ち着いて福島様！」

『もう本気でブッ込んでやれよキヨキヨ……』

『光剣と〝一《いち》ノ谷《たに》〟によるカウンターで本艦が危険ですので非常におやめ下さいますと幸いです。――以上』

●

さて、と幾つかの案件を処理して、清正は副長補佐助役から教えて貰った表示枠を見た。

「ＧＴ……？」

以前、一度行ったことがある。

武蔵に合流してから後、母達とやはり改築前の〝鈴の湯〟で、三河《みかわ》争乱の頃の自分達を思い出すように、記録を作ったのだ。

だがあのとき、つい聞きそびれたことがあった。

ＧＴという名称を聞きはしたものの、

「福島様、今夜、改築後の鈴の湯でＧＴがあるとのことですが、ＧＴとは何でしょう」

根本的なミスだ。

あの晩、母達との御泊まり会でテンションがアガって、肝心の事を聞いてなかった。

さて、ＧＴとは何の事でしょう。

「ＧＴ……」

福島が、やや考えてからこう言った。

「普通に考えてゴリラトークの事では御座りませぬか？」

「ゴリラトーク」

普通とは何処か、と疑問に思ったが、このくらいでそれを口にしていては福島様とお付き合いは出来ません。

更に福島が言葉を作る。

「Ｊｕｄ．、流石は母上達、そのような集まりをして日々自分達の強化をしていたので御座りましょう」

「……一体、どのようなことを？」

「ゴリラのように過ごすのでは？　手を付いて歩き、威嚇行動をとったり、または食事としてバナーナを頂くとか」

「バナーナ？　バナナではなく？」

「Ｊｕｄ．、**バナーナ**」

訂正された。

「――トマトをトメイトゥと発音する母で御座りました。バナナはバナーナに御座ります」

自分の母はどうだったろうか。

●

「点蔵《てんぞう》様！　今日はバナナが安ぃですね！　明日の朝食用……、と思いましたけど、今夜は鈴様の処に御世話《おせわ》になるので、如何《いかが》しましょうか」

「ふうむ。バナナは氷室に保存すると傷みやすいので御座るが、常温保存ならばそれなりに保つで御座るし、ここは買いの一手で御座ろう」

「Ｊｕｄ．！　でも点蔵様、バナナに詳しいなんて、バナナ博士ですね」

●

無邪気な母であった。ちなみにコレは盗聴による情報ではなく、何となく近くにいて気配を消していたら聞こえただけだ。

……ストーカーではありませんよ？

否、相変わらず父がいるとちょっと気分的にヒュッ（ＡＴＫ系）としてしまうので、それがいけない。だから母の発音も父のせいだということにしておく。父にはいつも頼ってばかりで申し訳ない。

助役を見ると、こちらから視線を逸《そ》らしてぃる。よく見ると肩が震えているので、

……あっ、ウケてるんですね。

珍しい、としみじみ思う。

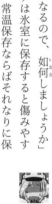

ともあれGTとは何か。

「助役、GTとは何です？」

「――女子の集まりのことです」

その回答だとゴリラトークの可能性が排除出来ないが、

「――GTとまで名づけて女子会をするのは、どういうことです？」

「Jud.、何の風習かしきたりか解らないのですが、武蔵勢女子は、衝動的に過去の話を語って記録にし、武蔵に残す習性があるのです」

「習性」

横の福島が「成程、それでゴリラ……」などと何か納得しているが、とりあえず気にしないことにした。

「まあ、幾つかの重大事でありつつ、皆で全体の理解が共有されない程度の事案。そういったものを、手頃な時期に集まって検証するのです」

対する助役は一つ頷きの後、

「来ないと皆様の過去が書き換えられますので来た方がいいでしょう」

「…………」

「どういった？」

Jud.、と助役が応じる。

「その場にいなかったのにツッコミ役としていたことにされたり、不規則発言を上乗せされたり、最初からいたのにいなかったとか、そういう事に」

何か不安になってきた。

「――というか今夜なんですか？」

と、言ったときだ。身内の通神用表示枠が展開した。

『あ、それ私の発案ですの。まさかこんなに早く話がまとまるとは』

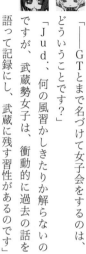

『流石母上達……、行動を起こすときの瞬発力が半端ないで御座ります』

その言葉に助役が視線を逸らしたが、助役は〝枠〟として私と同じ気がしました。

しかし、メンバーを見てると母もいるし、父もいる……、ということは女湯と男湯側で集合がある、ということか。

成程了解。

「——これは出た方がいいのでしょうね。解りました。今夜、伺うことにします」

●

そのような流れで、俗に〝武蔵勢〟と呼ばれる皆が、夜十時頃から奥多摩地下の〝鈴の湯〟に集まり始めた。

続く十時半頃には、保護者組なども来て、皆それぞれ、二階に増設された大浴場を使用し、

「——ではネイメアから要望ありました通り、一月中盤に高尾相対場から始まった一連の事件のGTを行いましょうか」

「——浅間様、ぶっちゃけ、何の事件なんでしょうか？」

ええ、と浅間は応じた。

鈴が盆に飲み物の竹ボトルを運んでくるのを、受けとるように動きながら、

「——クリスティーナさんと、忠興君の話ですよ」

「わ、私でありますか!?」

「あー、解る解る、と言いたいが、あまり国家間の変な処ツッコまないで欲しいってのも本音だなあ」

まあそこらへんは現場の裁量だろう。ともあれ、

「皆、飲み物が揃《そろ》ったら始めましょうか」

第二章

『怪異と事故』

パン屋で出る
パンの肉
ロケットが付くパンは
何でしょう
配点（いやロケットじゃないだろ）

○

『――では、皆様？　表示枠は開きましたわね？　基本、全員共有で。
――智、記述のルールを』

言ったミトツダイラは、浅間が手を挙げるのを見る。

『基本、遣り取りは表示枠で、そこに残った文字記録を後々に武蔵に収めます。記述は一番古い過去からスタートしていく感じで、話せる人が話していきます。代役はＯＫです。事実と違った、行きすぎた時などは、とりあえず一回訂正が利きますね。

とはいえ、最終的には可能な範囲で校正手続きとか、こっちでやっておきます』

あとは、と彼女が言った。

『基本ルールですが、〝○〟でスタートしたら今の私達からのツッコミや検分。または意見交換の時間帯。

〝●〟でスタートしたら当時の記録開始となります。このとき、担当者は当時の記憶を思い出して綴《つづ》ったり語ったりして下さい』

『え、ええと、じゃあ、自分からでありますか？』

『当時、何があったのか、思い出せますか？』

『どうでありましょうか。いろいろあったので、ちょっとフックがあると良《い》いとは思うのでありますが』

『Ｊｕｄ．、よく考えて下さいクリ子様。とりあえず皆様も、クリ子様の回想の邪魔をしないように、いいですね？　――ではスタート！』

●

多摩表層部、パン屋兼軽食屋である〝青雷亭〟の朝は早い――。

○

『ホライゾン！　ホライゾン！　いきなり邪魔してますよ！』

『あいや浅間様、コレは邪魔ではありません。コレは御約束というのです』

『というか一行だけでもホママが書いたって解るの凄いよね……』

『いやあ、ＧＴの現場は初めてでありますが、初手から弱肉強食の世界でありますね……！』

『喜ぶ処なのかえ？』

『ともあれ副王としては、何かイベントあったんですか？』

『Ｊｕｄ．！　ありましたとも。ではクリ子様への見本として、ホライゾンが正月後の青雷亭で起きたイベントについて記述致しましょう』

●

一月十日のことだった。

ホライゾンにはこのところで日課が出来ていた。それはバイト先である青雷亭に朝ついた時点で、周囲の掃除をすることだ。

否、掃除ならば今までもやっている。このところで生じた特殊な掃除というのは、

「青雷亭の横に建てた祠《ほこら》の掃除ですね」

「興味が湧いたから、魔女が荷物を届けに来たことにして、説明をして貰うことにするわ」

「おっとナルゼ様！　流石はこのＧＴのルールを理解しておられますな！　ではチョイと青雷亭の横、艦尾側におこし下さい」

行く。するとそこにあるのは、

「……何、この、朽ちた柱を組み上げて作った十字架と鳥居の重なりは」

「Ｊｕｄ．、一見するとホラー能楽の舞台のようですね。しかしコレ、実は青雷亭の横に積まれていた廃材を、何か暇だからホライゾンと両腕で組み上げたＤＩＹ祈祷《きとう》所！　この鳥居、――あ、こっちですこっち。この鳥居を潜って奥の十字架の群、ああ鳥居も重なっていて雰囲気抜群です」

「廃墟《はいきょ》というか、あと一歩で邪教のオープン集会所だけど、何か効能あるの？」

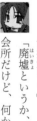

Ｊｕｄ．、と已は応じた。

「ここで何か祈ると、何か祈ったことになるのです」

「――ガっちゃんが遅いから魔女《テクノヘクセン》がもう一人来たことにするけど、それ当たり前のこと言ってないかな？」

「おっと、ナイト様もルールをよくお解りで！　そう、これはホライゾンと両腕による本人コラボなので効能など御座いません！」

　しかし、

「意外と上手く出来てしまったもので、チョイと荒れた艦上に生じる流体の乱れが集まってくるらしく、浅間様が定期的に禊祓に来るんですねコレが」

「ハイハイハイ！　禊祓に来たことにして私も登場ですよ！」

「……アンタ何やってんの？」

「アレ!?　私!?　私なんですかここで注意されるの！」

「説明」

　あー、と浅間が一回頭を掻《か》く。そしてこちらを手で示し、

「じゃあ説明します」

●

　浅間は、いいんですかねコレ……、と思いつつ、言葉を作る。

「まあ何と言うか、ホライゾンがＤＩＹした、この、あと一歩で邪教のオープンセットみたいなコレが、〝型〟として意外によく出来てまして、この周辺の淀みをホイホイ吸うんですね」

「私が先に似たようなこと言っておいて何だけど、何言ってんのアンタ」

「いやいやそうとしか言えないんですよ！」

　と、言ってる間に、奥で鳥居を重ねて作った小さな祠の周辺にそれが現れる。今来ているの

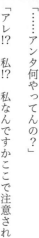

は、空中から生えた素足で、

「ほら！　ほら！　あれは淀みじゃなくて、淀みを消しにやってきた武蔵上にいる道祖神ですけど、ここの出来が良いから巧みなステップ踏んでますよね！」

「出さなくていいって、いいって」

「まあそういう場所になっているんで、武蔵の神道代表としては、寧ろこれを片付けるより、艦上の乱れの原因となってる補修や改修作業が終わるまで、コレはコレで淀みが集まってていいんじゃないかな、という判断になりまして」

「あー、まあその方が楽と言えば楽かな」

「でも私達、青雷亭でメシ食いながら〝横に何か出来てるわねえ〟とか思ってたけど、まさか怪異ホイホイとは……」

「とりあえず現状ではちょっとした公的施設みたいなもんですね」

だが、気になることがある。

「ホライゾン？　コレが何か、あったんですか？」

●

浅間の視界の中、ホライゾンが小さな御堂の方を手で示す。

「こちらに御座います」

何かと見れば、壺《つぼ》だ。さほど大きいものではない。軽く小脇に抱えられるくらい。色は白。

「それが何か？」

「ええ、コレがですね。中にこう、毎日小銭が入る訳ですよ」

ホライゾンが壺を手にして振ると、確かに小銭の音がする。

「地元の人達が何か勘違いして入れちゃったかな？」

「うーん、一応は公的に役立ててる場所なので管理費として有りなんですかね……」

いえ、とホライゾンが言った。何が〝いえ〟なのか、ナイトやナルゼと首を傾げると、ホライゾンがこちらに右の掌《てのひら》を立てて告げる。

「——この壺も小銭も、誰も置いた憶えもなければ、誰も来なくても勝手に小銭が増えるという代物で」

「マジ!?　ちょっと買い物途中で通過するところだけど、じゃあその壺を一万個くらい量産したら無限に不労収益!?」

ハイディうるさいです。しかし、ホライゾンの手にある壺、これはどう考えても、

「怪異じゃないですかね……」

「小銭は毎度壺を逆さにして回収してるんですが、偽物ではないというのが解っております。尚《なお》、回収した小銭は、店主様の気合い掌打で禊してますので無害ですね」

『通神から補足致しますと、武蔵内の貨幣総数や総重量に変動はありませんので、恐らく何処かに落ちている失《う》せ物《もの》の小銭が、そこに回収されているのだと判断出来ます。——以上』

「どういうこと？」

「怪異としては、アレです。〝空から魚が降って来た〟とか〝家の中にお金が投げ込まれた〟とか、そういうのの亜種ですね」

だけど、疑問に思うことがある。

「これの何が事案なんです？　ホライゾン」

「Ｊｕｄ．、それはこの日、一月十日の午前九時頃に発生しました」

●

ホライゾンは説明する。実況見分のように、

「ホライゾンの日課として、この小銭を回収するのが日々の小さな楽しみでした」

「何かやらかす人の前日譚《たん》みたいになってきた？」

まあまあ、と己はナイトに両の掌を見せる。

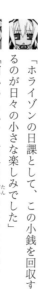

「ここからです」
やることは簡単だ。壺の中の小銭を回収するだけ。

「しかしその日に限って、チョイと魔が差したのでしょう。いつもなら壺を手にして逆さにするんですが、ふと、中を見てしまったのですね」
見る。皆で見る。

「百三十円？」

「百円分が五十円玉二枚のあたり〝落ちてたお金〟感凄いですね……」

「Ｊｕｄ．、そしてまあ、つい、見えてる小銭を回収しようと、壺に手を突っ込んだ訳ですね」
右手を突っ込む。中にある百三十円を握る。

「すると、――壺から手が抜けなくなってしまいまして」

●

浅間は、右手の先に壺を食わせてるホライゾンを見た。

軽く振ったりしてるホライゾンを眺めていると、左右から魔女二人がこっちに視線を向けていることに気付く。

……あ、コレ、私の役目なんですね……。
思い、己は、壺を振ってるホライゾンに言った。

「あの、ホライゾン？」

「何でしょう、浅間様」

「……あのですね？　そういうときは、基本、右手を開いて小銭を離してみてはどうでしょう」
言った。するとホライゾンが、壺を御堂に置くようにして、それから手を抜いた。
結果として抜けた。
ホライゾンは、何も摑《つか》んでいない右手を見て、こちらに視線を向け、

「浅間様」

「はい」

「解決ウ――――!!!」

一息。

「――しては駄目です浅間様！　落ち着いて下さい浅間様、今はＧＴの御時間。だからここはホライゾンが小動物のように壺を振り回すのを画面外のワハハ系ガヤと一緒に楽しむ時間です。ヘルプしてはいけません。しかしお気遣い有《あ》り難《がと》う御座います！」

「あっ、は、はい。どうも」

あれここ〝どうも〟でいいんですかね……、と思ったけど、そういうことではないのだろう。

「では、再現映像をもう一回です」

ホライゾンが壺の中に右手を突っ込む。抜けない。振り回す。でも抜けない。ワハハハとガヤが起きたが、その方向に誰もいないから間違いなく怪異。そして、ホライゾンが笑い声の怪異に軽く手を振る。そのタイミングで自分が、

「――で、どうするんです？　ホライゾン」

「――そう！　このタイミングでその疑問が欲しかったのです！　今後もその調子で御願いします！　流石浅間様！」

「流石浅間様」

「流石浅間様」

「ふ、復唱しなくていいですよ！」

ともあれホライゾンが、壺の右腕を振り回す。それは軽く構えを伴ったものとなり、

「こう、打撃系というか、ストレートやフックだと、何となく抜けそうだな、というのが見えて参りました」

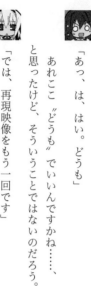

しかし、とホライゾンが右手を素早く振り抜きながら言う。

「——何かが足りない！　そう、明らかに何かが足りないのです！」

「何が？」

「ここで問題です！」

「えっ」

「このホライゾンのコンビネーション、何が不足しているのでしょうか」

コンビネーションではなく壺を抜くのが目的なのでは……、と思ったが言わなかった。恐らく当時のホライゾンも、もはや壺を抜くというような小事は気にしてなかろう。だとすると、

「フィニッシュブローが決まってない？」

「惜しい！　最後はストレートでシメたいというのはありました」

じゃあ、と言ったときだ。ナルゼが首を傾げつつこう告げた。

「必殺技名が決まってない？」

「ホアアアア！　真空ストレートフラッシュストレート!!」

浅間の視界の中、ホライゾンが強い踏み込みと共に右腕を振り抜いた。

直後。その先にハマっていた壺が抜けた。というより発射された。

右腕ごとだ。

「えっ？」

ロケット壺パンチ状態の右腕が勢いよく飛んでいったのは、表通りだ。

●

暫定市庁舎に向かう前、多摩にある自分の商館での仕事を終えた小西《こにし》は、馬車での移動中に狙撃を受けた。

馬車の車体が、いきなり横から飛んできた何かにヒットされて吹っ飛び、

「ホアアアアア!?」

暴走した馬に振り回された馬車が、道路脇に積まれていた廃材に突っ込み、一回転する。

目撃者によると、

「また小西様のリアクション芸が」

とのことで、この解釈が捜査の初期の遅れを招いたとされている。

「――――」

●

「――――」

「――――」

「――――」

「トンズラです！」

●

クリスティーナは、足止めを食らっていた。

多摩表層部。切れかけていたクレンジングを買いに来たのだが、馬車がクラッシュしたとかで行きつけの店の前が埋まっている。見たところ、開店時間をすぎても店を開いていないようであります。店の前では何処かの商人が番屋を相手に、

「ほ、本当です！　そちらにある邪教の祭壇施設からロケットパンチが！」

「うんうん、よく解った。病院行こうな？　な？」
　などと遣り取りをしているが、こちらとしてはどうしたものか。ただまあ、ここならば時間潰しは出来る。何故なら、

「青雷亭があるのでありますよ」

●

「ごきげんようであります」
　クリスティーナが青雷亭の扉を潜ると、先客がいた。テーブルに着いているのは、

「――――」

「――――」

「――――」

「――――」
　副王はここの店員なので問題は無い。ただ右腕が何処かに行っているのは何故だろう。散歩でありますかね。そして他の三人。

「……な、何でそんな神妙な表情を？」

「いや、ちょっとカタギじゃないようなことに荷担したかなって……」

「私、教唆になるのかしら？」

「とりあえず壺は割れたろうからその点では問題なし？」
　何だか解らない。だが、自分としては気付くことがあった。

「……そちらの御三方、ここにいたでありましょうか？」
　言う、すると浅間神社代表と魔女二人が顔を見合わせた。ややあってから、

「――あっ」

その声と共に、三人が霧のように消えていく。

消えた。

ややあってから、副王がこちらに一つ頷きを見せた。

「――幻影です」

○

『スゲエよ……』

『というか、やっちゃったあ――……』

『コレどんだけ修正必要かな？』

『もはや幻影で通した方が楽じゃない？』

『では、そういうことで再開です』

●

「あ、あと、ええと、ちょっと宜《よろ》しいでありますか？」

「何でしょうクリ子様」

ええ、とクリスティーナは応じた。窓の外、午前の明るい光を見ながら、

「私、ここに来たのは、――夜だったのでありますが」

「…………」

「……夜？」

「Ｔｅｓ《テスタメント》．、夜」

言うと、副王が椅子から立ち上がった。窓に近寄り、カーテンを、閉め、開ける。すると、

「夜です」

手を添えて紹介された窓の外は確かに夜。だが副王は、

「……チョイと遅すぎますかね。何時くらいでした？」

「午後六時半頃だったでありましょうか」

副王が、窓のカーテンを閉め、開ける。

外の〝夜〟には、街の灯りが強く灯《とも》っている。

「こんなもんで如何でしょうか」

○

『…………』

『……幻影で処理出来ない気が』

『智！　智！　頑張るんですのよ！』

『精神論かえ』

『大丈夫です浅間様！　ここはお任せ下さい！』

●

ホライゾンは、窓の変化を呆然と見ているクリ子にこう言った。

「――イリュージョンです」

○

『ふう、……危ないところでした。どうでしょうか浅間様』

『…………』

『……チママが考え込んでしまってるわね……』

●

ともあれイリュージョンということになった。

クリスティーナが手頃な席につくと、副王が

横に立つ。メニューを呈示されて、

「では夕食か軽食など如何でしょうか。今のオススメはTとかDです」

「TとかD」

何であります？　と思っていると、背後のテーブルから声が聞こえる。

「ぬおおおおお！　B定食は安全かと思ったらバナナかよ！」

「ははは！　Kセットで米しか出て来ない俺の勝ちだな！」

「いいじゃねえか！　こっちはW定食でバナナと米だぞ！」

それらを聞いて、自分は確認した。

「ビミョーにイニシャルだけではないでありますね？」

「Ｊｕｄ．！　ネタを考えるのも大変なので」

成程、と言った瞬間だった。

天井から目の前に勢いよく人体が落ちてきた。

「フォァッ……！」

あ、と副王が気付いたように言葉を作る。

「右腕です。バレないように迂回《うかい》して入ってきたのですね」

右腕が、騒がせたことについて謝罪の一礼。こちらもつられて軽く会釈するが、その間に副王が右肩から接続。そのまま厨房に行き、

「店主様、本日の上納金です。——百三十円」

「アー、そこの瓶に入れといて——」

などという遣り取りが有り、また戻ってくる。

「ではクリ子様、決断を」

「あ、いえ、夕食はこれから忠興様と頂くのでありまして——」

凄い嫌そうな顔をされた。

ややあってから、副王はソレに気付いて表情を改める。そして、

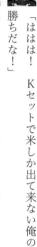

「失礼しました。今、点蔵様がメアリ様にキモいトークをしたときの表情をしてしまいました。トーリ様用のものはもう三段くらいレベルが違うのですが、一般用にはこんな感じです」

こんな感じの表情をされた。

はあ、と自分は頷き、

「では忠興様とちょっと歩きの時間用に、菓子パンなど買っていくでありますね」

「それは素晴らしい！　というときの表情はコレです」

Ｔｅｓ．、であります。

ともあれ、少々迷ったが、自分は口を開く。

「あの、そこのテーブルに副会長がいた筈《はず》であります」

『――いたかあ』

『可哀想《かわいそう》に……』

○

『おい！　待て！　私がいたからと言って巻き込むな！』

『回想ジャンルとは思えない発言ね……』

『私、発案者なのに出番がない一方で、無茶苦茶責任を感じてますの……』

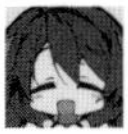
『大丈夫ですよネイメア！　なるようにしかならないですから！』

●

正純は、仕事中だった。

瑞典総長が来たのは知っている。無難にパンを買ったのも憶えている。だが、

「武蔵副会長、何の仕事か、聞いても大丈夫でありますか？」

「Ｊｕｄ．、――まあ今の処は、末世事変が終わってからの各国の動きの整理だな。基本は下の各委員会が各国の動静を伝えてきて、それを渉外委員がまとめて、あとは武蔵艦橋が一週間単位で半年先くらいまでシミュレーションする。

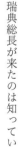

今はその結果と、別で竹中《たけなか》と大久保が作ったシミュレーションを比較してる」

「随分と手が込んでるでありますねえ……！」

「竹中の情報処理術式〝三千世界〟が、なかなか使える。武蔵のシミュレーションだと公平というか、均等をベースに未来をシミュレーションするが、竹中の方は偏りがあって、こちらの方が実際の空気を感じる」

『ちょっと通神で解説しますと、武蔵のシミュレーションは世界全体が優劣の優となる判断をして、発生確率の高いものを選んでいく勝ち筋系のものです。おねーさんの方は、人付き合いや体調などで判断ミスすることも考慮した負け筋の可能性をピックアップし、併行確認。最後にバランス重視で整える訳です』

「バランス重視、というのは？」

「各国は勝つために動いているのではなく、他国に後れをとらないよう動いている、……と、そんな考えやな。その上で、先んじる要素としては歴史再現というものを考慮する」

結果として見比べると、なかなか面白い。

「武蔵のシミュレーションは世界が経済や戦争で動いているように見えるし、竹中や大久保のシミュレーションでは人付き合いと歴史再現で動いているように見える。

そして同じ経過や結果になることが多いというのも、不思議だ」

「今、世界は、どのように動いているでありますか？」

そうだなあ、と自分は思案する。この相手は、諸処を話しても大丈夫な存在だと解っているのだ。だから、相談するつもりで言葉を投げる。

「現状、――〝確認〟という処だな」

●

世界は動いている、と正純は思う。

ほんの数ヶ月前までは違った。動いていると

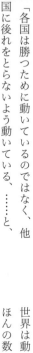

言っても、基本、末世をどうするかということに向けられており、自分もその輪に加わっていろいろやらかしていたのだ。
　だがそれもヴェストファーレンで枷《かせ》を外され、対運命戦の勝利から、檻《おり》まで外されたような状態になった。

「今、まだ世界は戸惑っている」

「対運命戦から二週間近く経過して、その状態でありますか」

「Ｊｕｄ．、勝利に浮かれて、世界の存続に喜んで、テンション上げてる内は、自分達が何でも出来ると言う万能感に満ちていたろう」
　しかし、

「――しかし、世界は〝末世〟という共通目標を失ってしまったのだ」

　クリスティーナは、壁に掛かった時計を見た。
まだ忠輿との合流時間になっていない。外でも商人が番屋にマジ顔で何か言いつのっていて、それをこちらでは副王が腕を組んで頷きながら見ている。

「大変ですねえ」

　大物でありますね……、としみじみ思うであります。
とはいえ、自分は副会長の言に興味を持つ。

「――世界全体を見たとき、気を付けるべきは何でありましょう」

　Ｊｕｄ．、と副会長が応じた。彼女は椅子に浅く腰掛け直し、一息を吐き、

「武蔵の予測では、――世界が戸惑いから、また火種を生むのではないかと」

「――目標を失った皆が、お互いがどう動くか疑心暗鬼する中で、しかし利益を求めるならばやはり争い事でありましょう」

　何故なら、

「不安とは、安心を求めるもの。国家の安心とは、隣国よりも上に立つということであります」

「その通りだ。――そこで竹中と大久保のシミュレーションが活きる」

「……？　お二人のシミュレーションは、どのようなもので？」

「Ｊｕｄ．、武蔵のシミュレーションの場合、勝者になれるならばなろう、という傾向があるため、隣国を制圧出来るならしてしまう場合がある。また、隣国側も、支配される方が楽ならば、それを勝利として組み込まれることを是とする場合がある」

だが、

「そのようにして隣国同士が結びつくと、国は大きくなるが、――本来の国よりも、他の国と接する箇所が多くなる」

これはどういうことか。

「結論から言うと、楽して安心を得たいなら、自国が他国と接する箇所を限りなく少なくすべきだ。竹中と大久保のシミュレーションの場合、人の繋がりや歴史再現を駆使して〝国土を広げつつ国境を狭くする〟を、必要最低限のトラブルが起きないように叶えていく」

「どちらが正解だと思われるであります？」

「どちらも、だ」

即答された。

「既に貴女《あなた》も私も正解を述べている。大事なのは拡大か内向か、ではなく、〝不安かどうか〟なのだ。不安がなければ、そもそも拡大も内向も不必要に発生せず、また、衝動にも拠《よ》らない。あるべきは――」

「歴史再現でありましょう」

●

Ｊｕｄ．、と武蔵副会長が頷くのを、クリスティーナは聞いた。

「歴史再現とは、つまり、こういうときのためにあるのだな」

一息。

「世界がどうすればいいか解らず、下手をすると疑心暗鬼に陥りかねないとき、聖譜は指針を示してくれる。とりあえずこれに従い、被害が無いよう解釈をもって歴史を進めろと、そういうことだ」

「ならば——」

今、世界はどう動くのか。己は改めてこう言った。

「——やはり歴史再現でありましょう」

言う。補足する。

「各国、末世を通過した世界を再び動かすために、まず、準備運動が必要なのであります。自分達が、さて、末世という共通の目標なしに過たず動くことが出来るのか。そして動いたとき、他国がどう反応するのか。

それらの〝試験〟として安全に行えるのは、やはり歴史再現であります」

「Ｊｕｄ．、そうだな。だから今、二つのシミュレーションが興味深い」

自分は、今こそ彼女の言っている意味を理解した。

武蔵のシミュレーションは勝利を望む拡大の傾向にある。

竹中や代表委員長達のシミュレーションは、安定を望む内向の傾向にある。

今の時期、歴史再現を各国が優先するとして、武蔵はこれをどう見るべきか。

「〝失われないこと〟を第一とする武蔵は、武蔵側が立てたシミュレーションの内、拡大する力が強いものをチェックし、害ある解釈が働かれていたら介入する」

そして、

「不安によって内向する歴史再現を行っている国については、他国との交流、及び調整を武蔵側が補助し、場を設けるなどする」

「大変でありますねえ」

思わず言ってしまった。だが本音だ。すると副会長が視線をこちらに向けた。

「大久保から聞いているぞ？　──武蔵在住の理由として、武蔵生徒会の情報顧問として働きたいと」

●

『──そこまで武蔵に残留をしたいとは、愛、愛ですね……！　心中、御同意致します……！』

『Ｔｅｓ．！　ファナ様も何があっても副会長でいるように、私も努力を致します……！』

○

『ファナ様の調子、代役しましたが、このようなもので問題ありませんか？』

『あ、オッケーであります！　タイミングはバッチリでした！　ナイスファナ様でありまーす！　そんな感じで！』

『……世話子様、思った以上にノリが良いのですね……』

『というかおい！　コレ、うちの情報が三征西班牙《トレス・エスパニア》に漏れてないか!?』

『今更何言ってんのよ……』

『あ、じゃあ、おねーさん達の話題も出たので、次はこっち行きますよー』

『──そろそろ何か食べるもの要る？　準備してるけど』

『御願いします！』

第三章

『順当と意外』

『よーし、じゃあ、おねーさんからスタートということで、生徒会居室いきますねー』

○

●

一月十日の夜。

竹中は大久保と共に泊まり込み三日目の覚悟を決めていた。

「代表委員長、——体洗うの、洗浄符でいいですかね」

「いや、地下にある総長連合フロアでシャワールーム借りるか、浅間神社行って泉借りてくるとええわ」

「代表委員長は？」

「教導院の横にある居住区画にセーフハウス借りとるさかい」

「……えーと収入格差の話からしていいですかねー」

「？　必要なら貸すで？」

「あー、じゃあ浅間神社行きます」

「何やその返し方」

「いや、代表委員長がこっちに対して気遣いしてくれる人だと解ったら、こんな些細《ささい》なことでその気遣いを消費するのは損だと思うものでして」

「その発想なら〝解る〟からええわ。——人徳は目減りするわな」

「おや、解ります？」

「ゴリゴリと人徳削ってくるのが上役にいるさかい」

Ｊｕｄ．、と己は頷いた。浅間神社にいる平野《ひらの》に、深夜でも泉を借りていいかどうか通神文《メール》を飛ばしておいて、

「――そっち、どんなもんです？」

「ああ、順番、ようやくついたわ」

今、こちらの方で判断し、決めているものがある。それは、

「対運命戦の戦後、二週間近くになって、ようやく各国の外交艦の着艦と離艦スケジュールが組めたわ」

●

大久保は、意識して一息を入れた。

「最初が失敗したわなあ」

「各国の船の行き来を、通常業務として代表委員会直下の貿易係に任せたのは、まあ普段なら間違ってないかと思いますよー」

「――フォローええわ。ともあれここまで外交艦が押し寄せるとは、な」

武蔵は、基本的に他国との歴史再現が薄い勢力だ。

何しろ歴史的には文字通り〝極東〟の島国なのだ。大陸直近との付き合いはあるが、欧州勢との遣り取りは、極東よりも寧ろその外での方が盛んとなる。

また、極東自体が禁教令の歴史再現を持っている。それは正式な発令をまだ行っていないが、その駆け引きも含め、

「今、武蔵と直接に極東の歴史再現や、またはそれを無視した付き合いをするくらいなら、他国との歴史再現を見直した方が安全やし、意味があるやろな。

うちとしても、今の時点で国体に影響したり、他国間のパワーバランスに介入するような歴史再現は基本として却下や」

「だからこそ、武蔵上は〝国交の安全地帯〟になるんでしょうねー」

だから、だ。

「年明けてから、他国の外交艦が一気にやってきて、食糧などを貿易に頼ってる武蔵としては

左右二番艦どころか、三番艦のウイングデッキまで占領されてえらい目にあいましたよ……」

○

『……今、竹中達、私達に説明してくれてる？』

『うん。これ、タケ子達、間違いなくアンジー達に説明してくれてる』

『おおう、有り難いですよう』

『竹中もいるんですから、あまりそういうこと言うもんじゃありませんのよ？』

『あー、まあ聞いて貰えてるなら問題無いですねー』

『説明しても聞いとらへんのがおるからな』

『……！』

●

武蔵の左右二番艦、三番艦の港が外交艦などに占領される。

これは今の武蔵にとって、非常に危険なことだと大久保は思う。

「年始は食糧の消費が激しくなるし、それ以外の品もよく動く時期やからな……」

更には武蔵は、対運命戦で得た破損や疲弊の補修や改修を行っている最中だ。

・**補修と改修**
・**貿易**
・**外交**

これらに順位をつけ、また、順序をつけて着艦の管理をしなければならない。

「ですが武蔵が計算で出した着港スケジュールは、これらを効率よく回すことを最善としていて、優先度がちょっと甘いんですよね」

『Ｊｕｄ．補修と改修については当艦の管理範疇《はんちゅう》にあるので理解出来ます。貿易についても在庫量と消費量の関係、そして倉庫容量の計測から大体の判断は可能です。しかし——』

『外交については、運行と艦内運営を主とする武蔵では解りにくい部分やな』

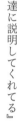

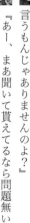

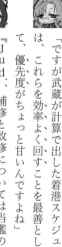

『Ｊｕｄ．、武蔵が理解出来るのは、各国のパワーゲームのシミュレーションから導く武蔵の〃外交優先度〃ですが、これは俯瞰《ふかん》性が高いものと理解しています。また、大久保様達もそのように御理解下さい。——以上』

だから、だ。

そのような優先度と、効率重視の上で、自分達の経験や記憶と、

「〃三千世界〃を重ねてみましょう。私達の経験や記憶も、また、私達を騙《だま》すものでもありますからねー」

「貴様のそういう割り切りは自己評価の低さゆえなんか？」

「いやあ、低い方に自信があったら、〃自分は低い〃ということを疑わないでしょう」

まあそうやな、と思って、〃三千世界〃の提示する結果を確認する。優先度の変更を行いたい場合はまた調整。

出来上がるのは当然、完璧ではない。何処かを立たせたら何処かが沈む。そういう部分での割り切りがあるものだ。だが、

「まあ、それが取捨選択と、そういうもんやな」

「魔女が配送バイトのついでに窓の外から聞いてる限りだと、総艦長代理がやってることと似てるわね」

「おお、なかなか鋭いですな、ナイト様のパッキン巨乳要素とナルゼ様の白魔女《ヴァイスヘクセン》要素を受け継いだナイゼ様！」

「アンジーもバイトのついでに寄って見るけど、ホママの理屈だとアンジーはナルト様になんのかな？」

「いえ、アンジー様はアン子様となります」

「……セオリーが読めないわね……」

「というか小豆《あずき》？」

「――でまあ、武蔵は今、何を優先としているのであります？」

クリスティーナは問うてみる。すると武蔵副会長が頷いた。


「――外交が一番下」


「い、一番下でありますか？」

Ｊｕｄ．、と武蔵副会長が応じる。

「いや、だって、よく考えてみろ」


「――うちだって忙しいんだから、わざわざこっちきて他国間外交すんな！」


「あー、まあ、武蔵と他国の外交ならまだしも、他国間でいろいろやっておりますねえ」

「Ｊｕｄ．、だから武蔵との外交をしたい国の船は優先度上げて、そうじゃなくて〝外交館に立ち寄りに来ました〟みたいなのは後回しにしてる。だが――」

という彼女の言いたい言葉の先は、何となく解る。

「〝武蔵に所用で交渉でえす〟みたいに嘘《うそ》吐いて、実は他国間交渉がメインの国とか、張り倒しでありますか？」

『あ、ハイ！　いつも笑顔で神罰直撃、浅間神社法務部です！　――あ、ハイ、副会長？　ええ、ちゃんとやってますよ？　虚偽の理由もしくは大理由が別にあって入艦した方々には、次に尻から出るのが気体か固体か解らなくなる神罰入れてます！　これがなかなか好評で！　街中とかで勝手な交渉してるときに〝ウワアアアア！〟とかいきなり悲鳴上げるんですよね！』

「まあこんな感じだが、こういう実情が他の国々に伝わるまで、もう少し時間が要るな

……」

「しかし、世界を読むという行為は、やはり難しいものでありますねえ。武蔵、代表委員長、竹中様のクラスが揃って、しかし統一した未来は読めないのでありますね」

　そうだな、と正純は頷いた。

「貴女もまた、そのクラスの一人だろう。どう思う？」

「Ｔｅｓ．、私などは、忠興様の行動や真意すら読めなかった者でありますよ？　だからまあ、そういう視点からすると、――やはり歴史再現というルールは強力でありますね」

「強力？」

「頼るものとして強く、また、裏切るものとしても強くあります」

　彼女の言葉に、自分はやや考えてから頷いた。

　確かに、世界は歴史再現に頼れば頼るほど安定する。だが歴史再現としての損失や、利益の不均等が起きる場合、反抗や解釈が生じ、強い不安定が生じるのだ。

　その不安定は、〝予定外〟という言葉で言い切れるだろうが、

「――歴史再現として生じる〝損失や不利益〟に対し、抵抗することが〝不安定〟要因にされるのはビミョーに納得いかんな。その〝不安定〟こそが〝均衡化〟だろうに」

「聖譜側というか、聖連側からの視点でありますからねえ」

　でも、

「旧派《カトリック》の望むものは中道、中庸、つまり幸も不幸もほどよく均衡であり、馴《な》れることにあります。その意味では、教皇総長がヴェストファーレンで武蔵のあり方を認めたのは、〝不安定〟が均衡を作り得ると認めたからでありましょう」

「……次代、次々代あたりの教皇総長は最初からそれを認めてくれるといいんだが」

「現教皇総長は、現役が長そうでありますねえ」

　お互い吐息する。すると、入り口の方からホ

ライゾンが、

「クリ子様！　表の馬車が屑屋《くずや》に回収されて行きます！　番屋も手薄なので逃げるなら今の内です！」

「何か前提がおかしくないか？」

　いやまあ、と瑞典総長が席を立つ。

「――さて、行きつけの店が開いたようなので、行って来るであります。あと、夜遊びがてらに、奥多摩の教導院に顔を出して見るのも有りでありましょうか。代表委員長達に差し入れでも」

「Ｊｕｄ．！　では大久保様達が大好きなＩが今日は余っているので持っていって下さい！腐るほどありますので！」

○

『そんな訳で青雷亭を出た私でありますが、途中、忠興様からの通神で合流して、そこから生徒会居室を伺ったのでありますね』

『単純な疑問だけどＩって何かな？』

『〝今川《いまがわ》焼き〟やな』

『……多摩で見かけたことがありますが、アレ、歴史再現違反では？　聖譜に記されているのは１７４８年までですよね？』

『聖譜傍論では１７７０～80年代に江戸で売り出されたという説があるんでな。武蔵としても、他国に先駆けて〝うちは聖譜の最前線を再現しとる〟と、そんな牽制《けんせい》が必要なんで、こういうのはぎりぎりであればこそ取り入れとる』

『あれ、でも今川焼きじゃなくて大判焼きよね？』

『それは御法度や伊達家副長。大判焼きは遙《はる》かに後世での呼び名なんで、流石に今使うのは違反になるで』

『あら？　じゃあ大坂いた時期に見た回転焼きは？』

『ストレートにアウト案件』

『ちなみに今川焼きの北限は陸奥《むつ》シビルでありますが、西限は駿河《するが》、信州《しんしゅう》でありますね』

『今川家の勢力範囲から以東、という広まり方……、というか、江戸から発祥したならば、西には今川の元勢力範囲が限界、という感じですね』

『道理で、うちや三征西班牙には来ていない訳ですわね』

『ココ、実は私の治める奥羽《おうう》では〝今川焼き〟が通じて、しかしそこから日本海沿岸、南西に向かっては違う呼び方なのだえ？　――つまり伊達を含む奥羽、関東、駿河に信州という〝今川焼き〟の土地は、コレ、松平《まつだいら》が初期に味方につけた土地であるのよ』

『今川焼きの名称は、今川という名主《なぬし》が江戸に架橋した今川橋、その付近にあった店が、作った〝それ〟を桶狭間《おけはざま》の今川を掛詞《かけことば》として名づけたという、そんな今川尽くめの説がありますねー。

しかし、そうだとすると、桶狭間に由来する織田《おだ》家を含めた物語は、この時期既に上方ではなく松平のものになっていたのですかねー……？』

『……何かコレだけメンツがいると、思わぬ処が深掘りされるなあ……』

『皆、早口好きですわねえ』

『貴様も時折その病が発症するのを忘れるでないぞえ？　ン？』

『ええと、それでクリスティーナさんを追えばいいんですかね……？』

『あ、Ｔｅｓ．！　ですがそのとき、そちらの清正様と福島様がちょっと関係？　してるでありますね』

『あら、ジェイミーが何か？』

『え？　あ、いえ、関係というか、擦れ違いに近いようなアレですが……！』

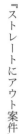

『フフ、じゃあレッツスタート！』

●

多摩表層部、パン屋兼軽食屋である〝青雷亭〟の夜は早い――。

○

『ホライゾン！　ホライゾン！　ちょっと出番違いますよ！　喜美も笑ってないで！』

『あいやチョイと流れにスパイスを投じるつもりでしたが、この出だし、何にでも合いそうで困りますな』

『**もう最高……**』

『豊！　豊！　ノボせてるのとは違う状態ですわね今!?』

『どんな状態異常だ……』

●

「ハイ、今晩は、加藤・清正です」

「キヨキヨ、馴れてないからってその出だしはどうなのかな？」

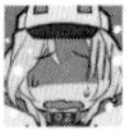
「い、いえ、高尾の相対場にいたのですよ、このとき」

「あら？　多摩ではなく、高尾ですの？」

Ｊｕｄ．、と清正は頷いた。視線を送るのは第五特務だ。

「Ｊｕｄ．、――この当時、まだネイメアと福島・正則、加藤《かとう》・嘉明《よしあき》の番外特務就任は申請中でしたの。だから持ち場を決めず、補助として、ルールなどがあまり定まってない相対場を警備させたり、野良相対場を取り締まったりしてましたのね」

「確か、あの晩は――」

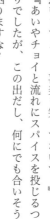

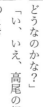

「Ｊｕｄ．、諸処の相対が落ち着いたことや、福島様の番外特務就任要請が行われたことから、二人でちょっとした試合をしたのですね」

「ピリリリリリリリリリリリリリ！　青雷亭からスッ飛んで来ましたが、今は過去の御時間です。そのように振る舞って下さい。——あ、最初の音は警告音です」

「何処から声が出てるんだろう……」

　ともあれ反省。
　ここは高尾の相対場。大相対場では案件が捌《さば》き切れず、小相対場も設けられた場所だ。現状では代表委員長の管理下にあるが、今夜は自分達が担当している。そして、

「——顔見せ、ということで、キヨ殿、一つ手合わせと行くで御座ります」

「Ｊｕｄ．、——では皆様、今後、各相対場の警備、管理としてお付き合い頂きます私、加藤・清正と、福島・正則が、ここで一つ、歴史再現の相対を実演致します」

●

『まあ！　愛する二人が相対で実演？　チュッチュチュッチュの合体ですのね!?』

『解るわ……、広義の合体ね……』

『そこ！　そこ！　うるさいですわよ……！』

『でも相対内容は何さね？』

『え？　ええ、私と福島様は、歴史再現だとたびたび喧嘩《けんか》して仲直りというのがあるのですね。それがまあ、定期的？　という訳ではないですがありますので、こういう時期には率先してやっておかないと、他国からツッコまれる可能性がある、と』

『痴話《ちわ》喧嘩の再現かー』

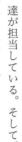

●

　脇坂《わきさか》は高尾の現場にいた。配送業のバイトを始めているが、ぶっちゃけまだ嘉明共々序列二桁で、艦間の行き来には許可がいるレベル。とはいえ、このあたりは経験もだが、年季が勝負なので、序列を焦って上げてもしょうがない。

「キヨキヨとフクシマンの痴話喧嘩を見に来たんだよね」

　一方で、今日は確か、序列八位の〝海兵《マリネ》〟が、多摩の相対場で交渉役として相対に出るとかで、話題になっていた。母達と仲が良い彼女は、このところの序列争いでサボっていて順位を暫定的に落としているが、実際は四位クラスの実力者だ。そちらの方は嘉明が出ているから、後でお互いの観戦話で盛り上がろうと思う。

　ともあれこちら、現場は下の吹き抜け公園が人だかりで埋まっている。

　自分は、吹き抜け途中階のテラスの縁に腰掛け、食事中だ。

　下の屋台で買った焼き鳥が美味《うま》いが、これは広義の近親食だろうか。

　しかし眼下、賑やかだ。上がってくるのは屋台が提供する食事の匂いだが、醤油ベースの甘辛い匂いとは別で、公園の周囲を巡る水路が水の透明な匂いを寄越してくる。

　そんな中、人々の集まりが完全に密、という訳ではないのは、清正達や総長連合の管理があるからだろう。屋台もあれば人の流れもある。そして、色というか雰囲気で〝集団〟が分かれているのも見える。

WHO?

「ワアアー！　清正様！」

　という集団は、間違いなく元羽柴勢の女子達。キヨキヨ人気あるなあ、と思っていると、

WHO?

「ウホオオ！　福島様アー！」

　という集団が、何かバトル前のダンスをやり始めている。

　フクシマン変な人気あるなあ、と思っている

と、

「では福島様、――相対を開始しましょうか」

清正が、相対場の上で身構えた。

●

二つの影が相対する。

清正と福島の試合を見るのは、初めてではない。

「羽柴勢の頃に、何度も見てるもんねえ」

強いて言うなら、それ以前、あの運命戦で敗北した〝花園《アヴァロン》〟の中でも見ていたのだ。

ただ、武蔵に来ては初めてだと思う。

だとすると、何か変化あったかな、とも考えるが、流石に〝試合〟だ。

「――カレトヴルッフと一ノ谷は無しかー」

「――武蔵を破壊してしまいますよ！」

聞かれてた。

昔は輸送艦とか訓練艦の上でブッパしてた気がするが、二人とも大人になったものだ。

見ると清正も福島も、刃を潰した槍《やり》を手にしている。長さ三メートル弱。清正が二本持っているのは、カレトヴルッフのつもりか。

おお、と声を上げた観客達が、その響きが消えていくのに合わせ、言葉を噤《つぐ》んだ。

「――」

あれだけ騒がしかった現場が、一息で静まった。

音がない。

相対場で向かい合う二人が、既に戦闘態勢に入っているのに気付いたからだ。

大人も、子供も、何か解らぬ者までも、気付く。

メジャー襲名者が相対をするというのは、

「ハジマリハジマリィ――！」

ホママが居《い》たんだった、というか、何処から声が出てるんだろうかホントに。

●

先手は福島だった。

……行くで御座ります！

自分はアタッカー。清正はディフェンダーというタイプだ。

待っているのは清正の方が上手だし、彼女の方から攻撃を仕掛けてくることはまず無い。

だとすると、こちらから手を出し、清正の隙を生むしかない。

だから行った。

大相対場の広さは十二メートル四方。広いようでいて、狭い。特に槍をお互いに持つならば、数歩の間合いで相手の射程に飛び込むことになる。

なった。

二歩目で清正が動いたのだ。

●

「あ、御免、上空通りかかったから資料として聞いておきたいけど、服装は？　水着？　小袖一枚？」

「そんな薄着で立ちまわってたらちょっと駄目ですのよ？」

「夏のイベントに出すなら、それもいいわね……。水着で相対ネタとか」

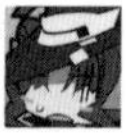

「ンンンン、ナルゼママには悪いけど、ここだとジャージ」

「ジャージ!?　それはそれで有りよ！　でかしたわ！」

「聞こえてますよ……！」

●

ともあれ清正としては動いた。

自分は防御主体の戦いをする。いつもならば自律装甲つきの機動殻を使用しているが、今回はそれがない。あるのは模擬戦で使われる槍二本だ。

つまり防御手段がない。

だが、ある。

……槍……！

穂先を下げ気味に、前に突き出す。自らは攻撃をしない。動くのは、

「――――」

福島が射程に入った瞬間。己は右の槍を跳ね上げた。

●

福島としては、幾度かあったシチュエーションだった。

……キヨ殿との訓練では、基本、キヨ殿は機動殻を使わぬで御座ります。

その際、彼女はどうするか。

迎撃に槍を使う。その始まりが、

「……そこです！」

右の槍で突き込んでくるのは下段だ。こちらの足、脛《すね》あたりを貫く軌道で一発が来る。

鋭い。

観客のほとんどは、攻撃が行われたことに気付いてもいないだろう。そんな一発だ。

……流石はキヨ殿……！

試合と言っても清正は手を抜かない。以前もこちらがスランプの時、本人的には喝を入れるつもりだったのだろうが、チョイ間違えば死ぬような攻撃を食らった事がある。

……まあ、拙者を信頼しての事で御座りましょうが。

こちらが余所見《よそみ》とかしてたらどうなっていたか、など、流石に聞かない。

あの時は、その後で、仲良く軽食屋に行ったことを通神帯《ネット》で報告した。すると嘉明が、

「……控えめに言ってサイコパスの行動よね……」
　とか感想されたで御座りますが、コレ、自分とキヨ殿どちらへの評価で御座ります？

「ちょっと、嘉明様！」

「おーい、キヨキヨ、集中集中！」

　その通りで御座りますね。

　ともあれ〝これ〟も同じだ。前に出たこちらを足止めるような一発。避けなければ骨を砕くくらいの一発が来ている。

　それに対し、自分は挙動する。

　左。

　清正の右槍に対し、左に身体《からだ》をズラす。

　移動するのではない。座標を変える。

　使用するのは加速術式〝逆落《さかお》とし〟だ。高速移動をするための術式を超短距離移動に用いる。

　その理由は、自分の前進〝挙動〟を妨げないためだ。

……逆落としの隠れた特性に御座りますな。

逆落としの加速は重力加速なので、走ったり跳躍する必要が無い。

　身体の向いている方向へと、身を〝落とす〟。落とす方向も連続で相反する方向に入れなければ術式が壊れないため、前後左右、上下と自由自在だ。

　だから身体を前に進ませているとき、全身を軽く捻《ひね》って逆落としを入れれば、前進軌道と挙動を変えることなく、〝位置〟を変動出来る。

　今は、前に進みつつ、左にズレた。

　身体にして半身分。進む足、上げた右足の下を清正の槍が空突きする。そんなぎりぎりの位置を行く。余裕があれば清正の槍を右足で踏んで差し止めたいが、そこまでの余裕を清正も与えてくれまい。

　くれなかった。

「――――」

清正の槍が高速で引かれるのに合わせ、自分はそのまま左前方に出る。

逆落としの座標変動による回避は、こちらの前進力を妨げない。

戦闘慣れしている相手なら、見たことない速度で踏み込まれるので、だからこそ対応出来ずにこちらに飲まれることになる。

清正は違う。

戦闘慣れしているが、その経験の中で、こちらを充分に相手している。

故に、反応が来た。

先読みに近い挙動で、右の槍が引かれる。弾《はじ》けるような引きの動作は、まっすぐではない。

右背。弧を描いて後ろへと引かれる清正の右腕は、正しく肩から肘へ、そして手首の順番で引かれ、順次加速。

右腕に引かれて、彼女の身体が回る。

それは、こちらが左に回り込もうとした動きに対し、正対するための旋回だ。

前進する自分の真右。そこに清正が右後ろへの高速バックステップで回り込んできた。

「……っ！」

意外、と思ったのは油断であろう。槍持ち二人にとっては狭いとも言えるフィールドで、防御主体であれば〝固まる〟のが常道。それをこちらに合わせ、小刻みではあれ、位置を変えてきた。
清正は自分のように専用の加速術式を持つ訳では無い。だが汎用系としては高度な加速術式や、身体強化術式を修めている。これは元羽柴十本槍ならば当然といえるものだが、清正の場合は違う。
どう違うかというと凄い。どう凄いかと言うと凄く凄いので御座ります。どう凄く凄いかと言うととても凄く凄いので御座ります。

○

『大丈夫かえ？』

『結構ダイレクトに行きますわね最上《もがみ》総長』

『というかコレ、ここまでの本文が全て清正へのリスペクトな気が』

『いや、拙者にはとても凄くよく解ったで御座るよ？』

『……じゃあ駄目ですね……』

『いえ、このまま！　このままで御願いします！』

●

ともあれそのままで行くで御座ります。

こちらの右に回り込んだ清正が、引いた右腕で回る身体を利用し、左腕の一撃を放ってくる。狙う位置は、こっちの右腹。最も回避しにくい身体の中央を容赦なく狙ってくるあたり、流石はキヨ殿。

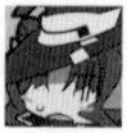
「直撃したらどうすんのかな……」

「安心してアンジー。サイコパスはこの後で笑って軽食屋に行くのよ」

外野がやかましいで御座ります。

しかしこの場合、回避方法は限られる。姿勢を低くしても、腹狙いが頭狙いに置き換わるだけだ。

今、自分は前進しているので、そのまま行くのが良い。

逆落としの加速を入れることも考えたが、脚で行く。

この判断は勘だ。今、勝負の綾《あや》を取り合っている中で、安易に加速術式を本来の使い方通りに使うか、それとも加減や操作のしやすい己の脚でいくか。どちらかという処。

脚で行った。

狭いフィールドだが、全力で蹴る。場外しそうになったら逆落としで戻れば良かろうと判断する。

行く。

行った。

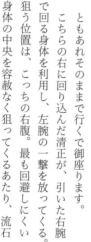

背後を清正の槍が貫く。髪に触れてもいない。ゆえに自分は姿勢制御。このままだと場外に落ちるので、身を回しながら、

「……逆落とし！」

　逆落としは、身体が向いている方向に身を〝落とす〟。

　ゆえに自分はそうする。反動を消すため、旋回中から小刻みに、数ミリを切る超極短距離移動を繰り返して、身体を逆落としで回すように、〝落ちる〟のではなく〝乗せる〟。

　波に乗って軽く転がされるような感覚で、ターン。旋回角度は清正に向けて約三百十度。ほぼ右の真後ろだ。

「右の真後ろ」

「中央で右、みたいな」

　蜂須賀《はちすか》姉妹厳しいで御座ります。

「――いや、右の真後ろで御座ろう」

　理解力の高い母であった。

　ともあれ旋回。逆落としはそのまま加速状態を保ち、更に蓄積されているので、一気に清正へと突撃。

　清正は右の槍を引いている。反動で突き込んだ左の槍はまだ引き戻されてもいない。来るならば右の槍だろう。

　その筈だと、そう思い、視線を正しく前に向ける。すると、

「――」

　予測は合っていた。

　清正が、左の槍を戻そうとしている。

　同時に、右の槍を引き終え、こちらに先端を向けようとしている。

　遅い。否、こちらが速かったのか。どっちだ。まあいいで御座ります。

　とにかく清正が迎撃に使うのは右の槍。それ

がこちらを向く前に吶喊《とっかん》すればＯＫ。
狭いフィールドだ。
攻撃が当たればよし。当たらなくてもチャージすればそのまま場外へと押し出せる。

……イケるで御座ります！
と、そこまで考えて自分は気づいた。

……場外ルールって、決まっていたで御座りましょうか。

「流石は二代《ふたよ》の娘ね……」

「何か順調だよね」

「今、心の中にある憤りは、裏返すとそんな自分への苛立《いらだ》ちになりそうなので、ここで心に収めておくことにします」

「全く収まってませんのよ？」

ともあれ吶喊。
自分は前に出る。そして、清正へと一撃を先手しようとして、

「――――」
清正が動いた。今、彼女の右槍は中途半端にこちらに向いた状態というか、掲げられたような構えとなっていて、

「え」
不意に清正が、右槍をこちらに放った。
横向きに、遮断の棒としてトスしたのだ。
あ、と安治は思った。

「変なカウンター……!?」

「変なカウンター」

キメちゃんいつの間にかここにいることになっているけど、まあいいや。

ともあれ変なカウンターだった。

吶喊してくる福島に向け、清正が右の槍を捨てた。

福島に、まるで投げ渡すようなトスをしたのだ。更に、

「……！」

宙に浮かせた右の槍、中央あたりに、清正が右の直蹴《ちょくげ》りをぶち込んだ。

快音がした。

試合用の槍とは言え、メジャー襲名者が使うものだ。武蔵内のＫＫＫのものではなく、ちゃんとＩＺＵＭＯ内ブランドＢＩＺＥＮの品。それが弓なりに変形するほどの一発だった。

強力な一蹴りと変形を食らった槍は、その回復で弾かれるように飛んだ。

高さは福島の胸のあたり。これもまた避けにくい高さだ。さらに槍が横になっているため、回避は上か下か、しかない。

飛んでも身を低くしても、その頃には清正の左槍が振りかぶられており、食らう。

詰み、だ。

ここまでの流れ、どういうことかといえば、

「清正様の二発目が見事でしたね」

この人もいたんかな……、と思ったが、言わないことにした。

「大丈夫！　幻影上等です！　有りですとも！」

向こうでチママが両の手を下に下にと振って〝穏便〟ジェスチャーをしているが、チママもここにいたんかな……。

ともあれ解説は聞いてみたい。なので視線を向けると、

「――実際は最初の一発目が判断としての布石です」

●

「福島様の足先を狙った最初の一発。あそこで、福島様が停《と》まるか、清正様の左に回るかを選択させられてしまいました」

「フクシマンは加速術式使ってるから、停まるの無理じゃないかなあ」

「いえ、〝逆落とし〟の特性上、停まらないまでも方向転換、もしくはそこからの実質的なストップは可能でしょう。このあたり、福島様が場に流されたというか、スロースターターな可能性があります」

「親に似たのね……」

何か人が増えてきた。

「ともあれ福島様は左に回り込むことを選択。そこで清正様が重要な二発目です」

「あれ、当たらなかったよね？　それが重要なの？」

Ｊｕｄ．、と助役が応じた。

「あれは福島様を前に走らせるための一発です。清正様は、正面を横に走っていく福島様を常に視界の中央に捉えながら身を回し、次の一手を用意することが出来ます。そして福島様が走ったことで、自動的に距離をとる事が出来ます。

　あの一発は、当たれば良し。当たらずとも、フィールドを自分の場とするための誘導となる一発なのですね」

だとすれば、気になることがある。

「――キヨキヨが右の槍を引き戻すようにしていたのって、フクシマンの突撃を誘うフェイント？　実際は、もっと速く引けたのを、わざと遅くしてたようにも思うんだけど、フクシマンは何で気付かなかったの？」

「理由は幾つかあります。一つは、やはり誘導です。福島様は清正様に振り向いたとき、清正様の次の攻撃を予測していました」

「右の一撃が来ると、そんな感じで見ていたわね」

「先入観があったため、清正様が槍の穂先を自分の方に向けようとしている。そこに意識を誘導されました。そこから清正様の状態を確認しに行こうとしたとき、槍をトスされたのですね。これが第一の理由として、他の理由は——」

「カレトヴルッフと、機動殻ね」

「Ｊｕｄ．」

助役が言葉を作った。

「お二人の普段の訓練がどのようなものであるのかは知りませんが、昨今ではやはり実戦を想定して清正様は二槍用いていたのではないでしょうか。そして清正様は基本的にカレトヴルッフを手放す事はない。ゆえにそれをトスする、という選択肢を想定出来ていなかったと思われます。その上で——」

「——いつも機動殻でカレトヴルッフ振ってるから、素手のフツー槍だとタイミングが解らなくなってた、かな？」

「まあそんなところで御座ります」

本人確認が来た。ならば後は、

「——気になる続きは現場で!!」

●

福島は判断を間違わなかった。

横になって、蹴りの反動を受けて飛んで来た清正の槍に対し、

「……と！」

自分の槍を手放し、両手を広げた。

見るべきは飛来の横一直線。今更ながらに白と気付く表面塗装を確認し、

……確保！

取った。

両の手に痺《しび》れるほどの激震を寄越し、清正の槍を確保する。そして、

「――――」

己は目を前に向けた。

取った槍の向こう。そこに立つ清正が、

「――福島様」

こちらが捨てた槍を空中で確保し、また二槍の態勢に戻す。そして、

「目は覚めましたか？」

●

直後に脇坂は見た。

否。見失ったのだ。

福島が、清正の槍を確保した位置から消えた。

否。これもまた違う。何故なら、

「火花が……！」

大相対場の中央、身を回し、白と黒の槍を宙に回す清正の周囲で、火が散った。

同時に響いてきたのは削音の重連続。停まらぬ異音と波のように振られて散る火花の根元にいるのは、

「フクシマン、ようやく本気スタートかよ……！」

第四章

『攻撃と防御』

彼岸も見た仲
此岸で奉れ
相対は仲見世だ
配点（広義のイチャつき）

●

嘉明はバイトの途中で高尾の相対場に下りていた。

「……ということにしておくわ」

「キメちゃんソッコで馴れてきたね……」

「……ということにしておきます」

「いやいやホライゾン実際に行ってましたよ！」

　ホママは何処かしら、と思ったら、相対場の解説席にチママと一緒に座っていた。

「え!?　私も!?」

「今夜は解説席に現東照宮代表の浅間親方にもおこし頂いております。向こう正面、立花部屋の元三征西班牙・誾親方、今の処どちらが優勢でしょうか」

「Ｊｕｄ．、攻撃は当たらなければ意味が無いので、優勢かどうかは攻撃回数や押しているかどうかでは無く、当てる機会を捉えているか、もしくは計画出来ているかどうかですね。偶発的な機会による〝当たった〟は、実は実力ではなく、本人が予測出来ていなかったという意味で〝運任せ〟です。

　場をコントロール出来ているかどうかこそが、実力となります。

　東照宮代表は、そのあたり、どのようにお考えでしょうか」

「――あ、うちはどちらかというと範囲攻撃なので」

「…………」

「……ハイ！　規格外の浅間親方によるシメでした！　機会とか何とか無視で範囲攻撃をぶち込めば勝ち！　解りやすいですね！」

「振った私が愚かでしたね……」

「いやいやいやいやいやいや」
これ定番ギャグにでもなるのかしら、と思う。
が、今の話で言うと、

「――コレはどちらの実力が高いと、そういうことになるのかしら」
激音が相対場から響いている。それも、

「既に三分以上、福島が攻め続けているのよね」

●

金属の重音が停まらない。

闇の視界の中、福島の姿が掠《かす》れて見えている。

どちらかというと、実像ではない。加速術式による流体光の残滓《ざんし》で、身体と挙動が〝見えている〟というべきか。

……私の視界が、流体光を意識するようになっているのですね。
運命事変において、総長の黄泉《よみ》帰りを補助して以来だ。総長の姉に導かれるように馬鹿げた速度と〝力〟、そして〝強さ〟というものの片鱗《へんりん》に触れてから、相手の姿や気配だけではなく、流体の動きというものが意識出来るようになっている。
否、姿も気配も、流体が作り上げるものだ。人ですら、究極的には流体で出来ている。
そのレベルでなければ到達出来ない〝強さ〟というものを自分達は体感してしまい、以後はその視点を持っているのだが、

「良い流れです」
福島もまた、運命事変の終盤、それに触れている筈だ。
母である本多《ほんだ》・二代との決着。そして瓦解の総勢と呼称された、幸運だけで出来た自分達との戦闘において、

「福島殿のキメ技は見事なジャーマンスープレックスで御座ったな……」
母親やかましい。
だが、福島の動きが止まらない。

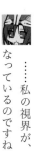

連動だ。

達人級。教員クラスでも希《まれ》なレベルでなければ存在しない、あらゆる戦闘行動が繋がり、呼吸のように行える技術。

方法はいろいろあるが、本多母子の使用するのは、加速術式だ。

速度を上げるだけではなく、身を振り、回避や移動をする際など、全ての時間において加速術式を常用する。

全身の挙動を、体幹から爪先まで全て意思で決め、その通りに身体を動かし、更に加速術式で加速と、何よりも〝補正〟をする。

この〝補正〟が大事だ。全ての挙動で発生する歪《ゆが》みや反動を、抑制可能な揺らぎ程度に収め、行動から余分なものを禊祓する。

これによって、何が起きるか。

行動の洗練と高速化。全ての動きが繋がるならば、歩いている途中で攻撃を行っても歪みないし、攻撃の途中から回避を行うことも出来るようになる。

だが最も大事なのは、

「――奉納と代演ですね」

●

闇の言葉に、浅間は頷いた。

「――加速術式は術式なので拝気を使用します。人の持てる拝気量は有限で、教譜側や自治体、組織、設備の持つ流体燃料槽から供給を受けることは可能ですが、それが出来るケースは希です。
つまり術式を連続使用すると、ある程度の処で燃料切れになります」

『だとすると、……今の福島さん達、燃料切れが、近い？』

『鈴さんには、どう知覚出来てますか？』
ええと、と鈴が言葉を迷う。今、鈴は武蔵野《むさしの》艦橋にいる筈だ。武蔵全体の状況が彼女には知覚出来ていて、それには流体の流れも含まれて

いる。

ならば、と思うこちらに、回答が来た。

『ずっと、力を使ってる……？　少しずつ上がってる、かな？』

『そうですね。今の福島さん達は、途中スタートからずっと術式を使いっ放しです。それもかなりレベルの高い術式で』

「ほほう、では、それが燃料尽きてカスッカスにならないのは何故です？」

「さっき闇さんが言ったように、奉納と代演ですね」

仕掛けは簡単だ。

「戦闘系の神を神奏している場合、戦闘行為自体が代演として神に捧《ささ》げるものになります。奉納の場合、拝気消費量と、神への奉納によるお返しとして、拝気量がキャッシュバックされたり、たとえば術式や加護が下賜されますが、これが代演行為でも起きるんですね。

だから、術式を使用すると、拝気量が減ります、……が、代演となる行為であれば、消費量を下げることが出来るんです」

更に、

「代演の出来が良ければキャッシュバック量も増えますから、極めていくと、実質消費量ゼロのような状態になりますね。——行動というものは洗練されていくものですが、つまり禊祓が為された行動は神様も喜ぶので長時間それが保証される、ということになります」

「ウヒョー、神道超卑怯《ひきょう》。でも無限機関出来ちゃわない？」

「いえ、加護も術式も、そこから生まれる効果は、その加護と術式の性能を超えません。そして如何《いか》に禊祓をしても行為にはノイズが入りますので、性能を完全に引き出すことは出来ないんです。だからゼロに近くなっても、ゼロではないんですね」

「数学的な話に近いさね……」

「そうですね。尚、術式も加護も、種類や量を多く持っていればいい、という訳ではないのが

神道です。そして神道の術式は一つ一つが日常に近しく弱いものが多いので、使い慣れて洗練されて行くことで強くなっていきます。

逆に旧派などは種類や量を多く持っていれば強いという術式の作りをしていて、有力者は流体燃料槽の恩恵も得ていたりするので、それはそれで洒落《しゃれ》にならないですね」

「――成程、魔術《テクノマギ》はその中間に近いわね。洗練の代わりにカスタマイズがあって、それでいて流体燃料を多く持っていた方が有利だから」

「燃料系の賢鉱石《オレイ・メタロ》ガンガン使うもんねえ」
魔術は燃費が大変ですよねー、と思ったなり、質問が来た。

「やっぱり神道の奉納とか代演は、チママが一番なの？」

「あ、トップは私じゃないですよ？」
これはもう、解り切った事だ。

「代演で言うなら、常在でそれをしてる喜美が一番ですね」
そして、今、相対場で行われていることとも、これは関係する。

「常在で代演をしている喜美は、恐らく、行動や術式の連動や禊祓でも、トップクラスです。これは私達以外にも、闇さんや二代だとよく解ってる筈ですね」

●

東照宮代表の言葉に、闇は頷いた。
己は知っている。このような連動の極ともいえる使い手の事を、だ。

……総長の姉です。
何考えてるか全く解らないというか、正直、普段そこらへんを歩いていたり、教室で寝ているのを見ていても、何だか解らない。以前は〝自分とは関わらないタイプ〟という枠に入れていたが、今は違う。運命事変の後、〝解らな

い〟が強くなった。

歩いているのも日常生活も、何もかも、
……何故、そこでそうしているのか、出来ているのか、解りません。

奉納だ。

何もかもが奉納。表示枠で確認出来るなら、毎秒ごとに奉納による拝気の蓄積が為されていくのが見えるのではないか。

人が拝気を得るには、例えば瞑想《めいそう》や、自分の主神が喜ぶ行為をする。

だが彼女の場合、生きている事がそれになっているように思える。そして今、流体の流れを意識出来る自分からすると、彼女が生きているのは、生きているからだろうか、それとも神の力を得るためだろうか。

違う生き物にも感じられる彼女に対し、東照宮代表や第五特務、副王などは平気で絡んで行けるし、どうもこちらが感じているようなことを〝当たり前〟としている。

慣れが足りないのだろうか。


そんな連動の極が、身近にいる。戦闘行為の連動をもって達人級である自分や本多・二代に対し、舞と歌唱の連動と、その極洗練で圧倒する〝強さ〟の持ち主が、だ。

こっちを引っ張り上げることすら可能な彼女は気まぐれで、自分達とは鍛錬も何も違う。

強いて言うなら、猫のような存在だとも思うが、

……あれと比べてはならないのでしょう。

現状、目の前で見える福島の連動は、まだ辿々《たどたど》しい。

○

『闇ちゃんキビシイよ……』

『いや、まあ、すみません……』

『闇殿も丸くなったで御座るなあ』

『本多・二代……!』

『いえ、実際、まだまだで御座りますよ。恐らく助役と試合したらコテンパンにされるかと』

『闇殿、強いで御座るからなあ……』

『いや、まあ、その……』

『ここで激怒しなくなったのが驚きだわ……』

●

「え、ええと、ちょっと厳しい御意見でしたが、闇さん、どのあたりがまだまだなんですか?」

　フォローのつもりで浅間は問う。すると、闇が応じた。

「――端的に言って、速度として、まだ高くないのです」

　言われて相対場を見るが、流体の流れとして福島達は確認出来る。ただ、通常視覚で見れば相当に速く、〝見えない〟と言っていいほどだ。

　しかし、

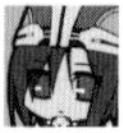
「これが高速化していくと、残像による分身が生じるようになります。移動中の攻撃が連動していても、攻撃として位置を固定する場合があり、そこで残像が生じるのですね。また、速度が上がると連動出来る行為が絞られていくので、そうではない行為の処でやはり遅滞し、残像が生じます。つまり――」

　現状、音と火花が散っている。が、闇に言わせると、

「そこまでの速度ではない、ということになります」

　ですが、と闇が言った。

「速度が上がる可能性があります」

「可能性?」

「はい。――これは、清正様次第ですね」

清正は、丁寧、という二文字を頭に思い浮かべていた。

福島が目を覚ましたが、まだ、戸惑っている。

……性能はやたら高い人なのですが。

羽柴十本槍の時代、仮想敵が武蔵副長であった。実際に彼女と戦ったり、また、毛利《もうり》攻めの際は天竜である加藤《かとう》・段蔵《だんぞう》を倒しているし、賤ヶ岳《しずがたけ》の戦いでは自分と共に柴田《しばた》・勝家《かついえ》、御市《おいち》夫妻を倒してもいる。

だがどれも相手が格上過ぎて、勝利に対しての現実感を持っていない。

勝ったのは僥倖《ぎょうこう》で、負かした相手へのリスペクトの方が自己評価を上回っている。

見ている〝上〟が高過ぎるのだ。だから、

……スロースターターな上、相手が実力者でなければ実力が出ないのですよね……。

『…………』

『……？　闇殿？　何故、拙者を見るので御座る？』

『いや、……身内のレベルが高すぎて、自己評価が変に低い女がいましたね、と思ったもので……』

『そこまで似たか――』
だから仕方ない。そういう場合、自分の方で〝アゲ〟る。

……私も実力あるとは言い切れませんが。
だがカレトヴルッフに認められた人間だ。福島の実力を引き出す事は可能だろう。

「あの、カレトヴルッフが認めるのは王の器であって、剣士の実力ではないのではありませんの？」

「駄目ですよネイメア。グサっと来ることを言っちゃあ」

「そ、そのフォローが要らないのです……！」

ともあれ手を打つ。

福島が実力者と当たって力を発揮するのは、命が懸かっているからだ。これは、自分との訓練の時でも同じ。かなりキツい目に遭わせないと目が覚めない。

そして目が覚めた程度では、福島の力は発揮されない。

助役に物足りなさを感じさせると言うことは、恐らく今、福島が出している力は特務未満。

「え？　特務未満はキツくない？」

「いえ、キツくないのです。だって……」

何故かと言うと、

「……うちの御父様が、実像分身まで出来ますから」

○

『点蔵様！　通神で失礼します！　今、御時間ありますか!?』

『**ファ!?**　ええと、大丈夫で御座るよ？　今、風呂の中でゲコトラコンソール版を男衆で遊ぶという不毛なこととして御座るから。——で、何で御座る？』

『Ｊｕｄ．、ジェイミーが点蔵様のことを特務として評価してました』

『え!?』

『**……嘘**』

『そ、その反応！　その反応！』

『つーかぶっちゃけこっちがこういう反応しねえと、オメエは照れて困るんじゃねえの？』

『いやまあそれはそれとして……。ともあれ良いことに御座るな。教えてくれて、有り難うで御座る、メアリ殿』

●

「ジェイミー！　頑張るのですよ！」

母が気合い入れて来ました。
ならばこちらもちょっと頑張ります。

「行きますよ……！」

●

清正は思う。福島の実力を引き出すのは、自分の役目だと。

……何しろ福島様の相手をまともに出来る者が少ないですから。

先輩格にはそのような人材が多くいるが、彼らに勝ったとしても駄目だ。福島が、自分は幸運なだけだったと、そんな低い自己評価をしてしまうような者ばかりだ。

だから自分が、適任となる。

そして今、己が試されている。この相対場で、元羽柴十本槍として、また、福島がやがて総長連合に加入する身として、測られている。

彼女をアゲるのは自分の役目だ。ここで福島がナメられるようなことがあったら、それは自分の責任なのだと、そのくらいのつもりで行く。

己は防御の得手。今は自律装甲の機動殻も無いが、

「――――」

頑張ります。

●

……お？

安治は、音が変わったことに気付いた。

これまでは削るような音が鳴り続けていた。

だが今は違う。

跳ねる音。これは何だろう。何かがぶつかるのは確かだけど、どちらかというと、

「……絡んでいる？」

●

防御です、と、清正は専念した。

防御とは、一つの行動ではない。

……基本は、相手の攻撃を受けることです。

受けるとは、どういうことか。

弾く。

それだけではない。

いなすことも、受けとめることも、絡め取ることも、全て〝受ける〟だ。

そして弾く行為においても、これは一つでは無い。

横に弾くことも、前に跳ね返すことも、後ろに逸らすことも、地面に潰すことも、全て弾くという行為に当たる。

これらを学び、出来るようになるには、訓練が必要だ。

アタッカーが要る。

福島はアタッカーであり、自分はディフェンダーだ。

福島の攻撃行動にも、無論、自分の防御行動のような複雑な種類と使いこなしがある。だが彼女の立ち上がりは遅い。

……だから、です。
数字を一から教えるように、彼女の攻撃を弾き、いなして受け、絡め取ってはまた弾く。それらを順番に繰り返し、難度を上げていくことで、福島の感覚がアガって行く。
だから、

「――――」
更に上の階段を、己は踏んだ。

●

「来ましたね」

闇は、やはり、と思った。やはり清正様ですか、と。

これまでの清正は、防御としては基本的に弾くことに専念していた。恐らくだが、

「〝打つ〞という行為と手応えが、福島様の戦闘感覚を呼び起こすのに良いと、知っているのでしょう」

だが、この数秒で、それをやめた。

他の防御行動を混ぜ、頻度を上げ、福島の感覚を複雑な処まで呼び起こそうとしている。

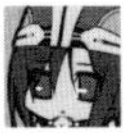
……感覚全体を引き上げるのですね。

そのためには、清正も複雑な防御を強いられる。が、彼女はそれを行った。

「場の確保、場の保持、有利な場への移動、それらを行っていますね」

「？　……場の、と言うことは、移動する技術ですか？」

「それもありますが、防御行動でも為されるものです」

言う。

「例えば相手の攻撃を〝受けとめる〞のも防御ですが、その場合、相手はこちらの〝場〞に密接してしまいます。場を保持するならば、弾いたり受けとめるより、いなしたり、逸らしていく事が必要になります」

そして、

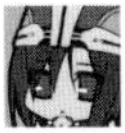
「では場を確保しにいく場合はどうするかというと、これは逆に相手の攻撃を受けとめてから押し切ったり、弾いて空けさせたりする必要があります。場を得るということは、位置の移動だけに限定される技術では無く、防御行動、攻撃行動でも行えるのですね」

「…………」

「何か？」

「……更に、と言いたい空気を感じたんですが、どうでしょうか」

「……有り難う御座います。付け加えるなら、フェイントや牽制なども、やはり誘導という要素をもって場を作るため、考慮に入ります」

「Ｊｕｄ．、特にこのような狭いフィールドでは、位置を移動して場を確保するより、相手を動かした方が有利で御座る。清正殿はそれが出来るので御座るな」

「――ええと、では、それが出来ると、どうなります？」

「…………」

「……それが出来ると、……それが出来るのでは御座らぬ？」

「場の支配が出来ると戦闘の組み立てが出来るのです本多・二代……！」

何故か周囲の皆が拍手してきますが、これは定番芸ではありません。

●

場の支配。

……戦場において、大事なものの一つです。

攻撃をするにも、防御をするにも、まず自分が思った通りに立ち回り、動くだけの空間と時間が必要だ。

それらを確保し続けることで、戦闘を有利に出来る。

防御とは、基本的に場を護《まも》ることであり、防御を完全とすれば自動的に場の支配へと近づくこととなる。

だからそうする。

福島が攻めてきたら、まず牽制。

それによって福島が動いたら、そこに防御のための攻撃を入れる。牽制に近いが、当てることを想定した一発だ。

入れる。

「……！」

かわされたならば、距離が詰まる。だからまず弾く。それでも更に距離が詰まってくる。ならば絡めて受けとめ、いなし、逸らして弾き、距離を空ける。

福島が、しかしついてくる。

……そうですね。

自分が防御を駆使して場を支配していくのとは別で、場を支配せずに戦闘を自分の有利にする方法がある。

連動だ。

自分が防御の連動をある程度出来るのと同じで、福島は攻撃の連動が出来る。

ありとあらゆる状況から、攻撃を放つことが可能。

アドリブに強いと、そう言っていいだろう。

それは場を支配するまでもなく、全ての空間が自分にとって有利なものとなるということだ。

無論、それをこなすには、連動として多種多様の攻撃行動が出来なければならない。

自分は戦闘開始から、ほぼ全ての防御行動を連動出来るが、福島はそうではない。

だが、段々と彼女もアガって来ている。

今、こちらの動きについてくるのが、そうだ。

「――」

距離を空けたつもりが、滑るように回り込み、こちらの右手側にいる。

ならばこちらも、

「――」

これまでの技と、これからの技を区別しない。

解禁し、全力で行く。

●

浅間は、鏡のようなものを見た。

「お、おう？」

攻撃と防御。二人の個性は全く違うと言っていい。

だが彼女達の攻撃と防御の交わし合いが、まるで同じものを受けとり、送り合っているように見えたのだ。

これはどういうことか。

「……流体の流れとして同レベル」

「清正様の引っ張り上げに、福島様が追い付いたのでしょう」
ここから先、どうなるか。

「――攻撃と防御の達人の交錯が見られますよ」

●

お互いが弾いた。

「――」
しかしどちらも離れず、位置を変え、背を取られれば背後に一撃を打ち、不意の一発に対しては、

「――」
弾き、逸らし、食らいつく。
狭いフィールドだ。だが至近での応酬を開始し、一歩どころか半歩ごとに位置と場所を入れ替える二人にとっては充分に広い。
音が響き、火花が改めて散った。そして、

「おお……」
残像がフィールド上に出現した。各所、二人が攻撃を送り、凌いだ位置に、絡むような彼女達の姿が残り、消えていく。
ただそれらの最先端に激音と火花が生まれ、走ってまた起きる。
人々はその駆動を見て、

「……!」
溢れ出したように、歓声を送った。

●

福島は、追った。

「――――」

弾く。弾く。

凌いで逸らされ、回り込まれて身を振り回す。

音が首のあたりを前から後ろに抜け、ターンに合わせて耳の後ろをぐるりと回って遠ざかっていく。

火花が明るい。他は、自分達の身体や手足の軌道以外、目に入らない。

集中している。

そして弾く。また弾く。

牽制され、それでも踏み込み、突き放されても構わず身を揺らして追う。

捕まえられそうで、出来ない瞬間。駄目だったと思い、だが自分の実力が相手の迎撃を突き抜けて再度アタックの許可をする。

自分が失敗して、しかしまだ行けるのだと解ることが、ただただ嬉しい。

ずっと失敗していたいと、そんな錯覚すら得る。

「……！」

加速する。

既に指の先あたりまで、〝逆落とし〟を適用するようになっている。

だが清正は捕まらない。

ならばこちらはもっと無駄を無くす。

神道ではそれを禊祓という。

削れ。

打って、削れ。

弾いて彼女を空けろ。だから、

「……っ」

追い付け。

●

脇坂の視界の中、不思議なことが生じていた。

「あれ……？」
大相対場に生じていた残像が、重なっていくのだ。それは中央に集って行き、

「あの二人……」
横の嘉明が、吐息付きで呟いた。

「何を仲良くやっているのかしら」
見る。すると火花と激音の相対場の中央で、あるものがあった。
残像だ。明らかに映像としてブレていて、数瞬前のものだと解る。だがそれは中央で清正を中心に緩やかに福島が回り、弾き合いを続けるもので、

「動作位置が、お互い決まり切っているので、残像位置が固定されたようになっているのでしょう」

「そこまでか、あの二人……」
火花が跳ねて回り、音が弾きの一種類限定となっていく。
決まり切った動きが、だからこそ更に高速化され、絞り込まれていくのだ。
そして力が鳴った。弾きの音が大きく鳴り、

「――――」
福島が、清正に弾かれたのだ。

●

嘉明は、それを見た。
連続する攻撃と防御の果てに、清正が持ち出したものを、だ。

「カレトヴルッフ……!?」
いつの間に、と思うまでもなかった。
鎌型の二槍を清正が一瞬で合致。金属音を響かせ、

「……っ!!」
光剣をその刃から発射した。

●

即座に宙を割った光の刃は、正しく極厚。

航空艦を両断出来る長さ数キロの刃は、光そのものとして吹き抜け公園を真っ白に照らした。影も何も生まれない。

相対場の床を裂いて、それらの破砕音すら飲んで飛んだ一撃に、福島が迷わなかった。

「――一ノ谷!」

機殻槍〝一ノ谷〟。その能力は展開した刃に相手の攻撃を吸収することだ。

一ノ谷は直撃を耐えた。内部容量は強化されている。そして福島も清正の一撃を受けとめて吸収、活用したことが一度や二度では無い。

この段においては、福島は防御の得手だ。

その通りになった。

カレトヴルッフの光が消え、残光が散る中、福島は姿勢を崩すことも無く、一ノ谷を大きく回して展開した刃を一度閉じた。直後に、

「――解放!!」

構えられた一ノ谷の刃から、それが発射された。

カレトヴルッフの一撃だ。

返す。

それだけの言葉としては、莫大《ばくだい》な威力が清正に向かう。

対する清正は、怖《おそ》れなかった。

「カレトヴルッフ……!」
王賜剣三型。その正式名称を持つ武装を顔の高さで引いて構え、

「二発目……!」
相殺による迎撃を狙う。そして、

「――!!」

撃つ。

●

直後。

右腕が清正の足を、左腕が福島の足を引っ張って、二人が顔から転んだ。

●

ン？　という声が相対場を囲む観客の間から生まれた。

皆、ただ夜風の流れる吹き抜け公園や、テラスで顔を見合わせる。

「今、カレトヴルッフの応酬が……」

「あったわよ、ねえ？」

疑問が生じる吹き抜け公園の中、しかし、

「無い？」

無い。

先ほどまで、眼下の相対場で行われていた光剣の交錯が、消えているのだ。

●

「……というか、カレトヴルッフも、一ノ谷も無い？」

脇坂が見る先、相対場の上で顔を押さえて正座している清正も福島も、足下に落ちているのは試合用の槍だ。

神格武装などではない。単なる、刃を潰した槍。

ええ？　という声がざわめきとなるのは、仕方ないだろう。

「集団幻覚？」

「それこそイリュージョンってヤツじゃないの？　でも、なんでコレ、キヨキヨとフクシマ

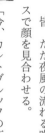

ンのさっきの遣り取りがいきなり〝無し〟になってんの？」

疑問する先。ざわめきがちょっと変わった。

「あ」
という声を幾つも浴びながら。相対場に上がった人影がある。

「チママ？」

「えー、と。……ちょっと今の試合の結果を説明します」

●

実のところ、浅間はこの現場にいなかったのだ。だが、

……でもこれ、いたことにした方がいいですよねえ。
思いつつ、通神術式で吹き抜け公園の通神系にアクセス。外部拡声器など使用出来るようにしてから言葉を作る。

「今の相対ですが、途中から、二人の代演奉納に介入がありました。――恐らくですが、三河から引き継いでいる熱田《あつた》系の神が、新人とも言える二人の奉納に喜ばれて、言祝《ことほ》ぎしたんですね」
つまり、

「武の神が、二人の武器に、本来のカレトヴルッフと一ノ谷を〝着せた〟んです」

熱田系の神が、〝興に乗った〟ということだ。

多分、二人の意思もそれなりに介入されている。油断とか、不用意と言えばその通りで、自分が現場にいればサクヤが気付いて介入阻止したに違いない。物理で。

二人の方からしてみれば、戦闘で集中している手元に過去の記憶を蘇《よみがえ》らされた、という処だろう。ついウッカリ、いつもの調子で、というのを、神の悪ノリで導された訳だ。

やってくれる。

だが、このところでの武蔵内の多忙状況や、管理の甘くなっていることもある。そして何よ

り熱田のようなメジャーが、最近は出番が無くて燻《くすぶ》っているのだ。

『しゃあねえ。――ちょっとあの若造、因果含めてくるわ』

因果は仏道用語では……、と思うが、神が言うならいいか、とも思う。熱田は酷《ひど》い事になると思うから豊に艦内の流体経路調整を御願いしておく。

その上で自分は、ちょっと未熟な二人の後輩を交互に見る。こちらの足下では、ナイス介入をした両腕がやれやれポーズをとっていた。

ならばここで言うことは一つだ。

「今の取り組み、決まり手は〝両腕足引っ張り〟ということで――」

どうだっけ。

歴史再現では、福島・正則と加藤・清正は、喧嘩することもあったが、最終的にはまた元の仲に戻るのだ。だったらここは、こうした方がいい。

「――両者引き分け！　それが今回の結果です！」

「……実のところ、先ほどの決まり手など、私がやる役目だったのですが、すみません、東照宮代表」

「あっ、気にしなくて大丈夫です！　今、教導院で幻影やって東照宮の調整に入ってますし」

「そのフォローの仕方はどうかと思いますのよ？」

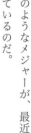

第五章
『メンツと介入』

配点《ウェーイ》（64ウェーイ）

クリスティーナは、生徒会居室に向かっていた。

忠興との合流は、高尾の吹き抜け公園。清正と福島の相対が終了し、それを一息として奥多摩に向かったのだ。

折良く艦間を結ぶ輸送艦の便が合い、教導院横の居住区まで直通が叶った。忠興と会ってから十分弱で教導院に入れたが、

「速すぎるのも風情が無いでありますねえ」

「途中で何か食うつもりだったんだがなあ」

そうでありますねえ、と頷き、自分は思う。

……デートであります!!

家は村山だ。中央近くの横町で、忠興は商業区の中にある部屋に住んでおり、自分は一横町挟んだ外交区画の部屋に住んでいる。

別居だが、仕方ない。まだ国家間の問題などいろいろある時期なのだ。

「というか長太《ながぶと》の方がまだ元服してないわよね？　と配送途中で寄ったつもりで言ってみるわ」

「そうでありましたね！」

だがまあ、そうではない部分も、あるといえばある。たとえば、

……別居の方が今時期は捗《はかど》って充実なこともありますゆえ！

皆様何故に視線を逸らすのであります？

「いえ、クリ子様、その〝皆様〟は幻影です」

「Ｔｅｓ．！　了解であります！　――で、ええと、こちらのホライゾン様は？」

●

クリスティーナと忠興が見ている前で、ホライゾンの背に光る翼が生えた。

一つ羽ばたくと五十メートル上昇。その間に、ホライゾンの姿は天からの光に消えていき、

「ホライゾンこそが、大自然の、意思……」

雲間から聞こえる音楽（四つ打ち）に合わせ、天に昇った。

後には絶望的な顔をした浅間だけが残されている、と。

○

『喜美――！』

『あら、捏造するならこのくらいやらないと駄目よねえ』

『最後に浅間様を置いて帳尻合わせの段取をつけるあたり、喜美様の御配慮に感服するものであります』

『いやいや私さっき高尾にいたりして住所不定になってるんですけどね！』

『リアルで追従しなくていいんですのよ――!?』

●

クリスティーナは、夜闇に灯りをつけたまま

の教導院敷地《しきち》に、左舷入り口から入る。校庭は資材や物資が積まれているが、その前で東照宮代表が、軽く片手を挙げた。

「全体ルールを言います」

「あっ、ハイ」

「あんまり気にしないように」

「あんまり気にしないように」

「ハイ。気にすると整合性が合わないというか、余計な方に行きますので。

——で、ええと、クリスティーナさん、オッキー少年と住まいが村山云々《うんぬん》から話が進んでないので、そこから御願いします。あと、私も幻影ですので、東照宮の調整に戻りますんで！」

「東照宮の調整（隠語）ね……。排出量とか持久力とか？」

「そ、そこも幻影……！」

言いつつ二人が消えていくあたり、ちょっと情報量高過ぎではありませんでしょうか。ともあれ校庭に入って、石畳の通路を忠興と歩き出しながら言う。

「ちょっと学食に行ってみるでありますか」

「お？　——ああ、いいなあ」

了解の前に迷ったのは、忠興がまだ中等部二年だからだろう。先輩格に対し、やはり育ちのいい忠興は遠慮がある。だけど自分がいるなら、問題は無い。そんな感覚でありましょうか。

○

『変な先輩にとっ捕まると危険だから躊躇《ちゅうちょ》したんだよね』

『次の色はＣＭＹＫで言うと何色かしら……』

『総長、次は化粧だとか言ってましたよ！』

『ふ、不穏な話をしてるでありますね！』

『ともあれ瑞典総長は正しく〝保護者〟として機能していると思いますのよ？』

『ファッ！　が、頑張るであります！』

●

ともあれ学食だ。校庭の上は意外に慌ただしい。学食側のスペースを使って輸送艦や配送業の港代わりにしているためだろう。資材や物資が、下ろされては積まれ、そしてストックが持ち出される。見ている限り、どれも教導院用と言う訳では無く、ここは仮のバックヤードという処だ。

「正月明けだってのに、教導院は寒くねえんだな」

「Ｔｅｓ．、艦上の空調が、新武蔵になってから性能上がったのでしょう。上衣一枚あれば充分でありますねえ」

言う。すると、

「あ、ちょっと符とか納めに来たことにしてツッコミますけど、ソレ駄目では」

言われた。

その意味を考え、自分は、

……大失敗でありますね!!

●

教導院の三階。中央にある生徒会居室の窓際から下を見ていた竹中は、こう思った。

「――思うだけじゃなくて言ってしまいますけど、上着一枚あれば充分とか言われたら、長岡君は何のフォローも出来ませんよね」

「長岡少年も、上着を貸す用意があるあたり、思った以上に若いっつーか、保護欲あるんやなあ。――無意識にハネられたら無駄やけど」

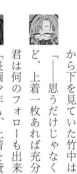

「つ、痛感してることを追い打ち有り難う御座います！」

ともあれやらかした。だとすれば、

……が、学食で挽回《ばんかい》……！

プランを考えるであります。

「幻影の方々に質問でありますけど、何かいいプランあるであります？」

「いきなりそれはどうかと思うけど、有効的な幻影の使い方が来たわね……」

「じゃあ言うけど、小食見せつけて〝あっ、食べ切れないー〟とかは？」

「忠興様は残さない派なので、駄目女と思われるであります」

「じゃあ残したものを包んで持って帰って、始末のいい女だと思わせるとか！」

「流石アデーレ様、**〝残飯キレイキレイ作戦〟**ですな！」

「言い方……」

「ひょっとして食でイイトコ見せるのは無理であります？」

「学食だと高い食材無いから、グルメごっこも出来ないよねえ」

「じゃあ学食で**GATTAI**ですわね」

「学食で**HANZAI**でありますよ！」

幻影役に立たないであります。

ともあれ食事は必要なので、学食に行くのは間違いない。そう思って足を進めると、

「学食、騒がしくね？」

「？　何でありましょうねえ」

資材運搬のバイトを入れていたアデーレは、

それを見ていた。

学食の中に置かれた神肖《テレビ》が出す映像と音声。

この時間は各艦相対場を中継した〝ワールド相対ing〟という強引なタイトルの番組が人気なのだが、

「——番狂わせですね！」

ちょっと、予測外の結果が出ていた。場所は多摩相対場。そこにいるのは、

「現場のネイメア番外特務候補！　どうぞ！」

「そういう振りですの？」

●

ネイメアは、管理役としてここに来ていた。

正式な管理役としては、書記だ。だが彼もずっとここにいる訳にはいかない。

……夕番、というローテーションで自分が入ることになりましたの。

だが、そのタイミングで、それが起きた。

〝海兵〟と呼ばれる三征西班牙出身の配送業者。二十代後半の女性で、脇坂や嘉明のような有翼系だ。

四枚羽に加速器を装備しているのが特徴。

彼女の相対は、自分がこちらに到着した頃に決着。内容は商工団を相手に、配送業が待機場となる浅草右舷艦尾側の正式使用許可を取るというもので、会計補佐に言わせると、

「武蔵全艦使って囲碁やってるようなもんだから、結果はあんま気にしなくていいよ。取って取り返して、って繰り返してるし、どっちかが破綻したらそれはそれでバランス崩れるから、〝手打ち〟もあるからね」

とのことで、だからこそ相対は無責任に盛り上がる。

今回は、商工団の方が追尾系の射撃術式を使う者を出して来た。流れ弾が危険なので、相対場の周辺に耐爆クラスの防護障壁を張る必要があったが、

「……！」

相対自体は、〝海兵〟が圧倒して終了。

元々、有翼系は場外負けが基本的に無いし、フィールドを上下に使えるからかなり有利だ。配送業にはそういった手合いが多いことを見越しての追尾射撃の選択だったろうが、

「馴れてる方は、追尾弾の追尾性能も理解してますのね」

追尾弾は、飛ぶものだ。

空中に静止していても、それは宙に浮き〝続ける〟という飛行を行っている。

そして速度をつけて飛ぶと言うことは、進行方向を変えるとき、それまでの速度と進行方向の影響を受けるということだ。

「〝運動〟ってヤツね」

「嘉明、高尾にいたんじゃありませんの？」

「向こうは助役に任せて次はこっち！　こっち！」

ともあれ嘉明の言う通りだ。

〝運動〟というものを、経験と予測で理解しておけば、追尾弾も恐ろしくはない。

そんな見本となる相対が、さっきあったのだ。

●

嘉明は、その相対を見ていた。

自分自身は、実際はここ、多摩にいたのだった。

「アンジーが高尾で、私が多摩というバイトの持ち回りだったのよね」

自分も番外特務の申請をしているが、福島やネイメアのような呼集は来ていない。恐らく生徒会や総長連合としては、自分が行っている配送業バイトの方が今の武蔵には有用と見ているのだろう。

「リアルな話、第三、第四特務を見ている限り、配送業に顔が利いて、武蔵の各所にすぐ飛んで

いける特務級というのは有用や。〝飛べる〟というスキルを必須とした特務は他国にもあらへんからな。――その育成を考えた場合、今ここでは飛行時間を稼ぎ、武蔵内の循環に力貸して貰った方がええわな」

成程ね、と頷いておく。その〝飛べる〟スキル持ちからすると、先ほどの相対は興味深かった。

「あれは……」

と、説明しようとして気付いた。

「商工団の側の相対者だけど、あれは一般人よね。出していいの？」

「代理で会計補佐を出しますか？」

「オイイイイ！　負け勝負に出すな！」

「じゃあ代理で小西様で」

小西は驚愕《きょうがく》していた。

「当たらない……!?」

用意してきたのは旧派式の追尾弾。追尾術式と術式砲弾がパックになったもので、本来は小型砲に装填して使用する。今回はそれを、手元で発射するための無反動術式も用意し、出場したのだ。

ぶっちゃけ、この術式の組み合わせをパフォーマンスし、商売になればな、とも思っていた。だが、

「当たらない……！」

追尾弾は無限に近い。とにかく符の量は辞書並に持ってきたのだ。それが撃っても撃っても相手に当たらない。

対する〝海兵〟は回避運動をしているだけだ。砲弾が撃たれたならば、軽く左右に動く。その

程度のことしかしていないが、

「――――」

追尾弾が彼女を追い切れず、背後の防護障壁に激突する。

着弾の音は低く、散る光は一瞬赤くなって、白へと変わっていく。障壁の向こうにいた観客は一瞬引くが、自分達が無事と解ると、

「ヘイヘイコニタン、ビビってるわねえ！」

「小西様、チョイとキレが悪いですねえ」

「イエー！　ざまあ――！」

会計補佐は私怨が入ってないかしら。

ともあれ皆はなかなか容赦が無い。だが、やはり、何度撃っても、

「当たらない……！」

数を重ね、両手で斉射しても、

「当たらない……！」

「ちょっと艦内流体経路の確認で来たことにしますけど、嘉明？　この小西様、ちょっと語彙が無くないです？」

Ｊｕｄ．、そう思ってたわ。

「ぬおおおお！　私が必死に両手使って当たるように調整しながら射撃をしているのにあの〝海兵〟は恐らく何らかの技術を使っているのでしょうけど追尾を完全にかわして当たらない……！」

「喋《しゃべ》り過ぎでは？」

そんな気もするわね。

ともあれ当たらない。

そんな状況が続き、小西は思案した。彼とて元々は学生。現役時代には大きな戦闘など無かったが、各種戦闘の訓練はしているし、座学もやった。多分。そこからの経験として、

「ふん……！」

弾幕を張る。

両手打ちだ。左右に投じるような軌道で斉射すると、左右十六発、合計三十二発が弧を描いて飛んだ。

そこで終わらせるつもりはない。

「正面……！」

左右から手を前に振った動きで、今度は右手を右上に、左手を左下に振り抜く。更にはそこから手を回し、交差するようにスイング。Ｘ字を描いた軌道で発射されるのは、

「六十四発！　先ほどの三十二発と合わせて追尾砲弾のバーゲンセールは如何ですかな！」

●

これは少し厄介ですね、と〝海兵〟は思った。

弾幕を重ねてくるとは、意外に〝やる〟。しかし、

……小西様のような相対者は多い。

自分の持つ武装や術式に頼って、何の工夫もせずに力と物量で押し切ろうとする相対者だ。

だが、それでは足りない。

武器や術式とは、人が操るのでなければ、癖もほとんどなく、毎回同じ結果を生むのだ。

無論、同じ安定した結果が出るからこそ、コンバットプルーフも得られるのだが、

「工夫が足りませんね」

回避する。

解っているのだ。追尾術式の多くは、推進力で移動する。そして追尾時の方向変化をする際、これまでの運動を引《ひ》き摺《ず》る。だとすれば今の場合、

「市販の追尾術式は屋外戦闘用。しかし、例え対人用であっても、この四方十数メートルのフィールド上では、推進力がありすぎます」

速度が出すぎているのだ。

故にかわせる。そのために、

「近距離で回避するならば、基本は、寸前か引きつけてからの移動」

海兵は動いた。

飛来する弾幕に対し、空中に立った状態から前にステップしたのだ。

●

嘉明にして、初めて見る動きだった。

自分はそれなりに実戦を積んできていて、ぶっちゃけ母達とはかなりガチで追尾弾の遣り取りなどを行った。その際の回避は、恐らく〝海兵〟の持つ知識や技術と同じと、そういう風に思っていたのだ。だが、

「違う？」

自分の知らない方法。どうしてそれがここで用いられたのかは、後で考えることにする。ただ今、目の前で見えるのは、波として三つほど重なって飛んでくる弾幕に対し、〝海兵〟が前に出る動き。そして、

「――――」

気付くと、〝海兵〟が弾幕の中央を通過していた。

無傷だ。

軽いステップ三つで空中を通過。急ぎも、乱れもしていない。ただそれだけで、

「当たりませんよ」

彼女の背後で、飛翔《ひしょう》の追尾弾幕が迷った。

幾らかは左右に揺れて散り、幾らかは下に落ち、幾らかは空に遡る。そして幾らかが〝海兵〟を見つけ、追おうとして空中でスピンし、

「……誘爆」

砲弾同士が激突。

炸裂《さくれつ》した威力は他の砲弾を順次巻き込み、楽器を掻き鳴らすように誘爆した。

一斉の射撃が一斉の破壊と爆発に置き換わる。

前に出た〝海兵〟の髪が揺らぐほどの風と音。
だが防護障壁は過熱しながらも耐え、

「――Ｊｕｄ．」
その向こう、宙に立つ四枚翼は、やはり無傷だ。

●

「動態感知型の隙を突いたのですね」
メアリは、そう言ってから、皆の視線に気付いた。

……あら？
今の言葉は、皆の共通項ではなかったらしい。気付くと嘉明がこちらに頷きを見せている。
解説を頼むと、そういうことだろう。
ならばこちらの話す意味もある。自分は一息をつき、言葉を作った。

「追尾術式には幾つか種類がありますが、相手の熱源や形状を総合的に捉える動態感知型と、存在自体を捉える流体感知型があります。この内、後者の流体感知型は、相手の情報を必要とするため、小西様がここで使う術式に採用されていないでしょう。
小西様が薄利多売で多くの人が気軽に使えるものとして売るならば、発射時に動態を感知し、その姿を追う動態感知型、となります」

「――Ｊｕｄ．、同意見ですの。でも、〝海兵〟？　彼女はステップを踏むような動きで前に出ましたけど、動態感知をどのように騙しましたの？」

「動態感知型を騙すには、どのようにしますか？」
その問いに、ミトツダイラの娘は正しく答えた。

「主に、二つありますの。
一つは、自分に似た動態を用意し、デコイやチャフとして誘導すること。

もう一つは、急速な形状変更や変化ですの。その遷移が緩やかではなく、突然行われた場合、動態感知型は情報を再インプットするか、それが出来ずに見失いますの」

「Ｊｕｄ．、私も詳しい訳ではありませんが、それらがベストだと思います。でもネイメア様は、そのどちらも行われていないと、そう見たのですね」

「Ｊｕｄ．、ただ空中でステップしていただけに見えましたもの」

「それが、――そうではないのですよ」

●

そうね、とここで嘉明は手を挙げた。視線を向けた先、英国王女が此方《こちら》に頷きを返している。話の主導権を戻すということだろう。だから自分は、

「見てて」

言って、ネイメアの前に移動。周囲の目があるが、ここは無視で良いだろう。

「私達は六枚翼。他、有翼系でメジャーなのは、二枚翼と四枚翼ね。じゃあ、――四枚翼の真似するわね」

お、とナイトママが声をあげたあたり、母は既に気付いている。こちらと同じ答えに行き着いている、ということに内心で軽い満足を得つつ、自分は四枚翼の真似をした。

やることは簡単だ。身体の左右に突き出している安定翼兼フラップの副翼二枚を閉じ、主翼にある動作を入れればいい。それは、

「……え？」

こちらの〝真似〟を見たネイメアが、疑念の言葉を作った。

「……主翼が、全開ですのよ？」

おかしい、とネイメアは思った。今、嘉明の翼は主翼が二枚、立っている。それは正面から見ると浅いV字で、長さは上階の床に届くほどある。

「……〝海兵〟の上翼？　二枚は、これほど長くありませんわよね？」

「そうね。そして逆に、下側の副翼二枚、尾羽みたいなこれが、私達の方では四枚翼の副翼にはボリューム全然足りないの。長さも太さも」

「長さも太さも……」

第四特務はいつからここにいましたの？

ともあれ、自分は嘉明の説明で気づいた。

「……四枚翼の有翼系は、私達が見ている六枚翼のものとは、違うんですの？」

「正確にいえば、動きは同じだけど、形が違うの。そして更に正確に言うと、私達は長い付き合いで麻痺《まひ》してるけど、六枚翼の方がマイナー」

でも、

「主翼二枚は、二枚翼でも六枚翼の主翼と同じ形をしてるから、主翼形状で見たら四枚翼はマイナーなのよ」

嘉明は、全開にしていた主翼を軽く閉じる。その動きだけで、全身が淡く浮くほど、主翼は浮上力を持っている。

「私達、六枚翼や二枚翼の長い主翼は、この羽ばたき一回で爆発的な出力を得て飛ぶわ。二枚翼はソレしか無いから、飛ぶというより跳ねるような動きになるけど、私達六枚翼は副翼で飛翔力を保持し、制御出来るから長距離移動や、飛翔力を重ねて最高速度を伸ばすことが出来るの。でも四枚翼は――」

嘉明は、後ろに手を伸ばし、右主翼の前腕部を掴んだ。

「四枚翼は、この主翼が常時ほぼ全開状態なの」

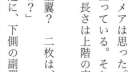

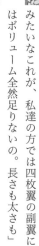

「……え？　じゃあ、長さは……」

「Ｊｕｄ．、さっきも言ったでしょう？　四枚翼は、短くて太いの。それで彼女達は、大きく羽ばたくというより、翼を全開状態にして震動という、小刻みな羽ばたきを行って、間断無い飛翔力の保持を行っているのね」
　これは、どういう差になるか。

「機動力、最高速度、瞬間的な加速力は全て六枚翼に準ずる主翼の方が強いわ。でも、常時空中に身を置いたり、空中での姿勢制御、そして緩やかな速度制御なら、圧倒的に四枚翼。更に──」
　言う。

「私達の翼は、羽ばたきの動作ゆえ、基本的に斜め上に自分達を撃ち出すの。でも四枚翼は、羽ばたくと身体の正面に自分を撃ち出すの。そして四枚翼が全力で羽ばたいた場合、私達の加速力に匹敵し、一方でその後の制御も容易。──あとは、解る？」
　問うた先、ネイメアが少し考え、表情を変えた。Ｊｕｄ．、と彼女は言い、

「ステップを踏んだ動作に合わせ、一瞬ですけどその四枚翼を羽ばたいて閉じ、自分の〝形状〟を変えた上で加速。己の姿を追尾弾から消したんですのね？」

●

〝海兵〟は、四枚翼の不便さを知っている。この翼は閉じにくく、それでいて飛行用として考えた場合、二枚翼にも劣る部分があるのだと。

　だから一時期は、強力な加速器を両肩と腰に装備し、四枚翼を補助に使っていた。それで序列二位となっていたが、

……双嬢《ツヴァイフローレン》に敗れて、見直したのですよ。
　大事なのは加速器ではない。加速器を有用していたつもりが、恐らく、振り回されていただけなのだろう。落ち着いて自分の翼を見直し、加速器を補助として使えば、戦績は以前より安

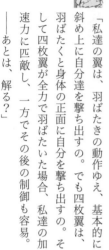

定した。

　つまり、そういうことだ。

　どういうことかは言葉にしにくいが、強いて言うなら無理をするなということだろう。

　だから自分は言う。弾幕を越えた先にいる小西の眼前に下り、腰から掲げた拳銃の銃口を彼の額に向け、

「――無理をすると、怪我《けが》をしますよ」

●

　多摩の相対場での歓声を、アデーレは食堂の神肖で見て、聞いた。

　相対場に上がった書記が、管理交替の最後の仕事だろう、決まり手や解説を延々と述べている。だが、

「……誰も書記の描写をしていなかったでありますねぇ」

「ま、まあ、それでも大丈夫なときは大丈夫なんで！」
　言っている間、しかし、一つの動きが多摩の相対場で生じていた。

「というかすみません！　その動き、瑞典総長が来る前に生じてたんです！」

「ファッ!?　自分、フライングでありますね!?」
　瑞典総長が長岡少年と一緒にいなくなった食堂。そこの神肖で、それが見えていた。
　書記が下りた相対場。小西が肩を落として相対場を下りる一方で、〝海兵〟が勝利コメントと配送業の宣伝文句を述べている。
　そこに、小西と入れ替わりで、影が一つ上がって来たのだ。

　……ん？
　誰だろうか、と思った時だった。不意に、その人影がこう言った。

「相対を求む！」
　言って、フードを弾いて見せたのは一人の男。

自分達と同い年くらいだろうか、線が細い彼は、
K.P.A.Italiaの改造制服姿で、

「――勝ったならば武蔵生徒会、総長連合に直訴したい！　相手は誰だ!?」

第六章

『他国と牽制』

過去と思っていたものが
ただ距離であっただけならば
配点（御実家）

誰ですの？　というのが、ネイメアの感想だった。
K.P.A.Italiaの生徒、というのは解る。だが他は、

「……？」

彼の背後。相対場の脇に一人の少女が立っていた。彼よりも若い。そしてどことなく、相対場の彼を心配しているようにも見えた。

「語るわねネイメア……」

「ちょっと雰囲気入れた処にツッコミ、流石ですの……！」

だが告げられた言葉が問題だ。

「武蔵生徒会、総長連合への直訴だ！　それを叶えるレベルの相手はいるか!?」

時たまに有り得る案件だ。総長連合からは、管理を請け負う際にそのような話を聞いている。
とにかく直訴のため、相対のルールを用いようとする者が出る、と。
そういった連中を阻むのが、ここの管理者の仕事でもある。しかし、

「時間的にも仕事的にも、僕の出番は終わってる。だから糟屋《かすや》君、ここは君の出番となるんだけど」

どうだろう。

「何分、君は不慣れだ。だから、――ここは僕が出ようか？」

書記がそう問うて来た。
どうしたものですの、と己は思う。ここで先輩の見本を見るものとして、書記に場を譲るべきか、と。
だが逡巡《しゅんじゅん》している間。周囲から声が聞こえた。

「やめろ……」

「やめろ……」

「やめて……」

「ウヒョー！　書記センパイ大人気！」

「そこまで不評だとは思わなかったよ！」

だとすると、ここは自分だ。

「――じゃあ、私が出ますの」

●

宣言に、周囲の皆が頷いた。

書記もこちらに会釈を寄越し、

「君の母親は、多分、ここにいたら同じ選択をすると思うよ」

「そうなんですの？」

「Ｊｕｄ．、そしてそのとき、周囲の連中と同じようにナチュラルに僕をサゲて行くと思うんだが、君はそれが無くて幸いだ」

「な、何か難しい前置きですの」

言って、しかし相対場に上がろうとしたときだった。

自分の視界の中央に、新たな影が立っていた。

それは、

「――〝海兵〟」

「――第五特務の娘ですか」

〝海兵〟がそう言って、しかし振り向かない。

彼女は正面、K.P.A.Italiaの制服を着た男に身体を向け、

「――武蔵生徒会、総長連合への直訴？　だとすると、私達もまた同じだ。私達とて、常にそういう欲求を持っている。それを無視して行くことは出来んぞ？」

だから、

「先に私を越えられるかどうか、試すといい」

●

空気が変わったのを、嘉明は悟った。

……どっちが空気を読んでなかったのかしらね。

Ｋ.Ｐ.Ａ.Italiaの乱入者が出たときは、どちらかというと祭の延長のような雰囲気だった。馬鹿が上がって来たので、誰かが相手してやれよと、そんな処だ。たとえ管理者が出るのだとしても、それはそれで面白い。管理者は基本として実力者だから、派手な結果が見られればそれでいいのだ、と。

だが〝海兵〟が立ったことで、空気が変わった。

……〝遊び〟感がなくなったわね。

元々、〝海兵〟は、配送業元締めである〝提督《アルミランテ》〟の部下だ。

元軍人である。

その上で配送業の序列は元二位。位置づけとしては、どちらかと言えばトップに挑もうとする者を差し止めるストッパー役でもあった。

それらを知る皆は、〝海兵〟がここに出たことについて、意味を感じる。つまり、この相手は、

「……止めるべき相手？」

否、疑問ではないだろう。だから、

「……止めるべき相手」

言い直した。Ｊｕｄ．、これでいいわ。何ネイメアその味わい深い目つきは。ええ、私は訂正の出来る女……。

ともあれ空気が変わった。場が、無責任な盛り上がりではなく、この相対を〝見る〟方へと向かったのだ。

Ｊｕｄ．、と呟いた声がある。ネイメアだ。

彼女はこちらを見て、

「え？　私、そんな反応しましたの？」

「この反応……」
とにかくまあ、ネイメアがこう言った。

「――これが武蔵の住人の地金と、そういうことですのね？」

●

不思議なものね、と嘉明は思った。

……武蔵の中にいるのは、極東人だけではないのよね。

だが皆には共通項がある。

出身国や種族が違えども、誰もが武蔵にいることを選び、本国を捨ててきた者達ばかりなのだ。

彼らが今、同じ空気をまとっている。

武蔵への脅威かもしれぬ存在、K.P.A.Italiaの若者に対し、

「……！」
見据える目は、だが、敵意ではなかった。
測っているのだ。
あの者が、敵なのかどうか、だ。

……不思議ね。
武蔵主義、とでも言うべきだろうか。
さあ、と書記が言った。

「〃彼〃は武蔵にとって害ある者かな？　僕達のようになれる者かな？」

「荷物届けに来たことにして言うけど、アンタのようにはなりたくないわ……」

●

いきなりだった。

書記が第四特務を相手に騒ぎ出したのと同時。

ネイメアの眼前でそれが生じたのだ。

銃声だった。

「……〃海兵〃!?」
彼女だ。腰の加速器に収納していた拳銃を両の手に持っている。それは既に引き金を絞られ、

「……っ」

相手の両手から、光るものが零《こぼ》れた。

武器、と思ったが違った。

鑿《のみ》だ。

「何て読むの？」

「鑿ですの！」

「誰か」

「私知ってるわ！　カマの難しいヤツよ！　ハードカマ！　カマーン!?　ヘイ浅間！　オパイカマーン！」

「カマカマ言いながら人のを揉《も》まなくていいんですよ！」

幻影が大量出現しましたの。ともあれ落ち着いた上での答えは、

「ノミですの」


「ほら！　私の言ったとおりじゃないの！　浅間、何その表情！　うーん、横に並んで記念撮影。ハイ、チーカマ。――カマじゃないのよね！　知ってるわ！」

元気な幻影ですの。

ともあれ相対場に落ちた二つの鑿は、その形状が確かになり、

「……アレで襲いかかるつもりだったの？」

「投げるんじゃありませんの？」

と、言葉を嘉明と交わした時だ。ふと、相手が口を開いた。

それは笑いでも怒りでもなく、ただ、困ったと言うように、

「――後悔すんぞ」

告げられた瞬間だった。

二つの結果が生じた。

一つは、〝海兵〟の主翼、上翼の左右が突然

弾けて散ったこと。

もう一つは、

「……!?」

〝海兵〟の背後、そこにあった防護障壁が破砕したのだ。

●

一瞬だ。

……何？

正面。立つ〝海兵〟自体が遮蔽となって、何が起きたのか見ることが出来なかった。ただ己の目がそれでも確認したのは一つの事実。

「光？」

光だ。光柱とも、光槍とも言っていい。そんな二本が海兵の翼を散らし、防護障壁に直撃した。

結果としての破砕だ。

戦闘系、高速で機殻箒《シャーレベーゼン》を飛翔させる自分の目には、それらが確認出来た。この吹き抜け公園の中、同じように見ていたのは、恐らくネイメアくらいだろう。書記は知らん。

だが、何が起きた。

解らない。

今、見えているのは、相手の男が鑿を二つ拾った光景。そして対する〝海兵〟が、

「……っ！」

前に出た。

●

海兵は加速した。翼による飛翔力を一気に使い切るつもりの全速だ。

宙に身を置いたまま、真っ正面から相手に仕掛ける。

背の翼。主翼は散ったが、出血はない。当たり所が良かったと言うべきか。このくらいの負傷は今まで何度もあったので補正は可能。

だから真《ま》っ直《す》ぐに突っ込みつつ、

「……！」

射撃した。

使うのは両肩の加速器。その中に仕込まれた銃砲だ。先込式のルールを守りつつ秒間六発の連射が可能。反動はあるが主翼の加速力の方が強い。

迷うことなく相手を撃ち、行く。

……この敵は、遠隔攻撃の技を使う。

先ほど食らったのがそれだ。鑿が落ちたのを合図とするように、空中から二本の光条が叩《たた》き込まれた。

狙いが定まっていなかったと、そう確信する。下手に直撃を食らえば、防護系の術式や加護など入れていても立てなかったろう。

再びあれを発射されてはならない。ゆえに、当てるというより、動きを止めるために己は肩の加速器から射撃した。

撃つ。

殺意はないが、胴体を狙う。どうせ防護術式や加護は、入艦で許される分は用意出来るのだ。下手な容赦をしてこちらが負けては意味が無い。するると、

「――――」

相手が、両手の鑿を構えた。その動作を見て、己は、

……!!

おかしい、と思った。

相手がとった動きは、両腕をガードに使う構えだ。普通はそう見える。しかし、

……鑿を逆手に握っている！

それが鑿の持ち方だというのは、自分でも知っている。だがあの鑿は、先ほど、何らかの仕掛けで光の双撃を呼んだのだ。

では、ガードに構える動作は、何を呼ぶ？

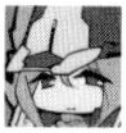

……知るか！
その通りだ。
ゆえにここは回避を敢行する。

●

〝海兵〟は回避挙動をした。

加速器を操作。両肩の加速器を止め、腰の加速器を全開にする。

……間に合え！
前進中ではあるが、身体の上下における推力が崩れた。負担が限界値を超えない程度に上翼の出力も止めることで、

「……っ」
相手の眼前に近い位置で、後方一回転をキメたのだ。

●

ネイメアは、三つの動きを見た。

「あれは――」
一つは、〝海兵〟が空中で後方宙返りを入れ、己を制動したことだ。
宙で半回転したとき、加速器と翼を動かし、前方へと出力。前への推力を帳消しにし、残りの半回転で姿勢制御を掛ける。

……有翼系ならではの動きですの……！

「やるわね。私達だと前方回転の方がやりやすいけど、加速器の恩恵かしら」

と言うあたり、嘉明にとっても可能な技ではあるのだろう。

そして残り二つの動きは、見たこともないものだった。

床だ。

相対場の床。石張りの床面が左右から跳ね上がった。

地殻ブロックが剥がれた訳ではない。荒削りな床材という形で、左右、全長三メートルほどの巨大な両手首が射出されたのだ。

「……聡《さと》いな！」

合掌。

飛来していた〝海兵〟の銃弾を弾き、岩の両手が瞬発した。本来ならば〝海兵〟が飛び込んでいた空間を、巨大な岩の手が合わせ打ったのだ。

岩塊の音がした。

だが空打ちだ。〝海兵〟はその手前の宙に〝着地〟している。

そして拍手の反動と言うように、手首の生えた地殻ブロックがフレームから接合を外れて、千切れる音と動きで宙に舞った。

自壊と言うべきか、破壊と言うべきか。

しかし、

「おっと、怒られちまう！」

彼が両の手を振ると、岩の両手が動いた。それらは勢いよく手首を返し、砂礫《されき》の音とともに千切れた地殻ブロックに飲まれ、

「……!?」

己の視界の中、岩の手首が消えた。代わりというように、地殻ブロックが、基部の破損は有りながらも元の長方体形状を取り戻す。
それはつまり、
……地殻ブロックの質量が変わっていないということは、

どうなのだろうか。変形技術ですの？ 疑問したと同時に相手が次の攻撃を放っている。
それは右の手を下に振るもので、

「有翼にこれは効くだろ」

言葉と同時に、自分は、またここで見たことが無いものを見た。

大気だ。

一目で、この吹き抜け公園の風と解るものが、

「……足!?」
天上から神が踏みつけるが如《ごと》く。巨大な風の足が〝海兵〟目がけて落下した。
一瞬だ。雲をまとって高速でハンマー打ちとなった風の足。透明で揺らぎはあるものの、明らかに〝大気の足〟と解るものが〝海兵〟を打つ。

●

カウンターは爆砕だった。

嘉明は〝海兵〟の判断と手段を同時に視認する。

「加速器……!」

右肩の加速器を、〝海兵〟が直上に向けて射出したのだ。

砲弾だった。

恐らくは奥の手。手持ちの拳銃や、加速器の銃砲が効かない、押し切ろうとする相手に向けて放つものだ。

〝海兵〟にとって、至近とも言える頭上の宙。そこに勢いよく飛んだ加速器は大気の一撃と激突。指向性のある炸裂となって、空の威力を破壊した。

「……っ!」

弾けた大気が真空を呼び、多重の激音をまき散らす。超音速の戦闘を行う自分にとっては〝聞き慣れた〟ものだが、ネイメアや他の者達にとってはレアな経験だろう。

見れば、吹き抜け公園の二階あたりより上の空間には、水蒸気の渦が多重で巻かれていた。

だが迎撃は果たされた。

〝海兵〟はもはや完全な加速器操作が出来ないが、翼を広げた。左肩の加速器を相手に向け、

「……!」

対する相手も、〝海兵〟から視線を外さず、

「やるなあ！　お前！」
両腕の鑿を左右に振り抜こうとする。
その瞬間。両者の間に、光を自分は見た。

……砲弾!?

●

そうだ。一発の軽砲弾。

……型式は三十五ミリ軽砲弾！
弾頭に術式符を仕込んだもので、発射されると教譜に応じた流体光を纏《まと》う。これまでの戦闘の中で、幾度となく見たもので、使うのは旧派だ。
だがそんなものが二人の間に撃ち込まれ、

「……っ!?」
白の色が、想定外の軽い音と共に拡散した。
スタン系の衝撃弾。その役目は、

「……そこの相対、待って下さい！」
差し止めの声が、意義を主張する。

●

〝海兵〟は、視界を動かす。

衝撃弾を食らってはいない。自分とて、かつての戦場では使用したものだ。それが飛び込んできただけで対処の動作をすべきと解る。そして、正面を見れば、

「……クッソ！」
眼前に大気の〝壁〟を作った相手が、右手側に振り向いている。
彼の見るそちら。そこにいるのは、眼鏡を掛けた、

……赤毛の女性型自動人形？
黒の制服はM.H.R.R.《神聖ローマ帝国》のものに似ている。だ

が防寒のファーなどが着いたものは、

「――瑞典所属、第四特務、清原《きよはら》・マリアです」

彼女が告げた。

「武蔵生徒会、総長連合への直訴として、我が国に優先権があることを宣言します」

●

「えーと……」

正直に言うと、ネイメアはよく解っていなかった。

「あー、まあ、しょうがないね。コレは確かに訳が解らない」

「これだから武蔵の外交は訳が解らないんだよ……」

「結局ここから戦争ですの？」

御母様、結論が早すぎますの。

ただ、どうしたものか。直訴願いの勢力？

そんなものが二つも出てきて、しかも今は相対の途中でもある。この場合は、

「――仕切り直そう！」

書記が、こちらに会釈して前に出た。その上で、彼がこう言った。

「そちらの君、――襲名者だね？　会えて光栄だ。ジャン・ロレンツォ・ベルニーニ。K.P.A.Italia、K.P.A.Scuola美術部の部長だったか」

「……物知りだな」

ああ、と書記が頷いた。彼は眼鏡を一度持ち上げ、ベルニーニと清原を交互に見ると、こう言葉を作った。

「――二人とも、サインを下さい」

○

『何でアイツ、こういうときだけ丁寧語なの？』

『歴史マニアというより、単に襲名者マニアよね……』

『でも、ともあれコレで、二人は引き下がりましたの』

●

気が抜けた、というのが実情だろう。ネイメアの視界の中、まず動いたのは〝海兵〟だった。彼女はベルニーニに背を向け、此方に来る。

疲労というよりも納得と安堵《あんど》。そんな表情で相対場を下りた〝海兵〟が、自分の目の前に立った。

「――君らが働かなくても、私達であのくらいは出来る」

「Ｊｕｄ．、感謝しますの」

「素直で何よりだ」

小さく笑われ、でも悪い気はしない。〝海兵〟がこちらの肩を一つ叩き、皆の中に下がっていく。その動きを、誰も彼もが出迎え、彼女の名を呼ぶ声も聞こえた。

つまり今後、ベルニーニと呼ばれた彼を相手するのは、自分達の役目なのだ。そして、

「……仕方ねえな」

ベルニーニが、いつの間にか相対場に上がっていた書記に、サインを入れた色紙を返す。そして彼もまた相対場から下り、

「行くぞＧＲ、いらん邪魔が入った」

「ん。……でもあまり、悪ぶらないで」

「格好悪いこと言うなよ……」

困ったように言う彼が、ＧＲと呼んだ女性と

共に、やはり下がっていく。すると、

「――――」

誰かが、〝またな〟と言った。そして皆が、緊張とも言える息を抜き、去る二人を見送った。

……これは――。

武蔵なりの歓迎の一つだろう。

敵ではない。そのことを、今の相対で見切ったのだ。

「相対場を少し破壊したけど、フィールド内。相対のルールは犯さなかったものね」

そういうことだ。

だからだろうか。皆の間からは小さな拍手も生じた。これは、

「……この直訴は、何なんですの？　という疑問を、私は持ちましたの」

書記が清原ナンタラからもサインを貰ってるのは、どうかと思いますの。

○

『こっちは大体こんな処ですの』

『マリアが結構、格好つけていたのでありますねえ！』

『そちら、学食はどうなの？』

『ああ、こっちもこっちで動きがあったで？――私と竹中が学食で食事しとる処から、続き行こうか』

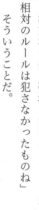

第七章

『落ち着きと欠如』

ひとやすみ
ひとやすまらぬ
ひとがすみ
配点（要安静）

大久保は、学食での食事に、ちょっと不思議感を得る。

……デカイいわなあ。

背丈の話だ。東照宮代表のように、胸の話ではない。

『艦内通神でお伝えします。――基本的にデカイ話は背丈です。背丈です。その点、御了承下さい』

変な放送が入ってきた。ともあれその通りに背丈の話だ。

自分はあまり背が高い方ではなく、正直、このような学食の中では埋もれる。特に学食の六人テーブルは椅子が低めだ。

座ると自分が沈んだような感覚になる。

「なるなる」

貴様おらんかったろ。

「そういうものですか――」

解らんなら言うな。ともあれ不思議なのは、

「生徒会居室だと、別に、こういう感じあらへんのや。あっちだと逆に、自分が大きくなった感あるんよな」

「アレですかね。自分の居場所と思ってる場所では、自分の感覚がリラックスして、そうではない場所だと、チョイ緊張気味になるって感です」

だとすると、こういうことか。

「ここは特に〝広い室内〟だから、さっきまでいた狭い居室に広がっていた自分の〝感覚〟との差異が激しい、と？」

「外ではデカさを感じないなら、室内限定のものなので、条件付きの共感性ってヤツかと思いますねー」

そういうものか。否、

「貴様も私も、何かと〝理由〟をつけたがって、それに納得したがるわなあ」

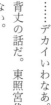

「いや、それが仕事なんで。――うち……、ええ、もう、武蔵総長の下にいるということで、この教導院を〝うち〟と言いますけど、うちはアレですよ」

「アレ？」

問うと、竹中が言った。

「うちはトップが天然なんで」

○

『――駄目ですねえ、ロジックで動けない天然とは』

『……鏡は何処にあったかしら……』

『流石ホ母様……！』

●

というかまあ、と大久保は言った。天井を見上げ、

「うちはトップどころか、その次のナンバーツーも、どちらも天然やからなあ」

「あー、まあ、Ｊｕｄ．、ハイ」

『待て！　艦内放送で伝えるが、私はロジックでちゃんと動いて話もしているぞ！』

『艦内放送で伝えるけど、ロジックであんな回数の戦争しておったらそれはそれで危険国家だぞえ？』

『艦内放送で伝えますけど、では何をもってあんなに戦争を？』

『艦内放送で伝えますが、――戦争は正純様の趣味ですよ？』

『艦内放送で言うけど、せんそうしゅきぃ……、しゅきなのぉ』

『外から艦内放送で介入しますが、艦内放送で隠語を流すのはおやめ下さい。――以上』

『そこまでの内容はいいのかよ！』

自分も含んどるで、と思うが言わないでおく。

巻き込まれると困るからだ。

「せやけどまあ、今はその天然どもも静かな時間や。武蔵と大和を立て直して、両艦の役目など定めてから春の新年度を迎えたいわな」

言って、奥の神啓《レディオ》あたりで歓声というかどよめきが起きていることに気づく。何やら臨時の相対場であったものか、と、そう思っていると、声が掛かった。

「代表委員長でありますか。補佐も」

●

クリスティーナとしては、意外なメンツだった。無論、生徒会居室に行けば会えると思って、夕食の後で行くつもりだったのだが、

「仕事が一息ついたのでありますか？」

「小休止やな。気分転換や。――そっち、欧州方面はどないや？」

「昨日と変わらず、と言いたい処でありますが、少し、動きが生じているでありますね」

「たとえば？」

「各国、生徒会、総長連合が大部分続投であります。これは大国ほどその流れでありますが、小国もほぼその流れに乗りつつあるようでして。大国の周辺から徐々に方針が固まっていっているようでありますね」

「運命事変、ヴェストファーレンがあった後で、決戦となった〝月の指輪〟作戦が、基本的に互助だったせいやな。小国は何かあれば大国のせいにしていいし、指導者達は大国も小国もヴェストファーレンに参加していたならば、それだけで〝次期〟を引き継ぐ権利を得とる」

「ではヴェストファーレンに参加してない国は――」

「参加国とコネがある指導層は続投。そうでなくとも、〝月の指輪〟作戦に参加していれば、今でも続く復興の互助目当てで続投や。両方に

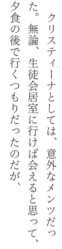

参加してない国があるとすれば、新しく興る国ということになるが、そういう国はそれこそ歴史再現としては〝次期〟で承認やろ」

　つまり、という代表委員長の言葉の先を、自分は告げた。

「——今は〝ヴェストファーレン以後〟なのでありますね」

「ヴェストファーレン体制やな。それも始まったばかりや。決まり事をある程度作って、皆がさて実際にはどうしよう、と考えて牽制してる時期や」
　ええか。

「今、武蔵艦上で相対など行われとるが、これがまだ華々しく行われてる内は安心や。——何処かの国が参加しなくなったり、頻度が減った時期からが怖いで？」

「つまり表に出さない案件が出来たか、各国、独自に動き出したと言うことですからねー」

「危機は手元で管理出来た方が安全、ってか」

「そやな。微《かす》かな火種であれば、遠くに行って燃え盛られるより、手元で着火して鎮火した方が楽と、そういう考え方もあるで」

「物騒だな！」

○

「…………」

「……忠興様の台詞《せりふ》を書くとき、ドキドキするでありますねえ……」

「落ち着いて！　落ち着いて下さいクリスティーナさん！　オッキー君は一時間に一回！　そのくらいのつもりで！」

「い、いや、シャレじゃなく、今ちょっと体調管理の表示枠を見たら脈拍とかに危険な数値が。——あ、年齢によるものじゃないでありますよ？」

「劇薬か」

「トーリ様の台詞を書くときとか、〝マーこんなものですかねタターン（決定音）〟という程度なんですけどねえ」

「それで違和感無いから凄いですのよ？」

●

　ともあれ食堂に来たからには食事だ。
　食券はここで買う。小銭はあまり持ちたくないのでキャッシュだ。
　銀行システムとしては各教導院、自治が認められていれば生徒会会計の管理するものがあるが、

「……うちは着服した経緯があるからなあ」

「戻した！　戻したよ！　尻から出る前に！」

　何言ってるか解らないでであります。ともあれ銀行システムとしては、別がある。それは、

『ハイ！　浅間神社の神肖CMです！　この非常時に乗じて、武蔵浅間神社と東照宮ではゼロ利息ゼロ利子の零々一時賽銭を始めました！　零々は霊々と書いてサービス名は〝たまたま賽銭〟！　これは何と、利息ゼロですが、一時的なお賽銭としてお金を当神社に預けて神道管理地なら何処でも引き出せる他、浄財処理、外燃拝気交換や〝隠れ〟サービスも何と今なら無料！　無料期間後でも割引サービスとなります！　さ・ら・に！　今契約と入金を頂くと、他銀行からの入金手数料をこちら持ち！　更に次回入艦時に鈴の湯で映した動画を五分間プレゼント！　男湯バージョンもありますよ！
――アッハイ私契約します！　女湯と男湯のために二口入ります今しますすぐします!!』

『その動画、私、知りませんの――！』

「相変わらず情報量高過ぎやろ」

　ともあれそういうことだ。

○

『というか遂に神社勢力がうちのシマに乗り込んで来たよ！　この金の亡者どもめ！』

『神道に仏道感覚をぶつけにきたさね？』

『というかコレ、ＩＺＵＭＯ系列の神道サービスなんですよね。神社の産土《うぶすな》管区ごとに個性出せますけど、基本は全国展開のテンプレです』

『復興において、国際金融があった方が便利、ということですのね？　だから金量が変わらないゼロゼロの銀行と、そういうことでしょう？』

●

ＣＭが続くのを、クリスティーナは聞いた。

『一応、御賽銭として一時預かりとなっていて、預かったものは神道の共有物であるが、どの神のものにもなっていないから、何処の神社からも引き出せる、となってます。ただ、物理キャッシュの引き出しは駄目で、情報通貨だけですね！』

「……旧来の銀行からしてみれば、キャッシュなど利便目当ての短期利用客は減るが、金利目当ての長期利用客は各地に預けていた金を集めて、地元や有利な銀行に預けやすくなる、という利点があるわな」

このシステムは既に動いている。運命との決戦時に、多くの金銭が動くため、テストとして神道のインフラを利用した全国的な通貨流通網を作ったのだ。

戦後もそれは有用とされ、金利と利息ゼロと、各国内の通貨流通に神道インフラを流用することを条件に各国の金融機関は了承。各国、各地それぞれに業務提携などを行い、〝暫定支配を脱するまで〟という期間限定で共働中だ。

しかし、

「三河で武蔵は〝武蔵に金銭を預ける利点〟を述べて一気に資金を集めた訳でありますが、運命事変の後、世界から危険性が薄くなれば、その利点は失われるものであります。後は、――

地元のためにも武蔵から金を引き戻す動きが出るのでありますが、今回のこれは、その対策になるものでありましょうか？」

「実際、そういう動きは出てますねー。特に小国、その流れがあります」

「神道のシステム。金の移動に手数料が掛からんしゼロ利息となると、武蔵の銀行から地元銀行に金を移動するには神道の賽銭システムを使うわな」

『横から通神で入りますが、〝全神社の総御賽銭量〟に対する〝各神社の御賽銭量の率〟が、〝その神社が使える量〟として配分許可出ます。うちを経由された場合、入金分はその利用率として換算されるので、総御賽銭量にもよりますが、武蔵にバックが入ることにはなりますね』

「——しかしその場合、経由されて利子ありの地元金融に入金されて終わりと、そういうことになるのでは？」

「まだ世情は不安定ですし、それはこれからも続くでしょう。神社があれば何処からでも入金、出金が可能なシステムとなれば、投資や融資、利息目当ての貯金分は地元や大手に入れても、安全かつ使いやすさとして神道システムが有利ですね」

「安全と利便のために、大手利用者が一割でも預ければ、全ての国の金を一割確保するようなものやな。……他銀行はサービスいろいろ考えないとアカンやろ。国際的な提携など歴史再現的に出来へんからな」

「ムラサイあたりはやってきそうでありますが、Tsirch系は厳しそうでありますねえ」

「そうなのか？」

忠興の問いかけに、己は頷いた。

●

そうでありますねえ、と己は忠興に頷いた。

「各国、宗教的な戒律があり、基本、金融業というのは禁止されているであります。

それを行うにはまず、金融業が認められる歴史再現が必要であり、実際に各国、各都市、いろいろな手を使ってそれを叶えたのでありますが、それを経た上でも、やはり他国からの干渉や問題があって、難しいのでありますね」

「……難しい？　歴史再現が叶ったら、出来るんじゃねえのか？」

「――当時の金融業は小さくて、歴史再現通りになると、逆に自分達の首を絞めることになるんですよ」

いい助け船が来た。竹中に会釈を送ると、苦笑された。

○

「いやあ、つい台詞を奪ってしまったかと、そう思いましたねー」

「いやいや、有り難いでありますよ！」

●

「Tsirhcやムラサイでもお金の貸し借りは無利子無担保というのが宗教的な原則。しかしこれでは、金融が成り立たないでありますね。ゆえに〝手数料〟という文化が発展し、地中海貿易の発展から、伊太利亜《イタリア》では十二世紀に欧州初の銀行が作られるのであります。

この頃、国家もそれらを利用し、担保として特定品目に課税したり、またはお金を借りるのは罪であるから、その懲罰金として利子をとるなど、擬似的な利子や担保が成立していたのでありますね」

そして、

「ハンザ同盟などが出来、欧州北岸の交易が盛んになり、定着化すると、交易商人達の中から金融特化する者が現れ、1590年、M.H.R.R.のハンブルクに世界最初の多国籍投資銀行である〝ベレンベルク銀行〟が出来たのであります」

うんうん、と竹中が頷くのは、彼女が

M.H.R.R.出身だからだろう。だが、同じM.H.R.R.出身で、反応が違う者がいた。それは、

「……マジかよ!?　M.H.R.R.が、初の多国籍銀行持ってたのかよ!?」

「Ｔｅｓ．、そうであります。ハンブルクはハンザ同盟の主要都市であり、それが廃れた後でも都市で有りながら主権国家と同様の力を持って存在しているであります」

忠興が、ああ、と頷くのは、この部分については知っているからだろう。M.H.R.R.北方の強力な自治都市であるハンブルク。だが、

「……そんな都市にある銀行だけど、俺、情報通貨とか云々でM.H.R.R.にいたときも、聞いたことねえぞ?」

竹中は、あー、と頷いた。

「おねーさんや三成《みつなり》君は、結構御世話になりましたよ?」

●

「そうなんか?」

「前田《まえだ》さんが〝僕はバレンシュタインだからね!〟と言って全体の統括国庫から金をガンガン使っていくんで、羽柴時代の私達は地方銀行から当座の金を借りたりしたんですよ。アレ、不破《ふわ》さん合流後にいろいろ発覚してキレてた筈ですねー」

「嫌な話聞いてるな……!」

だが、忠興少年が首を傾げた。

「……上の連中は知ってるのに、俺みたいなのが知らないのは何故だ?」

「君の地元は狩猟が産業になるような田舎だったから、と言ったら誰が怒ります?」

「あっ、あっ、私が怒りたいでありますが、だからこそ私と忠興様が会えた事にもなりますので今回は見逃すであります!」

「酷い裁定や……」

二度は無さそうですねー、ととりあえず思う。
しかし、さっきの忠興少年の言葉には、理由があるのだ。

「――歴史再現ですよ」

●

「要は簡単です。――1590年という時期が、致命的に悪かったんですよ」

「……今から、五十年くらい前だろ？」

「そうですね。でも、聖譜は百年先を見通せます。つまりそれが出来るのを知ったのは1490年。これは当初、かなり期待されていました。何しろハンザ同盟の傍論に表記されていたのですから」

「……ええと、ハンザ同盟は、いつからなんだっけ……？」

「――解らないならそれが正解でありますよ？　同盟の始まりは1161年に出来た商人団体〝商人ハンザ〟でありますが、その始まりとなる商人達の行き来については六世紀くらいから連綿としているのであります」

「Jud.、ゆえに六世紀くらいから予言されていたハンザ同盟の〝準備〟として、M.H.R.R.北岸及び欧州北岸の諸都市、勢力は、自分達が世界初の国際金融機関を持つことを期待していたんですよねー……」

しかし、と己は前置きした。

「十五世紀初頭から、各国が戦争を始める中、国境を奪い合っていく過程で陸路などが発展。沿岸都市は荒れて海路貿易を主体としたハンザ同盟は衰退します。
それでも、いずれ来たる1490年にハンザ同盟の皆は期待しました」

「――せやけど、という話やな」

そうだ。何となく、忠興少年も気づいている。
1400年代、何が起きたのか。
それは、

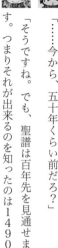

「——1457年、重奏統合争乱だ」

●

「重奏統合争乱が終戦したのは、何を基準とするかで諸説ありますが、暫定支配体制が確立した1488年前後でいいでしょう。——1490年まで後二年で、全く不慣れな土地で、国際金融機関を作れますか？」

「無理筋やな」

代表委員長が言う。

「終戦から二年、復興と定着と支配が始まる中、世は荒れとる。そんな中で国際金融機関を作る歴史再現をすれば他国の反応は二つに割れる」

「どんな感じですかねー」

そやな、と声が来た。

「一つは、M.H.R.R.に富が集中することを避け、小規模化を認めるもの。これは寧ろ、歴史再現をその通りに認めさせればええ。実際の〝今〟の国の動きに対し、〝神代〟の国の動きは遙かに小さいからや」

その通りだ。そしてもう一つは、

「〝今〟の時代に合った国際金融を認める代わり、自分の国に金を融通しろと、そういう駆け引きや。更には——」

「更には？」

「1495年、神聖ローマ皇帝〝最後の騎士〟マクシミリアン大帝は、K.P.A.Italiaの領土を巡って仏蘭西《フランス》と戦争を開始するが、M.H.R.R.内の領邦は反発。神聖ローマ皇帝はM.H.R.R.全土に対する皇帝権力を分離され、名目だけの皇帝となるんや」

一息。

「——大事な時期に世界規模の混乱と、更には国内としては中央集権制を失い、指導力が無くなる。神代の時代ならば上からの干渉が無くなって自由な金融業となったろうが、各国が力

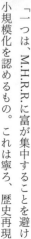

を奪い合う重奏統合争乱の後で後ろ盾が無くなれば、形骸化は確実やな」

「Ｊｕｄ．、故に関係国が集まった場では、M.H.R.R.だけハンブルク教導院の会計しか出る事が許されず、かなりキツかったそうです。
ただまあ、それでも最善の判断を、現場の会計は下しました」

「どうしたんだ？」

「各国の承認を得ないまま〝国際金融機関としてスタートする〟と決めたんですよ。無論、各国は反対。歴史再現としては当初ハンブルクしか認めてない状態で、後に三十年戦争の予告が為されると、やはり他国の大半は無視続行を決めました。M.H.R.R.は認めてますが、今もその状況は続いています」

「……それがどうして、最善なのですか？」
やはり自動人形は最善や最適が気になるものか。横の主人、大久保は金融関係の歴史再現を持つ襲名者だ。だからというように、彼女が応じる。

「ベレンベルク銀行は国際金融機関や。そして銀行の所在するハンブルクはM.H.R.R.内では皇帝から自由都市権限を持った独立都市の一つ。解釈次第やけど、ハンブルクにとってM.H.R.R.内各領邦は〝他国〟であり〝国際〟や」
つまり、

「ベレンベルク銀行は、M.H.R.R.国内においては金融機関として活動出来る道を選んだと、そういう訳やな？」
その通りだ。

「とはいえ、本来あるべき国際的な融資がなく、また、金融の使用条件も国際的なものに限られます。ゆえに民間利用はほとんどなく、基本はM.H.R.R.歴代会計が国家間紛争用に積み立てた埋蔵金ですねー。でもまあ、地方ゆえ前田さ

んが手をつけなかったので、私達はそれを利用出来てた訳です」
　いやまあ。

「有り難いのは、ハンブルクは宗教改革を受《う》け容《い》れて改派《プロテスタント》になるんですが、他国侵攻などの条件に応じて旧派でも融資して貰えたことです。ここらへん、流石は巴《ともえ》御《ご》前《ぜん》の率いたM.H.R.R.改派ですねー」

「——とまあ、そんな銀行になっているので、忠興様が知らなくてもしょうがないと、そういうことでありますね」

○

『…………』

『……コレ、実は超ネシンバラ様級の脱線なのでは？』

『いやいやいや！　実はビミョーに関わるのでありますよ！』

●

　ふうむ、と頷いている長岡を前に、大久保は口を開いた。さっきから自分、夕食に手をつけておらんな、と思いつつ、

「各国の銀行、金融は、その発展時期に重奏統合争乱で大打撃を受けたんや。そして歴史再現を考えた場合、国際的な金融もしくはそれに近いものが必要となったので、極東の銀行を歴史再現として採用した訳やな」

「自国の金融を歴史再現しようとしても干渉が入ったり、もしくは歴史再現を厳密にやられると利用地域や規模が限定されますからねー。だとすれば規模としては全国規模でいける極東通貨や銀行システムを使った方が各国共に〝安全〟だった訳です」
　そのシステムが、また一つ、進んだ訳だ。
　世界は着々と変化しておるな、と己がそう思った時だ。

「あ！　瑞典総長！　今の神肖見ました!?　瑞典の人、出てましたよ!?」

●

「ファ!?　瑞典の人？　誰であります？」

「ええと、第四特務って名乗ってました！」

「えーと……」

即座に出てこないであります。

「武蔵生活が長かったせいですねー……」

「それ、ド忘れなのか、馬鹿になったのか、言わん方がええで」

「や、やめて下さいよ！　うちが馬鹿の温床みたいな言い方！」

言ってるでありますよ？

ともあれ、と思い出す。第四特務と言えば、

「……マリアが武蔵に？」

「マリアって、アレか。お前についてた侍女の……」

言葉と同時に声が来た。それは女性の響きで、

「――武蔵代表委員長！　こちらでしたか！」

聞き覚えのある声だった。身構えた忠興と共に、急ぎ振り返ると、相手がこちらを見た。

「……ンンンン！　総長!?」

「ヨハン!?　何であります!?」

あ、いえ、と相手が慌てた。

「――本が……！」

「――え？　何であります？」

己は問うた。
投げた疑問詞の先、ヨハンがこちらと代表委員長の方を、慌てて見比べ、しかし、

「――――」
そのまま前に倒れ、動かなくなった。

「ヨハン――!?」
不意の転倒に、周囲が身構える。

「クリスティーナ様、そちら、誰ですか一体」

「アッ、地元の教導院の副会長であります!」

「…………」

「――面倒そうやし、私、いなかったことにしてええか?」

「……オッスオッス! 大久保様、幻影の仲間入りですね! 楽しいですからオススメです!」

「…………」

「……ここにいることにしとくわ」
副王が幻影として消えて、残った右腕が親指を立てるでありますよ?

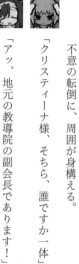

第八章

『相談と応談』

祭が呼ぶ何か
それをもて身構えよ
配点（予感）

青雷亭にいた正純は、久し振りの読書と茶を楽しんでいた。
この処、忙しすぎて、こういう時間を持つことが出来なかった。しかも来る仕事はまだ外交としてハッキリしてない案件が多く、大部分は大久保達に差し戻しだ。意味の無いことに時間を取られている感があってやりにくいが、しかし、自分がいないと下の者達も身動きが取りにくいこともあろうと、そんな感じで仕事をしている。
ちょっとストレスが溜まり気味。そういうときは、やはり読書だ。気分的に悪い時でも、字を追うとあっという間に気分がそちらに向く。

「文字を、鼻からスゥーッとやる感で？」

「お前、ここにいたっけか？」

「この時間くらいからなら、いたわよ？」

「私の護衛だったたっけか」

「いや、新作のネーム描き」

「私の扱い、結構軽いな！」

馬鹿ね、と魔女が言う。

「青雷亭にいる限り、安全は保証されてるようなもんじゃない？」

カウンターを見ると、左腕がこちらに親指を上げている。
そういうもんか、と思っていると、表示枠が来た。
誰かと思えば二代だ。見れば首を傾げた彼女が映っていて、

『おお、正純！』

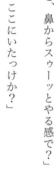

『おお、何だ二代』

『Ｊｕｄ．！　食堂にいる戦士団からの連絡で、正純が倒れたということだったので御座るが、正純、食堂にいないで御座るよ？』

ちょっと文意がつかめなかった。

●

ン？　と正純は首を傾げた。

『私がそこに倒れてる？』

『そう聞いたで御座るよ？』

『……誰が？』

画像の中で、二代が軽く天井を見上げた。やや考えて、その後に彼女が言う。

『皆がそう言ってるで御座る』

「……小等部の子供の言い訳ね……」

魔女やかましい。とはいえこれはどういうことだ。

「正純様の幻影が食堂に出張して倒れたのでは」

「意味が解らないぞソレ！」

すると、魔女が絶好調でネームを描き始める。

「そうね！　食堂で倒れた正純を保健室に運び込むのよ！　運び込んでスタートすれば一ページ目でツカミはオッケー！　そして、正純をベッドに寝かせて、介抱の為《ため》に上着を脱がしたら」

「戦争が始まるのですね……」

三コマ目でラフ画の自分が〝開戦だ……！〟と叫んでるのを描いた魔女が、ちょっと手を止めてから首を傾げる。

「……全く繋がってない気がするんだけど」

「だけど全く繋がってない流れで開戦したことありますよね」

「じゃあコレでいいか」

ナルゼがこちらに振り向いた。

「正純、戦記ものの導入が出来たわ」

「雑な描き出しやめろよ!!」

魔女が役に立たん。ともあれこちらとしては、

『二代？　何かの間違いだと思うぞ？』

『Ｊｕｄ．！　だったらソレで良しで御座るな。無事が一番で御座るよ』

●

『よく考えたら二代、正純が倒れたと聞いて食堂までギュンっと行ったんですの？』

『先に通神で確認すべきでは？』

『いや、いつもの食後ジョギングの途中、艦外周回りで食堂に補給に行く処だったので御座るよ。まあ、チョイと短距離をギュンっと走ったで御座るが』

『ウワー、いい流れ……！』

『豊！　勝手に世界作ったら駄目ですの！』

●

アデーレは、現場を管理する役だった。
今、ここには極東戦士団がいる。誰も彼も総長連合所属で、見知った顔……、

「――どうしましたこっちを見て!?」

「――何か変な事がありましたか!?」

「――ひょっとして、妙な事でも!?」

見知ったとか言って、全員、あまり変わりないな……、って思いましたが、第一特務には負けるので別にいいかと思い直しました。

とはいえ、隊長格クラスがいるとしても、基本は戦士団だ。その中で自分はちょっとした権限を持つ。

「従士隊の隊長として、ここを仕切りますね!」

「Ｊｕｄ．、私達の方が役職としては上やけんど、現場自体の指揮がとれん。私達の臨時的指名として、従士先輩に番屋権限の行使を認めるで」

そういうことだ。

「どういうことなのであります?」

「武蔵には各国の手がそれなりに入ってて、そちらの方が権限が上になるんです。だから自分の場合、武蔵の従士制度は武蔵独自のものではなく、欧州の基準に合わせたもので聖連認可ですから、〝戦士団＋従士〟ということで、単純な戦士団よりも上になるんですね」

○

『私が、第五特務ですけど、他特務よりも公的の場における発言力などがあるのは、コレですわね。〝特務＋騎士〟なので』

『騎士だけだとどうなるのかしら?』

『騎士だけだと、武蔵の中でも階級的には騎士準拠のサービスを受けられますけど、たとえば他国間での抗争などに出る事が出来ませんの。つまり〝学生でなければ人にあらず〟が、適用されますのね』

『そういう階級持ちを戦士団や役職者に入れておけば、一段上位の管理系統が作られるということで、便利よのう。――ちょっとした、制度の穴を突いておろうが』

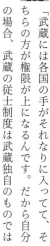

●

さて、とアデーレは表示枠に〝立ち入り厳禁〟の字を書いて現場の宙に掲げる。そして、倒れた女性をどうしたものかと、しかし手を差し伸べそうな瑞典総長、瑞典総長達に、

「あ、瑞典総長、長岡君、ちょっとストップです」

「――どういうことです？」

……あ、長岡君が丁寧《ていねい》語ですね……。

ちょっと動揺。

「忠興様、育ちがいいのでありますよ？」

瑞典総長、心を読みに来なくていいです。とはいえ、後輩というのはこういうものなんですねー、と今更思う。

○

『後輩とはこういうものなんですね？』

『アレ？　その定義だとアンジー達、後輩じゃなくない？』

『わ、私、ちゃんと後輩として対応してますよ！』

●

どういうことか。アデーレは、長岡の疑問に応じた。

「ちょっと、コレ、見て下さい」

倒れた女性の顔横。そこに一枚の表示枠がある。

「旧派式のものです」

「瑞典のものでありますね？」

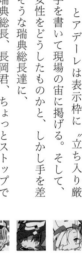

そうだ。そしてコレは、ちょっと面倒なものを示している。
表示枠の画像部分にあるのは、鍵の穴。コレは大体において何かと言えば、

「束縛系の術式です。別に画像は鍵穴じゃなくてもいいんですけど、パターンとして、以前に見たことがあります」

「仕事の途中で何となく寄ってみたけど、コレ、アレだよね。旧派の束縛術式。昔にセワコンが使ってたヤツ」

「セワコン？」

『私ですね。通神で失礼しますが、――確かに、同様のものです。特殊な視覚系を通せば、術式の文字が四方を囲んでいるのが解ると思います』
だとすれば、アタリだ。

「――この方は、疲労とかで倒れたんじゃありません。何か禁忌を破ったため、それを条件とした束縛術式を食らったんですね」

どういうことか、クリスティーナには解らなかった。
ヨハンは瑞典の副会長だ。それがここに来て、

「私を見たら術式が発動？　私に会って、何かするつもりであったのでありますか？」

「……いや、あれはどちらかというと、代表委員長に会いに来たのでは？」

「――おい、待てや！　私の何が術式の発動条件になるんや！」
何でありますかね。

『……旧武蔵撃沈でうどん王国での丘生活が始まったあたりから、代表委員長の同人誌が市場に増えたのよね……』

『禁書かあ』

「いやいやいやいや。流石にソレは」
と言っていたら、見知った影が来た。

「Ｊｕｄ．、チョイとそこらで正純が倒れたと聞いたので御座るが、どうなので御座る？」

●

正純は、読書の途中で表示枠が来たのを見た。

『副会長！　食堂にいる副長からの話で、副会長が食堂で倒れたそうですが、副会長、食堂にいませんよね？』

ちょっと文意がつかめなかったし二度ネタなので表示枠を右パンチで割った。

「正純様！　ギャグに厳しいですね！」

「いやまあ、何か本気で困ってたらまた来るだろう……」

『……そうね。二代とは扱いが違うのよね……。いいわ……』

ラーフーをー書ーくーなー。

●

食堂では、アデーレが割れた表示枠を手で払い、思案していた。

こっちの副会長はとりあえず無事だ。ツッコミも容赦ない。

だとすれば、

「こちら、瑞典の副会長ですか？」

「Ｔｅｓ．！　地元、瑞典の主校であるストックホルム教導院の副会長であります」

「そんなメジャー校の役職者が、何で束縛術式食らっとんのや？」

何故だろう。というか、

「コレ、首ツッコむと国際問題ですかね」

「いや、私もよく解ってないのでありますよ、コレ」

「じゃあ、プライベートですかねー？」

『そういうプレイをチラつかせてスリル味わっていたら暴発した？』

「その発動条件がうちらってのは、何やねんな一体」
その通りだ。
ならばこれは、こういうことになる。

「外部に漏らしてはいけない情報が有り、しかしそれを代表委員長に伝えようとした？」

●

そやな、と大久保は頷いた。

「恐らく、居室に来ようとしたんやろ。せやけど今、私達は居室からこの食堂に来とんのや。きっと受付か、通神でのアポイントメントか、どちらかでそれが解って、せやからここにやってきた」

「そして見つけて、――つい禁句を言ってしまった、という処でしょうねー」

「随分と不注意やな」

「それ、多分クリッペがいたからじゃないかなあ」

「あー……」
竹中が、確かに、と首を下に振る。

「――ここにいるとは思ってなかった人を見て、つい口を滑らせた、って処ですね」
ならばこれは、判断すべきことがある。

「従士先輩、その瑞典副会長、急いで保健室に運んでくれんか」

「Ｊｕｄ．！　理由を後で聞いていいですか!?」
言って、従士が瑞典副会長を担ぎ上げようとする。
良い流れだ。衛士権限がちゃんと働いている。

「御見事です。――現場の保持と仕切りを急ぎ行った上、瑞典副会長の身柄について、瑞典総長の干与をさせませんでしたねー」

「武蔵の中は武蔵の法律下や。他国の要人でも、何かやらかしたらまずは武蔵の管理下に入るのがスジやで」

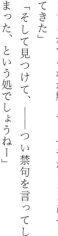

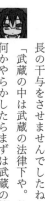

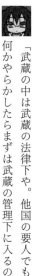

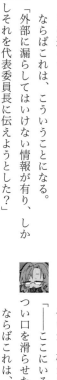

「――ヴェストファーレン以後は、特にそこ、ハッキリしないといけませんからねー」

そういうことや。

そして従士は、自分自身も瑞典副会長の身柄を勝手に扱わず、現場として最も役職が上の自分に判断を委ねた。

「なかなかやるで御座るな、従士殿」

●

『二代……。現場にいたなら、お前が一番上の役職者だからな……？』

「……完全に気付かずにいたもんで、すみません……」

「いや、構わんで御座るよ？　拙者、同じ判断をしていたで御座ろうし」

「そうなんですか？」

「Ｊｕｄ．、こういう頭を使う状況になった場合、正純に聞くことにしているで御座るからな」

○

『最高……』

『流石は母上、〝解らないことがあったらすぐ聞く〟という、大事な教えを守って御座ります』

『……福島様がそう言うなら、それでいいのだということにします……』

●

そして従士が、やや荷物気味に担いで瑞典副会長を教導院校舎に運び込む。戦士団数名が護衛について、クリスティーナとしては、

「え、ええと？」

「あ、瑞典総長は一緒に行かない方がええですわ。会いに行く場合、うちら役職者と同伴を義務としたって下さい」

言われ、何となく理解した。

「国際問題の恐れがあるのでありますね？」

「Ｊｕｄ．、これは明らかにトラブル。瑞典側で、私らに向けて何かがあるんやと思いますし、しかしそれが暴発したのも不測ですわ、多分。
　つまり瑞典側は、私らに何かを仕掛けか相談に来たけど、事故った。
　——そして先ほどの瑞典副会長の反応を見ると、瑞典総長はそれを知らされていない。多分、蚊帳《かや》の外ですわ」
　だとすれば、

「ここで瑞典総長が〝自分の判断〟で干与してくると、〝瑞典・武蔵〟の両国間にとって不確定なファクターとなりますねー。それもかなりヘビーなファクターです。
　すでに仕込みが有り、事故もあったところで不確定要素があると、ちょっと先が厳しくなると思うんですよ。おねーさんとしては」

「——なあ、でも、それで俺の嫁の行動に制限掛けるってんなら、それは、武蔵有利にしたいアンタらの都合優先じゃねえのか？」

○

「……オッキー君、言いますねえ」

「ズ、ズキュンと来るであります……」

●

　竹中としては、長岡の言葉に意味を感じる。

「そうですね。確かに、武蔵と懇意にしている瑞典総長の行動を制限する際、その強制力となるのは、私達のコネです。〝しがらみ〟ってやつですね。
　そしてまた、これに逆らった場合、——長岡君、武蔵住人である君の立場を悪くするのではないか、と言う、瑞典総長の弱みにつけ込んだ話、とも言えます」

「……それな」

Ｊｕｄ．、と己は頷く。

長岡はちょっと古風な処が有り、瑞典総長に対し、夫たるべき、という矜持《きょうじ》を持っている。

そういうタイプからすると、自分こそが彼女の枷になるのは嫌悪でしかないだろう。

だが、ふと手が上がった。それは瑞典副会長を収容し、報告に戻って来た従士だ。

「……あの」

「あ、早かったですね。何か？」
いえまあ、と従士が言った。

「……青とか黒に塗られた経験のある長岡君の立場って、今以上に悪くなれるんですか？」

「そう来ましたか――」

●

『通神帯から失礼するけど、アンケートでは〝年上嫁を持った中等部の新色〟には〝**一位：ハッピーな黄色・二位：軽く大人感あるパープル・三位：結婚ならホワイトパール**〟ってのがこの正月で出てたわね』

『ホワイトパールはエアブラシじゃないとムラが出て駄目じゃないさね？』

『白無垢《しろむく》着せて口紅引いたら格調高い変態だよね』

『誰が深掘りしろと』

『えっ？　えっ？　どういうことなのであります？』

『し、知らなくていい話です！　こっちで御茶《おちゃ》淹《い》れましょうクリスティーナさん！』

『スゲエよ……』

●

とりあえず、アデーレは言葉を作る。

「ぶっちゃけ、長岡君が自分をどう思ってようと、武蔵全体の中では愛され気味の弄《いじ》られキャ

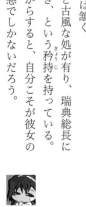

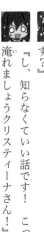

ラなんで、それに不都合働いたら生徒会の支持率とか落ちると思うんですよねー」

「支持率どんくらい？」

「うちは選択肢の中央にある〝問題あるけどまあそこそこで〟が大体八割や」

　高いのか低いのかよく解らんが、解らんというのが中央なのだろう。

「ちなみに有明《ありあけ》で私が生徒総会したときはそれの下の〝問題あるけどどうすんの？〟が全体四割」

「それを五割以上に出来たら代表委員長の勝ちだった訳ですね……！」

　そやな、と頷いた代表委員長が、竹中に視線を向ける。

「私達が長岡を瑞典総長への人質にするのは、ハイリスクか？」

「いえ、ハイリターンです」

「……？　どういうことだよ？」

　自分にもよく解らない。何故、長岡少年を瑞典総長の枷にするということが、ハイリターンになり得るのか。

「——長岡君。これは、後々になって解ることでしょう。今、ここでそれを言うと、君や瑞典総長は、〝抜け道〟を探すかもしれません。

　これが、将来、ハイリターンとして働く一瞬。その時が来たならば気付くと思うんですが、その時は、まあ何と言うか」

「——諦めて貰えると嬉しいですねー」

「訳が解らねえよ！」

　しかし瑞典総長が、小さく笑った。彼女は何か悟ったのだろう。代表委員長達に会釈を送り、

「とはいえ、基本、武蔵の監視下？　というか許可の下であれば、私の行動制限は掛からないのでありますね？　そして制限云々というのも

――」

「基本、うちの〝校舎への自由入退出の制限〟と〝武蔵側が保護している瑞典出身者との面会制限〟や。うちが保護してない瑞典側とは、好きにすればええ」

　つまり、

「――基本は建前であり、瑞典総長の立場の保護でもあるで？　瑞典総長の助力やコネクションは武蔵にとって有益であり、その損失は避けたい。だが状況が状況なので、可能な限り上手く立ち回れるようにする。そういうことやな」

『…………』

『つまりどうなったのです？　あ、いえ、ホライゾンは理解出来ていますが、確証を得たいので、誰か短くまとめて頂けるとアデーレ様あたりが喜びますよ？』

○

『とりあえずクリスティーナ様が自由に動けるようにするために、言い訳と、その用意をすると、そういうことですね？』

『ええ。何となく顔パスになっていたのを、今後は一応照合するとか、そういうことですね』

『成程！　明解です！　――解りましたかアデーレ様！』

『あれあれ？　自分、当時現場で解っていた筈なんですけどね！』

●

　ともあれ現場は落ち着いた。

　大久保は、加納《かのう》が周囲に現場解除の指示を出すのに任せながら、一息を吐く。

　副長も既にジョギングの続きに行ったようだし、

「瑞典総長は、長岡と夕食か。――完全に順番逆で今更やけど、まあゆっくりしていくとええわ」

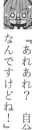

「今日は私、如何した方がいいでありますかねえ」

「食事中に、第一特務隊に家の方をそれとなく偵察させておきますかねー。もしも瑞典の出身者が周囲にいたら、浅間神社を頼るのがいいかと」

●

『はい！　このところ、二十四時間営業でハイテンションな浅間神社です！　あれ？　竹中？　何です一体!?　今夜は泉の女湯で、どのアングルがいいか、私使って母さん達のシミュレーションするんですけど、付き合いますか!?』

『あら？　私、今夜は浅間神社の泉で御息女組の慰労スイーツ会って聞いていましたけれども、予定変更ですの？』

『あ、それはそのまま行きます！　こっちのは、バレないようにやるのがいいんですよ！』

●

竹中は、食堂で一回首を傾げた。それでも足りない気がしたので、三回くらい傾げて、そこから元に戻して、

「――開き直って敢《あ》えて普通の表情で言いますけど、浅間神社は何言ってるか解りませんが、安全度は高いと思います。泊まることになった場合に瑞典側から何か言われたら、ちょっとこのところの仕事で穢《けが》れがついたので一週間連泊禊祓サービス中だとでも言っておけばいいかと」

「Te、Tes．であります？　でも、一週間……？」

「瑞典側も、日帰りじゃあらへんやろ。副会長の回復期間も必要やし」

「――俺の方は、何時《いつ》も通りにしておくべきなんだな？」

「Jud．、貴様が下手に動くと、それはそれで瑞典総長に武蔵が干与しとることになる。とはいえ、夫婦の付き合いは問題無いので、だか

らこそ何時も通りにしとき」

「俺に瑞典側が接触してきたら、どうすればいい？」

その問いかけに、己は代表委員長と視線を合わせた。即座に彼女の背後、加納が肘から手を挙げる。

「武蔵の治安を護る風紀委員長は私です。――現状、各地の番屋は二十四時間体制で動いており、物資運搬などのために各町、特に表層部は開放状態にあります。ゆえに番屋の門では、瑞典側の移動を制限出来ません」

「政治の側から〝諸外国大使および関係者の安全のため、深夜の移動を控える旨〟とでも発令するか？」

「今出すのは理由がないですねー。理由がないのに制限したら、それは武蔵が強権的な警察国家になったと、そう取られることになります」

つまりどういうことか。これまで黙って頷いていた第三特務がこう言った。

「瑞典側がオッキーを訪ねてきたとき、オッキーが一発やらかせば、理由になるってことだよね？」

●

「これだから！　これだから武蔵の先輩共は!!」

「いやいやオッキーもクリッペ救いに嘆願しに来たときとか、あんま変わらないって」

「あっあっ、そのあたりの話、今度詳しく聞きたいであります！」

●

大久保は、竹中が苦笑した声を聞いた。

「流石ですねー……」

何が流石なのか、大体は解る。ただまあ、ここでそれを言うのも、いろいろと認めるようで癪《しゃく》だ。ゆえに自分は、

「……うちの上の連中は、ホント、これがやりにくいんや」
同意です、と竹中が言ったので、それがお互いの落とし処だろう。

「しかし、今のでハイリターンが確信出来たで。——で、長岡」

「何が何だか解らねえけど、何だよ？」

「貴様にとっては不本意だろうが、貴様はまだ中等部。何かやらかしたとしても、責任範囲は低いし、こちらとしてもどうとでも出来る。好きにすればええわ」

「クッソ！　そういうことかよ」

「いやいや、私達から見ると凄い有利な立場ですよー、本当に。——で、あの、瑞典総長」

「ファ！　何であります？」
竹中が、こちらに視線を一度くれてから、言葉を切り出した。

「——多分、瑞典側からは、来訪者、外交館ともに、貴女への積極的な接触はないと思います」

「……接触がない？　ヨハンが来たのでありますよ？」
クリスティーナは問う。すると、竹中が首を下に振った。

「瑞典副会長も、私達に会いに来たんですよ。そして今、他の誰も、貴女を探しておらず、通神でコンタクトもしてきていません」
つまり、

「この事態は、恐らく、貴女を疎外してこそ進む〝何か〟です」

「それは——」

「——Ｊｕｄ．、それが何かは解りません。ただ、私達から貴女に漏れる、ということを懸念してないとなれば、彼らの望みがどういうものかは解ります」

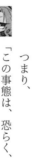

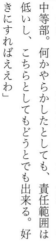

「――アンタの外堀を一気に埋めて、有無を言わせず何かを強行する。
総長兼生徒会長の権限を使わせず封じると、それだけのことを行う意味のある事柄が、進んでおるんやな」

「……だとすると」

己は懸念した。今、ここにヨハンが来たのだ。彼女の意図は解らないが、

「……同じように、今、ヨハン以外の誰か役職者が、武蔵側に接触をしているのではありませんか？」

その言葉に、反応があった。ヨハンが倒れた位置の流体的整調化を指示していた従士だ。彼女は、やってきていた保健委員の学生に、資料は残すように言った後で、

「――Ｊｕｄ．！　相対場です！　……否！　相対場でした！」

従士が、こちらにやってきて表示枠を出した。それは多摩相対場で出た〝今晩の戦績〟評で。

「この評、書記が書いたんですけど、――この中で、介入してきた瑞典学生、清原・マリアさんがこう言っています！」

その台詞は、

「〝ウハハ！　武蔵の民共に恐怖を植え付けてやるぞ!!〟」

マリアこんなこと言わないであります。

●

『――ハア!?　何だよこっちは今、仕事終えて軽食屋で夜食中なんだよ！　何!?　多摩スポの夜版!?　ああ！　僕が書記権限で盛り上げてやってるけど、いい出来だろう今夜のは！　現場の息吹が聞こえてくるよ……！』

●

「すみません、うちの書記が台詞を思い切り改変しまして……」

「えーと、一応、現場にいた人員に通神が繋がってます」

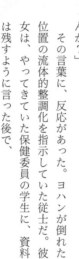

『――ええと？　通神で呼び出されて何ですけど、清原某《なにがし》の口上でしたら、こういうものでしたのよ？』

それは、

『〝武蔵生徒会、総長連合への直訴として、我が国に優先権があることを宣言します〟』

●

決まりやな、というのが大久保の結論だった。

「瑞典側、動いとるで？　――相対場で結果出すというのも、短期でこっちに直訴するなら、ええ方法や」

「でも、そうだとしたら、……ヨハンがここに来たと言うことは――」

Ｊｕｄ．、と応じたのは竹中だ。

「……私達以外に政治の話の出来るトップは、一人しかいませんよ」

その行き先は、

「――副会長。何処にいましたっけ？」

●

青雷亭に新客が来ても、正純は気付かない。読書が良い処まで進んでいるからだ。だが、

……？

その客については、珍しく気付いた。何故かといえば簡単だ。

「光？」

灯りだ。照明とは違う、発光物というような、淡い光の、しかし大きなものが入り口から入ってきた。

霊体、という言葉が頭に浮かんだ。武蔵にもそういう種族はいる。鬼武丸《おにたけまる》なども、広義の意味では霊体だ。あの将軍様、昨今は艦内神啓の歴史番組でレギュラー取ったとかいう話だが、本当だろうか。ともあれ、

「――」

何となく顔を上げた入り口側、そこに、己の知る影があった。
直接の面識がある訳ではない。しかし、確かに知っている姿は、

「ヴェストファーレン以来だな。――瑞典副長アクセル・オクセンシェルナ」

『アイヨー』

アクセルが、光る五体の、その右手を上げた。

『ちょっと聞いたらここにいるって言うから、来てみたヨー。――何ここ、名物があるんだってネ？』

疑問の直後。
アクセルの頭上から落下した両腕が、その肩にしがみついた。
ややあってから、動きを止めていたアクセルが、

『ウワアアアアアアアアアア!?』

「――賑やかねえ」

「新参者の御約束ですが、いい悲鳴です」

これソッコで国際問題じゃなかろうな。

第九章

『来訪と集合』

招かれざる客人に
予想せざる歓待を
配点（青雷亭信条）

○

『――という感じで、瑞典副長が私の処に来た訳だが』

『ちょっと御茶など淹れ直しました。休憩しましょう』

『……というか瑞典副長に両腕先輩がステルスアタックを？』

『あ、そこの部分は捏造無しのホンモノよ』

『両腕先輩カッケエよ……』

●

いろいろ解らないことばかりだが、とりあえずホライゾンはいるし、ナルゼはいるし、両腕もいる。

……何かあったとき、証人と護衛は充分、って感じだなあ。

「Ｊｕｄ．！　ホライゾンの武蔵副王という肩書きは証人役として充分ですね！」

「両腕先輩の管理者でもあるので、ホ母様凄いですの！」

ミトツダイラの娘の幻影が元気だな、と思う。

ともあれ慌てることはない。護衛がいる一方、ここでの政治担当は自分だ。

「……瑞典副長、アクセル・オクセンシェルナだな？　ちょっと照会する」

手元に表示枠を出し、問う。

疑問の行き先は浅間神社だ。

『ハイ！　いつも元気で擬音で言うなら〝ドックンドックン！〟そんな四つ打ち鼓動でおなじみ、浅間神社です！』

『何となく思ったけど、いつもそんな感じなのか？』

『ハイ！　起きてる間はテンション高めなのでこんな感じです！　寝てるときは留守番設定で昼に録音したのを流します！』

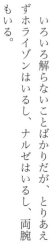

「流石は浅間の娘だわ……」

何となく頷いておく。

『……何となく興味本位で聞くけど、母親の時ってどんな感じだったっけ？』

『ハイ！　母さんの時ですが、去年の夏頃はこんな感じですね！』

●

『ハイ！　いつも元気で朝から参拝！　浅間神社です！　最近は余所の国からジェノサイドシャーマンとか言われてますけど、うちは出産メインなんで何か勘違いしてますよね！　勘違いだと思う人は表示枠の右にある赤のボタンを押して下さい！　――ん～、押すのは青じゃなくて赤ですよー？　どうしたんですかね皆さんー？　と、では番組の前に新商品の紹介です！』

○

『流石は平野の母ね……』

『アサマホが量も圧も全然足りてねえよ……』

『どういうことだ……』

『…………』

●

まあ当時は当時の流れがあったからな、と正純は思う。

そして照会が済んだのだろう、表示枠に情報が展開されていくと同時に、浅間の娘が言葉を寄越してきた。

『アクセルさん、入艦されてますね。瑞典の外交ルートからの入国なので、一般とは違います』

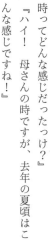

『一般とは違う？　どう違うんだ？』

『尻から出るのが単なるうどんじゃなくて高級手延べうどんになります』

『違いがあるのか？』

『私、出したことないので上手く語れないんですけど、お爺ちゃんが言うには太さとコシが違うそうです』

　何語だろう……、と思ったが、とりあえず謎は無くなった。否、それより、

『何でオクセンシェルナがここに来てるんだ？　彼女、確か武神の制御系に入ってて、武神が無いと駄目な筈だよな？』

『はい。だから武神は多摩外交港の所定位置に外交艦内据え置きのままですね。アクセルナンタラさんは、最近、うちと武蔵が始めてる情報体サービスを受けてます』

『情報体サービス？』

『はい。諸処の情報とかを〝情報体〟という半物理化、概念化出来るようにした結界展開、及び個人サービスです。竹中の〝三千世界〟がコレにちょっと近くて、つまり情報処理を感覚的かつ普段の作業で行いたいとか、そういうものです。

　試してみましたけど、いろいろな情報が紙の書類みたいに空中に出せたり、また逆に納められたりと、表示枠の一段上、って感じで便利ですよ。有用でしたら浅間神社へ！』

　何か宣伝がついてきた。

『成程なあ……。でまあ、その応用？　で？　オクセンシェルナが表に出て来れてる？』

『はい。武蔵艦上のみですけど、そんな感じです』

　成程な、と己は理解した。幻影とか霊体とか、そういうのではなく〝本物〟だ、と。

○

『随分と勝手に入ってきたものね……』

『Ｊｕｄ．、突然過ぎますね……』

『お前ら人のこと言えんからな？　な？』

『でもちょっとザルじゃないかな？　入艦』

『いや、入艦でチェックしてますよ？　各国の有力者が来たら報告入れてますし。襲名者なども同じですね。だから照会出来るんです』

『せやな。だが、ぶっちゃけ多すぎて、自分らの処には来るけど、副会長に知らせるのはその中でも選別しとるよ。会議目当てで来たとか、こっちからのアプローチが必要で、なおかつ滞在中にアポイントとれる連中に絞っとる。
　今回で言うと、副長が来たことを瑞典総長が知らない事から、政務ではないという判断しとったわ。瑞典の総長が干与するでも無い些末《さまつ》。補給や商談で立ち寄った、と』

『まあ実際、瑞典の船は商業関係などで言えば、毎日来ておりますからねえ』

『そんなに頻度が高いものですか……』

『世界の物流とは、そういうものでありますゆえ。これは瑞典に限らず、多くの国がそうでありますよ？　そして武蔵は今、ホットな場であると同時に、中間貿易の場。ソレが今、ほぼ固定で存在しているのでありますから、各国利用する訳であります』

『Ｊｕｄ．、だから瑞典副長が来たのは知ってましたが、瑞典総長が知らず、何の予定も無しで、便も輸送艦がメインだったので、商船団の警備役かな、という判断でしたねー。
　実際、副長クラスが大規模商船団の警備につくとか、そういう仕事は多いので』

『――というか、私も警備とかによくついてましたけど、総長連合はそもそもそういう仕事を

する組織ですのよね』

『どちらかというと、一個として動いている武蔵が他と違う、という処ね』

『そんな感じで、以前に天竜が乗り込んできたこともあって、やらかしたら神罰入れる契約なんかはやってるんですけど、神道、〝来た者は受け容れる〟から、基本、〝入れる〟んですよね。それが神道の強みでもあるので』

『〝来たものは受け容れる〟から〝入れる〟のね……。解ったわ……』

『何かメモとってますのよ?』

『ともあれ私達の判断を覆す事態が生じた訳ですが、何の用意も無い訳じゃありません。
　私達が無害と判断していても、その他の判断を事前に準備する方法があります』

『――情報処理。貴様の〝三千世界〟やな?』

●

　竹中は、副会長の照会指示によって、瑞典側の動きに不可解があることに気付いた。

……定期的な商船団の出入りかと思ったら、違うって事ですかねー。
　即座に立ち上がるのは〝三千世界〟だ。
　武蔵と浅間神社が用意した情報体化処理を既に入れている。最大の恩恵は情報の重要性の可視化だ。これまでは表示枠という統一スタイルで出来ていたため、三千世界が選別してこないと重要性が解りにくかったが、今は見た目表示枠でも、

「あー、ソレですソレ」
　三千世界が重要だと判断したものを、〝後ろ〟にある段階からポップアップしたり、シンボルなどたててくる。当てて欲しい生徒がたくさん挙手する教室のような感覚だが、三千世界の自動選択を途中介入して更に高速化、確度を

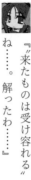

高められるのは有用だ。

「自動系の情報処理に、結局自分の手を入れて高速化、というのは、何となく難儀やなあ」

「総艦長代理とか見てると、やはり〝見立て〟が大事だな、と思ったんですよね。誰が何のために使うのか、というのを大事にしないと、私が三千世界に使われてるようなことにもなりかねないので」

出た。情報として引き抜いたのはゲームのようなＳＤユニット表示の束。

そこにあるのは、

「来てますね。瑞典役職者。三千世界の推測としては――」

言った。

「**〝瑞典役職者の来訪目的は、――瑞典総長の指示無く、許可無く、武蔵を相手に何らかの交渉を要求するものと推測される〟。**

三千世界はこう言ってますけど、――これは一種の、自国の総長を無視した麾下の反乱ですかね？」

……反乱の可能性か――。

クーデター？　否、瑞典副会長、副長達の勝手な行動は、武蔵に向けられているのだ。

これは、瑞典総長の〝座〟を乗っ取ると言うことになるのだろうか。

……解らんな。

判断が出来ない。では、実際の処、どうなのだろうか。いろいろ疑問はあるが、とりあえず話を聞くことが大事だと思う。前提として、

「――瑞典副長。〝聞いた瞬間に巻き込まれる〟とか、そういうことを持ちかけに来たのではないだろうな？　それとも単なる挨拶か？」

『ンンン――。挨拶に近いけど、チョイと違うかもヨー』

「どういうことだ？」

『――つまり私達が、武蔵に来ている、ってことを――』

「――遮断だ」

言った直後。変化が起きた。
周囲から一切の音が消えたのだ。

●

音声遮断結界。
東照宮の調整で、拝殿の階段に座って作業していた浅間は、一つの表示枠に気付いた。正純の走狗《マウス》ツキノワが、こちらの預けた術式を展開したのだ。

「……何か聞きたくない事が起きたんですかね」

音声遮断結界だが、効果は正純の周辺のみ。
見れば使用場所は青雷亭だった。
今時分はホライゾンがいて、ナルゼもいる筈だ。つまり両腕もいるので、正純の安全は確保されている。だとすれば、音声遮断結界を使ったのは、

「読書してるのに青雷亭の中が騒がしい？」

他、何か思い当たる理由があったろうか。

●

……まさかこういう使い方をすることになるとはなー。
浅間に音声遮断結界の術式を頼んだのは、静かな時間というものを手に入れたいからだ。浅間には〝静かに思案するための場所が欲しい〟と言ってある。

……いつもいつも、考えるべき時に、うちの連中は騒がしいからな……！
特に馬鹿と馬鹿姉とかは、

「ンンンン？　セージュン君？　何か考えてるんでしゅかあ？」

「フフ、どうなの正純！　答えは出た!?　出るわよね！　さあ！　良い答えを急いで尻からプリプリ出すのよ！　カミングスゥーン!!」

とか煽《あお》ってくるので邪魔なことこの上ない。なので現場だろうと何だろうと、考えるときにはコレを使用して、静かに思案。しかし、

「…………」

不思議な事に、静かになったらなったで、またそれは気が削《そ》がれると最近気付いた。

「そうよね……。私も、執筆でペン入れ作業のときとかは静かにただ線を引いてるのが楽しいけど、ラフとかアイデア出しとかやるのは、青雷亭とか教室とかうちの連中が集まってる現場とか、賑やかな場所だと捗るわ……」

「すまん。今、音声遮断してるのに聞こえてくる」

「私の魔術陣《マギノフィグーア》に書いて見せてることにするわ」

そういうことにしておく。すると、

「しかしまあ困ったもんですね正純様。――騒がしくないと思考がまとまらないとか。政治家として致命的な気が」

「お前の声も聞こえて来ちゃいけない気がするんだが……」

『じゃあ身内の声は通る結界という設定にしておきますね』

「声どころか思考が通じたケースが出て来たわね」

『ツ、ツキノワ経由で通じるんですよ！』

そういうことにもしておく。

ともあれ音声遮断を入れて正解だ。

自分はまず、ツキノワに手捌きで指示。結界を閉じさせてから、

●

「――聞いた瞬間にこちらが巻き込まれるようなことを、言おうとしたな？」

アクセルとしては、あまりその気は無かった。

……何しろ馬鹿だもんネー！

かつての戦闘で頭半分吹っ飛んでるのだ。そ

の分、自分が合一している武神の術式やＯＳで補っているが、基本、かなり馬鹿なことには自覚がある。
　だからまず、手を左右に振る。

『そんなつもり無いヨー!』

「だが結果としてはそうなる」

　武蔵副会長が、言い切った上で、言葉を寄越してきた。

「貴方《あなた》達の行動は瑞典総長の指揮下にあるものではない」

『アー』

　己は思案した。

『頷いた方がいい処かネエ』

「こちらは確信しているが、完全という訳では無い。そちらとして、曖昧な方がいいなら頷くな。しかし、そうであると知られてもいいなら頷いてくれ』

『じゃあ頷くヨー』

●

　大久保は、通神から来る副会長の現状と、副王からの両腕によるシャドーボクシングの動画を見つつ、こう思った。

……危険やな……。

「どっちが?」

　貴様ここにおったかな? まあええわ。

「両方や。副会長の方は国家間の問題になる可能性があるし、副王の方は奇声を上げて飛びかかって国家間の問題になる可能性がある」

「どっちが深刻ですの?」

　第五特務もここにおったかな……。まあええわ。最近の私は寛容。

「深刻なのは副王の方やな。副会長の方は戦争になるかも知れんが、言葉を重ねれば別の方に切り替えることも出来るけど、副王のは即物理なので」

○

『ホライゾン！　ホライゾン！　ガッツポーズをとる時間ではありませんのよ！』

『いやいやミトツダイラ様、遂にホライゾンの脅威力が正純様の戦争パワーを上回ったのです。これは記念すべき時間帯！』

『何かビミョーに悔しいのは何故だ……』

『流石だわ……』

●

　ともあれ、と大久保は判断した。竹中が三千世界を展開しているが、己は通神を介して、

『そこにいる瑞典総長には、今後、三千世界の内容知らせんようにしたってや』

『大体理由は解りますけど、聞いてもいいですかねー』

『瑞典本国が総長にも秘匿としとることを、こちらが総長本人に伝えたら漏洩《ろうえい》や』

『ついウッカリ、という流れで済ませられませんかねー』

『駄目や。今、瑞典総長本人が武蔵に居住しとるやろ。通り過ぎ様に漏れるのとは違うで。瑞典総長と武蔵は親密で、武蔵に居住していたからこそ漏洩があった、または漏洩が起きたということになる』

　だから、

『こっちとしては秘匿ということですね。じゃあまず、こうしましょう』

　竹中が瑞典総長に手を挙げる。

「瑞典総長」

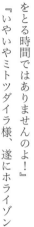

「Ｔｅｓ．、何でありましょう？」

「浅間神社への宿泊手配をしますので、現地に向かって貰えませんかねー？　任意ってことです」

●

竹中の言葉に、大久保はこう思った。

……ホントにハイリスクが好きなヤツやなあ。

だが、そのあたりが通じてないのだろう。瑞典総長の傍らにいる長岡が首を傾げた。

「一種の監視状態か？」

「んー、ちょっと違いますけどね。気になるなら長岡君も一緒でいいですよー」

「俺が一緒でも監視は変わらないじゃねえか！」

なかなか言うな、と思ったが、ちょっと笑ってしまった。

「長岡、さっきにも瑞典総長の行動を制限するとか、貴様を枷にするとか、そういう話をしたばかりやったな」

「Ｊｕｄ．、こういうことだろ？

・瑞典側が、うちの嫁の知らない動きをとっている。
・うちの嫁、武蔵側も、お互い、瑞典と武蔵間の問題は起こしたくない。
・だからうちの嫁は、現状、瑞典に関する行動は武蔵に許可を取る。
・武蔵も、うちの嫁が、瑞典側からのいらん干渉受けないように手配する。

——だから今日は浅間神社に退避して、明日、地元の副会長にあんたらの許可つけて会えれば、と、そんな流れだった筈だ」

それが、

「いきなり急《せ》かすのかよ？　元々の予定通りとはいえ、急かしたら〝強制〟だぜ？」

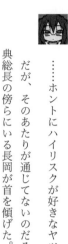

「――忠興様」
　と、忠興は横に立つ嫁の言葉を聞いた。見上げれば彼女はこちらを笑みで見ていて、

「恐らくこれは、気遣いでありましょう。――事態が何らかの動きを取っている、または取り始めていて、今の内に動いておかねば、先ほどお互いで作った〝決まり事〟が超えられかねない。それゆえ、急かすのでありますね」

「まあそんな感じでとって貰えると幸いですねー。今の処、私達にとってローリスクな行動は何かというと、瑞典総長を生徒会居室に入れてしまうことです」

「じゃあ、嫁が浅間神社に行くのは、ハイリスクなのかよ？」

「いえ、それは予定通りなので、瑞典総長にとってはローリスクです」
　ただ、と竹中が言った。

「これは、武蔵側にとってはハイリスクになる可能性が高いんですよー」

「……？」
　どういうことか全く解らん。ただ、横の嫁が一つ頷きを見せてくれた。

「浅間神社に行く途中で、御話《おはなし》をするでありますよ」
　謎解きをしてくれると、そういうことだ。

「だったらいい」

「ええんか？　――解らない、ということに対して、憤るかと思うたが」

「そんなに人間小さくねーよ」
　己は言った。

「嫁の方が俺より聡い。同じくらいの理解はしてえと思うけど、俺はその聡い処もいいと思ってんだ。そして嫁の方は、俺が追い付いても、その頃にはもっと聡くなってる。――だとすれ

ば、俺はいつでも追いかけて、そして、いつも"だったらいい"でいいんだ」

○

「――――」

「……何だか解りませんけど、忠興様の長文台詞書き終えたら身体がガクガク震えて来たであああありますよよよよ？」

「落ちついて！　落ちついて下さいクリスティーナさん！　ショック状態に入られると後が面倒なので！」

「変な風に本音が出てないかな？」

●

そしてアデーレは、代表委員長の手招きを見た。何事かと思えば、

「従士先輩、瑞典総長を浅間神社まで送って行ったって下さい」

「え？　長岡君が一緒に行くから大丈夫では？」

「ぶっちゃけ長岡君は瑞典側から"瑞典総長の身内"と扱われる場合もあるので、武蔵としては彼に護衛つけておきたいなんですねー」

「面倒な話だな！」

まあ何となく解る。だが、そうだとすると、

「浅間神社までは一緒ですね。浅間神社から先、長岡君が一人になったら、"瑞典総長の身内ではない"とも言える状態になるので」

「まあそうとも言えますすね」

「そういうので、いいのか？」

「ええんよ」

あのな？　と代表委員長が言う。

「何か難癖つけられる可能性があった際、カウンターとして強弁出来るものがあれば打ち消せ

る。――それが他の国に通るか通らないか、という部分で、第三国を巻き込む駆け引きになったり、他国から利用されるかもしれんがな」

「でもまあ、今回みたいな小さなことであれば、打ち消しが発生した時点で〝もうこの話題では点数が稼げない〟から終わりですねー。今のはそういう話です」

「……従士先輩、やるじゃないすか」

○

『あっ！　あっ！　ここ！　ここ！　そう！　ここ！　忠興様が！　こここここここ！』

『ええと……』

『諦めては駄目ですのよ智！』

●

何となく話がまとまった。ゆえにクリスティーナとしては、浅間神社に持っていく土産を買って、早急に向かおうと思う。だが、従士が代表委員長に手を挙げて、

「あっ、でも自分でいいんですか？　今だと副長をまだ呼べると思いますし、第二特務とかも呼べばソッコで来ると思います」

「いや、ここは従士先輩が適任や」

「適任？　どういうことであります？」

意味が解らず疑問した。すると従士が、

「あー……」

と言ってから、数度首を下に振る。何か思い当たったらしい。

「Ｊｕｄ．！　じゃあちょっとソッコで準備しておくので、そうしたら出ましょう、瑞典総長！　一分半で充分です！」

break time

『アデーレ？　一分半って、何の基準なんです？』
「よく考えたら自分、食堂で食事してないんですよ!!
パンの耳とか持って帰るための時間ですね！」
「文の始めと後ろが繋がってませんのよ？」

第十章
『歓喜と私』

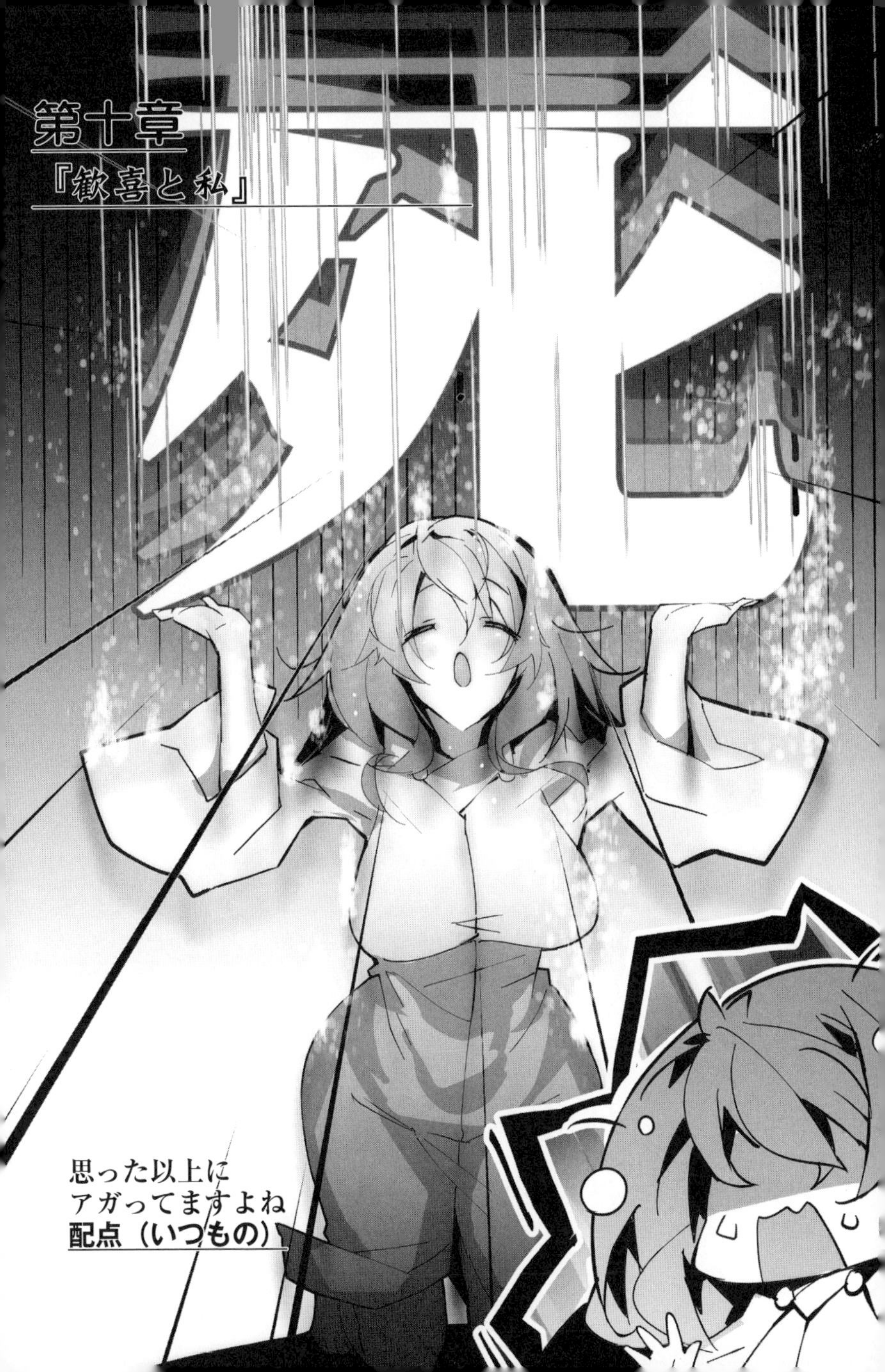
思った以上に
アガってますよね
配点（いつもの）

●

ナイトは、夜の武蔵を見下ろせる高空に位置していた。

　配送業の荷物は、同業者達に担当して貰って、〝業務中〟ではあるがフリー状態での高空監視だ。

「――久し振りに上がるなぁ」
　高い位置だ。武蔵だけではなく、並列する大和の姿も一望出来る。
　更に視界を水平に向ければ、ここ大坂湾から広く、西は下関《しものせき》近く、東は三河の向こうあたりまで夜景が見える。
　いい眺望だ。

「寒いけどねえ」

　もはや武蔵の大気結界は抜けていて、高空機動用に使う自前の術式が頼りだ。無論、三型での航空戦を想定した術式は、体温、血圧を一月の夜空でも充分に安定させてくれる。

　そして光が来た。魔術陣の群だ。

　観測術式。

　今、武蔵各艦の周囲、上空を、同業バイト中の麾下が動いている。第三、第四特務麾下の魔女、航空部隊だ。嘉明、安治達も含めた彼女達が、夜間光学視界を確保出来る観測術式を監視状態で展開し、仕事をしながら武蔵各所を警戒している。

　それらを集め、統合的に自分が判断する訳だが、

「アデーレがクリッペとオッキーを連れて学校を出発！　――今の処は、当たり前だけど何ともないね」
　行き先は浅間神社。最短ルートとなる後悔通りと呼ばれた道も、今は木枝が管理伐採されて上からの見通しはいい。さて、

「何が来るかな、って感じだけど、セージュン、そっちはどんな感じ？」

……何かコイツら、楽しみ始めたなあ……。

まあ悪くはない傾向だ。良くもないとも思うが、準備が皆無より遥かにいい。
そして自分はアクセルを前に、幾つかの情報を手に入れていた。
その内の一つを、眼前の相手に投げて見る。

「多摩の相対場にて、そちらの第四特務が乱入したそうだな」

『アー！　まあそういうこともあるかもネー！』

アハハ、と笑う彼女は、明らかに事態を理解している。しらばっくれ方が豪快すぎるが、それでも、

……自分は知らないと、表向きそうしておくということか。
成程、と己は理解した。アクセルがここに来た理由は、

「私達を利用して、自分達の〝表向き〟の立場を作り上げるつもりか」

そういうことね、とナルゼは思った。

「麾下に相対場へ乱入させ、他国を牽制しつつ、自分達の存在を露《あら》わにする。
だけどそれを上役は現状知らないと、そう言うためには、外交館に留まっているより、他国の役職者達の前でそう言って〝証明〟した方が早いし確実」
つまり自分達は、瑞典副長の証人として利用された。更には、

「――利用された、という形だけど、巻き込まれたわよ？　正純。瑞典の副長以下が仕込んでる何かに、ね」

「――Ｊｕｄ．、確かに副長という立場の者が来たら、それなりに質疑応答はある。

それを、私達が証人となりえる場所で行えば、自動的に貴女の立場は証明される。

ここが、今、〝それ〟だ。

自分の価値を認めた上で、囮《おとり》と出来るのは、流石は瑞典の名宰相とされるアクセル・オクセンシェルナだな」

正純は、言った。正面に立つ情報体の彼女が笑みを見せるのに合わせ、

「――瑞典総長に手を焼くのも、歴史再現か？」

●

正純が投げかけた言葉の意味が、ナルゼには解らなかった。

……どういうこと？
瑞典副長がとっているのは、瑞典総長には知らせない独自の動きであろう。それが、瑞典総長に手を焼いていると、そう確信出来るのは、何故か。

……解ったら、描いていいのね!?

●

正純が投げかけた言葉の意味が、ホライゾンには解らなかった。

……サッパリですな！

瑞典副長については、何かあったら両腕に任せればいいと思っている。それが、何か訳の解らん話になってきているのは、ちょっと難しい。両腕を出す判断が難しくなるからだ。

つまりこういうときは、

「ミトツダイラ様――！」

●

アクセルは、カウンターにいる武蔵の姫が奇声を上げたのを聞いた。

『エッ？　エッ？　何かナー!?』

　思っていると、後ろのドアを開けて銀髪貧乳の影が飛び込んで来た。

　確か武蔵の第五特務。彼女が瞬発加速でカウンターの向こうに入り、武蔵の姫の両肩を何度か叩いて厨房へと連れて行く。

　しばらくして、厨房の方から二人の声が、

「ホライゾン？　今は正純に任せて大丈夫な時間帯ですの。両腕は最後の手段！　ナルゼがしくじった後でも大丈夫ですわ」

「Ｊｕｄ．！　成程！　しかし正純様が戦争に持ち込んだ場合はどうします？」

「その場合は両腕を突入させてうやむやにするのも有りですわねえ」

○

『薄氷を踏むような会議ですな』

『この第五特務は幻影なので御座りますか？』

『…………』

『無言は不安になるからやめましょうよ第五特務！』

●

　そしてミトツダイラがホライゾンの肩を何度か叩いてから、

「――失敬しましたわね！」

　と青雷亭を出ていくのを正純は見た。

「……よく考えたら、今のミトツダイラ、この状況自体はあまり理解してない気がするんだが……」

　まあいい。とりあえず現状、見えていることがある。それは、

「そちらの第四特務、清原・マリアは相対場でこう言ったそうだ」

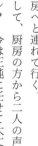

動画が撮られていたので、出す。その内容は、

『ウハハ！　武蔵の民共に恐怖を植え付けてやるぞ!!』

「…………」

『…………』

「すまん。ツキノワがコピペをミスった」

『アア、ウン……。リテークいいヨー!?』

じゃあ、と己は動画を出し直した。

相対場の左舷艦尾側コーナー。そちらから上がって来たのは、赤毛の自動人形だ。彼女が静かに佇《たたず》み、こう宣言する。

『武蔵生徒会、総長連合への直訴として、我が国に優先権があることを宣言します』

さてどうだ。

「清原は、こう言っている。――〝我が国〟と」

どうなんだ。

「知らぬ、で通せるのか？　瑞典副長。瑞典という国家を代表する貴女が、だ」

●

ナルゼが聞いたのは、笑い声だった。

『アハハ！』

情報体の笑いって、やっぱ情報なのかしら、と、そんな事を思う。そのくらい解りやすい声だった。カウンターのホライゾンは右手を耳のあたりでクルクル回してパーとか広げないでいいわ。今、沸点低くて笑いそうになってつまりラフが乱れる。

だが、己はこうも思った。

『知らぬ、で通すのね』

その通りだった。瑞典副長、アクセル・オクセンシェルナが、こう言い切ったのだ。

『知らないネ――――！　私は、だってほら、馬鹿だからサア!?　それにアレだヨ！　アレ！』
　言われた。

『マリアだって特務だから瑞典の国家的代表だヨ――――！　マリアが独自の動きしたって、国家の動きだヨ！　そうだよネー!?』

●

『つまり特務の私が今描いてる浅間の同人誌は武蔵という国家の動き……』

『私一般人ですから範疇外ですけど、何描いてんですか！』

『いや、総長とのネタで、タイトルを現実に即して〝**うちのクラスの有名な風紀委員が、倫理観ない服装した茶髪の生徒会長と付き合う話**〟ってつけたら、何か凄くソレっぽくなってタイトルマジックって凄いわ……、って思ってる処』

『やだ、父さんちょっとワルっぽい……！』

『コレ、チョイと前半変えたらホライゾンやミトツダイラ様でも行けそうですねえ』

『フフ、〝**うちの町の姫様が、倫理観ない服装した茶髪の生徒会長にプロレス技と実況仕掛けて泣かす話**〟とか』

『あら、泣きジャンルですわねえ。うちもよく、うちの人に仕掛けますわ』

『いやいやいやいや』

『……というか、東照宮代表が一般人というのは、法律的な話であって、実質はそうではないというのは指摘しておきます……』

●

アクセルが言う。

『マリアには、マリアの都合があるのかもねエ！』
　その言葉を聞いて、正純は一つの事実を理解した。

……これは、仕込まれているな。
猿芝居のようにも聞こえるアクセルの台詞だ。
だが、考えが無い訳では無いだろう。
何しろ、彼女の身の上である〝戦闘で頭吹っ飛んで〟さえも、先ほどここで明言されているのだ。

『……つまり〝自分は細かいことが解らない馬鹿〟ってのを、先に説明したのよね、この瑞典副長は』

そうだ。

アクセルが〝馬鹿〟であるという立証は、自分達、武蔵を代表する者達がいるということで、認知されている。

つまり、今、何が起きているかというと、

「私達を、……自分〝達〟の立場の証明に来たんだな？　アクセル・オクセンシェルナ」

●

ナルゼも、今ようやく、正純の言う意味を理解した。

……何故、アクセルがそんなことをするのか、理由は解らないわ。

だが、起きている事実は明確だ。

アクセルが言う台詞。

こちらの推測。

そしてこっちに伝わってくる外からの情報。

これらが全て、今、

「私達に認知させている、という事実を通し、アクセル・オクセンシェルナと、清原・マリアの行動と立場が、確定させられてるわ。——武蔵という、第三国の認知という形で、ね」

●

青雷亭から来ているリアルタイムの文字情報に、竹中は反応した。

副会長の走狗が送ってくる情報だ。走狗が未熟なので全て平仮名なのがアレだが、そこらへんも三千世界に任せて自動変換。三千世界凄いですねー。

「ええから早う情報寄越せや」

「変換次第送ってるので、リアルタイム更新有りの設定で受けて下さい。――コレ、結構面倒な案件だと思いますねー」
　今、青雷亭で進行しているのは、瑞典側の立場の認知だ。他国である武蔵を通し、それを行っている。

「……ですが、問題なのは、その行為自体ではないですよねー。
　瑞典副長は、一つの事実を進めているのだ。それは、

「――他国を絡めることで自国の動きを認知させる。それは、武蔵・瑞典間だけに留まるものではないです。他の国、全世界に向けて通用する事実となります」
　つまり、

「瑞典は、何かは解りませんが、国際的にも重要な問題を、この武蔵で行おうとしてます。
　そして清原・マリアを先に出し、瑞典副長はまだ温存。そんな戦術をとっています」

●

　竹中の判断は、即座にフィードバックされた。
　正純の元では、やはりツキノワがそれを表示枠に展開する。

『すえーでんわこくさいてきにもおもようなもだいを、この武蔵でいこうとしてます。そしてきよはら・マリアをさきにだし、すえーでん副長はあたたまるぞん。そんな戦術です』
　ツキノワ偉い。ただ武蔵とか副長とか憶えるのはいいんだが、他の言葉より先に〝戦術〟とか憶えてしまって育ての親としては反省。誠に遺憾である。

「――多分、一番早く憶えた漢字は〝戦争〟よ」
　魔女は人の思考を読まなくていい。
　だが、〝あたたまるぞん〟って何だ一体。

「ホライゾンの使うゾン語尾ではないですかゾン」

「今の総長聞いたら泣いて喜ぶわ……」

「死」

「豊ア――!!」

ああ温存か、と何となく理解。
しかしここで大体のものが見えた、と思う。
今、何よりも大事なのは一つの判断だ。瑞典副長を前にして、恐らく向こうも、それを期待しているだろう。

……瑞典副長の意図を汲《く》むかどうか、だ。

難しい判断やな、と大久保は思った。

「瑞典副長は、武蔵を利用した〝自分達の状況の認知〟を、単に自国の利益のために行っている訳ではあらへんと思う」

「Ｊｕｄ．、同意ですねー。――政治的行為とすれば、相手は選別されて然《しか》るべき。そして選別内容は、〝両国の利益になる〟か〝相手国の損失になる〟か、どちらかです」

そして、と竹中が言った。

「瑞典総長が武蔵にいる以上、下手に武蔵側に損失を与えたら、瑞典総長に咎《とが》や責任の追及が行く可能性があります。今回、瑞典総長に知らせず行動をしていると言うことは、自分達の行いで彼女を不利な状態にするつもりはないということです。
――逆説的に言って、瑞典側は、この状況の認知が〝両国の利益になる〟と考えています」

そやな、と今度は己が同意した。

「清原・マリアは総長連合と生徒会に直訴に来たと言うたで？　瑞典総長不在で、瑞典と武蔵にとって利益となることとは、何やねん一体」

Ｊｕｄ．、と正純は頷いた。
言うべき事がある。
自分が正しいかどうか、確認するために、

「――乗ろう」

『――』

「〝清原・マリアが武蔵に要求すること〟は、大体解った」

清原・マリアと、限定した。目の前にいる瑞典副長は含まないということだ。
しらばっくれる瑞典副長の流儀に、今は乗る。
その上で、言葉を続けた。
瑞典という国が、武蔵に求めるもの。その内容は、

「――瑞典総長の、強制帰還。そうだな？」

瑞典副長の回答は、解りやすいものだった。

『アー！　どうだろうネエ！　マリアに聞いてみないとネー！』

はぐらかした。否、

『否定が無いと言うことは、この場合、肯定に等しい』

『――Ｊｕｄ．、後追いで確認しましたが、その通りだと思います。表向きは知らぬ振りをしていても、国家間の認知や承認を瑞典側は行っています。
もしもこちらの言葉が〝外していた〟場合でも、それを否定しなければ他の認知や承認の確度が疑われますからね』

『相手は、仕掛けてきている一方で、自分達もまた仕掛けられたら同じルール上で応答しないといけない訳ね……』

『このあたり、話を一方的に進められるキャラである瑞典副長を出して来たのは、瑞典側のい

い判断ですねー』

皆、何となくこの場に加わってきたか。

だが、瑞典側としては幾つかの判断があろう。

『来客を迎える準備とかしつつ見てますけど、アレですね。――こっちが仕掛けるターンになったら、瑞典側は撤退も視野に入れますよ、絶対。下手に質問攻めとかされて、はぐらかせないこと聞かれたらマズいですからね。頃合い見て撤退だと思います。

だけど――』

『――だけど、向こうは確認する筈だ。

何故、瑞典総長の帰還が、武蔵と瑞典の利益になると、そうこちらが判断したのか。

これは確認したいだろう』

○

『というか、瑞典は武蔵と自国の利益になると思ってるんだよね？　でも、クリッペ総長が武蔵からいなくなったら、武蔵が損じゃないの？　どうなの？』

『Ｊｕｄ．、私もそう思います。運命事変では、ヴェストファーレンの現場に限らず、要所でクリスティーナ様がいたから助かった部分も大きいかと』

『戦闘力もあるし、武蔵にとってはいる方が有用だろう』

『あっ、あっ、あっ、私、こんな高評価をたくさん頂けるとか、今夜で死ぬかもしれないであります！』

『貴様、総長兼生徒会長の自覚が薄いタイプよのう……』

『武蔵の総長もそのあたり、薄いような……？』

『いえ、疑問形で言われたあたり、何となく解ってると思いますが、うちのアレは自覚ありすぎて三周くらい回ってるタイプですね』

『ククク、良い感じねホライゾン！』

『うわあ、うわあ、って今思いました……』

『――無論、ホライゾンが言わなければ、私達が言っていた台詞ですの』

『豊――！ 天井ありますのよここ!!』

『おーい、話を続けるぞ。瑞典副長に〝瑞典総長の強制帰還が望みだな？〟と、そんな風に振ったところからだ』

『はーい！』

●

瑞典総長の強制帰還。

だがそれについて瑞典副長ははぐらかした。

ならば、

「清原・マリアに聞いてみないと解らない、か？」

『ああそうだネエ！ 外交館に帰ったらそうしてみようかなア！』

乗って来た。そのことを理解して、己は言う。

『だが清原・マリアも忙しかろう。――彼女と連絡はつかないかもしれないな』

『アハハ！ そうだねえ！ さっき夕飯食いに行くって言って、それから連絡ないからネエ！』

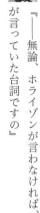

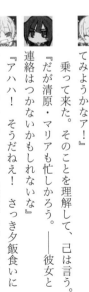

●

『……清原ナンタラを見放して〝切った〟？　独自の動きをしているとして、自分達は無関係だ、と』

『――いや、微妙に違う。見放したんじゃなく、単に関係が無いと示したんだ。清原・マリアが、今後何をしても自分達には関係ないと。表向き、な』

『それ、……面倒な話ね、こっちにとっては』

『？　どういう事なのです？　あ、今、未来において残る記録の中で、ここが解りにくいだろうという気遣いで聞いていています。ホライゾン自体は解っていますが、サッパリな連中のために、解説を是非』

そうだなー、と内心で軽く俯《うつむ》いて、言葉を作る。

『つまり、これから清原・マリアが何かやらかした場合、瑞典側からの指示だと私達が思っても、それを証明しなければいけなくなった。だから面倒なんだ』

『成程、ホライゾンの予想通りでした。本当です。――幻影の皆様、理解出来ましたね？』

『ハイ！』

幻影元気だな……。だがまあ、瑞典側の仕込みが濃い。

そして言葉が来た。

『あのサア！　さっきの、クリスティーナを強制帰還させるっていう〝そっちのアイデア〟だけどサア！』

一息。

『何で武蔵がソレを言うのかナア！　――クリスティーナは武蔵にいた方が、武蔵のためだよネー！』

●

仕掛けてきたな、と正純は思った。

確かに瑞典総長が武蔵にいた方が、武蔵には

有意だ。だからこそ、瑞典副長は、そうではないという理由をこちらに言わせたい。何故なら、
……瑞典側の倫理的問題の補完。または共犯関係を作りたい、か。
　強制帰還という強引な手段は、国家間において、または両国の民からも、自由を剥奪するものとして批判をされるだろう。それを武蔵側が言い出す理由があれば、瑞典としては自国の倫理的問題が緩和される。

『そして得られる共犯関係において、批判による損失よりも多くの利益を得ればいいんですよねー』
　そういうことだ。
　だからまず、瑞典側は、それを欲していると、ここでは仮定する。
　ゆえに己は、台詞を告げた。現状、最適なものとして、だ。

「いいか？　――瑞典総長が武蔵にいることによって、利点、良点、多くの利益が確かにある。いろいろな意味で、瑞典総長が武蔵にいた方が、

武蔵にとっては有意だ。それは認める」
　だが、
「瑞典女王クリスティーナとしての歴史再現は、まだ未完事項が多い。それらを為すために彼女を一先《ひとま》ず瑞典に還《かえ》す場合、その武蔵の気遣いについて、瑞典側は当然、認知の上で欧州各国に広めてくれるのだな？」
　言った。しかもこれは、

『――言い過ぎてやった』

●

　大久保は、生徒会居室に向かっていた。瑞典総長を従士が送っていくのを確認したならば、食事の終わった場に残る意味はない。急ぎ設備と人員の整った現場に復帰すべきだ。

　だが、今、副会長と瑞典副長の遣り取りがリアルタイムであり、

「何えろってんねん竹中」

竹中が、廊下の端にしゃがみ込んで紙袋に顔をツッコんでいる。
　ややあってから、彼女はいやにサッパリした顔で復帰して、

「いやあ、今のはキマしたね――。これだから武蔵の副会長は怖い」

「……馴れるとええわ。自分がキレるのも馴れるとバランスええで」

「そういうもんですかね――。ともあれ、今の、酷かったですね……」
　そやな、と己は頷く。

「武蔵に瑞典総長がいる有意点は多々ある一方、彼女を帰還させた場合も、有意点はある」
　三つや、と己は、また竹中が並ぶのに合わせて指を三本立てる。

「ええか。
　一つ目は、単純に、武蔵の手配に対し、瑞典が感謝するということ。瑞典という強国と親密になれるのは大きいわな。
　二つ目は、瑞典総長が欧州の政治に復帰することで、向こうの歴史再現が進むと言うこと。これは瑞典次第だが、欧州側との連携が取りやすくなるわな。
　そして三つ目は、一つ目と二つ目において、瑞典総長個人と武蔵が連携をとれるということや。いうなれば欧州向けのエージェント。瑞典と利益が相反せん限り、そういう動きもとれるようになるのは大きいわな」

「――せやけど、と言いたそうですね」
　Ｊｕｄ．、問題なのは副会長の物言いだ。

「……瑞典総長を還すのを認めた場合、〝一先ず〟と一時許可のようなこと言いおったし、この恩を欧州側に宣伝しろと言うたわ。――瑞典側は、これを飲んだら、武蔵よりも格下となるわな。瑞典総長の帰る場所は武蔵やと、そういう話なんやから」
　吐息する。

「――ま、うちの方針としては、基本、〝言われたから還す〟はあらへんな。

利用されてハイソーデスカってのもあらへんわ」

「極東武蔵、――ナメられたら終わりですか」

「それもあるけど、――性分や。あの女、喧嘩は勝つまでやるタイプやで」

竹中は何でそんな目でこっち見るん？

●

武蔵の方針は示した。

「――武蔵は、来る者を拒まず、去る者を引き留めず、だ」

『ええ。神道アバウトですからね』

『ええ。今だと大坂湾長期滞在サービスで、悪さしたら尿道からお好み焼き用ソースが出ますからね！』

『それ、見てショック死する方が出ませんの？』

『まあ！　犯罪者の心臓を気遣うとか、うちの子の子は人道的ですわね！』

『まさか六護式仏蘭西《エグザゴン・フランセーズ》長期滞在だと、ワインになりますの？』

『いえ、極東側の土地に合わせるので、六護式仏蘭西だったら備前《びぜん》あたりに合わせて桃ネクターだと思います！』

『ネクターは語源がギリシャなので、合ってると言えば合ってますが、神道に今更何を言うのかと、心の中で冷静な私が諭してきたのでこの話はここで終わりです……』

『長い長い長い』

おまえらやかましいよ。というか人狼女王《レーネ・デ・ガルウ》は六護式仏蘭西なんだが、この話に関わっていていいんだろうか。

……まあいいか！　浅間が修正するだろうし。

○

『……既に修正箇所が地味に山積みのような』

『フフ、やだ私、浅間に修正されちゃうの!? ゴッドスミベタよりゴッドフラッシュで綺麗《きれい》に御願いね！　アアンヤダー、ナニソノカオーゥ』

『危ない。今、喜美の言葉に釣られて浅間の顔に修正入れるところだったわ……。顔には入れなくていいのよ。あと、レイヤー分けないと』

『……顔〝には〟入れなくていい？』

●

いいか、と己はアクセルに言葉を重ねる。

「武蔵は自由だ。好きに来て、好きに去ればいい。そういう場所だ」

だが、

「無理に連れて行くならば、また、外に人質などおいて引き寄せようというなら、武蔵はそれを拒否する」

『どういうことになるのかナア！』

「さあ。私は知らん」

アクセルが表情を変えた。確かに今の応答は意外かも知れない。だが、実際においてそうなのだ。

「三河で強引な連行から連れ返したホライゾンは、その帰還の正当性を示す結果の一つとして、新秩序を導き、末世を解決した」

一息。

「英国で死に至る幽閉から退避させたメアリ・スチュアートは――」

考える。メアリも、そう、ホライゾンと同じように死の運命から取り戻したのだ。そして彼女がどうなったかと言えば、

「……クロスユナイトとイチャついてるが、本人幸せだからいいのか？」

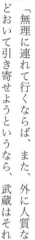

「何こっち見て疑問してんのよ」

魔女が、自分の魔術陣を手で叩いて断言した。

「七冊は出したし、売り上げは結構税金で取られて武蔵の国庫が潤ったのよ！」

○

『そ、そうです！　点蔵様といたことで、私も少なからず武蔵の政治、運行、防衛などに参加しています！』

『ちょっと賛同しにくいですが、私、ガツンと食らったこともあるので、御母様の意見は正しいと証明出来ます』

『ついでに言うと、旧派改派無視したM.H.R.R.生徒会会議で巴御前から聞いたんですが、第四特務の英国王女本、英国と同じ改派のM.H.R.R.北部領邦や阿蘭陀《オランダ》で〝旧派の理想的女性〟みたいなイメージで馬鹿売れして、結果として英国では禁書扱いだとか』

『ほら正純！　これが国際交流よ！』

『一部国際断絶してませんか？』

『うーん、そんな感じで、じゃあ浅間頼む』

『て、適当な振りが……！』

●

「ともあれまあ、武蔵に来た者は、誰であれ、自分の居場所を見つけて、己の出来る事を発揮する」

だから、

「瑞典総長も、ここが居場所だと思っているならば、己の能を発揮するだろう。

それを強引に奪うというならば、――――もう一回言おうか」

もう一回言う。

「**武蔵はそれを拒否する。**——総艦、総員、総力をもって拒否をする」

●

アハハ、という笑い声をナルゼは聞いた。

……本心が解りにくいわね。

瑞典はこっちと、協働したいのか。それとも利用したいのか。

直感的には警戒すべきだと思うが、どうだろう。マルゴットに投げたら、多分、黙考されるような気もする。そのくらい解りにくい相手だ。

……こういうの、総長なんかも同じ感あるけど、アレは長い付き合いで根の部分解ってるからテキトーにカマしていいのよねえ。

うちの連中は大概そうだ。この相手とも、そうなることが出来るのだろうかと、思うこちらの耳に、笑い声が閉じていくのが聞こえてきた。

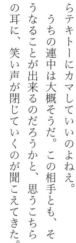

『アハハ……』

語感と響きに、己は思う。ここでの話し合いが終わるのね、と。

●

『——クリスティーナが聞いたら喜ぶネエ！』

「Ｊｕｄ．、清原・マリアが聞いたら激怒するか？」

『マリア、自動人形だからネ——！』

「Ｊｕｄ．、そもそも連絡がつかないのだったな」

『そうだネエ！　——じゃあそろそろ帰ろうかナア！』

「あ、じゃあチョイとお待ちを」

ホライゾンが右手を上げた。

「まだ営業中の青雷亭に来て、挨拶ゴーゴーだけで帰るとか、そんな狼藉《ろうぜき》は許しません。メニューを出すので、何かお持ち帰りをすると、非常に喜ばれます。――ホライゾンと店主様に」

アクセルが俯き気味にメニューを選ぶのを、ナルゼは確認した。

正純の方に目を向けると、彼女はツキノワと遊んでいるように見えて、

『生徒会の連中に連絡つけてる？』

『ツキノワが通神文を送ってる最中だ。言葉遊びをやってるようにモーションカモフラージュするよう、浅間が手配してくれてな』

●

生徒会居室では、副会長から送られてくる多量の平仮名通神文に大久保達が手間取っていた。

「走狗に書かせんで自分で書けやあ――――！　〝あたたまるぞん〟って何や一体!?」

「走狗叱る訳にもいきませんから、副会長は上手くやってますねえ」

「上手くないわぁ――!!」

●

麾下が優秀でいいことだ。

「ツキノワが自由で遊んでいられるのが、何よりも優先だからな……」

走狗といえど一つの命。それを預かっているという責任は何よりも重い。

『先に代表委員長のパートがあってコレ言えるんだからスゲエよ……』

『まともな事言ってるように見えて無茶苦茶言ってるわね』

失敬な。ともあれ、

「どうだ？　ホライゾン」

「あ、アクセル様なら、X弁当を買って帰りました」

「情報体で食えるのかな……、と思ったけど、向こうの責任範疇か。しかしXって何だ？」

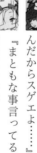

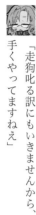

「クロス弁当らしいです」

「らしい？」

「Ｊｕｄ．、通神帯でそういう話を聞いたことがあります」

何が出てるんだ……、と思ったが聞かないことにした。

ともあれここは一段落だ。だが、

「ホライゾン、いつもの売れ残りを適当にまとめてくれ。生徒会居室に入る」

予感があるのだ。

「これは多分、短期決戦の案件だ。今夜で幾つもの動きが出て、下手すれば明日にも決着する。——早く多く動いたヤツらの勝ちになるのならば、今夜は徹夜覚悟で行こう」

「Ｊｕｄ．！　売れ残りセットですね!?　アデーレ様専用の残飯仕様にも出来ますが？」

●

「バルフェット……、あいつ何食ってんの？」

『ち、違いますよ！　犬の散歩バイトの時に寄って貰う、犬餌仕様のものですよ！』

「……そんなの食ってるの？」

『だから違いますって！　ってその口調！　あ、あと、次はこっちのパートです！』

何があったのか。本人からの申告があった。

『襲撃がありました！　というか、あってますね！　そんな感じです！』

第十一章

『理解と知識』

知らないけれども
解って行ける
そんな速度感
配点（慌てず急ぐ）

左近《さこん》はウッカリ寝ていた自分に気づいた。

○

「ん――」

風呂の後だったからか、よく寝た。二時間ほどだがスッキリ感が強くていい感じ。何となく物足りないのは、

「……鬼武丸さんのやたら早いモーニングコールが無いからですよう」

やはり鎌倉時代生まれは朝が早いのだろうか。夜明け前に『起きろ！』と言ってくる。一回、眠気で目覚まし時計と錯覚して、近くにあった頭部装甲を上から叩いて無茶苦茶怒られた。

しかし起きてみると、広い部屋。ああ湯屋でしたよう、と今更実感。

「？　左近、起きましたの？」

「あー、何か過去の記録大会とかやってるんでしたっけよう」

「今、休憩中」

「ちょっと会議パートが続いたので、情報整理とかしてますね」

成程ー、と思っていると、大皿に軽食が積まれてくる。

「深夜だから、御豆腐とか、御肉も脂の少ないハムとか、ね」

寝起きで小腹が空いていたので有り難い。でも、今、どのあたりを話しているんですよう？

○

鈴が出して来た薄味のスープには、既視感があった。

「コレ、ソーチョーが作ってる？　コンソメ系だけど、何か極東風のアレ」

言うと、番台の向こうから声が来る。

「おお！　解るか！　隠し味で鍋に梅干し一個落としてるから、独特の甘みみたいなのがあるだろ！」

声がデカい。しかしハムに玄米のクラッカーが合う。別の皿ではやはり煎餅みたいなのが載っているが、あれは確か、

「クネッケだ。――成程ねー」

「クネッケ？　これ、香ばしいというか、パンの焼けた部分だけ固めたような……」

「私がいるからでありましょう。クネッケブレードは瑞典でヴァイキングの時代から作られていた、一種の乾パンでありますね」

「瑞典のだって事は知ってたけど、そこまで古かったかー」

「今は寒さに強いライ麦の全粒粉で作るのが〝正統〟となっているでありますが、昔は雑穀も含めた寒冷地の保存食だったのであります。

　特色は、――生地を寝かさず、氷を砕いた粒を練り込み、すぐ成形してオーブンに入れることでありますね」

「――発酵で膨らませるのではなく、生地の中に練り込んだ氷粒の膨張で気泡を作りましたのね？」

「Ｔｅｓ．、寒冷地では発酵のための温度と時間を確保することも難しく、しかし氷は手近だったので、このような製法が生まれたのであります。

　全粒粉も粗めに挽《ひ》くので蒸気が抜けやすく、それもあって焼き上がりは香ばしいのでありますね」

「とはいえコレ、今夜持ち込んだのは……」

「ええ。我が王ですわ」

「…………」

「……小癪《こしゃく》な……」

「あの、ホライゾン？　青雷亭はパン屋兼軽食屋ですけど、コレは瑞典のものですから知らなくても構いませんのよ？」

「あ、いえいえ、知っていましたともミトツダイラ様。クネッケブレード。くねくねしながら刃攻撃する序盤ボスみたいですね、とか思っていませんとも」

　こんな感じ？　とナルゼが描いて見せるが、そんな感じな気がする。

「一応言っておくけど、クネッケブレードって、瑞典弁で〝カリッとした音の出るブレッドパン〟ってことだからね？　M.H.R.R.弁だとクラーヘンブロートかなあ」

○

「く、詳しいでありますね！」

「魔女の総本山〝見下し魔山《エーデルブロッケン》〟は、百年ほど前から瑞典を含む北欧方面にたびたび移動して各地の魔女や土着宗教の支援をしてるのよ。意味、解るわね？」

「あ――――」

「？　どういうことなんです？」

「瑞典総長に言わすのは何なのでおねーさんから言いますが、ぶっちゃけ魔女狩りですね。瑞典では、三十年戦争を終え、十七世紀半ばから魔女狩りが多発するんです」

「……ええと？　十七世紀半ばって、〝今〟ですか？」

「瑞典総長をフォローするが、クリスティーナの在位は１６３２年～１６５４年、問題となるのは次期国王の代からだな」

「Ｔｅｓ．、クリスティーナの次期国王カール十世は、有能な王であったのでありますが、何分、家系が正統でなかったことや、波蘭《ポーランド》や丁抹《デンマーク》、各国に対して大規模な戦争を連続して起こして勝ち負けを繰り返したのであります」

「面倒な王だねえ……」

「Ｔｅｓ．、――彼の時代に瑞典は史上最大の領土を得るのでありますが、最後は陣中死からの敗戦。瑞典は国をまとめるために時代後れながら絶対王政に向かっていきますが、そういった動きの中で、戦争のストレスを抜くために各地で魔女狩りが多発したのでありますね」

「被災民や他国の間者とか、元の住人との軋轢《あつれき》が生じまくるものね……」

「まあそんなのが百年前あたりから見えていたし、傍論とかもあったから、三十年戦争が起きる前に、〝見下し魔山〟は北欧側に魔女のネットワークを作ってた、って事らしいね」

「竜害の時代にも西欧側で活動記録が残ってますし、かなり古くから各地移動して営業してますわよね。〝見下し魔山〟」

とはいえ、とナルゼが言った。

「こんな話振って、瑞典総長には藪蛇《やぶへび》だったかもしれないけど、私としては瑞典総長が武蔵にいてくれるのは有り難いわ。在位が長ければそこらへんの問題も後送りや棚上げに出来るし」

「Ｔｅ、Ｔｅｓ．！　頑張って居残るでありますよ！」

「それもまたどうかと思うが……、ともあれ次はバルフェット周りのパートか。宜しく頼むぞ」

●

後悔通りも随分と明るくなったものだというのが、アデーレの感想だ。

木枝は整理されて夜空が見えていて、歩道のようなスペースも出来つつある。

途中、右手側に〝碑石アタックで使用された碑石の碑石〟という、矛盾めいた立て札があったり、左手側に〝狼《おおかみ》親子が争った記念跡〟という立て札の非整地範囲があったりするのが何か気マズイが、しばらくしたら無くなるもんだろうか。

「――深夜の警備のバイト中だけど、立て札に〝ト書きが長い〟って書いてあるのを報告しておくわね」

「す、すみません！」

教導院から浅間神社まで、ほぼ一直線。

『教導院からまっすぐ行って、一回左に曲がれば浅間神社ですね！』

正確には正面階段の前は自然区画だ。補修工事で何となく賑やかな武蔵の夜を歩きつつ、自分は瑞典総長の話を聞く。

「何とも気遣い気遣い、という風に、面倒を掛けさせておりますねえ」

「今回の事ですか？」

Ｔｅｓ．、と瑞典総長が頷く。

「本国側は私に何の報告もしてきてないのでありますが、恐らく、武蔵には私の強制帰還を要求するものでありましょう」

○

『――瑞典総長も、この時点でその見解を得ていたか』

『そうですね。だからさっき、副会長の遣り取りにちょっと驚きました。同じ見解だったので』

『じ、実際は歩きながら〝ンンンン〟みたいに考え込んでいたでありますよ？　ちょっと美化されてるでありますね』

●

瑞典総長が、忠興と歩を合わせて言う。

「――私の強制帰還をもって、武蔵と瑞典の両得にしたいと、そんな処でありましょう」

「？　どうしてそう言い切れるんだ？　お前の強制帰還とか、大事だろう」

「言い切れる理由は幾つかあるでありますね」

第一に、

「――ヴェストファーレン以降、瑞典は忙しくなるので、私に戻って貰った方がやりやすい部分もあるでありましょう」

第二に、

「――マリアが来た、というのも、理由であります。何しろ私の身内でありますし」

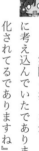

「――確かに、あのマリアってのは、相対場での自分を隠しもしなかったしな」
　じゃあ、と忠興が言葉を重ねた。

「……じゃあ、お前を無断で強制帰還させるってのは……」

「――私が瑞典に帰還すれば、欧州に厄介を持ち込むからでありますよ」

●

　つまり、とクリスティーナは言った。

「――先ほど話にあったように、私が帰還すれば、やがて次代に王権を引き継がせる動きが出るでありましょう。しかし、それによって、波蘭や丁抹は次期王カール十世が起こす戦争を得ることとなり、また、他の国もそれらの準備や対策、事後処理などに手間を得ることになるのであります」
　そして、

「私は1654年に退位するのでありますが、その後は欧州を外遊し、自分の立場を利用して瑞典のために働いたり、また、他国にも利用されるのであります。
　例えば1668年からはローマに定住。亡くなるのは1689年でありますから、退位後三十五年は瑞典や各国を振り回すのでありますね」
　でも、と己は言った。

「でもこういう身柄を〝無断で強制帰還〟というのは、瑞典側の私に対する気遣いなのでありましょう」

「それは――」

「私が自分の意思で瑞典に戻れば〝そういう面倒〟を私が認め、始めようとしていることになるからであります。――隣国、欧州各国は警戒するでありましょう」
　言う。極東側の襲名もなかなか面倒な女で有り、派手な終わりを迎えたものだが、

「まあ、ここまでの話、推測話なので真偽定かではありませんが、――クリスティーナの襲名もまた、面倒なものでありますねえ……」

「あの、瑞典総長？　すいません、ちょっと外から」

「何であります？」

「初めにあった〝――先ほどの話〟って、一体」

○

『アアアアアア！　こっちでのリアル話を向こうで引っ張ったであります！　しかも〝面倒な〟とか格好つけて！』

『アイタタタタタタ』

『いえいえクリ子様、あまり気にしない方がいいかと、――他と比べれば些細な事です』

『極大比較者が言うと重みが違うわね……』

『ハイッ！　ハイッ！　修正しますよ！』

●

　ともあれ瑞典総長の話を聞いて、アデーレはこう感想した。

「瑞典としては瑞典総長を無断で帰還の道筋に乗せた方がやりやすい、とも言える訳ですね。瑞典総長が自分で帰ったら〝何もかも瑞典総長の意思〟であり、そこに意図を見られますけど、無断で帰還させた場合は――」

「死なずに済んで浮かれてる総長を、自国に強引に帰還させたとか、そんな話になるでありますね。でも今回はマリアが使者として来ているので、政治的、事務的よりも、私の個人的人間関係の延長で強制的に連れ戻される感であります」

　Ｊｕｄ．、と応じるしかない。副会長も、このあたり読んでいたのだろう。だが、己は何となく気付いた。今、浅間神社に向かっているこの三人としては、

「——長岡君としては、そういうとき、どうするんです？」

「………」

「お、恐ろしいことを聞くでありますね！
——あ、コレ当時言ってないであります」

「いいじゃない！　聞かないと駄目よ！　——と青雷亭から出てマルゴットと合流しようとする魔女が通りかかって言うわ」

だが、無言が続いた。
自然区画から、左に浅間神社のある吹き抜けが開け、下りの階段が見える。
そこまで歩き、浅間神社の灯りが下から照らすタイミングになって、忠興が口を開いた。

「——そういうの、ヴェストファーレンでもう言ったろう。あまり言わせせんなよ」

○

『——ハイ、言わなくていい派。……私と第六特務姉妹に、フロイス？』

『言わなくていいけど、言われると良いのでは派はこちらで』

『あらあら、複雑ですけど、言って欲しい派はこちらですの』

『じゃあどちらでもいい派はこちらで御座るかな』

『本多・二代……。貴女、どちらでもいい派ではなく、どうでもいい派でしょう』

『わ、私は言わなくてもアガるけど言われると超アガる派であります！』

『カーッペ！　派はこちら！　こちらで！　おっと喜美様！　面白そうだからこっちに来ましたね!?　さあどうぞ特等席です！』

『何か始まってます？　——あ、言って欲しい派です』

●

そうでありますねえ、とクリスティーナは言った。
忠興の言葉は、ヴェストファーレンでの遣り取りを彼が忘れていなくて、自分達の間で継続しているということだ。
　それが解れば充分。そう思った直後だった。
　いきなりソレが来た。

「……！」

「……！」

　忠興の方が反応が早く、従士の方が動作が明確だった。
　従士の周囲に表示枠が幾つも射出される。その光と同時に、あるものが来た。

「……崩落!?」

　浅間神社左舷側。重層のバルコニーが崩落したのだ。

●

　アデーレは、音を聞いていた。

「……単なる崩落じゃないですね！

　武蔵は現在各所で改修や補修中だ。ブロック構造の場所が多いので、建築時の固定が悪ければ崩落事故は有り得る。
　しかしここは浅間神社の敷地内。まずそのような不備があるはずもなく、

「……この音！」

　爆発でも打撃でも無い。耳に届いたのは、深く長く響く、

「削ぎ音！」

●

　アデーレが行ったのは、二種類の行動だった。
　まず、忠興と瑞典総長に大気干渉の術式を発動。これは食堂で浅間に用意して貰ったもので、武蔵全艦の神道インフラに組み込まれているため、通神から起動可能。

効果は、単純に言えば落下速度の緩和だ。

しかしマズイ。何がマズイかと言えばト書きが長い。崩落していくバルコニーの向こう、自然区画で副王が反復横跳びしながらこちらを眺めているのが見える。だからここは、

「長岡君！　瑞典総長を！」

大気干渉は個人向けでありつつ、大気に干渉するため、対象の周囲を包む。二人の周囲の瓦礫は落下が遅くなっており、忠興くらい〝出来る〟ならば、それらを蹴って瑞典総長を保護出来るだろう。

任せる。

その上で展開するのは、こちらは自分の手持ち術式。

「――――防盾術式！」

旧派仕様。こちらの身体を隠すくらいの大盾が流体光で射出。後は真下に向け、

「……！」

自分には大気干渉は掛けていない。ゆえに眼下へと吶喊。

砕かれた壁を、しかし駆け下りるように瓦礫を蹴って走った。

真下。そこにいる襲撃者に向かって、

「シールドバッシュ！」

○

『従士先輩、実は強キャラ!?』

『Ｊｕｄ！　従士先輩は、御母様が振り回すアデーレハンマーの芯として活躍するくらい強キャラですの！』

『……聞いた事無い言葉が連続して私は本国にどう報告しようかと……』

『いやアレ、アデーレハンマーじゃなくて正式名称あるんですけどね？』

『結果論……？』

●

落下とは違う動力降下。

相手をここで確定し、討とうという選択は、自分の判断では無い。

……代表委員長の指示です！

代表委員長は、瑞典総長を〝送ってくれ〟と、そんな指示をこちらにしたのだ。

護衛でも、警護でもない。

〝送る〟という行動において、経路の安全確保は必須。ならば今、浅間神社行きのバルコニーを破壊した相手は追及すべきだ。ゆえに、

「……！」

防盾術式で、一気に相手を潰す。そのつもりだった。しかし、

「え!?」

周囲に散る瓦礫の音や、砂礫の響き。一部では水道管や空調系も断裂したのだろう。水の泡立ちや、破裂の高鳴りのようなものも聞こえてくる。ただその中にあるのは、

「切削音！」

先ほど耳にした、妙な削ぎ音。それが盾の向こう、真下から届いたのだ。

●

判断は、これまでの経験が決めた。

……回避！

このタイミングで、こちらが大面積のシールドバッシュをキメているというのに、カウンターアタックらしきものが来る。

シールドは流体光だから、視覚があるならば見えるし、知覚があれば圧や流体の流れを感じ

るだろう。

　それなのにカウンターとは、馬鹿か、または自信があるか、両方かの、どれか、だ。

　ゆえにこちらは回避。シールドを叩き付けて、自分自身の軌道を逸らす。

　逃げでは無い。吶喊の勢いを急いで制御し、身を捻ってズラす。

　軌道が変わった。

　後は着地と同時に、カウンターアタックを入れた相手に二度目の吶喊。

　それで行けると、そう思ったときだった。

　眼下が変形した。

……え!?

　変形だ。

　シールドが一瞬で形を変える。さらには周囲の大気や瓦礫、まだ残っていたベランダの構造物が、弾けるような震えと共に別のものになる。

「これは——」

　思った瞬間。来た。

　こっちの足先、着地に向かう靴先が、削がれたのだ。しかも、それもまた、

……変形!?

●

　周囲で起きている何か。形を変えていくものは、強烈な深い削ぎ音をつけている。

　刃物、という言葉が想像出来た。

　目には見えない切削の群。そこに足から落ちていく。

「……わあ!」

　流石に慌てた。

　ここはやはり防盾術式。意味が無いかもしれないけど、と思った時には、制服の袖も削られ、

「——」

　マズイ、と思ったとき。声が聞こえた。

「結べ。――蜻蛉切《とんぼきり》」

「あれ？」

●

クリスティーナは、状況を理解していなかった。

今、自分は、先に自然区画の断裂縁に至った忠興に、手を伸ばしていたのだ。

対する忠興の方も、こちらに先に手を伸ばしてくれていて、そこに嬉しさを感じるのは危険な贅沢《ぜいたく》だったが、ともあれ手指を重ね、

「……おおう？」

気付くと自分は、浅間神社を見下ろせるベランダにいた。

正面。眼下には、投光術式に照らされた浅間神社があり、その向こうに、

「……崩落の、重層ベランダ？」

二段目、三段目が見事に抉《えぐ》られ、煙に包まれたベランダがある。

そしてその上、露わになった自然区画の縁に、見知った姿があった。

「――――」

忠興だ。

距離約四十メートル。いつの間にか離れてしまった彼は、こちらが戸惑っているのとは違い、既に視線をまっすぐこっちに向けていた。

直後。自分は気づいた。

己が居る左舷側ベランダの手すりに、一つの人影が立っているのを、だ。

それは、

「――Ｊｕｄ．、大事ないようで何よりで御座る」

「――武蔵副長！」

第十二章

『予感と時間』

何かが始まる
始まっている？
否
始めて行くのだ
配点（主導権）

〝やった〟し、〝やられた〟なあ、というのがナイトの感想だった。

「……うわあ、失態。流石に下からの襲撃は空からだと解らないなあ」

今の浅間神社脇の崩落は、上空からも確認出来ていた。

今、現場近くで仕事をしている者達は、それとなく付近の上空を通過もしくは停止。ゆえに浅間神社の現状は統合視点として集約出来る。

つまりは、

「――模造化」

鈴ほど精密では無いが、映像から得られる陰影と武蔵の情報庫から、周囲の立体と現状の予測を合成。そこに見えるのは、崩落を右舷側の重層ベランダに抱えた浅間神社と、対岸の左舷トップベランダにいる三つの人影だ。

「ニダヤン、クリッペ、あと、アデーレね」

二代はもとからそこにいたのだろう。だが残り二人。クリスティーナとアデーレは、何故そんな場所に瞬間移動したのか。

「蜻蛉切の上位駆動だよね？　事象割断で距離を切ったと、そういうことかな」

……今のが蜻蛉切の上位駆動でありますね。

聞いた事はあるが、見るどころか直接経験するのは初めてだ。

対象を切り結ぶ割断能力。

相手を刃に映したとき、その名前を読み取って〝結ぶ〟ことで、割断する。

特徴的なのは上位駆動で、この場合、対象が物体では無く事象であろうと割断する。

方角、距離、法則、時間なども割れるが、莫大な燃料を消費するであります。

「クリ子様、見事な解説です！　――あ、今、配達の途中であります」

「ホママ、さっき対岸にいた割に速くない？」

気にしたら負けであります。
そして背後で、従士が声を上げていた。

「う、うわ、有り難う御座います副長！」

●

二代は、結果に満足した。己の背後、従士も瑞典総長も拾っている。
この程度は蜻蛉切にとって簡単なこと。ゆえに己は、礼を言う従士に対し、首を横に振った。

「いや、気にすることは御座らぬ。――何か派手なことをやっているので、チョイと上位駆動の試し打ちをしただけで御座るよ」

「試し打ち？」

「Ｊｕｄ．、通常駆動と同じ掛け声で、さて上位駆動が出るかな、と……」

「失敗した場合はどうなります？」

「Ｊｕｄ．、その場合は通常駆動が発動するから問題無いで御座るよ？」

相手が、やや沈黙した。そして、

「通常駆動だった場合は、どうなります？」

「Ｊｕｄ．、刃で名前を結んだ対象が割断で真っ二つで御座る」

「その対象って、誰です？」

自分は従士を見た。しばらくしてから、瑞典総長を見た。
その上で、己は思案する。顎に手を当て、表示枠を開く。相手は正純だ。何やら移動中らしい彼女に、自分は挨拶して、

『正純？　チョイと聞きたいことがあるので御座るが、いいで御座るか？』

『んー？　何だ一体。学食開いてないか？　青雷亭は開いてるぞ』

『いや、学食はさっき寄ったで御座る。
　――チョイと聞きたいので御座るが、拙者が今、ジョギング中に灯火のスイッチをオンにする程度の気楽さで重大な国際問題を犯し掛けたとしたら、どうなるで御座ろうか？』

『……何か全く解らんが、アレだ。何も起きてないなら問題ないだろ？　メンタル的に問題があるなら、相手に〝失敬〟とか言っておけばいいだろうし。その程度の事だ』

●

　アデーレは、副長がこちらと瑞典総長に右手を上げるのを見た。

「失敬！　――Ｊｕｄ．！　正純の言う通り、これで何の問題も無しで御座るな！」
　こちらの視界の中、瑞典総長が一回揺れる。
　だが彼女は何とか堪え、ベランダの手すりに両手をつき、

「八――」
　ゆっくりと膝を着く。その上で、

「流石武蔵でありますねえ……」
　いや、自分もビミョーに納得いってないので、そうまとめられましても。

●

　しかしアデーレは見た。
　警報と光を生む浅間神社の向こう。崩落したベランダの下に、人影があるのを、だ。
　静まっていく煙の底。床上に立っているのは、見たことのある姿だった。あれは、

「……K.P.A.Italia、ジャン・ロレンツォ・ベルニーニ!?」
　言葉は浅間神社の吹き抜けに響く。そして相手に届いたのだろう。彼がこちらを見上げ、

「――」

何かを言った。
とはいえ、それだけだ。すぐにK.P.A.Italiaの改造制服は、まだ壊れていないベランダの下に入り、

「……去ったで御座るか」

「ば、番屋に手配を……！」

言っている間に、浅間神社の境内に人影が出て来た。家屋脇の泉から、何故か撮影術式の表示枠を引き連れた浅間の娘が、こちらに顔を向け、

「――コラッ！　何の理由があってうちの破壊を――」

「アレ!?　何です副長や従士先輩！　こんな時間にうち壊して！」

●

おかしいであります、とクリスティーナは思った。

対岸、忠興がこちらに軽く手を挙げる。彼が指差す向こうでは、幾つかの影が向かって来ている。番屋や戦士団と言った者達だろう。

『忠興様！　現場、忙しくなりそうなので、詳細は明日にでも……！』

『Ｊｕｄ．、――何か面倒っぽいけど、副長もいるなら安心だろ』

『Ｔｅｓ．！　忠興様も、お気をつけて！』

と、お互い手を振って、ひとまずの別れとしたのであります……。

○

『……あの、クリスティーナ様、これは、言って良いのかどうか解りませんが……』

『あっ、あっ、どうぞ言ってしまって下さいであります！』

『……正直、いけない別れ方をなさいましたよね？』

『せ、正解であります！』

『？』

『――ココ、長岡少年としては、妻が副長というることが最大限の安心であることは事実。しかしそれでは、自分の甲斐性《かいしょう》が無いも同然と、そういうことであろうよの』

『せ、正解であります！』

『どう返すのが正解なんですよう？』

『対岸まで飛んで引っさらって戻ってくるのが正解ですわよね』

『御母様？　敢えていつもの表情で言ってしまいますが、それ、御母様だけの正解ですの』

『**〝気にすんな！〟**って返すのはどうですか？』

●

『忠興様！　現場、忙しくなりそうなので、詳細は明日にでも……！』

『Ｊｕｄ．、――何か面倒っぽいけど、副長もいるなら安心だろ』

『気にすんな！』

○

『実はかなり正解だと思うけど、かなり駄目じゃないかしら』

『無茶苦茶男前なのは好印象よね……』

『やはりここはストレートに〝他は無関係で、貴方に傍にいて欲しい〟と、そんなことを伝えるべきでは？』

『正解の一つだと思うけど、一番クソ重くないかなソレ』

『使ったわ……。雪崩《なだ》れ込みとウエット感が好評だったわね……』

『過去形ですの？』

『フフ、解決は幾つかあるけど、ちょっとスカイブルーがショボン入ってる部分も有るから、ここは軽く状況茶化すのがいいわよね』

『〝忠興様もいて下さると、もっと安心出来るであります〟と、そんな処でしょうかね。状況的に不可能なのはお互い解ってますし、これだと、力云々とは別の価値観で長岡様を立てられますから』

『〝無理言うんじゃねえよ〟って拗《す》ねられたらどうします？』

『それは長岡少年の〝甘え〟ですよね。――そうしたら〝本気でありますよ〟と、笑って言うのが妻の甲斐性ではないかと思います』

『せ、正解であります！　――しかし当時、それが出来なかった私は、どうすればいいのでありますかねえ――』

『そ、そうでありますね！　今はもう、それが正解であります！』

『気にすんな！』

●

メアリは、生徒会居室に来ていた。

点蔵と共に鈴の湯屋で疲れを落とし、さて夕食をどうしようかと言う処で呼集があったのだ。

「メアリ殿、生徒会居室に来いとの事で御座る。メアリ殿の方は――」

「御邪魔《おじゃま》でなければ御一緒します。生徒会居室となれば政治的な問題の場合もありますから、私の判断や知識が必要になるかも知れません」

「結構。――忝《かたじけな》いで御座る」

とはいえ、日常が潰れてしまうのは事実だ。だから途中、夕食としての軽食を買っていく。元々は夕食を多摩で頂こうと思っていたので、何となく左舷側を移動。青梅《おうめ》方面に面した居住

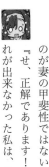

区の店で、餅と野菜スープ、焼き鳥を買って参上する。
　そして教導院の橋上に辿《たど》り着《つ》いたとき、それを確認した。

「……浅間神社が、警報？」
　振り向けば、浅間神社のあるあたりが妙に明るい。吹き抜けの底から点滅する光には、戦時中に聞き慣れた警報音もついていた。
　崩落だ。点蔵の周囲に表示枠が幾つも出て、

「クロスユナイト！　メアリも一緒か。丁度良い」
　下から来た正純が、息を切らしながら手を挙げる。

「今、バルフェットから動画が来た。――浅間神社の崩落？　その下手人の動画があるんだが、距離が遠くて言葉が拾えない。クロスユナイト、読唇出来るな？」

　メアリは、点蔵が昇降口から中に入った処で足を止めたのを見る。
　正純には、生徒会居室に先に行って貰うことにして、

「メアリ殿、少々待たせてすまないで御座る」

「いえ、御仕事ですから」
　Ｊｕｄ．、と彼が会釈。外。屋外から見られないように、入り口に並ぶロッカーの陰に立つと、正純から送られた表示枠を掲げた。
　そこに映るのは、砕かれた階層構造だ。それが浅間神社脇の重層ベランダだと気付くまで数秒かかった。
　撮影は対岸から。表示枠の右上に旧派の十字マークがついているあたり、

「アデーレ様ですか？」

Jud.、と、点蔵が見る画面の中、何処に下手人がいるか、解らない。だが点蔵には、

「解るのですね？」

「中央下、煙の中にいるで御座るな。撮影画像だと、煙が光学的にハネて見えにくいで御座るが、リアルだと顔まで確かに見えていたものかと。――でまあこういう映像、あまりアップにしたり、明確化すると、そこで逆に画像の自動加工が働いて錯覚することも御座る。――フィーリングで見るのも大事で御座るよ」

そう言った点蔵が、数秒の画像を再生。三度ほど繰り返して、四回目にこう言った。

「――とくむじゃねえのかよ」

●

「アタリやな」

生徒会居室に入ってきた副会長が、早速息切れでダウンするのを見ながら、大久保は呟いた。

手元にある表示枠は、下にいる第一特務からの報告だ。

加納に、飲むものを用意させて、己は第一特務の言を聞く。

『――特務狙いで御座る。二代殿がいるのを見た上でこの言葉が出たあたり、かなり戦略的な物言いかと』

『Jud.、――第一特務は、同様の経験があったんやっけか？　私、当時は入院とリハビリで動けなかったんやけど』

否、と第一特務の声が聞こえる。彼もすぐに英国王女を連れてこちらに入るだろう。

そして副会長が、加納の渡した水を飲んで一息入れる。

「どういうことだ？」

「大体解っとるやろ？　――かつての英国の時と同じや」

Jud.、という声は、開けっ放しとなって

いた入り口から生じた。ジャージ姿の第一特務と英国王女。その内、英国王女が、眉を立てた顔でこう言った。

「私と点蔵様が会ったときの英国と同じです。——相対で特務クラスを倒せば、発言力が高くなる。それを狙った行動です。
　あのとき、〝女王の盾符《トランプ》〟は二代様や正純様も狙いましたが、今回の相手、ジャン・ロレンツォ・ベルニーニが巧妙なのは、特務狙いであると言うこと」
　つまり、

「国のプライドなど関係なく、武蔵と直接交渉を望む。そのために手段を選ばぬ者がいるということです」

　ナルゼは、まだ青雷亭にいた。正純の護衛につくべきかとも思ったが、マルゴット達が上空監視をしているのだ。ゆえにそちらに任せてネームを進める。

『こっち、そろそろ東照宮の設定を今日分やめて、ホライゾンに夕食どうするか連絡する流れで聞きますけど、——ナルゼさっき後悔通りでアデーレに会って話してませんでした？』

『Ｊｕｄ．、——いるはずのない登場人物が背景に描いてあるとか、よくある事よ』
　ともあれこっちには点蔵から連絡が来ていた。全特務、点呼のようなものだ。

『——全員応答。自分は生徒会居室に入ったで御座る。
　で、さっき浅間神社でアデーレ殿を狙った襲撃者が、特務狙いで御座るぞ？　英国で皆が食らったアレで御座るな』

『Ｊｕｄ．、あたしは今、武蔵野格納庫で、軽武神の工事用装備組み替えを三十体分やってる最中さ。——でも点蔵、英国のアレ、あたしとアンタは食らってないからねえ。——あたしは武蔵の補修で忙しかったからだけどさ』

『ワーオ、遠回しに〝デートしてたろ〟って話だねえ』

『藪蛇が来たで御座るよ……！』

『アンタも一回吹っ飛ばされたりするといいわ。――で、マルゴット？　上空監視から動いてないわね？　――こっちは、青雷亭にいるわよ？　絶対安全地帯ね』

『拙僧、ナイト達と同様に武蔵上空を巡航監視しておるぞ？』

『私の方は、ええと……』

『今、喜美や我が王と〝ゲコドス最終ＵＧ〟で、拾い切れてなかった素材集めに左近モデルの下克相手を連続狩りしてますの』

『横から入りますけど私どういう扱いなんですよう？』

『今聞いたパーティだと遠距離無いから喜美の気まぐれ回復頼りねえ……。あ、名前はサーコンで、回復連戦になるのよね。結構強敵』

『おおう。強いと聞くと、ちょっと嬉《うれ》しいでありますよう』

『プレイすると解るけど、明らかに自分モデルの下克相手に勝てないと、かなり気分的にガッと来るよね……。サーコン、ナイちゃん達とは相性いいけどさあ』

『ええ。さっき我が王が油断して即オチして、瓦解仕掛けましたわ。トライの準備とはいえ、気が抜けませんわねー』

何か装備出来たら資料に見せて貰おう、とは思う。だが、

『全力で遊んでるのもいるけど、特務は全員無事ね。……瑞典総長を帰らせるとき、代表委員長がアデーレを指名したのは、ここらへん読んでたって事？』

『Ｊｕｄ．、ベルニーニと清原・マリアの遣り取りは動画で確認したんで、コレ、強行するなら、どっちかは特務相手に相対してくるかもしれへんな、と』

Ｊｕｄ．、と己は頷いた。

『相対ルールも、たまにこういうことあるから危険よね……。でもアデーレ、よく生きてたわ

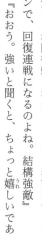

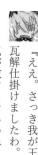

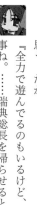

ね。――蜻蛉切相手にして』

『いやホント、これまでの敵側の恐怖が解りましたよ！　特にマテリアル系！』

『マテリアルって、……芯根性が染みついて来てないかな？』

　だが、アデーレの方からの言葉が続いた。

『ええと、あのナンタラ・ベルニーニとか言う人の方、ちょっといいですか？　――アレ一体、どういう攻撃なんです？』

『あ、その辺りはこっちで解析してますんで、浅間神社に来て貰えますか!?』

●

　浅間神社の境内は、上空と周辺を防護障壁で固めた上で、音声遮断なども掛け、所謂《いわゆる》〝戦時用〟の仕様となっていた。

　そんな中、先ほどの騒動に対し、調書を取りながら一つの疑問が出ていた。

「さっきのアレですが、不思議な事に、〝浅間神社〟の警備システムとしては、右舷側の崩落を被害として認知してないんですよね！」

　豊としては、ちょっと面白い事態だった。

　副長、瑞典総長、従士先輩と、これだけ揃っていれば、とりあえず水着の上に小袖を羽織った姿で表に出る価値がある。つまり情報交換だ。

●

　浅間神社に到着したアデーレは、境内の中に一時警備として入っている戦士団が自分達を見ているのに気付いていた。何しろ自分以外、武蔵の運行に関わるメンバーなのだ。注目を浴びるのも仕方ない。

　だがやはり、一番目立つのは浅間の娘だ。泉に入っていたのだろう。水着の上に小袖姿で、ぶっちゃけ結構スケてる。ト書きがまた長くなってきたが、このあたり、

『……浅間さんも無防備炸裂しますけど、豊さんもそうですねー。

『いやいや私、いろいろ気を付けてますよ！』

『……ゴメン、たまにチママ見てて〝すげえ……、本場だ……〟って思うときあります』

『……アンジーが丁寧語になるのは相当だから、解ってあげて欲しいわ』

『本舗だと更に〝流石……！〟と思うときありますね。〝御見事！〟みたいな。ああいうの見るたびにホライゾンの中の浅間様ポイントがみるみる上がります』

『いいもの見たわね！　って感じよね、フフ』

『ンンンンン！　私も頑張らないと駄目ですね！　小等部の男の子達が浅間神社のＣＭ動画を録画して表示枠の奥底に隠すくらいに！』

流石だ。

だが今、戦士団が、浅間の娘の方に視線を送って、俯いて、

『……うん。……あれで中身がな……』

『……うん。……あの親ありきだよな』

『……うん。……知れば知るほど、な』

何か凄く同意出来るが、親のどっちが〝ありき〟なんだろうか。

ともあれ、話をする。ここに来る前、浅間の娘が言ったことについてだが、

「あの崩落と神社側の対応は、自分の方でも見てました。神社の上空に出た警報の表示枠とか、どちらかというと崩落の右舷側ではなく、自分達のいた左舷向きでしたよね」

「どういうことなので御座る？」

疑問への回答は、すぐに来た。

「ええ。答えはさっき言った通りです。浅間神社の警備システムの判定としては、あの崩落は〝破壊〟じゃなかったんです」

●

崩落が破壊扱いにならない。

その事について皆が首を傾げるのを豊は見た。

そして瑞典総長が手を挙げ、

「ええと、確認でありますが、……被害認定はどなたが？」

「あ、うちの場合、基礎システムはありますけど、神社は神が住んでるところなので、基本的にサクヤの基準となってます。判定も向こう持ち。これは母さんの東照宮も同じですね」

「あれ？　じゃあ、東照宮の敷地内で浅間がＧＡＴＴＡＩとかしたら？」

「サクヤ宛の奉納となりますね！」

「――Ｊｕｄ．、有り難う、えらく参考になったわ。あ、私、浅間神社の相の中に残った私の流体の残滓だから気にしないで」

ナルゼ様が消える。従士先輩が辺りを見回し、確かに消えたのを確認して、

「ま、また凝った設定の捏造が来ましたね……！」

「いやあ、聖域では何でもありです」

○

『ちゅ、注釈すると、トーリ君と魂交換した全員が対象なので、私だけの特典じゃないですからね！』

『特典言われましても……、というか巻き込みに来ましたわね!?』

『まあ、ＧＡＴＴＡＩ特典で神様奉納とか。うちにそんなパークがあったら今以上に世界最強ですのに。――ネイトは活用しないと駄目ですのよ？』

『早速巻き込みが来ましたわ……！』

『つまり東照宮で路上プロレスをしろ、と？』

『アレ凄く作画カロリー高くなるからやめて欲しいわ……』

●

ともあれ豊としては、面白い事実を掴んでい

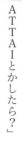

る。

「私のところに来た警報は、〝左舷側での破壊〟だったんですよね」

つまり、

「警備システムにとって、右舷の崩落は破壊判定ではありませんでした。だけど〝破壊〟は別の処で生じてましたよね？　蜻蛉切の上位駆動によって割断された事象。憶えてます？」

「Ｊｕｄ．、今回は距離で御座ったが……」

あ、と声が上がった。瑞典総長だ。彼女が右手を上げ、

「――右舷で生じた瓦礫が、左舷側に移動したので、浅間神社の警備システムは左舷側に〝破壊〟の判定を出したのでありますか!?」

「鋭いですね！　半分アタリです！」

「半分？」

「はい。――瓦礫が左舷に行ったのは確かです。そこに〝破壊〟が〝有る〟ので、うちのシステムが反応しました。でも、そうだとしたら、右舷の崩落だってまだ大部分〝有る〟んですよ？　瓦礫がなくなっただけですから」

あー、という顔を皆がする。

その中で従士先輩が手を挙げた。

「じゃあ……、右舷の崩落は〝無いことになってる〟んですね？」

いい見解だ。ゆえに自分は、三人を手招きした。

「いいですか？　これ、ちょっと面白いんですよ」

境内の中央から見ると、右舷重層ベランダは中央から落ちたように崩壊している。

だが、境内の艦尾側。やや寄るような位置に行く。

それは、本堂から破壊の現場を見上げることの出来る場所だ。

そこ。うちの住居部分の入り口から崩落を見

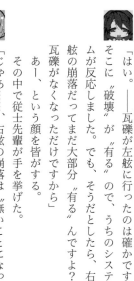

上げると、あるものが確認出来る。

「——天使の彫刻です」

翼を広げ、艦首側に羽ばたこうとする天使のレリーフが、そこにあった。

●

「——これは……!?」

騙し絵、というのが頭の中に浮かんだ言葉だった。

正面から見ると崩落だが、角度を変えると天使の彫刻となる。

「恐らく、艦首を東に向けて朝日が差したとき、正面上からの光を浴びた天使が浮かび上がる作りだと思います」

つまり、

「これは崩落じゃありません。神に捧げるものであり、武蔵としては、苦難を超えて羽ばたくといういいイメージでしょう。——サクヤはコレに気付いて、崩落ではなく、自分への奉納として認めたんです」

作ったのは誰か。それは解っている。

ジャン・ロレンツォ・ベルニーニ。

「——K.P.A.Italia、その主校であるK.P.A.Scuola美術部の部長であります。当然、襲名者で有り——」

一息。

「十七世紀の伊太利亜において、最高位の彫刻家であります」

第十三章
『静かな変化と確実性』

浅間は、風呂での一息中に通神を受けた。豊からだ。

『アー！　母さん、御風呂スタート！　有り難う御座います！』

『いやいやいや、何が一体』

『Ｊｕｄ．！　浅間様のポイントがみるみる上がります』

何言ってるか解らん。ともあれ豊からの相談は何かというと、

『うちの横に旧派アート作って行ったのがいるんですけど、その人の後を追跡したいんですよね。で、――法に触れずにそれって、出来ますか？』

『えーと、短期滞在者でも入艦時に仮で氏子登録してるから、追跡は出来ます。でも、ＨＡＮＺＡＩとかしてない場合はプライバシー保護がありますから、〝記録は取られていてもそれを見るのはＭＵＲＩ〟ですね』

『超法規的な扱いにしたい場合、どうする？』

『いや、超法規的というのは、その土地の法が前提にありますけど、それってつまり武蔵で言うと生徒会のことです。一方、武蔵の運行側、そしてうちは、武蔵の運行や安全に直接関わるので、そもそも超法規的存在です。基本、うちも武蔵も生徒会が作った法には従いますが、問題ごとがあった場合、それが武蔵を脅かすと判断出来なければ、生徒会側の要求があっても自分達の範疇を超えません』

『今回はそこまではあらへんわな……。現状まだ、政治的に解決出来る、またはすべき問題や』

『だとしたら、まだ、という感ですね……』

ただ、一応、言っておく。

『浅間神社も東照宮も、そういう意味では私達代表の個人権限が強いので、個人判断で動く時

はあります』

『たとえば？』

『トーリ君や喜美の位置がつかめないときとか、ですね……』

『そういや運命事変の間、結構世話になった記憶があるなー……』

『あれはまあ、戦時で非常事態だったので……。でも、とりあえず、私達や武蔵側では、乗員の情報などは記録していて、必要であれば出します。今回はちょっと駄目ですけど、事態が変わったら動きますので、宜しく御願いします』

というか、何となく疑問が生じた。

『一応、ミトからちょっと聞いてますけど、何かまた、有ったんですか？』

ああ、と正純が言った。

『来客だな。――瑞典副会長ヨハン・スクデが目を覚ました。話が出来るらしい』

大久保は、竹中と共に生徒会居室に残ることとした。

残務が多いのだ。

「元々、仕事の一息で食堂に行っておったしなぁ」

「ここで私と代表委員長のどっちかが抜けるだけでも、明日の午前が逼迫《ひっぱく》する状況になりますよねー」

食堂で充分騒いだ。息抜きとしては充分過ぎる。

「加納君や竹中以外の人間とも久し振りに話を出来たわな」

「あれあれ？　副会長は入ってないんですか？」

「あの女はいつも一方的に喋ってくるだけか、何か要らんことや要ることを押しつけてくるだけで、それを会話とは言わん……！」

○

『コレ、ひょっとして私、糾弾されてるか？』

『え!?　気付いてなかったんですか？』

『流石は正純様、肝が太くていらっしゃいますな』

『よくあるよくある』

『うーん。仕方ない。じゃあ今後はちょっと気を付けて仕事を振るか』

『ああ、一方的に喋るって、こういう……』

●

メアリは、保健室に初めて入った。

一応、転入時に紹介はして貰っているが、入り口で終了だった憶えがある。中に入るのは初めてで、

「保健室に薬品を配送に来たことにして言うけど、以前描いたのがそこらへん設定間違えたわ……」

「ええと、すみません？」

「いえ、いいのよ？　正しい設定でまた描けるから」

じゃあね、とナルゼが去って行って、自分は、点蔵と共に中に入る。

交替するように出ていった学生は保健委員だろう。そして戦士団が警備に幾人か控える中、白い投光の下で正純を連れて案内されたのは奥のベッド。そこにいるのは、

「――――」

ヨハン・スクデ。

女性だ。茶色の髪が長く、やや疲れ気味になっている。

改派ですね、というのが一目で解った。

インナースーツが、M.H.R.R.のものに似て

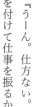

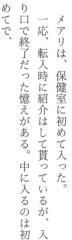

いる一方、十字モチーフのパーツが無いのだ。
　やや戸惑ったような表情。
　対して後ろにいる正純が軽く手を挙げ、

「瑞典副会長。極東武蔵、アリアダスト教導院の副会長、本多・正純だ。少々非公式で話をしたい。いいか？」

○

『ヨハン・スクデって、どんな人なんです？』

『アッハイ。歴史再現として見ると、ヨハン・スクデは瑞典の政治家で、先代総長グスタフの教育者でもありました。裁判官でもあり、瑞典語の辞書を作って出版した翻訳者でもあり、英国などと渡り合った外交官でも有りと、何でもありな方ですが、教育者としても有名で、タルトゥ大学という大学を創始した後、北欧最古の大学であるウプサラ大学の学長として人生を終えるのであります。なお、ヨハンが教鞭《きょうべん》をとったのは政治についてでありますが、コレ、世界初の政治学の授業であったとされているでありますね』

『長文なのに何故ネシンバラのものより読みやすいんさね……』

『話題が浅いところから深いところに行く流れだからでは？』

『やめなさいよネシンバラの話が浅いところを行ったり来たりしてるだけとか、そんな事言うのは！　聞いてる!?』

『ゲームしながらだけど男湯側で聞いてるよ！——浅くから深くだな！　憶えておくから憶えておくといい……！』

『藪蛇最高ですね！』

『豊の度胸の強さは何処から来ますの？』

●

　正純は、ベッドの横にあるスツールに腰を下ろした。

左右にクロスユナイトとメアリを控えさせ、相手を見る。

「ヨハン・スクデ。――貴女の事は先程聞かせて貰った」

「先程？」

あまり深く聞くな。

「率直に言う。何をしに来た？」

「え、ええと、観光で……」

「武蔵の観光名所って何だ？」

窓硝子《ガラス》を割って、ホライゾンの碑石が投げ込まれてきた。

「オイイイ！　どうすんだコレ！」

と、両腕がやってきて挨拶の上、回収。

『……セーフ』

『窓！　硝子！』

と、両腕がやってきて挨拶の上、窓硝子の張り替えを行った。

『……ダブルセーフ』

『フフ、次にやったら三度目だからサブルセーフよ！　満塁！　そんな感じ！　解る!?　英国弁で行ったらマンベースよマンベース！　あらやだ！　表示枠の翻訳機能に掛けたら〝男基地〟とか出て来たわ！　そういうことなの!?』

何言ってるか解らん。

ともあれ迂闊《うかつ》なことを言うと窓からアプローチされる。なのでここは落ちついて、

「碑石を見に来たのか？　いま置かれてるのは複製品だぞ？」

「複製品？」

「Ｊｕｄ．、ネジ止めじゃなく接着されてる」

「あの、中の人的に、高度な振りは対応出来ないであります」
　こいつは失態。誠に遺憾である。
　では、と己は言葉を投げた。単刀直入に、

「――貴女も、瑞典総長の強制帰還を望みに来たのか？」

●

　正純は、相手の即答を聞いた。

「いえ、違います、武蔵副会長。私はそういう望みをもってここに来た訳ではありません。武蔵側に交渉すべきことがあったためです」

「？　……武蔵側に交渉すべきこと、というのは、まあこれから解ることか。
　では瑞典総長に伝えようとして束縛術式を食らった内容とは何だ？　聞いて良いかどうか、そこから知りたい」

「それは――」
　と言うヨハンの視線が、左右に振られた。その挙動と同時に、メアリが言う。

「大丈夫です。束縛術式は出ませんよ」

「アッハイ。ええと……、英国王女？」

「Ｊｕｄ．、将来的に御世話になると思います」

「どういうことだ？」

「Ｊｕｄ．、ヨハン・スクデ様は、外交官時代、ジェームズ一世の娘、エリザベス・スチュアートと、まだ若かったグスタフ王との結婚をとりつけようと奔走されるのです」

「それが通ったら、両国はかなり警戒されるだろうな……」

「まあ、神代の時代でも叶いませんでしたね。うちは既に先代が引退されているので、その歴史再現は英国と瑞典の外交として済まされることになると思います」
　Ｊｕｄ．、と己は頷いた。

とりあえず、今の流れは自分達の自己紹介のようなものにはなったろう。

「束縛術式が出るかどうか、私の方で流体の流れを見ているから大丈夫です」

「Ｔｅｓ．、……では、話をしましょうか」

「Ｊｕｄ．、安全は、可能な限り確保する。話せる範囲で頼む」

●

では、とヨハンは前置きした。

「――話せる範囲で、ということで口を開きますが、正直、私がクリスティーナに言い掛けた理由は話せません。

食堂であったように、束縛術式で止められるからです」

「束縛術式の発動条件は？」

「私がその内容をクリスティーナに話そうとしたとき、です」

「その内容は？」

「――だから話せません」

「一つ、いいか？」

「何です？」

「……何しに来たんだお前」

お前とか言われましたよ？

○

「ホントに言ったの？」

「何しに来たんだ、は言っていいと思いますね」

「実際の処、どうなんですの？」

「…………」

「御母様！　黙ってると不安になります！」

●

いやまあ、とヨハンは言った。

「私が武蔵に来たのは武蔵側との交渉のためですが、〝私が来た〟というだけでも、聡いクリスティーナには事情が通じるものと」

「そうなのか」

「ええ、あの方は賢い人なので」

「そうなのか」

言って、武蔵副会長が表示枠を開いた。肩の走狗、見たこともない動物が前足を動かし、通神を設定する。その宛先は、

『ハイ！　クリスティーナであります！』

『あ、瑞典総長。ちょっといいか？　今、今日あったこととか確認してるんだが、瑞典総長は、副会長が来たことで、何か悟ったことあるか？』

『悟った？　――と言いますと？』

『Ｊｕｄ．、副会長が来たという事実から、瑞典が自分に何を求めてるのかとか、事情とか、そういうものだ』

『いやあ、いきなりすぎて解らないでありますよ！　ヨハンも何しに来て学食で引っ繰り返っていたのでありますかね。――あ、その節は、うちの方から来た副会長が御迷惑をお掛けしたであります』

『アー、気にするな気にするな、大久保達が対応出来てるから』

○

『**そういう処やああああああああああああ！**』

『代表委員長、文字にしないで声にした方がいいと思うぞえ？』

『いえ、それだと私のメンタルが不安定に見えてしまうので』

『ねえねえ今の聞いた!?　大きな声出すとメンタルが不安定なんだって！　そんなのうちにいるかしら！　**ねえ浅間！　ねえ!!　ねえったらあああん!!!**』

『やかましい――!!』

『チママの声、マジで建物震動するからスゲエよ……』

『ホライゾン？　そういう時間じゃないので腕まくりしないでいいですのよ？』

『というか、あの夜にいきなり通神来たの、こういうことだったのでありますね!?』

『**そういう処やああああああああああああ！**』

『オーイ、ループしてるしてる』

●

「――とまあ、そういう訳で、瑞典総長だが、貴女の言うことと全く違ってサッパリ悟ってないから、つまり何しに来たんだお前」

「アッアッ、詰め方が強いです……！」

ヨハンとしては、一応上役の擁護をしようと思った。

「――クリスティーナは聡い方です。しかし、今日は私がいきなり来たこともあって、思考の準備が出来ていなかったのでしょう」

それに、

「――武蔵での暮らしに慣れて、少し、浮かれているのでしょうね」

言った。すると視線の先で、武蔵副会長が頷

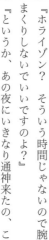

いた。

「つまり瑞典総長が聡くなくなったのは武蔵のせいだと？」

「えっ？　アッ？」

「――その発言に対し、強い遺憾の意を示すものである」

●

竹中は、入り口から入ってきた両腕が、軽く手を挙げて挨拶した後、黒板にチョークで大きく文字を書いたのを見た。

「〝遺憾で戦争〟？」

「逆ギレで戦争とか、なかなかあらへんな」

というか、

「保健室で何やっとんのや副会長……！」

●

メアリは、とりあえず場を収めようと思った。

「ヨハン様、宜しいですか？」

「Ｔｅｓ．、何でしょう」

「Ｊｕｄ．、武蔵は基本的に平和で、温厚な国家です。勿論《もちろん》、平和で温厚でも戦争をするときがありますが、武蔵は基本的に、相手国との交渉を大事にします。勿論、相手国との交渉を大事にしても戦争をするときがありますが、武蔵は基本的にちゃんと考えて行動します。勿論、ちゃんと考えても戦争をするときがありますが、武蔵は基本的に何もしなければ戦争をしません。勿論、何もしなくても――」

己は、疑問が深まったので、正純に聞いてみた。

「正純様？　何もしない相手に戦争を仕掛けたことは、ありましたでしょうか？」

「——今の処、無いと思うぞ？」
Ｊｕｄ．、と己は頷いた。そしてヨハンに視線を向け、

「将来的に可能性としては有り得ます。お気をつけ下さいヨハン様」

「ええ!?　そういう結論なのでありますか!?」

●

『……何が起きてますの一体』

『ヘイヘイ瑞典ビビってるゥ！』

『瑞典も終わりね……』

『いやいやいや、まだあるでありますよ!?』

●

ともあれヨハンは手を挙げた。

「聞きたい事がある人」
言うと、武蔵副会長が手を挙げた。そして、彼女は首を傾げ、

「一ついいか？」

「何でしょう」

「ホントに何しにきたんだお前」

「そ、その言い方……！」
いやまあ、と自分は相手に両の掌を見せる。

「マリアが来たのと同様に、私が来たことでもクリスティーナにとってはそれ自体がメッセージになるんです。ちょっと今のクリスティーナは察しが悪いようですが、少し落ちついて考え

れば解る筈です」
告げた。すると正面の三人が顔を見合わせた。
ややあってから、英国王女がこちらに対して眉を下げ、

「あの……、マリアさんと同様と言うことは、マリアさん〝も〟ですか？」
言われた意味を自分は考える。ややあってから、

「言いすぎたであります！」

●

正純は、目の前の相手に対してこう思った。

……大丈夫かなー……。
この瑞典副会長は束縛術式に引っかかったという話だが、何となく〝解る〟。恐らく内務として優秀な人材だろうが、交渉に向いていないのだ。
ウッカリ系だ。

……浅間とかバルフェットとか……。

『……内心読みますけど名前出さなくていいんですよ！』

『自分も内心読みますけど浅間さんほどじゃないですよ！』

『あらあら、隠し事なんて、する必要ないものですわよ？』

『貴様ちょっと放り出し過ぎだから自重するといいぞえ？』
いろいろ溢《あふ》れてきたので今後注意しよう。
だが、ちょっと考える。

「瑞典総長がそんな察しがいいなら、別に直接来ないでも、通神文か何かで〝行くぞ〟という旨を……」
あ、そうか。

「──貴女達は、武蔵には別件で交渉に来ていたのだな。ウッカリ変な仮定を作ってツッコまれるところだった。セーフ」

○

『副会長、流石の防御行動ですよう？』

『つまらない女ね……』

『正純様がアウトだった場合、即ツッコミをする所存でした』

『何でそんな厳しぃんだよ、お前ら！』

●

成程、と己は整理する。そして

『コレ、厄介だぞ』

『そうですね。思った以上に厄介なことになりそうです』

『？　どういうことなのです？　瑞典側が、複数の手段で交渉に来ているのでは？』

『――いや、武蔵側と交渉をしに来た瑞典副会長が、束縛術式を食らっとるんよ』

それはどういう意味なのか。

『瑞典副長も、マリアも、束縛術式がある事すら気付かせなかった。――しかし瑞典副会長はそれを食らった。

だとすれば、この束縛術式は二つの意味を持つ。

一つは、瑞典総長に知らせてはならない情報があるということ。

もう一つは――』

言いかけた言葉を、メアリの娘が悟って告げた。

『瑞典総長に、その情報を知らせようとする密告者を、止める為ですね？』

『もう一声』

Ｊｕｄ．、とメアリの娘が言葉を続ける。その内容は、

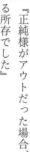

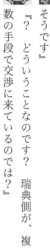

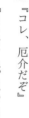

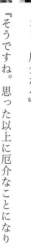

『瑞典総長に、ある情報を知らせない。
このことについて、瑞典内部が完全に結託しているならば、束縛術式は不要です。
しかし、信用出来ない密告者がいるならば、束縛術式が必要です。
ゆえに、——束縛術式を食らった瑞典副会長は、密告者として瑞典副長や清原・マリア達から信用されていなかったと言えます』

●

そやな、と大久保は応じた。

『瑞典副会長のような密告者がおるから、束縛術式を使わざるを得ん。
無論、不注意を避けるため、という事でもあろうが、やはり政治に関わる者としては、最悪の環境を考えたいで』
現状、最悪とは、どういうものとなるだろうか。答えは一つだ。

『**瑞典は、二派に割れとる。**
理由は解らんが、副長派と、副会長派に分かれておって、しかし束縛術式の条件を考えるに、副長派が主導。
——裏があると、そう考えとき、副会長』

●

大久保のシメを見て、正純は一つ頷いた。

「瑞典内部でも、割れていると、そう考えて間違い無いな？」

「それは——」
と言いかけた瑞典副会長が、しかし首を横に振った。

「——否定する意味もありませんね。

これから、いろいろと言葉を交わす中で、解っていくことでしょう」

はぐらかされたようだが、議論を中止する訳でもない。

ならばアタリだ。

自分は、表示枠の中で大久保や竹中が敢えて無反応なのを確認。一呼吸をおいてから、通神帯に言葉を作る。

『束縛術式とか、なかなか面倒なものが来たなあ』

●

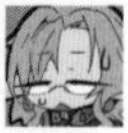

『Ｊｕｄ．、でもまあ、このまま誘導して全部情報引き出せるんじゃないですかねー』

『束縛術式に引っかかったら、それはそれでまた回復待ってやり直せばいいだけだものね……』

『悪！　悪の手先のようなやり方ですね正純様！』

『手先じゃなくて親玉なんだよこっちは……！』

●

……何だか賑やかですね。

他国の重鎮が来ているというのに、この状況だ。

いつも通りと言えばいつも通り。

ただ、メアリとしては気付いた事がある。

「……瑞典副長のことや、内部が二派に分かれていることで議論しても、束縛術式が発動しないのですね」

「そうで御座るな。——つまりここでは言えぬ、別の情報があるので御座ろう」

「……そうですね。副長派が、これは危険だとして、全員にその束縛術式を掛けました」

「全員のコンセンサスとしておきながら、実際は、自分達に従った副会長派の行動を制限するやり方だな。——そして貴女は、瑞典総長に会って術式を食らった訳だ」

「あれはまあ、事故です。——クリスティーナがあの場にいるとは思わなかったので」

Ｊｕｄ．、と己は頷いた。

そして、今の瑞典副会長の言葉から、気付いたことを述べる。

「貴女は、副長達とは違う事態の解決を望んでいたのですね？」

「――貴女は、クリスティーナ様と出会ったのは事故だと仰《おっしゃ》いました。そして、あのとき、食堂にいたのは代表委員長達です」
　つまり、

「瑞典副会長、ヨハン様？　貴女は、代表委員長達に会いに来たのですね。そして御自分が抱える事態の解決を導こうとしたのです。しかし瑞典総長に会ってしまった」
　しかし、と己は前置きした。

「――今、ここに武蔵副会長の正純様がいらっしゃいます。食堂では出来なかった事態の解決を、ここでなさってみては如何でしょう」

●

　英国王女の言葉に、ヨハンはやや考えてから、首を下に振った。

「……私の懸念は、とりあえず、晴れていると言えば晴れています」

「貴女が来たことが伝われば、瑞典総長は〝察する〟ということか？」

「Ｔｅｓ．、必ず、クリスティーナは〝察する〟でしょう。そしてもうその状態になることは確定した。私はそのくらい、彼女を信用しています。――だから恐らく大丈夫。私達の真意は伝わる。そう思っています」

「待った」

「――何でしょうか」

「前提がおかしい」
　武蔵副会長が示すのは、彼女の走狗が書いた表示枠の内容だ。

「瑞典の副長派と副会長派は、束縛術式で隠されている情報をめぐって、分かれている。
　だが、武蔵への交渉ということでは、分かれていないと私は思っていた。
　ゆえにそれを示すと、こうなる」

・**副長派　：瑞典総長に対して極秘の情報がある。**
：武蔵に対して、瑞典総長の強制帰還を望む。
（強制帰還については極秘）
・**副会長派：瑞典総長に対して、知らせたい情報がある。**
：武蔵に対して、瑞典総長の強制帰還を望む。
（強制帰還については極秘）

その表記を見て、己は言った。

「……大体そんな処ですか。クリスティーナの強制帰還まで、アクセルは話をしましたか」

「ああ、ついさっき、という時間差ではあるがな。――そして貴女は、そのことも知らないのか」

「Ｔｅｓ．、――そうだとしたら、どう考えますか？」

そうだな、と武蔵副会長が言った。

「――瑞典総長に会うつもりがなかったならば、食堂には、何を交渉に来た？

何しろ貴女は、瑞典副長が私に交渉に来たことも知っていない。
完全に別行動だ。
そして貴女達は二派に分かれている」
ならば、

「貴女が武蔵に求めているのは、瑞典副長とは違うもの。瑞典総長の強制帰還ではないな？」

「――宜しいですか？」

瑞典副会長が言った。

「私には、言えないことがあります」

「……束縛術式で止められている内容に御座るかな？」

いえ、と瑞典副会長が首を横に振った。
その動作は、一つの事実を示す。

「束縛術式無しに、瑞典の立場として、言えないことがあります」

「Ｊｕｄ．、政治的に口外出来ないことなど、政治家にはあって当然だ」

だが、

「――それこそが、武蔵に持ちかけようとした問題だな？」

●

通神で届いてくる副会長の言に、竹中は作業中の手を止めた。

「……つまり私達、瑞典副会長の事故が無ければ、〝口外出来ない問題を言い当てる〟ようなクイズモードに入っていたってことですかね」

「その場合、食堂やなくて、ここに連れてきたやろなあ」

でも、

「そういうゲームやったら、貴様の三千世界で大体当てられるやろ？」

「そうですね。私の三千世界は、〝絞り込む〟のとか得意ですから。――でも今は副会長が担当者。どうなると思います？」

「――どうなるも何も、解っとるやろ？　既に結論出とるんや。そういうの、気付かないヤツやないで。寧ろ――」

「――寧ろそういうのに気付きまくってビシビシ来ますよね。副会長」

だとすれば、どうなるか。

「加納さん、出来れば茶菓子でも御願いします。――仕事増えますよ、コレ。私の見立てでは、短期決戦ですし」

●

そうだなあ、と正純は呟く。

「――束縛術式で止められている情報とは別に、政治的に言えないこと。それこそを武蔵と会議しに来た、……と」

「Ｔｅｓ．、面倒な相手ですみません。――ただ、解りますか？」

「――Ｊｕｄ．、と言いたい処だが、これ、実は既に結論が出ているな？」

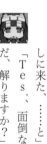

「結論？」

「答えはもう見えているんだ。特に私は、その〝逆〟の形を見ている」

言う台詞に、瑞典副会長が顔を上げた。そんな風に見えた。

ではアタリか。解らないままに自分はツキノワに指示を出す。

「ツキノワ、さっき瑞典の副長と副会長の状況を比較したの、あったろ？　それの、最初のバージョン。副会長側だけを出してくれ」

『ま――』

出る。賢い走狗で有り難い。そして画面を見れば、

・副会長派：瑞典総長に対して、知らせたい情報がある。
：武蔵に対して、瑞典総長の強制帰還を望む。
（強制帰還については極秘）

「正純様、これは……？　間違っていたものですよね？　これの何処から、ヨハン様が政治的に言えないことを導けるのです？」

「Ｊｕｄ．、――見ての通りだ。そしてメアリ、君はこれから答えを導く方法を今、言ってくれたぞ」

どういうことなのか。疑問詞を作るメアリとクロスユナイトの前で、己は口を開いた。

「簡単なことだ。瑞典副会長、貴女は、私達にある内容を会議しに来たのだ」

言う。

「――瑞典総長の強制帰還を望まない。その要請だ」

第十四章
『不確定とロジック』

ここに本意無く
ただ仮の意思を置いて
配点（駆け引き）

●

浅間神社の泉は、ちょっと賑やかだった。

「さあてネイメア達も来て二度風呂です！」

「何か嬉しそうですのよ豊！」

「いやあ、こんなの滅多にないですから」

右舷重層ベランダの方は、武蔵側に補修の要請をした。ただ崩落とは言ってもベルニーニの彫刻であり、これはサクヤが奉納と認めるほどのストリートアート。ゆえに解体して保管し、

「ベルニーニ氏とコンタクト出来たら、製作したのかどうか確認してから展示、その後で、欲しい方達集めてオークションもいいですね！」

「な、何やら逞《たくま》しいでありますね！」

と言っていた瑞典総長には、今、武蔵側から聴取を受けて貰っている。

こっちは、従士先輩と、合流したネイメア、左近も合わせて泉で禊祓中だ。左近が何故いるかと言えば、

「アサマホさんから、〝重層ベランダの補修で、浅間神社と親しい上で身長三メートルの人！〟って、ほぼ名指しで来たですよう」

「いやあ、確実に上階に手とか視線が届く人がいた方がいろいろ早いんで」

ということで、呼んだのだ。これは用心として、

「まさか次の襲撃は無いと思いますの。でも、瑞典総長狙いで何かあったとき、私は夜に強いですし、アタッカーと追跡役が出来ますの。そして従士先輩が防御役で、左近はナチュラルに監視やアタッカーが出来ますものね」

「嘉明と安治のどちらかがいれば瑞典総長を連れて脱出も可能……、というか、こういうのが父さん達のパターンですけど、武蔵内ですからね。ネイメアと左近がいれば離脱は出来ると判断してます」

『というかアンジー達、今夜は上空監視かなあ。ローテーションで空いたらそっち寄るよー』

『補給用にお結びか何か用意しておきますよ。——結ばず巻いてた方がいいんでしたっけ？』

『飛びながらだと、その方が食べやすいわ。宜しくね』

　はいはい、と頷きながら、母屋の調理関係の設定を確認。巻きモノの具材は氷室にある漬け物を解凍しようか、と思いつつ、

「父さんや母さん達が動いてるのとは別で、こっちもこっちで動いてたりするのって、ちょっと面白いですよね」

「不謹慎ですけど、同意しますの。——一緒に、視線の届く範囲で協働するのも楽しいですけど、こういう、自分達の判断で別動してるのも、ちょっとした理想でしたのよね」

　そういうことだ。泉の端で従士先輩が、

「あれ？　自分……、この世代ではないような……」

　とか言ってますけど気にしないことにします。

　ただまあ、竹中の方から、うちの副会長と瑞典副会長の議論についても、リアルタイムで表示枠が来てもいる。その内容は、

「——**瑞典副会長は、瑞典総長の強制帰還を望んでない、**ですか。
　面白いですね。逆を望んでいる瑞典副長達と、どう違うのか、興味があります」

●

　瑞典副会長は、瑞典総長の強制帰還を望んでいない。そんな言に対し、疑問を持った者がいる。アデーレだ。

『……？　ちょっとおかしくないですか？』

『Ｊｕｄ．、正純様達は大概おかしいですが、ホライゾンは正常ですよ？』

『フフ、ホライゾン？　そういうのって自己申告する連中ほどおかしいのよ？　だからこういう時は逆張りするの！　**ハァーイ!!　私、異常よ——ッ!!**』

『流石は喜美様！　違和感がありませんな！』

『まだ本舗営業中ですのに何叫んでますの？』

本舗は無印に負けず劣らず異常な店ですよね……、としみじみ思うが、そういうことではない。

『何で、瑞典副会長が、瑞典総長の帰還を求めないんです？　帰還させた方が、瑞典にとって得ですよね？』

●

「どう思います？」

という竹中の問いかけの意味を、大久保は正しく捉えた。

「これからやろ」

「？　これから、とは？　御嬢様《おじょうさま》、どのような意味なのですか？」

「Ｊｕｄ．、――何で瑞典総長の帰還を、瑞典副会長が望まないのか。その意味を考えるのはこれからや、と、そういうこっちゃ」

つまり、

「――まず、理由など解る必要無しに、瑞典副会長の望みは絞り込めるんや。――消去法。二次方程式っぽいとも言うか、な」

●

「――そういうことだ。

瑞典副長が持っていた最大の議題は〝**瑞典総長の強制帰還を望む**〟だった。

対する瑞典副会長が、副長とは違う議題を持っていたとした場合、隠れてここにやってこないといけないとしたならば、その議題は副長の議題と対立する内容」

つまり、

「それが何故かはまだ解らないが、しかし、貴女の思惑は、副長達とは逆なのだ。つまり、

——**瑞典総長の強制帰還を認めない**」

●

言葉を投げた先、瑞典副会長が息を深く吸った。
数秒。ややあってから、彼女がこう言った。

「私が、クリスティーナの強制帰還を望まないと、そう仮定しましょう」

●

「……結構、ガードが堅い人ですね」

禊祓代わりの風呂からあがって、店じまいから本舗組用の椅子配置になる青雷亭本舗。
その中で、生徒会側から回ってくる表示枠を見ながら、浅間は感想した。

「——どういうことですの？　智」

今日は厨房担当が彼とミトだ。洋風。ビーフシチューを作るのかと思っていたら、

「極厚肉の〝肉じゃが〟な！　肉は昨夜から先行して煮込んでるから、箸で切れるぜ！」

「でも出汁《だし》はコンソメなので、ちょっと食欲そそる味ですわよ」

『ウワー！　明日まで残ってたら取りに行っていいですか！』

『私も興味ありますの！』

「おお、来い来い。どうせいつもの連中も来るだろうし」

『いつもの連中、行きます！』

『わあい。行くですよう』

「フフ、寄ってたかって来るといいわ！　寒い今時期、バター落としたりしてもいいわよね」

流石ですねー、と思いつつ、ミトツダイラの質問に答えておく。

「——相手の人、瑞典副会長さん？　それが最初に〝私が〟って言ったんですよ」

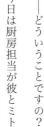

「……あ」

指摘によって、気付いたらしい。

「おっとただいま青雷亭無印から御帰りですホライゾン！　肉は二番目にデカいのを御願いします！　一番はミトツダイラ様への大家からワイーロです」

「有り難く頂きますのよ？」

そして荷物として、本舗用のパンのバケットを置いたホライゾンが、問うてくる。

「さっき、クリ子様の御仲間だった副長に弁当の世話とかしましたが、副会長？　何か其奴《そいつ》もまたやらかしているんでしょうか？」

「まあビミョーにやらかしてますけど、正純の案件ですね。——一応、正純が正解を導いたようですけど、政治的なこともあって、ストレートには話が出来ない感です」

どういうことか。

「クリスティーナさんの強制帰還を認めない。これが瑞典副会長の本心ですけど、これが瑞典本国の事にならないよう〝私が〟って前置きしましたし、更にはこの話題自体を〝そういう仮定〟としました」

「……もしもこの階段を本国や副長から追及されても、〝正純の立てた仮定に合わせて、個人的な話をしただけ〟と言えますのね」

「フフ、中身の無い話ねえ。卵で言ったら黄身がないようなものよね。え!?　でもそうだとしたら私、いなくなっちゃうの！　ねえ引き留めて！　ほら！　今よ！　ここで引き留めるの！　ほら腰を摑んでエクスタシィ極東——ッ！」

「やかましい——ッ！」

ただ喜美がいうのにも、一理ある。

「これだけガード固めると、もしも瑞典副会長の望み通りになったとしても、この会談は算段の中に入れて貰えないですよね」

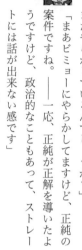

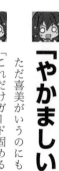

「それに、……このように自分の状況を懸念すると言うことは、瑞典本国から見て、副会長の派は少数だということですわ。――正純？　そのあたり考慮で話をした方がいいですわよ？」

●

正純は感想した。今の浅間とミトツダイラの意見を聞いて、こう思ったのだ。

……青雷亭本舗からまともな意見が来ると、違和感強いな……。

『フフ、私のエクスタシー極東がそんなに気に入ったの!?　でも何処がエクスタシー!?　やっぱり浅間神社の裏にある滝が、ビッグなホニョーに見えるから!?　やだ、貴女の近所の武蔵新名所！　エクスタシーホニョ――！』

『横から入りますがおやめ下さい。――以上』

『つーか、お前ら、うちの神社にホニョーとかそういうのやめろよ。滝とかそこに神宿るんだから、ホニョー扱いされると祟《たた》ってホニョーが乱れたり腫れるぞ』

『そんな連呼せんでも……』

『智！　智！　そこじゃありませんのよ！』

●

『……コレ、神職的には凄くない？』

『他の神社で話しても信じて貰えないくらい凄いですね』

『それが何でこんな雑な話してるんですかねー……』

『うーん、まあ次は私のターンな？』

●

「一つ言っておく」

正純は、決断することにした。今の浅間やミ

トツダイラの言葉を聞いて、こう決めたのだ。
「――瑞典が、瑞典総長を強制帰還する場合、武蔵はそれを拒否する」

それは既に、瑞典副長に告げた言葉だった。
そして瑞典副長も、また、瑞典の見解とはまた別にすると、そんな〝守り〟の前提をおいて、この台詞を受けたのだった。
今回も、同様だ。同じく守りを固めた相手に、同じ言葉を投げた。だが、

……大久保あたりが怒りそうだなあ。

「馬鹿者が……!!」

と大久保が腰を上げて叫ぶのを竹中は聞いた。

「あー……、やっぱり代表委員長はそういう反応しますよねー」

「当たり前や！　瑞典副長に対して既にその見解は述べておる！　しかし、ここで、副長と対立派であろう副会長にも同じ事言うてどないすんねん!?　――それは、瑞典という国が持つ対立両派、つまり〝瑞典全体〟に対し、武蔵の見解を述べたのと同じや！」

「さっき隅で起きたので短く頼む」

「貴様……」

あ、ガスが抜けましたね、と思ったので、己は言った。

「対立両派に同じこと言ったら、駆け引きが出来なくなるんですよ」

ああ、と義康《よしやす》は思った。しかし一方でそういうものか？　とも思いはした。だが、

「……、〝己の見解を持ってるかどうか〟という駆け引きを自ら捨てたことになるのだな？」

「Ｊｕｄ．、そういうことや。しかも同じ見解を述べたから、言い逃れも転身も出来へんのや。話半分の場といえど、迂闊な判断や」
　言われてみるとそうである。だけど、と己は思った。

「武蔵副会長の判断が正しい場合というのは、あるのか？」

「一つある」
　即答であった。
　自分は、お、と思い、竹中が軽く噴いた。

「あー……、やっぱり代表委員長はそういう反応しますよねー」

「やかあしい。――確かに一つだけ、あるやろ？　副会長の馬鹿な判断が有り得る条件が、一つだけ！」
　そうですねー、と竹中が言った。続いて告げられる台詞は、

「短期決戦です。――その前提のときだけ、今の副会長の軽挙は〝大当たり〟となります」

「拙速だ」
　正純は、瑞典副会長に言う。

「まず、副長や副会長が来るというのに、武蔵に対して何の通達もなかった。極秘、もしくは偶然の立ち寄りならば解るが、そうではない」
　そして、

「貴女達が束縛術式を自分達に掛けている、と言う時点でおかしい。本当に武蔵に滞在して会議などを行っていくなら、会議内容や話すべき事を決めていくだろうから、そんな束縛術式は不要だろう。
　つまりこれは、打ち合わせなどろくにない、短時間の遣り取りを想定したものだ」

「そのことから、今の状況を、どう読み取りますか？」

「Ｊｕｄ．、そんなのは解り切った事だ」

　既に答えは目の前にある。

「貴女が、副長派の思惑に従わず、単独で反抗をするのも織り込み済み。ここに来ることも、恐らく瑞典本国及び副長派は容認している。
　何故か？
　――他の国から干渉を受けることなく、武蔵と自国の見解をまとめて事態を収拾出来ると、そう考えているからだ」

「それは、どのようにして？」

「他国を介入させない方法は幾つもある。コネクション、綿密な準備、他国排除のルール構築、色々ある。だが最も効率良いのは速度だ。出会って、その時に議題を初めて出し、そして即決。
　これが出来るならば、他の国は介入出来ない。そして瑞典は今、この理屈を望んでいる」
　理由は解らない。何故そんな事をするのか。

「だが、とにかく瑞典が急いでいるのは確かだ。だからここで私は自分の見解を述べておく」

　相手の速度よりも先を行くつもりで、息を吸い、己は言葉を作った。
　正面の瑞典副会長に対して放つべきは、相手の〝伺い〟を先回りする宣言だ。

「改めて言おう。――瑞典が、瑞典総長を強制帰還する場合、武蔵はそれを拒否する」

「Ｔｅｓ．、――成程、私の〝仮定〟に付き合って、そちらも拙速ながら〝自分の見解〟をそう述べられるのですね」
　ですが、と自分は言った。

「そちらにクリスティーナが残留した場合、武蔵が得る利益というのは多くあることと思います。しかし――」

「――しかし、瑞典側に利益はあるのか？　と言う疑問か？」

「そうですね。私の仮定に付き合って頂けるのは有り難いし、先じてそちらの見解を述べられるのも良いのですが、私達の利益を考えていな

いならば、こちらはそれに同意が出来ません」

「ではそちらは何故、瑞典総長の強制帰還を拒否する？」

　そうですね、と自分は前置きした。ここで言うべきは一つだ。

「仮定の話として見ている分には、私個人の見解として、――クリスティーナは武蔵にいた方が幸いなのだろうと、そう思うからです」

●

『――話に付き合わず、切り上げた方がええな』

『そうなので御座りますか？』

『Ｔｅｓ．、――向こうは瑞典発となる個人の見解。しかしこちらは瑞典にとって他国発となる個人の見解。差の意味が解りますわね？』

『Ｊｕｄ．！　解ります！』

『ミトツダイラ様――!!!』

『Ｊｕ、Ｊｕｄ．！　――今回の両者は個人の見解を話していますが、〝個人の見解〟という言い訳が通用するのは、瑞典内で副会長の権力が通じてる事が必要ですの。――故に今後、副長派が一気に権力を掌握した場合、このような副会長の言い訳は通用しなくなりますわ』

『……その場合、副会長と同じ意見を持ってるこちらは、巻き添えを食うことになる訳ね……』

『そやな。――こちらに親身の振りして、だが手の内を明かさない。それでいて自分達が権力を失えば、こっちを巻き込む。これは、味方の振りした敵のようなもんやぞ』

『穿《うが》った見方をすれば、瑞典総長の強制帰還を拒否するこっちに対し、瑞典が送り込んだ間者かもしれませんよねー。瑞典副会長が権力を失えば、武蔵副会長を外交的に巻き込める訳ですから、――そのトラップこそが本命で、この出

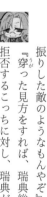

会い自体は狂言であると、そんな風にも見ることが出来ます』

『Ｊｕｄ．！　――そういうことです。解りましたかアデーレ様』

『あれあれ？　いつもそこは総長の役なんですけど、自分の知能レベル、まさか総長と同じくらいと見積もられてませんか!?　ちょっとネイメアさんも左近さんも優しげな笑みを見せない！　豊さんは羨ましそうな顔をしない！』

●

「ですけど、切り上げるのは無しで行きたい処ですねー」

竹中の台詞に、大久保は吐息した。

「――ハイダメージか？」

「そうです。ハイダメージにはハイリターンが付きもの。

瑞典副長側の方針に完全対抗となりますが、ハイリターンは確実です。

ゆえに、――瑞典総長は武蔵に置くべし。私も同意です。彼女がいることで武蔵には内外ともに莫大な利益が生じていますので。

だからここは切り上げず、瑞典副会長の物言いに付き合うべきです」

成程な、と座り込んでいた里見《さとみ》総長が、右の立て膝を抱える。彼女はそのまま、竹中に首を傾げて、

「だが、どうやって付き合う？　瑞典副会長に〝個人の見解〟で同意していたら、彼女が立場を失ったとき、巻き込まれる恐れがあるのだろう？　この会議がトラップかもしれないと」

「巻き込まれてもいいんじゃないですかねー？」

即答された。

「そのくらいやらないと、武蔵っぽくないですよねー。トラップに踏み込むくらいじゃないと」

「貴様なあ……」

この女……、としみじみ思いはする。が、確

かにそれも一理ある、とも思うのだ。
「……騒動が起きたなら、それに乗じて食い込みに行く、か」

「おねーさん達とやりあった政治家だったら、そのくらいは普通に食って欲しいですねー。
　だっておねーさん達だったら、そう言う方に進みますから」

「それは貴様が参謀だったからやろ」

「まあでも、だからこそ里見は一度征服されたし、解放されぬように安土《あづち》をトバしても来たのだろう」

「アイタタタ、里見の解放阻止失敗はハイダメージをそのまま食らった駄目な例ですねー」
　しかし、と竹中が小さく笑う。

「うちの副会長が付け入る隙は、充分ありますよ。——まあ見てみましょう」

●

成程な、と正純は思った。

「**瑞典総長の強制帰還を拒否する。**——この点で私達の個人的見解は同じだ。だがそこから本国の得る利益を考えるにおいて、貴女は手の内を明かさない。どういうことだ？　瑞典総長の去就問題は瑞典本国の問題だが、それを話し合う気が無いのか？」

「——この態度、貴女にはどう見えますか？」
そうだなあ。

「——実は貴女が瑞典副長と裏で組んでいて、この会議自体がトラップだ、というのはどうだろうか。
　貴女と話をしたことで、私の見解が、副長派を主とする瑞典に反していると決定されてしまう。短期決戦で会議をまとめたいなら、このようなトラップもありだろう」
　だがな、と己は言った。後ろに振り向き、

「クロスユナイト、——準備はいいか」

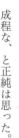

「——Jud.、OKに御座るよ?」

「……一体何を?」

「ああ、簡単なことだ」

己は指を鳴らした。その動きでツキノワが前足を上げる。

射出された表示枠。そこに映るのは、幾つもの大型機械が並ぶ現場だ。そこは、

『はい！　徹夜の貴方も楽しくサポート！　神の手による修正技術は〝お任せ〟でも大丈夫！　〝はんきゅう〟印刷です！』

●

ナルゼは、相方と共に空にいた。

「いやあ、これだけ高いと結構遠くまで見えるねえ」

マルゴットの言う通り、まだまだ夜景や夜の灯りが減らない時間帯だ。大坂湾上空、更に武蔵の上空となると、高度五キロを超える。

地球の丸みによる遮蔽があったとしても、見通し距離は二百七十キロ以上。M.H.R.R.改派管区となっている舞鶴《まいづる》方面を充分視界に入れて、

『ハァイ、——点蔵？　画像の方、入れてやったわよ。広報委員から〝はんきゅう印刷〟に突っ込めば、通神帯部門が明日の朝には通神帯のメジャー新聞に記事を投下するわ』

何をやったのか。これは、諜報《ちょうほう》や機密情報を扱う第一特務と、画像を素早く用意出来る自分と、そして記事をまとめる広報委員。更にそれを本土展開出来る〝はんきゅう印刷〟が連動して行う、

『〝瑞典総長の武蔵在留決定〟という情報の流出。——瑞典本国を無視して、武蔵から情報的に先手を打たせて貰うわ』

●

メアリは、点蔵が先程からほぼ無言であった理由を知っていた。

「――代表委員長や正純殿の言説、そしてアデーレ殿の遭われた襲撃などを記事としてまとめて御座った」
と、彼が正純に手渡すのは、小さな表示枠だ。
小型化されたそれには、片手打ち仕様の鍵盤が付随している。これを後ろ手に射出し、先程からさりげなく記述。
御見事、と思うのは、

「よいタイミングで、ナルゼ様に画像などを頼みましたよね」

「Ｊｕｄ．、点呼の時にチョイと話を向けたで御座る。
何しろ、ナルゼ殿は〝瑞典副長を青雷亭で見た目撃者〟であり、それを作画出来る御仁。更には本土側でもいろいろやらかしたりで名前が通る他、本土最大の印刷組織である改派の印刷部門にも顔が利くので御座るよ。
――第一特務の自分と武蔵広報委員、ナルゼ殿と改派の広報力が揃えば、このニュースは明日の早朝に欧州全土に広まるで御座ろう」

さて、と点蔵が言った。

「瑞典は今、拙速ともいえる速さで、何かをまとめて行こうとしているで御座るな？　他国の干渉、介入を速度によって退ける御《お》積《つ》もり。
――しかし明日の朝、既に広報ルートに乗って本土に散る情報をこちらは用意したで御座る。それを阻止する算段は出来て御座るかな？」

「こちらの仕手は〝現場発〟だ。これより先手を打つには、方法が一つしかない」
Ｊｕｄ．、と点蔵が、正純の表示枠を指差した。
既に記事の情報化と翻訳、通神帯用への構築が進む〝はんきゅう印刷〟の現場を示し、

「――武蔵に対抗するには、今夜の内に、対抗記事として〝武蔵発！　瑞典総長の強制帰還決定！〟という逆情報でも流す必要が御座ろうな」

『…………』

○

『……あの、点蔵君って、こんなハキハキビシビシしてましたっけ……』

『アイツ、途中で〝ファッ!?〟とか何度か言ってたぞ』

『いえ！　これで！　これで切に御願いします！』

『御母様……、何がそんなに……』

●

「——という訳で、こちらは手を打った。貴女、もしくは副長派、または瑞典本国が私達を自国の問題に巻き込もうと言うならば、こちらの立場が有利になるよう、情報を先行して世界全土に投下する」

どうだ。

「——立場を明らかにしろ、瑞典副会長ヨハン・スクデ。

瑞典総長の強制帰還を拒否することで、瑞典にはどのような益があると考える？

それをここで開示しない限り、明日の早朝、本土には〝私達の見解〟が流布し、他国は即座に介入、干渉をしようとするだろう」

投げた台詞に、反応があった。

それは、おや、と前置きした瑞典副会長の言葉だった。彼女は、何気なく首を傾げ、吐息付きで言う。

「副長派及び瑞典本国の思惑が破壊されるならば、それはそれで構わないのでは？　私の見解通りに世界は動くようになるのですよね？」

「解っていて言ってるのか？」

己は告げた。

「このルートは、瑞典の手によるものではない。武蔵の手によるものだ。

副長、瑞典本国が怖れていた他国の介入、干渉そのものであり、本国が望んでいた瑞典総長の強制帰還が断たれたとなれば、武蔵と瑞典の関係は最悪となる。

それも、私達……、つまり武蔵と貴女の手によって、だ」

　さあ。

「瑞典総長を抱えた武蔵と、武蔵によって瑞典総長帰還の道を断たれた瑞典はどうする？　戦争でもするか？　そして――」
　己は、瑞典副会長の額に右の人差し指を向けた。

「これは私達の選択だ。私達が決めたことだ。だがこの状況を怖れる者が瑞典側にいれば、彼らはこう言うだろう。〝トリガーを絞ったのはヨハン・スクデだ〟と。
　――瑞典の魔女狩りは瑞典総長が退任して後のことだったな。彼女が不在となる現在の瑞典、貴女を魔女として、この状況のスケープゴートにするのも、有り得るのではないか？」

●

「――Ｔｅｓ．、全ては私の往生際、ですか」

　瑞典副会長がこちらの詰めに対してそう言うのを、己は聞いた。

　そして自分は見た。

　瑞典副会長が、手元に表示枠を出したのだ。

旧派式、しかしその内容は、

「……外部接続の制限が入ってますね。解除、……こちらで強制的に行ってもいいのですが、そちらで出来ますか？」

「術式などの展開ではないな？」

「そのつもりはありません。ちょっと通神で本国と確認を取りたいだけです」

「外交館経由では……、と思ったが、副長派に傍受される、と？」

「神道インフラを使用して、一般通神経由の方が安全です。流石に武蔵から瑞典だと重いですが、――術式などを転送するのも、難しいでしょう」
　そのあたり、正直、よく解らん。なので、

『浅間、今の話、どうにか出来るか？』

『――東照宮を経由して系列神社から瑞典に繋ぎましょう。途中、何かやらかしていたら瑞典副会長に神罰が下りますが、そのときは覚悟して下さい』

『何か後半が物騒だな！』

「…………」

何か嫌な間が空いた。だが、

『――あ、ハイ、繋がりました。ヨハンさんの方、情報をこちらで取得してますが、緊急時扱いと言うことで御願いします』

『ああ、コレがつまりさっき言ってた浅間神社とかからの介入と、そういう話か……』

などと言っていると、瑞典副会長の表示枠に光が来た。一回再起動。それだけの時間と、少々の操作を経て、彼女がこちらに画面を見せる。

「これ、いいでしょうか」

そう言って向けられた表示枠に映っているのは、かなり低解像度の動画だ。一部ガタつきもあるが、そこは確かに、

「印刷所……？　ですか？」

改派印刷所に見える。しかし、

「……私達の知るものではないな」

「そうでしょうね。――瑞典国内にある国有印刷所です。

既にこちらで、副長派の見解に合わせた記事やニュースが、通神帯をメインとして、本土全域に送られるのを待っているのです」

つまり、

「武蔵側が、〝瑞典総長の強制帰還拒否〟の情報を流そうとしても、それより先に、もしくはカウンターとして、瑞典本国が仕込んだ〝瑞典総長の強制帰還決定〟の情報が流れます」

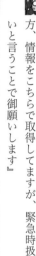

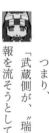

第十五章

『予見と精査』

おっと
まだまだです
こんなもんじゃありませんよ
配点（不慣れ……）

●

『……何？　瑞典はこちらが情報戦に出るのを読んで、先に手を回していたということ？』

『厄介なことをしおって……』

『Ｊｕｄ．！　──先程、正純様と点蔵様が勝ちほこったイキリアピールしたのが、一切無駄というか、カウンター狙いだった相手にとっては正に手の上のピエロ状態だった訳ですね！』

『……おい、もうちょっと手加減をな……』

『…………』

○

『でも、瑞典に、M.H.R.R.改派と同等の印刷施設があるのですか？』

『Ｔｅｓ．、印刷というとM.H.R.R.改派が有名ですが、瑞典もなかなかのものなのであります。

何しろ宗教改革がM.H.R.R.で始まった１５１７年からすぐの１５３６年、改派に切り替え、瑞典国教会を１５３６年に創設したのでありますが、その時に新しき瑞典語を制定し、それによる瑞典のための聖書を作ったのでありますね。

印刷技術でいえばM.H.R.R.改派に続く業界二番手。それが瑞典であります』

『……その情報、正純様と点蔵様に行ってなかったのですね』

『**ファッ！**　何かすみませんであります……！』

●

いいですか、とヨハンは言った。

「これは貴方達がそのように動いた時にのみ行われるカウンターアタックです。

──もしも他国が、勝手にクリスティーナの去就について情報を出そうとすれば、それを潰す。武蔵にとっては、武蔵の出す情報は武蔵を有利にするためのフェイクであると示され、得にはならないでしょう」

「そしてもしも、事が副長派の思い通りに進んだならば、仕込んでいたその情報を公的に広める、ということか」

「そうです。――私が、何故、〝**クリスティーナの強制帰還が拒否された場合**〟における瑞典の利益について述べないのか、解りますか？」

問う。

すると、数拍の間を空けてから、Ｊｕｄ．、という応答が来た。

「それに呼応して私達が動けば、副長派の情報が先に世界に流布され、瑞典総長は強制帰還されるのが〝事実〟となってしまう。しかもその時、貴女は瑞典本国にとって裏切り者となる。――貴女は、自らそれを言うことは出来ない訳だ」

「……それだけでは御座らんな。瑞典副会長殿の言うことを精査せず、では武蔵が独自で拒否のために動くか、となった場合でも、そのカウンターは発動するので御座ろう？」

「――Ｔｅｓ．、武蔵副会長は、うちの副長に対して、クリスティーナの強制帰還拒否を告げたのでしょう？　だとすれば副長達は、今夜、武蔵側が表立った動きをしていないかどうか、警戒しています」

「……何かあったら情報公開、か。瑞典総長には極秘、ということを破ってまで優先とする訳だな？」

「面倒な話でしょう？」

「Ｊｕｄ．、――正直、瓦版や通神帯の情報でカウンターを打ってくるというなら、こっちは〝外交館に直行〟もありだと考えていたんだが」

「武蔵上にある各国の外交館に、拒否の情報を伝えに行くので御座るな？　――実際、その準備はして御座ったが……」

「行動開始していたら、カウンターで情報公開されますね」

正純は、素直に感想した。

●

「——瑞典の生徒会は、優秀だな。ヴェストファーレンの時も思ったが流石は三十年戦争最大の戦勝国だ」

「Ｔｅｓ．、敵国であったM.H.R.R.とは隣接の上、周辺国家、領邦も改派旧派と入り乱れましたからね。とにかく情報戦が強く、また、即座の判断が利くようになっています。まあ、どちらかというと、システムよりもメンタルとして、そんな戦時仕様になっているといえるのですが」

『絶対王政ではない、合議がメインの政治形態でそれが出来ておるのは見事よのう』

『——魔女狩りについて、裁判の形式とかを国がしっかり決めてたってのは、三十年戦争中に、間者だなんだで勘違いによる魔女狩りが起きたり、そこで裁判必要になって領主や騎士の手を煩わせるのを避ける為だよね』

状況が国を作る、ということか。

だが、現在の自分達の状況として見ると、どうか。

『いろいろ立場や状況が錯綜《さくそう》したな。——大久保、竹中、まとめて貰えるか？　正直、不穏な感があるんだ』

『不穏？　どういうことですの？』

『すぐに可視化出来る。——大久保、竹中、頼む。ここから先は瑞典副会長に極秘でまとめてくれ』

●

「瑞典副会長と議論中なのに、彼女に極秘で状況をまとめろとは、剛毅《ごうき》な話ですねー」

竹中は、会釈を送ってくる大久保に頷きを返し、副会長の指示を受けた。

「Ｊｕｄ．、——武蔵側・瑞典副長・瑞典副会長、この三者の状況と、それぞれの為すべき事など、まとめてみましょう」

三千世界を起動すれば、大体は見えてくる。

他、情報の方向性などを与えるものとしては、

『副会長、何か質問でもありますかねー』

『解らないことばかりだ、というのが本音だな。穴あき状態が大きいというか。——だが最大の疑問は、瑞典副長も副会長も、両者共に〝何故、瑞典総長に知らせないのか〟だ』

『それは瑞典副長との会議の時、結論が出ているんじゃなかったでしたっけ?』

『——今でもそう言えるか?』

疑問されて、自分はしかし、首を横に振った。

『対立意見と目標を持つ二派が、ここでは同じことを言ってる。——表向きの理由はあるとしても、別の理由があると思いますねー』

と、言ってる間に、三千世界が情報を吐き出した。並ぶ情報体の優先度を選び、項目ごとに整列させる。

『では、瑞典副長・瑞典副会長・武蔵、三派の今回における現状ですねー。

——あ、束縛術式で隠してる情報については省いてます。今の話とは別のことなので』

▼瑞典副長
・要求
:瑞典総長の強制帰還。
・瑞典総長に対して
:極秘
・何故知らせない
:瑞典総長が帰還を認めた場合、以後、瑞典の歴史再現が瑞典総長の意思によるものと他国が認めるため。
・手段
:既に先回りして情報戦など仕込んでいる。
・出来たときの利益
:戦勝国である瑞典の歴史再現を、本国主導で自由に行える。
・出来ないときの損失
:戦勝国である瑞典の歴史再現に、制限がかかる。

▼瑞典副会長
・要求
：瑞典総長の強制帰還の拒否。
・瑞典総長に対して
：極秘
・何故知らせない
：不明
・手段
：不明
・出来たときの利益
：不明
・出来ないときの損失
：不明

▼武蔵
・要求
：瑞典総長の強制帰還の拒否。
・瑞典総長に対して
：極秘
・何故知らせない
：武蔵が瑞典の動きに巻き込まれないようにするため。
・手段
：国家間交渉
・出来たときの利益
：たくさんある。
・出来ないときの損失
：たくさんある。

『プハ！　ゴメン、武蔵の手段が〝国家間交渉〟ってのがツボ入っちゃって駄目……！　ヒヒヒ……！』

『ガっちゃんマジに笑ってると荷物落とすよー？』

『というか〝たくさんある〟とは一体……』

『解らないのですか？　たくさんあるのです』

『そうね。たくさんあるのよ』

『Ｊｕｄ．、世話子様、この場合、たくさんあるのです』

『……武蔵副会長、コレ、私に落ち度があるのですか？』

『――武蔵のは自分用だから詳細なくてもいいんだよ！』

○

『というか世話子様、この時期は武蔵にいらっしゃらなかったのでは？』

『――あっ』

『大丈夫です世話子様、ホライゾン光臨がセーフになる位なので、過去の記録として、いない人がいるくらい問題ありませんとも』

『ええと、アデーレ、世話子さんの代わりになる気、あります？』

『Ｊｕｄ．！　世話子さんだったら難度低いんで行けます！』

『難度？』

●

　しかしまあ、と泉の湯に浸《つ》かりながら左近は呟いた。

「一覧にされてみると、いろいろ解るもんですよう。――コレ、瑞典副会長の真意について不明ばかりなのが駄目なんですよう」

「Ｊｕｄ．、事情があって言えず仕舞い。しかし、この一覧があると、暫定的にでも〝不明〟を埋めることが出来ますの」

「さっきの方程式だか何だか、それを使うんです？」

　そうですね、と応じたのは豊だった。彼女は取り寄せて運ばせて来た軽食の盆を、湯船に人数分浮かべつつ、

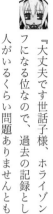

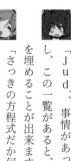

「左近の分は追加でまだまだあるから遠慮しなくていいですよ。——それでですね」
　と、豊が一覧の記された表示枠を大判展開した。画面の端を軽く叩き、

「——ちょっと副会長達の手助けに、答えを導いて見ますか」

●

　ネイメアは、盆の上の軽食に手をつけながら豊の言葉を聞いた。

「左近の言う通り、瑞典副会長が何考えてるか解らないのが駄目ですよね。ここを開いていくだけで視界が開けると思います」
　と、表示枠の内容から、瑞典副会長の箇所だけアップにする。

▼瑞典副会長
・要求
：瑞典総長の強制帰還の拒否。
・瑞典総長に対して
：極秘
・何故知らせない
：不明
・手段
：不明
・出来たときの利益
：不明
・出来ないときの損失
：不明

「——この内、不明ですけど解りやすいものと解りにくいものがあります」

「一番解りやすいものは何ですよう？」

「手段ですね」
　と、豊の言った意味は解る。なので己は手を挙げ、

「瑞典副会長が〝個人〟だからですのね？」

「そうです。――たとえば瑞典副長は、瑞典の生徒会と組んでいます。うちの副会長も同様ですね。なので瑞典全体の行動として考えた場合、彼女達の行動は国家間交渉や戦争とか、〝国がとれる手段〟になります」

しかし、

「瑞典副会長は個人ですの。現状、瑞典の後ろ盾があるとも思えませんので、それが国家を相手に出来る方法というのは、かなり限定されますの」

自分が思うに、〝手段〟の解答は、こうだ。

「〝陳情〟ですの」

●

Jud.、と竹中は頷いた。

ちょっと感動したのは、糟屋が政治的な事柄に対して答えを述べたことだ。

……物腰が静かですけど、母親や祖母とは違って、政治的な問題を語るというのは、あまり無かったんですよねー。

○

『ちょっと』

『え？』

『YEAHHHHHHH！　浅間様！　正確な表記に訂正を！』

●

《浅間　様　の訂正です》

Jud.、と竹中は頷いた。

ちょっと感動したのは、糟屋が政治的な事柄に対して答えを述べたことだ。

……物腰が静かですけど、母親や母親の母親とは違って、政治的な問題を語るというのは、あまり無かったんですよねー。

○

『宜しいですわ。お気遣いすみませんわね』

『貴様、人格が大味なのにこういうところだけ精密よのう……』

●

　えーと、と竹中は前置きした。

……糟屋さんが政治系のスキルを身につけていくのは良いことですねー。

　家族環境的には、自然なことだろう。血筋は、政治的に見て最新のスタイルを国家的に作って行く六護式仏蘭西に由来するし、両親はそれこそ武蔵の中枢だ。そして本人も物覚えがいい。

……十本槍時代は、政治系は私と三成君にほぼ丸投げで、語れるのは清正さんくらいでしたが、もう一人くらい、頼れるのが欲しかったんですよねー。

　十本槍時代だと、糟屋は主に単独で各地を転戦したり、戦闘訓練が続いていた。政治的な遣り取りに触れるようになったのは、武蔵に来てからだろう。遅咲きだが、素地はあるし環境もある。今後に期待をしつつ、己は言った。

「——手段については陳情。現状の情報から見た場合、正解だと思います。

　では他、次に解りやすいのは何か、答えられる人はいますか」

　視界の中、代表委員長が肩をすくめる。解っているが答えないでおく、ということだろう。彼女もまた、自分達以外の政治系スキル持ちがアガってくるのを期待してはいるのだ。

「……仕事が投げれるかもしれへんからなぁ……」

「いきなりリアルな方に振らないで貰えますかねー」

　と、声が来た。

『失礼します。——次に解るのは、やはり〝瑞典総長の強制帰還の拒否〟が出来た場合の〝利益〟と〝損失〟でしょうね』

清正が、議論に加わってきた。

●

清正は、自室にいた。

先程、湯屋から戻ってきて一息ついたばかりだ。隣室に住む福島が何か片付けを始めたのか荷物を床に落とす音を壁越しに聞きながら、

……こちらが高尾の相対場で一戦して、湯屋から戻ってくる間に、いろいろあったものですね。

「夕飯のデリバリーに来たことにするけど、今、キヨキヨ、アンジー達に説明してくれてる？」

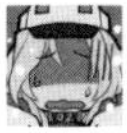

「別にそういう訳ではありません……！」

ともあれ、話を続けるべきだ。あ、夕食は湯屋から出たところの軽食屋台で買いました。歩き食いをするのも福島様とならば恥ずかしいとは思わず……、

「キヨキヨ、代引きなんだけど。あと話が続いてない」

「デリバリーの追加に来たことにするけど、駄目よアンジー、核心を突いては。ナルゼママの資料にならないじゃない」

「資料じゃありません……！」

「デリバリーの迎えに来たことにするけど、ええ、それでいいのよ。資料の自覚があってはヤラセだもの。常に初心《しょしん》を忘れては駄目。良いわね？」

何かえらいカオスな状況になってきました。

ともあれ今度こそ話を続けますと、

「――瑞典総長を武蔵に残留させることが出来た場合、出来ない場合、それらから得られる瑞典副会長の利益と損失は、他から導く事が出来ます」

これは、単一の問題ではないのだ。

「片方の利益は片方の損失。その逆もまた真なり。この観点を持てば、彼女の利益と損失は導き出せます。――そして〝片方〟となるのは、やはり瑞典副長と、うちの副会長です」

「では見てみましょうかねー。瑞典副長の利益と損失について、です」
　と、竹中は該当箇所を引き出した。

▼瑞典副長
・要求
：瑞典総長の強制帰還。
・出来たときの利益
：戦勝国である瑞典の歴史再現を、本国主導で自由に行える。
・出来ないときの損失
：戦勝国である瑞典の歴史再現に、制限が掛かる。

「解りやすい比較。表裏一体とは行きませんが、瑞典副会長の対称となるのは瑞典副長です。
　副長側の利益と損失。これを入れ替えたものが、副会長側の利益と損失になります」

　代入というか、交換だ。それを行うとどうなるか。

▼瑞典副会長
・要求
：瑞典総長の強制帰還の拒否。
・出来たときの利益
：戦勝国である瑞典の歴史再現に、制限が掛かる。
・出来ないときの損失
：戦勝国である瑞典の歴史再現を、本国主導で自由に行える。

　書いてみせる。これは通神で皆にも届くが、しかし、すぐに疑問が来た。

『……アレ？　これ、何か変じゃないですか？』

「……どう変か、言うて貰えますか」
　あ、先輩扱い、と思ったが言わなかった。す

ると従士が少し思案して、

『出来たときの利益として見た場合、〝制限が掛かる〟って、利益でなく損失ですよね。
　あと、出来ないときの損失も〝本国主導で自由に行える〟って、これ、プラスのポジティブなことですよね？　逆の立場だから入れ替えたのに、逆になってないです。コレ』

「――Ｊｕｄ．、そうですね。だからさっき、副会長は言ったんですよー。
〝不穏〟という、単語をですね。それを可視化する、と」
　そうだ。だから今、それが行われた。

「瑞典副長派と瑞典副会長は立場上、望むことが逆です。しかし瑞典副長が副会長に話したことから導ける利益と損失は、相反する瑞典副会長にとって、その〝逆〟が利益と損失にならないんです」

●

　正純は、竹中が表記した瑞典副会長の〝不穏〟を見据えた。

　今、まだ瑞典副会長との〝議論〟は続いている。そして彼女はこちらの手許《てもと》に〝不穏〟が可視化されたことを知らない。

……さて、どうするか。
詰めるか。引くか。
問題だ。

……瑞典副会長の利益と損失が、逆転している。
　この不穏。利益が利益とならず、損失が損失とならない矛盾。これらについて、しかし自分はこう考える。

……あり得ない訳では無い。
　ゆえに己は決めた。

「瑞典副会長。貴女の望む未来について、仮定の話をしたい」

ヨハンは、武蔵勢の動きを見ていた。

先程から、武蔵副会長が長考に入っていたが、あれは彼女だけのものではあるまい。その背後にいる〝武蔵勢〟が、何かを始めたのだ。

そして出た情報を、今、副会長が判断した。

仮定を、こちらと話し合うことにしたのである。その内容とは、

「――瑞典副会長。瑞典総長の強制帰還が拒否された場合、また、それが出来なかった場合、貴女は、次のような利益と損失を得るのだと、そう仮定する」
利益と損失。その正体とは、

「――たくさん、あるのだな」

第十六章

『確定と感情』

ここに真意有り
ただ仮の虚偽を置いて
配点（余韻）

「え……」

　という瑞典副会長の表情が消えて、色でいえば青になるのをメアリは見た。

　顔色というのは意外に綺麗に変わるのですね、と、そんな感想を得るが、

「エエエエエエエ!?」

「どうした瑞典副会長」

「いや、今までの流れでは、ちゃんと仮定の話をするでしょう!?」

「たとえば？」

「いや、それは、その」

　流石に雑な誘導には乗らない。だが、正純が言葉を差し込んだ。


「そうだな。たとえば、どうだ？　――瑞典総長が瑞典に戻らない場合や、または戻った場合、貴女はこういう利益や損失を得るのだよな？」

　見せる。その内容は、竹中が作ったそのままだ。

▼瑞典副会長
・要求
：瑞典総長の強制帰還の拒否。
・出来たときの利益
：戦勝国である瑞典の歴史再現に、制限が掛かる。
・出来ないときの損失
：戦勝国である瑞典の歴史再現を、本国主導で自由に行える。

「――これは、どうみてもおかしいよな？　利益が利益とならず、損失が損失とならない、矛盾した内容だ」

「いえ、それは――」

「そうだなあ！」
正純が大きな声で言った。

「これで正しいと、そう言える仮定もある」

●

「……有り得るんですか？　そんな矛盾が」

「矛盾許容とか、そういう話ではありませんのよね？」

「アー、こりゃ面倒くさい話ですね？　――〝政治〟の話ですよ」

●

そうだな、と思いつつ、正純は言った。ヨハンに、椅子半分前に詰めてから、

「戦勝国でも制限が掛かった方がいい。――そうとも、たとえば、仮定するなら、瑞典はクリスティーナの退位後、次期王となったカール十世が他国と戦争を開始する。

　これは瑞典にとって最大領土を与えるが、途《と》轍《てつ》もない疲弊の原因ともなるのだ。

　だとすれば、他国は駆け引きとしてその疲弊を義務とさせるべく動き出す。

　三征西班牙がアルマダの海戦での敗戦を義務づけられたように、瑞典は、しかし勝利しながらの疲弊を義務とされるのだ」

だが、

「瑞典総長が武蔵在住とすれば、次期王への退位や、歴史再現の決済など、行使しない言い訳が立つ。つまり、**制限こそが利益**だ」

「……！」
瑞典副会長が表情を改めた。同意。そのような視線を向けてきた。だが、

「――それだけではない」

己は、竹中の書いた情報を手で叩いた。

「損失側の矛盾も、また真なりだ。――利益側と、同じ理屈が通るからな」

●

「――そやな。強制帰還の拒否を失敗し、瑞典総長が本国に戻った場合。**〝歴史再現を本国主導で行える〟**という権利を得る一方で、**〝成立条件の整った歴史再現は、実行しなければならない〟**という義務を得る事でもあるんや」

これは有意なことに見えて、瑞典としては、危険な未来を示す。

「先程も副会長が言うた通り、瑞典には未来の戦争と疲弊が待っておる。これに対抗する手段は幾つもあろうが、〝先延ばし〟をして、交渉によって戦争と疲弊を軽減していくには、瑞典総長が本国にいない方が楽やで」

「Ｊｕｄ．！　未来の苦難における先延ばし。これこそが、副会長の望む利益と、そんな風にも言えますねー。――でも、だとしたら、武蔵はどうすべきです？」

投げかけられた問い。それに対し、己は苦笑した。

「そんなの、決まっとるわ。――うちの副会長は、酷い女やからな」

●

「……Ｔｅｓ．！　いい仮定です！　クリスティーナが戻らないことで、瑞典は安全な、じっくりと進める余裕と未来を得るのです！――アクセル達は、主導権をもって戦争と疲弊をクリアしようとしていますが、私は違う！そういう〝仮定〟です！」

瑞典副会長が、右の手を伸ばしてきた。手指を揃え、こちらに差し出し、

「しかし武蔵と私は、クリスティーナの強制帰還を拒否するということで同意出来ます！　協

働して、アクセル達の拒否を御願いしたい！」
と、言葉と共に空中に揃えられた手指を見て、己は動いた。

「Ｊｕｄ．」

応じ、宙にあるそれを手に取る。
だが〝それ〟は、瑞典副会長の手ではない。
己の正面に射出された通神用の表示枠。つかみ取った一枚が伝える相手は、

「――どうした馬鹿。何か言うことはあるか？」

●

ホライゾンは、それを見ていた。
これまでずっと表示枠の遣り取りを何気なく追っていたトーリが、食後のスイーツとして茹《ゆ》で餅の砂糖黄粉《きなこ》和《あ》えをサーブした後、こう言ったのだ。

「おい、セージュン」
告げる。

「オメエ、解ってんよな？　――今、かなりヒネって考え過ぎてるって、よ」

いいか。

「――考え過ぎて、有り得ねえようなことを有り得るって始めたら、ちょっとビョーキだかんな？　だって、俺達はまず俺達だけでも大変なのによ。何で、外にいる連中が、俺達に有り得ねえようなこと考えさせた挙げ句、向こうから〝仲間です〟みたいなムーブしてんだよ、ってな」

そうじゃねえだろ。

「本当に困ってるヤツらは、考えなくたって、どうだって良かっただろ。理屈とか何かじゃなくて、――どうにかしてやんねえとな、って思って、そこから理屈だ。
先に理屈じゃねえ。解るな？」

解ってんだろ。

「目の前のヤツ、張り倒しとけ」

●

浅間《あさま》は、ホライゾンが一つ頷くのを見た。
既に表示枠は消えている。そして、

「今、珍しくトーリ様のポイントが2ポイントくらい上がりました」

「え!?　そんなに上がっていいの!?　マジ!?」

「我が王!　基準!　基準が低すぎますわ!」

喜美が笑う。だが、彼女は確かに、こう告げた。

「女政治家もそのくらい解ってるでしょ。——だから相手に付き合ってやったのよ。政治家の仕事として、〝政治〟をやってやったんだわ」

●

Jud.、と頷き、正純は口を開いた。

「瑞典副会長。——武蔵は貴女の言動を一切拒否する。それが結論だ」

投げかけた言葉。それに対し、瑞典副会長が反応した。

「……は?」

一息。

「どういうことですか!?　同じ目的を持っているというのに!」

「確かに私達は同じ目的を持っている」

「だったら——」

「だからこそ、危険だ。——瑞典総長が武蔵に残留する。だがそれは武蔵と瑞典の合意によるものであるとする。
だとすれば、きっと、こうなるだろう」

言う。

「瑞典の歴史再現が先延ばしになる責任は、武蔵にもある、と」

大久保は、そやな、と首を下に振った。

「——瑞典副長と議論したときも回避した話題や。瑞典の歴史再現は瑞典のもの。その責任の一端を、武蔵が担う必要はあらへんで」

「——しかしそれは矛盾しているでしょう!?」

ヨハンは、声を上げた。身を近づけていた武蔵副会長に対し、

「クリスティーナの強制帰還を拒否したならば、彼女を残留させる責任は武蔵にあります！　それによって瑞典が実害を受けた場合、武蔵に責がある！　違いますか!?」

疑問した。向けた視線の先。武蔵副会長が息を一つ吐く。

「……瑞典総長が武蔵に残留する責任は、武蔵にあると、そう言ったな？」

「言いましたとも！　間違いはないです！」

では、と相手が応じた。もう一度息を吐き、そして彼女は、右の手を肘から上に上げた。

「——いいだろうか」

これは、正純にとって、一つの試験だった。瑞典副長との議論の中で、既に心の中にありつつ、表に出さなかったこと。

「——ヴェストファーレン会議で、私は、武蔵の独立性について述べた」

「それは——」

「武蔵は極東の独立領土だ。ゆえに、武蔵は、極東の歴史再現の任を負う」

では、ここではどうすべきか。

「瑞典総長は、瑞典王クリスティーナの他に、二重襲名として、もう一つの名を持つ。——極

東所属、明智《あけち》・玉《たま》。ガラシャ夫人と呼ばれる女性の襲名だ」
　一息。その重みを経てから、己は言葉を重ねた。

「極東所属の襲名者が、極東の独立領土たる武蔵に自ら望んで生活している。
　それを強制帰還などしようというのは、武蔵の主権侵害であり、あり得ないことだ。
　また、そのあり得ないことを外部から〝拒否〟しようというのは、これも重ねてあり得ないことであり、武蔵の主権を上から超えようとする行為である」

「――――」

「武蔵の地位については、ヴェストファーレンで認められたものだ。――瑞典が戦勝国となったのと同じようにな」
　ゆえに、己はこう言った。

「瑞典総長は、極東襲名者として武蔵にて生活している。――これを脅かし、または干渉しようというのであれば、武蔵は拒否をする」

○

『まあこう言っちゃなんだが、瑞典総長が自分から帰還を望んだり、瑞典の歴史再現を助力したいと言った場合は、また別だぞ？　ちょっと手続きが面倒になるが、まあ、その場合はこっちも手を尽くす』

『啖呵《たんか》切った割にちょっと弱腰ですのよ正純！』

『いやまあ、そういうことを言って貰えて有り難いでありますよ！』

●

「Ｔｅｓ．、――それは、こういうことですか？　武蔵は瑞典と戦争を辞さないと」
　瑞典副会長の言葉に、正純は視線を上げた。
　見れば保健室の窓の外、右腕が、その右手の人差し指を使って〝開戦〟とか書いてるが、とりあえず無視する。だが、

「……えっと、こっち凝視して、何か？」

「あ、いや、とりあえず後ろ向くなよ？」

ともあれ己は言う。

「戦争をする気は無い。——こちらは平和に、極東の歴史再現を行っているだけだ。戦争をするとしたら、貴国から開戦と、そういうことになるだろう」

Ｔｅｓ．、と瑞典副会長が頷いた。そして、

「——では、私は、ここまでですね。これ以上は、踏み込めません」

瑞典副会長が、深く息をつき、笑みでこう言った。

「御見事です。——武蔵勢」

決着を、正純は理解した。

武蔵と、瑞典全体ではないが、その副会長。

両者の立場が認め合い、成立したのだ。

『え？　……開戦しないの……？　何で……？』

『ナルゼ様、正純様が本気を出す相手は他にもいますからね。次をお楽しみに……！』

やかましいよお前ら。ともあれ、

「——会議は終了ですね。私は、ここから立ち去った方がいいでしょう」

瑞典副会長が身を動かし、ベッドから降りる。

一回、全身に力を入れ、立ち上がる。

後ろにいたメアリが声を掛けようとするが、瑞典副会長は手で制し、

「私自身としては、やるべきことをやって、これ以上が無くなった感です」

「瑞典総長の強制帰還拒否が為されるならば、それは別に武蔵主導でも構わないと、そういうことか？」

「そういう〝仮定〟ですね」

では、と己は言った。

「第一特務に、安全な宿を案内させよう」

「どういうことです？　――瑞典という国を拒否しておきながら……」

「瑞典という国を、警戒していると、そういえば、誇りに思うか？」

問うた。するとややあってから、瑞典副会長が小さく笑った。

「……アクセルが、喜ぶでしょう」

「敵対しているわけでは無いのだな？」

「どちらも、瑞典を第一に考えているのは解っていますからね」

「ええと、このあたり、どういうことなんです？」

「Ｊｕｄ．、多分ですけど、瑞典副会長の真意について、いろいろ議論するより、もっと手早い推測があったと、そういうことですの」

『Ｊｕｄ．、一番簡単で、一番解りやすい推測や。――瑞典副会長は、裏で、瑞典副長と繋がっておる、とな。この場合、うちの副会長に擦り寄るように見せかけて、実は強制帰還に誘導する。たとえばこの後に用意した瑞典副長との議論で負けるような偽情報を与えるとか、そういうことや』

「――Ｊｕｄ．、瑞典副会長の損益が矛盾していましたけど、あの矛盾を解消する最も楽な方法は、瑞典副会長が瑞典副長と繋がっていてこちらを裏切ること、ですの。その場合、損益はまた入れ替わりますから、矛盾しませんの。
　そして、――第一特務が案内する宿は、当然、第一特務麾下の監視がついてますの。それを拒否するようだと、やはり瑞典副長と繋がっている可能性がある……。ゆえに〝警戒している〟と、そういうことですのね」

「しかし瑞典副会長は宿の申し出を拒否しなかった。――つまりシロや」

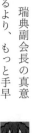

「——Tes.、大丈夫ですよ。それにもし、私がアクセルと繋がっていたとしても、だったら尚更《なおさら》ここでミスはしません。ゆえに、こう言っておきましょう」

上着を着込み、クロスユナイトに出発の会釈を送りながら、瑞典副会長が告げた。

「私が、クリスティーナに言いかけ、束縛術式を食らった言葉。それを精査して下さい。——そうすれば、アクセルの真意も解るでしょう」

「有益な情報、感謝する。そして、——また一つの謎も解けた」

「謎？」

「貴女の動機だ。何故なのか解っていなかったが、結局は、こういうことなのだろう？」

振り向けられた静かな視線に対し、己も椅子から立ち上がりつつ、こう言った。

「個人的な感情だ。——瑞典総長に、思うがままに生きて欲しい。そういうことだ」

「——Tes.」

一息と共に、微笑をもって、応答が来た。

「クリスティーナは、……自分を抑え込んで生きてきましたからね」

「え？ 別人……？」

魔女の幻影うるさい。

だが、ここは一段落だ。瑞典副会長を送ることはしない。両国の関係はフラットだ。クロスユナイトも、武蔵住人の常識として、宿無しとならないよう案内するだけ。後、このタイミングで言うべきは、

「——どうだ皆、他、ホットな場所はあるか？」

そうでありますねえ、とクリスティーナは

思った。
　浅間神社境内。崩落の検分と、聴取が終わり、天幕の下で一息を吐いていた時だった。
　軽く食事を取り寄せ、皆が先行している泉に行こうかと、

「そんなことを思っていたのでありますけどね！」
　来客が来たのだ。検分の中、二人やってきた影がある。それは、

「――すまねえ。下手人登場って感じだが、上から見えたんでな。アンタに会って欲しいのがいるんだ」
　その言葉で出て来たのは、一人の少女だ。
　見知らぬ誰か。K.P.A.Italia由来の女子制服を着込んでいるのは、

「初めまして、クリスティーナ様、GRと、ここでは名乗っています」
　言葉と共に、彼女が片膝をついた。頭を下げられ、零される言葉は、

「御願いいたします。――これより先、武蔵在住として、一生過ごして貰えないでしょうか」
　何か凄いのが来たであります!?

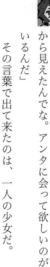

第十七章

『二人と不明』

今や思惑こそが
行動を呼んで
出来事は劇的の
足音を連れてくる
配点（落ち着け）

これは困ったことになりましたねー、というのが豊の感想だった。

「いやあ、困りました！」

『全く困ってるように聞こえないのですけど？』

「いやいやいや、そんなことはありませんって」

でも、

「浅間神社代表になって、運命事変も終わって安定人生かなー、とか、これから推しを追いかけていろいろアゲるのが生きがいになるのかなー、とか思ってたら、存外に事件が起きますね」

目の前にあるのが、それだ。

「今、武蔵をチョイと騒がせてるK.P.A.Italiaのお二人が、ここに来るとは」

●

クリスティーナは、よく解らない状況を見ていた。

……ど、どういうことなのであります？

先ほどまでの間に、浅間神社右舷側の重層ベランダは検分が終わっている。保存と通路をどうするか、その問題は明日に持ち越しとなり、今は彫刻を壊さぬよう、大気防護の結界が掛けられている。

見物客も、集団という形は終わり、ちらほらいるだけだ。

目の前にいる二人は、だからこそ来たのだろう。

「……ちと、すまねえな」

「…………」

訳有りらしい男女。

男子の方はジャン・ロレンツォ・ベルニーニ。K.P.A.Italia随一の建築家で有り、彫刻家でもある。

女子の方は、GRと名乗った以外、解らない。

ただ、いろいろ訳があるのだろう。そして、

「？　どうしました？　クリスティーナさん」

「——って、アッ！　つい親しく呼んじゃいました！　すみません！　好感度も上がってないのに畏れ多いことを！」

何言ってるか解らん。

ついでにいうと、ここまでは何となく解るのだ。よく解らないというのは、

「……何故に浅間神社代表は、水着シャツなのであります？」

クリスティーナは、説明を聞いた。

「はい！　私が水着なのは、さっきまで泉の方で食事しながら仕事してたからですね！」

ここまでは何となく解る。

「それでまあ、泉に入ってそんなことやっているとしても、ほら、別に自室でやるのとあまり変わりがないじゃないですか！　だからちょっと泉にいる時間を有効活用しようと思って、水着姿の撮影とかを始めまして！」

ビミョーに怪しくなってきたであります。

「——で、ちょっと動画で始めたわけですよ。とりあえずネイメアがくつろいでいるんで丹念に！　気付かれないように！　私、意外とステルス系が強めでして！　もうネイメアが撮れ高十万石って感じで！　**うまい！　うますぎる！**　そんな感じでして！」

段々解らなくなってきたであります。

『饅頭《まんじゅう》ですね』

更に解らなくなったであります。

「でもこういう水着撮影も、よく考えてみたらうちの伝統なんですよね！　母さんとかプライベートで〝**ウワッコレッウワッ**〟みたいなの

撮ってたりしますし。——あ！　喜美御母様に頼むと動画とか見せて貰えます！　父さんも現場にいたとか、想像するとウヒャアアアって感じになりますよね！　**ヒョヒョ！**　当然ホ母様や両腕先輩も一緒だったそうなのでどんな現場だって感じですけど！」

　かなり解らなくなってきたであります。

「——でも！　でもですよ！　泉で一番大事なのは、うちの母さんと父さんの瓦解バージョン！　アレが中等部の時にお互いモヤっと来てやらかしてるそうで！　**確定！**　だとすると、泉のこのあたりに手ーついてとか座ってとか、ネイメアが自然に腰落ち着けてるそこかなー、とか想像するともう！　あれ！　**百点満点中七千億点！**　ネイメアが泉の縁に座ってると、その前に正座して『母さんの顔の高さだとこのくらいかな……』とか思わず現場検証しますよね！　する！　決定！　でもナルゼ様の新刊待つしかないんですよ原作の二次創作としては！　できれば私を資料として使って頂きたい！　でもひょっとすると私の歴史が結構早まっていたかもとか考えると凄いですよね！　というか何の話してましたっけ？」

「何で水着かの話では？」

「あ！　じゃあ大体合ってますね！　夕食と仕事しつつネイメアの撮影しながら現場検証してたんですよ！」

　本気で解らないでありますよ？

「…………」

「…………」

　あっ、私、〝グループ〟でひとまとめにされてるでありますね？

○

「…………」

UP
10 万石

「文字数」

「ええ！　もうチョイ語ってもいいですよね！」

「圧が凄いわ……」

「というか私の画像——！」

「あの、クリスティーナさん、……何か一杯飲みます？」

「あっあっ、お任せで頂くであります！」

●

ともあれ浅間神社代表としては水着シャツで問題ないようであります。
しかし現状、どうしたものか。

「……私の、えーと、武蔵在住を求める会？」

「会？」

「いや、お二人でそういうことかな、とか思ったであります」

「まあそりゃ間違ってねえ。——アンタにとっても悪い話じゃねえだろう」

「ちょっとベルニーニ、口が悪い」

「すまねえ」

悪い人達ではないでありますね、というのが第一印象。だが、

「……どうして私に武蔵在住を求めるのであります？」

●

「あ、ちょっと」
と豊は手を上げた。他の皆がこちらに振り向くのに任せて、

「音声遮断結界を展開します」

「あ、通神遮断もお願いするであります！」

「生徒会とかに連絡とらないんですか？」

「えーと、責任問題が生じるであります」

言いたいことは解る。

「つまり、ここだけで収めれば、――〝共通のヒ・ミ・ツ〟で済むってことですね！」

お互い握手したが、何で伊太利亜組は半目でこっち見てるんです？

○

『うーん、良い判断と言えばいい気もするし、武蔵上なんだからさー、と考えると、悪い判断な気もするなー』

『まあ、最終的には何処かで合流しますからねー。おねーさんとしては、リスク込みの判断は良しとしたい処です』

『ぶっちゃけ、この時間帯でK.P.A.Italiaからコンタクト来たなんて話あったら、仕事がパンクしとったよなあ……』

『気を付けなければならないのは、正純様を中心とした校舎勢？　校舎側にいる皆さんは、正純様が言う〝短期の決着〟に基づいて動いているのですが、クリスティーナ様はそうではないのですよね』

『連絡をせず、内々で処理出来るかを判断しているうちに、時間切れになる可能性がある……、と？』

『あっあっ、そのあたり、読みが浅かったり先に連絡とってなくて申し訳なかったであります……！』

『とはいえこちらも、副会長の件を瑞典総長には秘匿としていたし、そこからの対応に追われていたからな。それぞれが独自で動くことを止めようがないし、個々判断はどう結果しても〝致し方ない〟ことだ。瑞典総長の判断を尊重

する』

『メデタシ！　メデタシ！』

『いえまだ終わってませんのよ？』

●

クリスティーナとしては、思案する。

……確かに私の本心としては、武蔵在住、有りでありますねえ。

○

『あ！』

『？　どうしたので御座ります？　**病？**』

『結構ヒドいツッコミが来るな！』

『流石は二代様の御息女。気が抜けませんな』

『というか、何が〝あ〟なんですか？』

『ココ、情報の有無よのう。そうであろ？』

『Ｊｕｄ．、――私達、瑞典副長が来てからは、話の中に〝瑞典総長の強制帰還〟という情報が常にあったけど、瑞典総長がそれに該当する情報を実際に得るのはここが初か！　しかも瑞典側じゃなく、K.P.A.Italia側からか……！』

『Ｔｅｓ．！　ぶっちゃけ、いきなりでありましたねえ』

『ぶっちゃけ、その場合、何か問題あるんですか？』

『ぶっちゃけ、――情報に対しての精査がゼロですの』

『そうだ。私達の時のように連絡取り合ったり、ということが、通神遮断結界も展開されているので不可能。つまり瑞典総長は、〝武蔵在住〟という大きな情報に対し、自分だけで判断しなければならない』

『メデタクナシ！　メデタクナシ！』

『あの、ホライゾン、まだ終わってませんからね？』

●

しかし、とクリスティーナは思った。その思考を、とりあえず口にする。

「何でいきなり、そんなこと言い出すのでありますか？」

問うと、相手が停まった。停止。ストップ。そんな挙動から、ややあって、一つの反応がやってきた。

「……え？」

疑問だ。

そちらこそ何でそんなことを言い出すのかというような、そんな疑問詞。

これはつまり、

「……〝そういう話〟が、推測ではなく実際として何処かで進んでいるのでありますか？」

●

恐らく、という前置き付きで、自分は思う。

……私に対しての武蔵在住願い。そして先程推測した、私の強制帰還。

それらが、どうも、複数国家が関与の上、自分抜きで話が進んでいるのではないか。

これは、武蔵上でいきなり話が進んだ訳ではあるまい。

自分が武蔵に在住するかどうかと言うことは、襲名者の去就を決めることであり、瑞典としては国家の事業となり得る事。

そこに対し、K.P.A.Italiaが指示をしようというのは、国家の枠を超えた行いだ。

しかし、だからこそ、こうやって個人の〝お願い〟として持ってきたのだろう、とは思う。

だが、そこまで考えて、己はまた考えを重ねる。

……この考えは、正しいのでありますかね？

●

難しい。

……今、通神遮断結界が入っているのでありますね。

これによって、自分は〝外〟に相談出来ない。

例えば忠興に何か問うことも出来ないし、武蔵側に相談することも出来ない。そして恐らくこの武蔵に来ているであろう瑞典の一派にも、何か話を振ることも出来ない。

……ただ、それで正解でありましょう。

国家の問題になり得ることだ。軽挙は避けたい。だが、思案するには情報が足りない。

どうしたものか。

ゆえに己は、落ち着くために一息を入れる。

「…………」

「スゥウウウ――」

「ウワアアアア――！」

●

豊は、全能なるホ母様が瑞典総長を諭すのを見た。

後光付きのホ母様は、膝を着いた瑞典総長の肩に両手を結構強めに二回置き、

「……いいですかクリ子様」

「あっ、ファイ！」

「……考えすぎてはいけません」

「だ、駄目でありますか!?」

「Ｊｕｄ．、以前、どこぞの襲名者が、考えすぎて自己完結して、屋敷を爆弾パーリイ状態に

しておいて、結局告白一発で手の平クルっと
やってオチるとか、そういうことがありました」

「**アイッタタタタタタタ！**　真っ正面
から直撃であります！」

「まあ、ホライゾンもあまり他人のことは言えないのですが、あの頃は感情も戻ってませんでしたので**セーフ**」

「セーフ」

Ｊｕｄ．、とホ母様が言った。

「いいですか？　考えすぎてはいけません。何故なら——」

「ハイッ！　何故なら？」

「正純様とか見てると、何も考えずにラスボス直撃とかフツーにしますし、それで世界ケッコー回ってるので。だとすれば比重の軽いクリ子／世界という風に世界に対して比重の軽いクリ子様が何か考えなくてハシャいでも、ケッコーフツーに世界は安定ですよ」

つまり、

「**アバウトです……**」

神道の現場ということを気遣ってシメたホ母様が、光と共に空に消えていく……。

「**アーッ!!**
尊い————ッ!!」

二拝一礼一拝を小刻みに十回ほど繰り返す。

○

『そんなピュアな異常者ムーブでシメられましても』

『いえいえ！　豊の場合、まだまだこんなもんじゃありませんの！』

『それはフォローなのかしら……』

『私、外から見て面白がってますけど、実際コレ大丈夫ですの？』

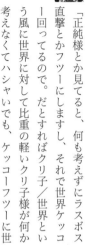

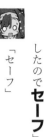

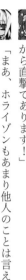

『あ、実は以前のやらかし経験から、対処テンプレート作ってあるので、作業はありますけど軽減されてます。だからホライゾンは持ち味活かして貰うこと優先な感じですね。逆に喜美なんかの不規則言動の方が突発投げ捨てなので処理困ります』

『流石は浅間様……！　正に手の平の上ですな……！』

『持ち味……？』

●

成程、考えすぎは危険である。

多分に、素直になったから、ネルトリンゲンの時もスッキリ解決出来たのだ。

上空に巨大な表示枠が出て『スッキリ？』『素直？』と書いてあるが気にしないであります。

「Ｔｅｓ．、ともあれ、……本心に従うならば、武蔵在住が望みではありますね」

「では……』

というＧＲ名乗りの少女に、自分はしかし、手の平を立てて前に出す。

「どういうことなのであります？」

考え込んだということは、疑問があると言うことだ。

考え込んだと言うことは、疑問に答えが出ないと言うことだ。

だったら、それは、聞けるならば可能な範囲で聞くべきだ。それ故に、

「私の去就は国家の事業となるものであります。何しろ二重襲名の身。個人の思いとは別で優先すべきことがあるやもしれません」

一息。

「解るでありますか？」

「何がですか？」

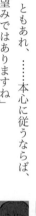

「Ｔｅｓ．、――私が、Ｔｅｓ．と答える身でありながら、個人の思い以上に優先すべきものなど、まず無いであろうと、そう言っていることでありますよ」

つまり、

「――私は武蔵在住なのであります」

●

「ヒュー！　格好イイ――！」

境内の各所、誰もいないはずの処から無数の拍手があがったので、クリスティーナは慌てて四方に頭を下げた。

「あっ、あっ、どうも有り難う御座います！　有り難う御座います！　今後も武蔵在住メンタルで精進していくので応援お願いするであります！」

「全力で怪異ですけど、ビミョーに啓発系のセミナーみたいですよね」

神社の代表がソレ言うんであります？

●

ともあれ、言葉にしてみて、解った事がある。

「私は本心として武蔵在住を望んでおりますし、私が本心では無しに武蔵を離れることがあれば、武蔵側はそれを拒否するでありましょう」

そういうことだ。

敢えて言うことで、確信出来る。自分が武蔵に住んでいる訳は、忠興がここにいるからだけではない。

彼といることを望む本心を、否定や、妥協として扱われないからだ。

だが今、それを確認しに来た者達がいる。

これはどういうことなのか。先ほど己は彼女達に問いはした。

「どういうことなのであります？」

しかし、その答えは見えている。わざわざそれを確認しに来たと言うことは、

「……私を、武蔵から剝がそうと、そういう流れがあるのでありますね？」

「…………」

GRは答えない。だけど彼女の沈黙こそが答えだ。

ならば己は推測する。そして出る答えは、

「――K.P.A.Italiaが、私の帰還を望んでいるのでありますか？」

●

問うた己は、GRの反応を見た。

いい推測だったと思う。だが彼女は、

「…………」

「……えーと……」

という反応を見て、自分は気付いた。

……ハズしたであります!?

○

『惜しい……！　帰還を望んだのは瑞典で、K.P.A.Italiaの動きについてはまだこの時点では解って無いんだよなー……』

『だけど何となくそうなったのも解りますねー』

『そうなんですか？』

『前提としてあるのが、瑞典総長の、瑞典本国に対する信頼感よのぅ』

『Ｊｕｄ．、瑞典総長としては、先程、瑞典が自分の強制帰還を望んでいる事を予測しとったんよ。ならば、自分の歴史再現に深く関わるK.P.A.Italiaも同じと、そう考えたんやな』

『一応、清原・マリアやヨハン・スクデの件もありますからねー』

『……つまり、瑞典が強制帰還を望むのに対し、K.P.A.Italia側も同調していると、そういう読みですの？』

『Jud.、それは勘違いですが、瑞典総長の立場と現状での情報ならば、そう考えても仕方ないです。更には――』

『正直、かなり恥ずかしいでありますが、アレがあるのであります。――歴史再現が』

『……神代のクリスティーナが、女王退位後に、K.P.A.Italiaに移住したと、そういうことですのね？』

『Tes.、その関係で、K.P.A.Italiaは私を帰還させず、つまり私のK.P.A.Italia移住を先送りしたいと、そういうことなのか、と思ったのでありますね』

『あら？ それではやはり、矛盾が生じますわね』

『矛盾？』

『Tes.、――それについては、現場で気付いたものでありますねー』

●

ハズした。その事から、己は考えた。

深く考えることは無い。ピースは幾つか揃っていて、自分はその順番を間違えたのだ。

……しかしハズしたならば、どういうことであります？

ここでよく考えるべきだ。

今、自分は、ベルニーニ達が本国に逆らってここに来たと思っている。

しかし、彼らの反抗は、何の根拠も無い。自分の思い込みだ。

それに、と己は言葉を作った。

「――ベルニーニ様、GR様、お二人に問いますが、私の強制帰還を望まないのは、K.P.A.Italiaの意向でありますか？」

問うと、二人は視線を交わした。ややあってから、GRが右手を軽く挙げ、

「K.P.A.Italiaは国として、〝公的には〟まだそこまで考えていません。

時代として、貴女がK.P.A.Italiaに移住するのは、現教皇総長《パパ・スコウラ》の次、アレクサンデル七世の時代になるからです」

「――つまりこれはK.P.A.Italiaとしては歴史再現の先走り。どうしても非公式になる話だ。だから、一応、武蔵に来る許可は取ってるが、公式じゃない」

「成程、だから国家として交渉出来なくて、相対戦をしようという訳ですね。外交官としての扱いにもなってない訳です」

Tes.、と己は頷いた。

……この件について、K.P.A.Italiaは公式に動けないのであります。

つまり二人は、非公式の交渉役。

では、先程の推測と、今の事実を合わせればある事実が解る。それは、

・K.P.A.Italia（ベルニーニ・GR）
：こちらを帰還させないようにしている。
・瑞典
：こちらを帰還させようとしている。

こういうことだ。

瑞典だけが、自分の味方ではない。

●

瑞典総長の声を豊は聞いた。

「ア――…」

呆然だ。

今の処、話を聞いていると、何となく解る。

意外という、その言葉通りのことが判明したのだろう。だから、

「え？　あ、いやいやいやいやいや、何となく、ではなく、本気でそうなのであります？」

「何がですか？」

あ、いえ、とやや迷った上で、瑞典総長が言った。

「さっき推測していた話なのでありますが、――多分、本国から、本気で強制帰還の話が来てるでありますね？　コレ」

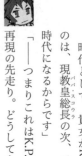

自分の中で繋がった事がある。

「……マリアが来たのは、アレやはり、彼女が自分づきの侍女だったからでありましょう。つまり、瑞典側としては、侍女はいるけど主人がいない、という示しなのでありますよ」

そして、

「ヨハンがやってきたのも解るであります。彼女が束縛術式で倒れた理由は定かではありませんが、彼女は私を武蔵に住まわせる手配をした副会長。束縛術式を受けたと言うことは、何か私に関する情報を漏らしかけたという訳でありましょう。

——つまりヨハンは味方として、では彼女以外の瑞典主力、マリアやアクセルは私を本国に帰還させるつもりで動いているのでありましょう」

そうなると、段階的に解る事がある。

「現状、ここに外部からの連絡は無いでありますか？　浅間神社代表」

豊は、通神関係を確認した。通神文や各所通知はいろいろあるが、この件に関わるものは直接的にはない。あるとすれば、

「竹中から、ちょっと一件来てますけど、今は関係ない話ですね」

「竹中様から？」

「はい。私宛という感じです。私の方で、浅間神社代表としてこれからどうするか、みたいな話です。でもまあ、今の処、瑞典総長には関係ないので、気にしないで下さい」

はあ、と相手が頷く。そして、

「……では、現状は明確でありますね」

言った。

「武蔵は武蔵。――それを通したのでありますね」

●

クリスティーナは、改めての推測を作る。

「――恐らく本日、数時間前から、瑞典、アクセルの手引きで、私を帰還させようという派が生徒会や副会長などの方に行った筈であります。
しかしそれらを、武蔵側は却下したのでありましょう」

そして、

「今、武蔵側は瑞典の動向を読み、対策などを考えている筈。――つまり私は〝武蔵在住〟であり、私が余計な情報を得ないよう、ここに収めている訳でありますね」

だとすれば、もう一歩、思考が進む。

「瑞典の交渉は短期決着を望むもの。明日の朝にもう一度会えば決まるような即決の態勢でありましょう。それに対して私がここに収められているのは、きっと、明日の朝の決着まで、ここで〝武蔵在住〟のままでいて欲しいという武蔵側の思いでありましょうね」

○

『うわ！　ホントに清原・マリアさん達の来た意図を察してきましたね、瑞典総長！』

『――見事ですわね、瑞典総長。先の推測より確度が上がってますわ』

『Ｊｕｄ．、流石と言う処だな』

『コレ、正純は言う資格無いと思いますのよ？』

●

Ｔｅｓ．、と己は思った。ここまでの絵図面のようなものが見えてきたであります、と。

『瑞典が私の強制帰還を望むとしたならば、その意味は一つ。
私の退位とカール十世の襲名を含み、それがどのような方向に行くものであろうと、瑞典側

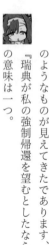

で管理をしたいと、そういうことであります』
　言う。口から言葉を作りつつ、見るのはK.P.A.Italiaから来た二人の顔だ。

「…………」

「…………」

　この二人が、何故、こちらの武蔵在住を求めるのか。
　自分が告げた言葉の内容に対し、ベルニーニは少し表情が険しくなったように思う。
　だが、GRの方は、無表情とまでは言わないが、無反応だ。
　この差はどこから来るのか。だが、

「私達が望んでいるものは同じでありますね。私が何らかの方法で強制帰還されるのでなければ、基本、武蔵側の保護も有り、私は武蔵在住であります」

「Ｔｅｓ．、そうですね。そのことについては、先ほどの言で安心しています」

　しかし、と彼女が言った。

「瑞典総長。一つ、問題が生じているのが、解りますか？」

○

『さてここで問題です！　一体何が生じているのでしょう――かっ！』

『先ほどから常識関係が全般的に危機に陥っている気がしますが』

『このスナックの欠品が生じてるの、どうにか出来るかしら』

『というかビミョーに一息？』

●

　一息を入れ、己はGRの言葉に応じた。

「やはり、私が、火種になるのでありますね」

「Ｔｅｓ．、そうです。瑞典総長の本心が武蔵在住で、武蔵側もそれを保護するとしても、瑞

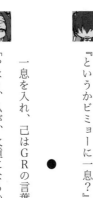

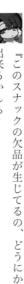

典総長が自分からそのようなことを言い出せば、瑞典側への背信となりかねません」

「ぶっちゃけそれでも武蔵としては有りだと思いますけどね」

その言葉に、GRの表情が変わった。

小さくだが、微笑したのだ。だが、それはすぐに消え、

「——心強い。ですけど、それでも、問題が生じる可能性が有ります」

「そちらの案は？」

「私達の望みが同じであるならば、今の段階で武蔵側と会議に入り、それぞれの意見を確認。武蔵側に発令して貰います」

発令。その言葉の意味は明確だ。

「……武蔵に、私達の事などは無関係に〝武蔵内にて、国家の要請で個人の去就を決定することは禁止とする〟と、言わせるのでありますね？」

Tes．、とGRが頷いたのを、豊は見た。

「武蔵が包括的なことを宣言し、私達をその中に含めてしまう。そうすれば、武蔵在住というのは武蔵の方針からなるもので、瑞典総長が望んだものではありません」

なかなかいい方法だと思う。確かにそれならば、瑞典総長は守られる。

だが、己は言った。

「それは卑怯じゃないですかねえ」

「……卑怯？」

疑問されるまでもない。

「武蔵は、確かに、強制帰還を拒否するでしょう。しかしそれには、——残りたいという意思を瑞典に示すことが前提です。そうやって瑞典に対し、しっかり義理通してないのなら、それは過保護ですよ。そんなものを自分から望み、

なおかつ、こう思ってませんか？」
言う。

「――私達は静かに生きたいのだから、守られて当然だ、とか」

●

「じゃあどうすんだ？　GRの言った方法が最善じゃねえのか」

ベルニーニの言葉に、クリスティーナは気付いた。今更、というタイミングだが、

「……二人とも、非公式の交渉役ではありますが、K.P.A.Italiaの指示で動いているのでは無いのでありますね？」

問いかける。すると、暫《しばら》くしてから反応があった。

「どういう見立てだ？」

「GR様の言った方法が最善、と、そう聞いたであります」

しかし、

「そちらのGR様がK.P.A.Italiaを代表しているならば、今の言葉は最善にならないのであります」

「……何故ですか？」

疑問に対する答えは簡単だ。

「K.P.A.Italiaにとって、常に最善の手段とは、――教皇総長を関与させることだからであります」

そして、

「GR様がK.P.A.Italiaを代表しているならば、教皇総長が動くことは想定されるであります。寧ろ、教皇総長を動かして決着させるために、着火点として人員を送り込む。そのくらいはするのがK.P.A.Italiaでありましょう。しかし――」

「私の裁量権が大きすぎるし、私の処で決着するのはおかしい、ということですね？」

「そういうことであります」

Ｔｅｓ．、と相手が応じた。は、と一つ息をつき、

「許可は得ています」

しかし、

「支持をとりつけておらず、――結果を好きに出せと、そう言われています」

○

『つまりどういうことなのです？　ちょっと解っていないアデーレ様のために誰か』

『コレ、自分が答えたらどうなるんですかね……』

『答えられますの？』

『…………』

『……す、すみません！　出来ないことを言いました……！』

『気にすることはありませんアデーレ様。最下位はトーリ様なので、まだ大丈夫です』

『かなりギリギリですよねソレ！　そうですよね！』

『でまあ、補足しますと、武蔵に甘えることが赦《ゆる》されないとしたならば、そこにいる誰も、瑞典総長の武蔵在住という意見に対し、同調はしても〝確定〟出来ないんですね』

『通神で大久保か貴様に連絡とればいいのではないか？』

『そうしたら、瑞典総長が自分から武蔵在住を望んだことが確定し、瑞典への背信行為となり得るで？』

『詰んだか……』

『気が早くありません？　……というか、これもまた矛盾ですよね？』

『そうですね。クリスティーナ様が武蔵在住を望んだということを確定させるには、自己申告しかありません。しかし自己申告したらクリス

ティーナ様は本国の方針に対して背信です。もし方法があるとしたら――』

『瑞典総長以外の何かが、それを確定しなければならない』

●

「ハイ！　そんなときは浅間神社に相談です！」

浅間神社代表が、GRの方に振り向きこう言うのを、クリスティーナは聞いた。

「ハイそちら！　瑞典総長に武蔵在住を求めますね!?」

「あ？　そう言ってるだろ、さっきから」

「……ええと、すみません。この人、口悪いんですけど、それだけなんで」

「お前、そういうフォローやめろ……！」

フォローなんでありますか？

しかし、GRが告げた。軽く手を上げ、

「で、ええと、――Tes.、私も彼と同じです。瑞典総長に武蔵在住を求めます」

でもそれが？　と言いたげなGRの口調に対し、浅間神社代表がこちらに振り向いた。

「ハイ、それでは質問です瑞典総長！」

問われた。

「――貴女は、武蔵在住を求めますか!?　浅間神社の神前として答えて下さい！」

●

瞬間的な判断は、わずかな迷いを得た。だが、己はハッキリとこう言った。

「――どっちでもいいであります!!」

『コレで思い切り間違ってたら、シャレにならんでありますね！』

「ある意味、究極の優柔不断宣言なので、応用は効くかと……」

「何だか違う話になってますのよ？」

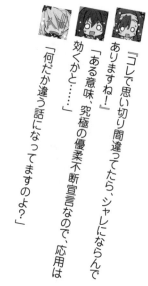

第十八章

『いつもと特別』

あ
このくらいは
フツーです
わあい！！
配点（突然荒ぶる巫女）

●

どっちでもいい。

クリスティーナの、去就を決めるようでいて決めない発言に対し、声が来た。

「ハア!?　どういうことだ！　さっきから武蔵在住を求めると、そう言っていたろう、アンタ！」

……抗議の声は尤《もっと》もでありますねえ。

言いたいことはよく解る。しかし、

「待ってベルニーニ！」

気付いた。

こちらとて、考え無しに今の言葉を放った訳ではない。

寧ろ、熟考の上でそう決めたのだ。ゆえに、

「……それが貴女、いえ、貴女〝達〟の戦術なのね？」

GR。彼女は、こちらの横、浅間神社代表の脇に浮いていた表示枠を見る。それはさっき、浅間神社代表がちらりと見せてくれたもので、

「竹中……、羽柴勢から武蔵入りした竹中・半《はん》兵《べ》衛《え》のものね？」

「ええ。それがどうかしましたか？」

「――ハイダメージ・ハイリターン。知っているわよ。K.P.A.ItaliaはP.A.Odaの一時的支配を受けていたのだもの」

だから、

「――今の瑞典総長の言葉が正解なのね」

●

GRが告げるのを、クリスティーナは聞いた。

「全ての争いを、武蔵が抱えるつもりなのね」

「……どういうことであります？」

こちらはもう、〝自分からは言えない〟状態

だ。先ほどの〝どちらでもいい〟宣言をしてから、状況が変わった。
　そしてGRが言う。

「こういうことなのよ。瑞典総長は**〝どちらでもいい〟**。だけど瑞典は**〝強制帰還を望む〟**。そして武蔵は、――**〝強制帰還を拒否する〟**」

言われた言葉の並びに、ベルニーニが表情を変えた。眉を詰め、

「それは――」

　こちらもまた、気付いたらしい。そのことを理解したのか、浅間神社代表が口を開く。

「あれあれ？　不思議ですねえ」

　言う。即座に開いた表示枠に彼女が書き記すのは、先ほどのGRが告げた対比だ。ただ順番を変えて、

・**瑞典**
　：強制帰還を望む。
・**武蔵**
　：強制帰還を拒否する。
・**瑞典総長**
　：どちらでもいい。

　書き終えた。直後に一回表示枠を叩き、浅間神社代表が言葉を放った。

「――コレ、瑞典総長の去就は、つまり、瑞典と武蔵の決着次第ということになってますよね？　ええ。瑞典総長の決定権は、無くなった訳ですから」

　だから、

「ここから先は、――**瑞典対武蔵**なんですよ。さっきの宣言から先は、ね」

「Ｔｅｓ．」

　GRの、息を深く沈めた言葉を、豊は聞いた。

「Ｔｅｓ．、――全ての問題の中心にいる瑞典総長が責任を放棄したことで、今回の件は、武

蔵と瑞典だけの争いとして確立したのね」

「ええ。チョイとビビりますよね。――コレが襲名者の力ってヤツですよ」

そうだ。自分もまた平野・長泰《ながやす》の襲名権を持っていて、歴史に関与出来る処ではその力を発揮出来る。その上で、己は現状を評する。

「決定権を放棄する。――力を使わないこともまた、襲名者にとっては、〝力〟なんですよね。簡単に世界が動く」

「そうね」

とGRが言った。
ははは、と彼女が小さく笑った。

「放棄で世界が動く。――究極のハシゴ外しだわ！　本人に、武蔵在住の意思があるだろうからって、皆色々に考えて動いていたのに！
――本人にそれを放棄させるなんて！」

○

『よく仕込んだもんやな。……コレは正直、褒めとくわ』

『いや、おねーさんが平野さんに送ったのは、〝矛盾が煮詰まったら御破算に誘導〟なんですけど、平野さんのアオリに対し、瑞典総長がよく気付いたもんですねー』

『いやまあ、どう考えても矛盾状態なのに、判断アオって来たでありますから、コレはまあ、武蔵的に考えるべきなのかな、と』

『武蔵的』

『戦争一択ってことだよね』

『戦争一択ですよね』

『コレ、ここまで記録に入るのです？』

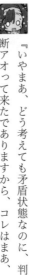

『あまり言いたくないですけど、削除面倒なので……』

『ともあれ、でもどうともならなくなったら、外に逃げるのが手であるしのう。――詰まったときの最善手。そういう発想はネルトリンゲンで経験があるのであろう？　瑞典総長』

『そうでありますね。経験が役に立った〝逃げて攻める〟の判断であります』

『解るわ……、ヘタレ攻めとか、そういうことよね……』

●

　でも、というGRの声を、豊は聞いた。

「まだ、足りないものがあるのよね？」

「何だと思います？」

「そうね！　でも私は親切だから答えちゃう！　ここはアレよ！　ヘタレがハシゴを外したと掛けて御破算と解く、その答えは！　――ハイ、ホライゾン早かった！」

「どちらもアガリが無いですねえ」

　ホ母様と喜美伯母様がハイタッチの後、光に包まれて天にアガって行きました。

「アア――ッ！　尊い――ッ！」

○

『喜美――！』

『フフ、何アンタ！　自然な会話の流れでツッコミを入れるのは当然の所行よ！』

『……自然な会話？』

『……ええ。……実際、普通に、ああいう会話していると、戦闘中でも、ええ、飛び込んできて、〝ヘイ！〟とかやりますので、ええ……』

『言葉を選んで話してますわね？』

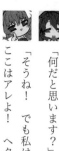

「〝確定〟が足りないですね」

GRの視線が上がる。こちらの目とかち合う。

強気ですねえ、と思う。恐らく一年下。片桐《かたぎり》君と同じ年齢だとしたら、随分しっかりしているけど、ちょっと諸刃《もろは》感もある。そんな雰囲気。

ただ彼女は、こちらに答えを求めている。

「神道の巫女は言葉を司《つかさど》るもの」

故に言う。

「瑞典総長の放り投げ宣言ですが、ソレは今、確定されてないですよね。

何しろ浅間神社には、母さんがよく解らんレベルの作り込みで作った通神や音声の遮断結界が展開されているので、今の宣言は何処にも発されていません」

「……何となく興味本位で聞くのでありますが、どんな作り込みなんであります？」

「情報漏れがしないことも確かなんですが、外から情報を抜こうとすると隠蔽のために通神経由を三桁行っても今の季節だと尻から練り辛子が出ます」

あ、あと、

「この結界に対し、父さん達はツーカーです」

空に大きな白魔術《ヴァイステクノ》の魔術陣で〝何で浅間はいつもそうなの？〟と見えますけど、母さんのそういう処がいいんですよ……！

でもまあ、己はGRに視線を戻す。

「神道の庭で発された言葉は確定すると、そう言ってもいいですけどね。でも、それは私程度の確約です。やるんだったら、ほら」

背後。浅間神社の拝殿がある。

「神前ですよ？　もうちょっと、いいもの捧げましょう。――相対戦。流行ですよね」

クリスティーナは、言葉を聞いた。

「……相対戦か。それも神前。――国家間交渉と同じ力を持つぞ」

「いいんじゃないですか。だって浅間神社は武蔵で言えば〝教導院・運行側〟と並ぶ独立権限持ちです。この神の庭で起きることは私と母さんの権限下にあって――」

　浅間神社の母屋の方から、扉を内より叩く音が聞こえてくる。

　その音に、ああ、と浅間神社代表が言い、

「お爺ちゃんもそこ入りますんで。で、ええと――」

　言われた。

「何かしくじっても、表に出せない処で誤魔化すから、好きにやりましょうよ」

○

『……ホントに〝浅間をトーリで表現〟よね……』

『いやいやいや、そんな、表に出せない処で誤魔化すとか』

『フフ、千五百一回とか、やらかしといて何言ってんの？』

『わあい！　何となく褒められましたよ！』

『いやあ、方向性を振った側からすると、結構ヒヤヒヤですねー』

『方向性間違ってないけど、その方向にいきなりダッシュとか、そういう感やもんなあ……』

●

　相対戦。では、その係争内容をどうするか。

「私達は**〝瑞典総長の武蔵在住を望む〟**ですね。――私達が勝ったら、それを神前で確定して、ここより外にそのことを発して貰います」

　じゃあ、とクリスティーナは言った。

「……私の方は**〝どっちでもいい〟**でありますが、……私が戦闘するのであります？」

「別に俺は構わねえけど、……何か別の手があんのか？」

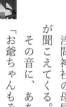

「ベルニーニ、……私達と同じ」

　彼女の言葉に、ベルニーニが、あ、と声を作った。

「……本人が直接戦闘したら、勝ったにしても負けたにしても、逃げ場がねえか」

「……本人？」

　その言葉は、目の前の二人について、一つの事実を意味する。

「そちら、……訴えの本分はGR様にあって、ベルニーニ様は、その代理として相対しているのでありますか」

●

　応答は、一つの会釈だった。

　ベルニーニが、軽く肩から力を抜き、こう応じたのだ。

「――そういうことだ。そのあたり、今更隠すことじゃねえけどな」

「では、GR様は……」

「私については、言えません」

「ここは神前で、うちの主神は武闘派の出産神ですから守って貰えますけど？」

「武闘派の、出産神……？」

○

『おい、誰が武闘派だ』

『……産屋《うぶや》に火ーつけたりするのは違うんですか？』

『…………』

『お前、後でそこの菓子類、うちにも寄越せよ？』

『ハイ……』

『えっ？　ちょっ、今の……、えぇっ？』

○

『混乱してるしてる』

『おやおや何を驚いておられます。サクヤ様は神道ラブホ青雷亭本舗店のオーナーですよ』

『というか母さん達のコネが凄すぎるんですけど……！』

●

「神前であっても、だからこそ、明言出来ないことがあります」

GRの言葉に、クリスティーナは頷いた。

「守られる一方で、確定されてしまうのでありますね」

「確かに、守られるというのは、確かなものになるということでもありますからね」

ならばGRの正体は何となく解る。

「襲名者、または襲名者候補、でありますか」

「想像にお任せします」

己は頷きで返す。すると今度はベルニーニが言った。

「俺はGRの代理だ。つまり俺が勝っても負けても、GRにはワンクッションが置ける」

「フフフ、左右でツークッションね！」

声に視線を向けると、そこには天に昇った光の柱が消えていく処でありました。

「に、逃げ足が速い……！」

「あの、東照宮代表？」

「え？」

「……あっ！」

すぐに、光の柱が一本追加されたであります。

「あっ、もう一本宜しく御願いしますクリ子様！」

もう一本。

「ホ母様達のフリーダムさが凄いというか、コレ、ジャンル的には回想ジャンルだと思うんですが、何か、超え始めてきた気配ありますよね」

同意であります。

そして己は、相手の意図を理解した。

「……つまり、私の方が、責任のリスク高すぎるということでありますね？　そちらはベルニーニ氏が責任を負うのに対し、私は勝っても負けてもダイレクトに責任が掛かる、と」

「一方で、クリスティーナ様は、勝っても負けても〝得〟です。勝てば武蔵と瑞典の決着に全権を預けるという方針通りになりますし、私達に負ければ、それこそ〝武蔵在住〟です」

「一番楽なのは、ここで負けることですね」

それは解る。だが、

「まあ、意地というか、義理というか、そういうものがあるでありますよ」

●

「考え間違いをする馬鹿が、自分で何でも決めようとして、それを正されて、逃げるように生き延びたのであります」

それからいろいろ学んで、でも未だに馬鹿なままだと思うが、しかし、

「私は、私の信じるところを頼れると、そういう風に今はなっていると、皆に見せたいと、馬鹿なりに思うのであります」

●

「じゃあ決まりです。瑞典総長の相対、代理人を出しましょう」

言葉と共に、影が来た。それは、

「あのー、泉の方、御酒《おさけ》が来たんですけど、浅間神社代表のですか!?」

「あ、ハイ！　私です！　——で、従士先輩！　こっち来て下さい！」

先ほど、検分を終えたあと、一息を入れて貰っていたのだ。

やはり水着に小袖シャツを羽織った彼女がこちらに来る。何事かと、横に立ったその肩を、己は両手で一つ叩き、

「ハイ！　じゃあ従士先輩！　国家間抗争を一つお願いします！」

●

ちょっと、聞いたことのない単語が来た。

「……国家間抗争？」

副会長がよくやるヤツですよねー。

「待て！　あまりやってないぞ！　絶対！」

声に振り向くと光の柱が消えていく処だった。

しかし、該当の単語をとりあえず考えて見る。

「……国家間抗争？」

「ハイ」

「……それを誰が？」

「従士先輩が」

「え？」

「…………」

「いやいやいやいや！　聞いてないですよ聞いてない！　どういうことですか！」

問うた先、浅間神社代表が即答した。

「テンション？」

「何で疑問形なんですか……！」

●

ネイメアが見る限り、戦闘準備は、説得からだった。

「いやいやいやいやいや！　無理無理無理無理無理！　駄目ですって」

「大丈夫大丈夫大丈夫大丈夫大丈夫！　大丈夫！　ですって！」

これ説得になってますの？　と疑問に思うのだが、何やら豊が泉から出ていって戻りませんのね、と思案してる間に、何があったのやら。

「というか豊？　水着シャツのままですのよ？」

「あ、大丈夫です。境内なら巫女には加護効いてますんで」

そういう意味では無い気もするけど、まあ周囲も気にしてないなら良いのだろう。と、周囲を見ると、

「ベルニーニ、……私、神道についてはそれなりに知ってる筈でしたけど、あんな格好で延々とやってられる未開宗教だったんですね……」

「ああ、アマゾン族とか、そういう範疇なんだろうな……」

ええ、周囲は気にしてませんの、こっちが。

一方で、説得としては、瑞典総長が取りかかっていた。

「従士様」

「あ、Ｊｕｄ．！　何でしょうか！」

「すみませんが、ここは一つ、代理として出ては貰えないでありましょうか」

「いやいやいや！　ちょっと無理ですって！　大体、自分、さっきこっちの人の技にあたふたしてたくらいですから！」

それに、と従士先輩がこちらを見た。

「こういうときはネイメアさんじゃないんですか！」

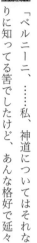

●

ネイメアは、手を左右に振った。

「あの、申し訳ありませんけど、私、番外特務に申請出してますの」

言う。するとややあってから、従士先輩が口を開いた。

「あ——」

「私は浅間神社代表ですし」

「あ————」

何となく理解が通じたらしい。そして従士先輩が言葉を作った。

「役職者、または役職者候補が関わると、この相対における瑞典総長の代理という役割に、色がついちゃうんですね？」

「そういうことであります。浅間神社代表は、そもそも相対の場を貸し出す身ですから中立でなければなりません。そちら、人狼女王の御孫さんは——」

●

人狼女王は仕事を終えた夫の迎えに行く途中、多摩の道上から叫んだ。

「うちの**子**の**子**ですのよ——！」

●

「そういうことであります。浅間神社代表は、そもそも相対の場を貸し出す身ですから中立でなければなりません。そちら、人狼女王の子の子さんは、総長連合に関わっている身でありますから、やはりアウトであります」

「い、今、何事も無かったようにリテイクしましたね!?」

そういうことであります。

ただ、従士が一息をつき、

「とりあえず納得しました。ここ、つまり自分しか適材がいないんですね？」

「Ｔｅｓ．、更に言えば、相手側、ベルニーニ様と交戦経験があるのは従士様だけなのであります」

それとまあ、

「ぶっちゃけ、負けても〝武蔵在住〟が確定するだけなので、充分有りであります」

「——その場合、K.P.A.Italia側に責任が行きますが、そちらとしては瑞典と事を構える用意はあるんですか？」

「その場合、私達は武蔵と交渉し、協働の立場をとるつもりです」

「武蔵が貴女達を放り出すという懸念は？」

「それは武蔵の方針と合致しないでしょう」

「——つまりホ母様や父さん達に同意と言うことですね」

言って、浅間神社代表が手を一つ打った。快音が境内に反射。同時のタイミングで、K.P.A.Italiaの二人の眼前に神道表示枠が出た。

「入艦時に仮の氏子設定はしてありますけど、〝隠れ〟設定として正式設定しました。これから先のお二人の言動については浅間神社管轄ということになります」

「——え？　何か話が進んでますけど、あの、もうちょっと説得を」

「では、青雷亭のパンを一ヶ月分では？」

「やります！　他の人達、やろうと思っちゃ駄目ですよ！　ここは自分の仕事です！」

○

『バルフェット、何がそんなにお前を……』

『いやいやいや、死活問題なんですよ！　副会長だって道端で餓死しそうになってるから解るでしょう』

『餓死とか言うなよ！』

『でも青雷亭のパン一ヶ月分は魅力あるオファーですね』

『ホントにそんなことしたのかな？』

『Ｊｕｄ．！　仕事と万引きには鬼より厳しい青雷亭です。ちゃんとクリ子様の仰ったように手配しましたとも』

『そうなんさ？』

『Ｊｕｄ．！　〝パンでいいのですか〟と確認したところ〝いいであります〟と来たので、アデーレ様の来る時間帯で大人気の残ぱ……、売れ残り品を』

『それいつもと変わらないのでは？』

『け、欠品がなくなりましたね……！』

●

アデーレとしては、やることに決めた。
ここにおいて戦闘資格があるのは自分だけ。それは従士という役目を考えたときによくある構図だ。
騎士達を始めとした主力のために、道を作り、守る。戦闘において、最初から最後まで関わることになるのが自分達で有り、自分達だけの時間帯、また持ち場も多いのだ。

「アデーレ様、また前置きが長くなっている気が……」

光の柱……と思いましたが、マンネリ感あるので別で。

「幻聴ありでしたっけ、ここ」

「有りです」

じゃあそういうことで。
さてまあ、装備を確定した方が良い。動きや

すいよう、ジャージに着替えるのは当然として、

「瑞典総長。旧派の防盾術式、用意出来ますか？」

「あ、ファイ！　私の方のストックもありますが、通販可能なので好きなだけどうぞであります！　あと、外燃拝気の供給権も割り当て分、貸与するでありますよ！」

「うわああああ総長クラスの外燃拝気の供給権って、ちょっとシャレにならないので、割り当てはとりあえず加速系と防盾術式用で！　符もあると助かります！」

●

「ネイメア？　総長クラスの外燃拝気の供給権って、どういうものなんです？」

「たとえばTsirhc系は教譜側で流体槽を構えていて、神奏者の外燃拝気を蓄積してますのよね。
各教導院の役職者などは、教導院、主教会や聖堂に設けられたそれからの外燃拝気を臨時供給して貰えますの」

「アー、まあ神道でも似たサービスありますね。というか巫女とか、そういうの無いと儀式中に拝気切れとかしますんで」

「その教導院版が、各国には教譜と組んでありますの。ただ、基本、流通量は個人単位のレベルで、役職者や襲名者用。許可制ですの」

「成程。――じゃあ、母さんが作った父さん用の流体供給術式の方が遙かに上って事ですね」

○

『アレぶっちゃけ反則技も良い処です……』

『一般学生への供給有りで、更には同時供給数も供給ゲインも可変ですからね……。私達が細いホースを許可取り付けて遣《や》り繰《く》りしてるのに、武蔵は無制限状態で来ますからね……』

『アレしかもやるタイミングが〝総長の気分〟な処が多いんで、相対する側は戦術に組み込んで良いかが解らないんですよね……。結局、全域で食らう可能性考えて、全域警戒しないとい

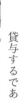

けないから、戦術的には〃あるだけで有用〃な術式です』

『浅間様と、うちのバッテリーが褒められてますな』

『わあい！』

『そうね。……あの術式があった御陰《おかげ》で196mlとか千五百一回が成り立った訳だから、ちょっと作画で〃あっ、出し過ぎちゃったかしら……〃というのが〃足りぬ！　この程度では！〃に変わったのも、非常に反則技だわ……』

『イベント申し込みの時のジャンルで〃一総長単位〃って隠語ジャンル出来たよね』

『い、言われると思ったら余計な付帯情報まで！』

『わあい！』

そしてアデーレは境内の玉砂利上に立った。

「よーし。やるからには勝ちます！」

相手の術式を一回食らっている経験があるし、その結果も見ている。更には相対場での彼の戦闘も、とりあえず見てはいるのだ。ゆえに、

「――従士様、相手の研究は可能な限り出来ているという感じでありますね」

「Ｊｕｄ．！　相手の有利な点は見えてます！」

「おお、期待出来るでありますね！」

「Ｊｕｄ．！　パンが懸かってますからね！」

「後でどうなるか知らない発言ですな」

「パンで命を投げ出すのは凄いわよね……」

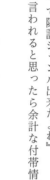

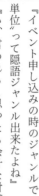

幻聴うるさいです。ともあれ、

「従士様！　相手の研究が出来てるならば、では、従士様の有利な点は！」

「え？　自分の有利な点ですか!?」

「…………」

「……あ、あれ？」

「…………」

あの、と己は前置きした。

「……相手の研究とパンの事を考えていて、自分を発見する旅に出忘れてしまったんですが、ちょっと行ってきていいですか？」

「はーい。じゃあ相対始まりでえ――す」

「アー！　早い！　早いですよ！」

浅間神社代表が、無言の笑顔で開始の鈴を鳴らした。

●

即決だ、とベルニーニは決めた。

ゆえに鈴の鳴り音と同時。右手に出した鑿をもって宙に彫り込んだ。それは、

「どうだ……！」

大風。

巨大な圧のある大気運動が、流線の彫刻と共に空中にて確定。直後に、

「行け」

彫刻した空間は限定。彫った〝拵《こしら》え〟もビネットのように広がりの無いもの。このようにして彫られた大風はどうなるか。

「砲撃だ！」

直径三メートルほどの圧が、こちらから正面に向かって飛んだ。

第十九章
『正確と把握』

●

人狼女王の昨今の流行は、テイクアウトだ。
夫が外交館で仕事しているので、終業直後に外交館前でテイクアウトする。

「お持ち帰りですのよ——！」

「何かえらい勢いでひっさらってくイメージありますね」

「砂煙出てますよね絶対」

「実際は超加速＋速度制御で、ちょっと風吹いた程度にしかなりませんのよねー……」

今の武蔵は工事現場も多く、通行止めや一方通行も増えている。ゆえにそういう人々の動きを邪魔しないよう、大事な人を抱きかかえたまま艦間を跳躍一発で渡る。目的地は、目を付けていた料理店だ。

「艦間を跳躍一発？」

「百メートルくらいあるのですけど？」

「最近、たまーに〝艦間を飛ぶ派手な女の怪異〟とか話に上がってくるけど、テュレやんかあ……」

ちょっとしたショートカットですの。
ともあれテイクアウト。武蔵上では夜も工事などが続くこともあってか、いろいろな店が持ち帰り用の食事を提供している。
いつものように、店に寄って食事をしてもいいが、テイクアウト用には違うメニューも出ていたりするのだ。

「こういうメニューは、ひょっとすると、武蔵上の工事などが終わると、無くなってしまうかもしれませんのよね」

季節や祭などとは違う。今の武蔵だからこそ、という料理を買って、持ち帰る。
帰りは歩きだ。二人で手に提げたテイクアウトの包みの重さが楽しい。
最近の宿は奥多摩。ここは自然区画が多いため、他艦に比べて比較的工事も少なく、静かだ。そして夜には物資流通のための上昇時間が多いことから、全艦の夜景を眺められる。
見渡す八艦。その各所。工事や、それに伴って運営している店や施設の明かりなど。音や光、油や鉄、溶接の匂いなども何もかも、

「今だけのものかもしれませんわねえ」

と、帰った宿のベランダで、持ち帰った食事を術式で温め直し、外を眺めながら二人で頂く。
そうしてみれば、夜景は、単なる不夜城となった補修の武蔵では無く、二人で歩いてきた今だけの町並みですの。
ええ。終わりですわ。

○

「…………」

「……ええと」

「流石ですなカーチャン様。GTと思わせておいてトーチャン様とのラブラブエッセイを書いてシメてしまうとは」

「大御母様、いろいろ桁が違いますの……」

「ふふ。やはりちょっと照れが出ますわね。でも、ガール上位種として頑張りましたの」

「ガール奇行種はもうちょっと皆の役に立つとええぞえ？」

●

そんな訳で、昨夜の夜景とは何処がどう変わったとか、今日の外交館ではどんな人が来たのかとか、そういうことを二人で話す。日中、こちらも外交の手伝いをすることがあるが、最近の流行は教導院図書館を初めとした各地図書館巡りですの。

「御母様？　これ、深く静かに脱線始まってませんの？」

ここからが良い処なんですのよ……!?　とも

あれ周囲の要求もあるので、答えることにしますの。何て私はサービス上手。

「ええ、今日のテイクアウトは〝牛肉焼き串・タレ〟のセットですけど、コレ、部位ごとにまとめてあるから存外に飽きませんわね」

　御飯と合うのが、やはり武蔵食のいいところですの。でも、

「あら？」

　音が聞こえる。

　奥多摩の何処か。否、これはきっと、浅間神社だろう。

「……音声遮断結界を張ってますわね」

　音も通神も封じていよう。夜には行われる定型の防犯処置だ。

　だが、それであっても、響くものがある。音や光などとは別で、浅間神社が、武蔵の主社であるがゆえに止められない流体経路や禊祓の水など、そういったものを通して、あるものが届いてくるのだ。

　それは、

「……戦闘で、何かがぶつかり合ってますわね」

●

　圧が激突する。

　空気が割れ、四方に散り、流体光が弾けた。

　光の散る姿をベルニーニは観察する。今後の仕事の資料になりそうだと、そう思ったからだ。

　だがその光塵《こうじん》は、相手の無事を示している。何故なら、

「防盾術式……！」

　ダメージ反射の旧派式。反射し切れない場合は破壊されるが、その通りの事が起きた。

　圧の向こうから快音が回り込んでくる。

　来た。

　その音と共に、己は一つの影を見た。

　右手側。そこに敵がいる。

従士だ。

「……!」

よく合わせた。

……俺の彫刻は、〝俺の彫刻〟であって、マジの大風じゃねえからな。

本物を模しているが、本物とは違う。乱れも何も、計算尽くで作った人工物だ。

それに対し、相手は初見で〝合わせて来た〟。

出来る。

少々の嬉しさを感じるのは、批評感だ。こちらの作ったものの出来、方向性が正しかったから受けられたとするならば、この防御はまさしく肯定的批評。だから、

「行くぜ……!」

己は手業を見せた。

●

豊は拝殿の昇り段の上から、ソレを見ていた。

大風の多重連舞だ。

「うわあ」

可能な限り上から見たい。出来れば境内右舷側の祭舞台から見たいが、今から移動するのは危険だろう。

風が舞っている。

場所としては境内中央。十二メートル四方という処。その中を風が踊り、多重している。

轟風だ。

「……どうなってますの? コレ」

ネイメアは人狼《ルウガルウ》の家系ゆえ、流体をある程度見ることが出来る。これは自分も同様で、そちらを意識すれば、一つの形が見えるのだ。

「タイトルは現状〝大風〟ですよね」

●

大風ですの、とネイメアは思った。

彫刻だ。

　正面方向奥。ベルニーニのいるあたりから、流体光の彫り跡を付けて風が来る。それはまるで石を彫ったように見えるが、そうではない。

大気だ。

　何も無い。自然の大気に彫り跡が削がれ、形が与えられる。

……〝型〟ですの？

大気を、加護付き工具で彫り込み、大気とは別の〝型〟を与える。
　大気と大風は相として近しい。ならばベルニーニにとって、この彫刻は楽なものだろう。
　ゆえに連打が境内を荒れて踊る。
　怒濤《どとう》や濁流にも見える大風は幾条も走って巻き、絡み合うようにして密度を上げる。しかし、

「やるじゃねえか！」

　どことなく嬉しさを含んだベルニーニの声が聞こえた。

「凌げるのか！　これを！」

●

　アデーレとしては、緊張の連続だった。

……ぜ、全体的にシャレにならないですよ！

　だが凌ぐ。

　風を読み、可能ならば前に出る。

　風は壁だ。当たってしまえば砕けてしまう。だから受け流し、隙間にまた防盾術式を差し込むようにして道を作り、前に出る。

　ラッセルだ。

　隙はある。

……風は、直線じゃないんです！

　巻く。どんな風も、僅かではあるが、揺らぎをもっているのだ。鳥が羽ばたくように、魚が身をバタつかせるように、風は揺らぎを持たねば前に出られない。

ベルニーニの風は、それらをも人工的に作り込んである。
だから観察する。揺らぎの風が重なった処。そこには二つの揺らぎの間として、隙間が生まれるのだ。

「後はそこに防盾術式を差し込むだけ……！」

橋頭堡《きょうとうほ》。否、風除《かぜよ》けの壁と言うべきか。防盾術式を突っ込んだ後は、術式の張り替えを行い、そしてまた〝隙間〟を見つけたらそこへと前進する。
行ける。

「でも何で従士先輩、そんなことが出来るんですか？」

「Ｊｕｄ．！　以前、非神系《かみざり》と戦闘したことがあるからです！」

『非神系？』

○

『怪異がモンスター化したもので、〝神ならざる何か〟ってヤツですね。風の非神系だと非神《かみざり》刀《とう》だと思うんですが、母さん達が二年生の時のアレですか』

『よく知ってるでありますねえ』

『何で知ってるんです？』

『この二人の疑問の温度差。非神系のことか、二年生のことか、って差ね……』

『あれあれ一応推しの動向は追えるだけ追ってますよ』

『その言い方！　言い方！』

『私達が非神系と当たったのは、二年の時の疑神事件ですわね。私と智と喜美のバンドの発足。そして前総長の引退と、……これもまた、いずれＧＴとして語るべきかもしれませんわ』

『まあそんな経験で、怪異とは言え結構なクラスの圧風連打を食らった経験があるんですよね』

風を見たことがある。

神になり損なった怪異の力。だがそれは強大で、荒れていて、

……それに比べると、この風はキレイです！　破綻がない。否、破綻の部分もまた人工的に計算されている。

風同士で当たり、削れて散って、食われて波打つ何もかもが、その一瞬を切り取っただけでも完成された形になっている。

全て完全たる一瞬の連続。

これが芸術というものですか、と己は思う。

自分自身にはその手の学がないのだが、相対する相手から、その事実が理解出来る。

「――――」
ジャン・ロレンツォ・ベルニーニ。
ルネサンスの時代、K.P.A.Italiaの文化を支えた巨匠達に匹敵すると言われた、バロック時代最大の総合芸術家。

「詳しいでありますね！」

「さっき通神帯で調べてましたよね？」

「書記先輩みたいって言って大丈夫ですの？」

今のかなりダメージ来ました。

だが、そんな彼が作るものは、だからこそ人のものだ。

事故がない。

そう見えるものですら、制御された描写である。

「……制御してても、事故って結構あるわよね」

「海苔《のり》のレイヤー表示忘れてたとか、１９６mlの発射時に、塗り潰し部分忘れて輪郭だけになって、波打つビームみたいになったりとか？」

「以前見たヤツだと、ナルゼ様がテンション高かったのかキャラの台詞全部に〝——ッ！〟が付いてて、やたらと気合い入った浅間様だったりしましたねえ」

「アレはラストで変換を一括指定にしてたのを気付かなかったのよね。おかげで〝**やだ——ッ！　こんなにたくさん——ッ！**〟とか〝**どうですか——ッ！　気持ちいいですか——ッ！**〟とかなって自分でゲラゲラ笑ったわ」

「ハイハイ私も含めて全員修正——ッ!!」

雑音が綺麗になった。

だが読める。荒れた流れはただただ力をぶつけて叫んでいた非神刀などとは違い、美しい。自分がこんな表現するのも何だが、これは風の理想形だと思う。

だから前に出る。

風の間を読み、そこに流体の盾を入れ、弾かれて散らしながら己が入る埒《らち》を開ける。

行く。


両利きですね、と思った。

風が左右、偏りなく来る。

両の腕を使いこなしているということだ。

……武器使いとして考えると、いない訳ではないです！

第五特務などは、両手の爪を使うこともあり、両利き。銀剣も左右で振ることが出来る。見た処、番外特務候補も、銀釘《アルジョント・クルウ》の振りを見るに両利きだ。

副長も同様。

ゆえに自分としては、偏りのない攻撃に馴れがある。

ただ、そんな己から見ても、ベルニーニの攻撃は見事だ。

特に、手を、身体の内側から外に振る動作。打撃ではジャブやバックハンド、武器では外払いとなる動きは、通常は使わない筋肉を用いる。

即座に、素早く、しかも力を通すだけの一発を放つには、それこそ普通のストレートや上段を打つよりも訓練がいる。

……ベルニーニさんは、それが出来ますね！

何となく〝さん〟づけが定着してしまったが、それだけの意味がある相手だということだ。正直、第五特務や副長、御家族勢あたりは面白がると思う。否、面白がるレベルの相手じゃないんですけど、強いて言うなら感動？　そんな感じで。

……だってベルニーニさん、戦闘系じゃないですよね！

K.P.A.Italiaの特務でもない。

無論、作家とは危険な存在だ。書記がそうであるように、英国のシェイクスピアも、〝女王の盾符〟の一員ではあったが、特務ではない。

ベルニーニの場合、その造形技術で、両利きの動作を完成させている。

指先。手首。肘。肩。そして何よりも、

……彫る角度を大きく変えつつ、揺るがない全身の挙動。

沈み込んだかと思えば伸び、左に右に、彫るものを全体から確認する。

ベルニーニの彫る相手は、基本、石だろう。大理石は彫刻しやすい素材ではあるが、それでも塊を一つの造形とするには力が要る。

全身。肩。肘。手首。指先。

更には研ぎ澄まされた鑿が、足りない力を過剰なまでに向上。

行きすぎる削力は、しかし彼の手で制御される。

己は知っている。さっき通神帯で調べたが、ベルニーニはK.P.A.Italiaでこう言われているのだ。

「〝ローマはベルニーニのために有り、ベルニーニはローマのためにある〟……！」

「正確にはウルバヌス八世が言ったのでありますね。ベルニーニに対し〝貴方はローマのために遣わされたものであり、ローマもまた貴方に

とって同じであろう〟と」

訂正有り難う御座います！

そんな訂正のイメージそのままに、十数メートル四方の風が大風として来る。

　激突する。

●

　ベルニーニとしては、結構、ノっていた。

……面白えな!!
この相手だ。一般戦士団の、チョイ上くらいかと思っていたら、なかなかやる。
特務級でなければ見切れないようなこちらの大風に対し、初手から間違わなかった。
……何しろ、前に出ることを選択しやがった！

しかしそれが正解だ。

風巻く相対場とはいえ、それを起こしている自分は一人。そして大風とは、巻いて全域を支配するから大風なのだ。

大気の轟《とどろ》き。

それゆえに風は自分の手元から離れて、まっすぐ行くものもあれば、どちらにしろ相対場を駆け巡る。そして相手へと最後に押し寄せ、消えていく。

これはつまり、下がれば、押し寄せを食らい、詰められるということだ。

……だから正解は〝前〟だ。

前に出れば、新しい風に激突するが、押し寄せは背後の出来事となる。

だが下がれば、風は揃ってしまって、〝壁〟となる。

そこでコイツは前に来た。

進んでくる。一歩ではなく、半歩。それどころか十分の一ほどの歩幅しか進めなくても、風の密度の薄い箇所を渡り、突き進んでくる。

……俺の〝大風〟に破綻がねえからな！
事故はない。あったとしてもそれは発想や手

順の結果で有り、導かれて当然のもの。
　そしてそれを理解している相手というのは、

「解ってんじゃねえか、俺の作るものの価値が！」
　だが、己は気付いた。
　こちらはノって大風を造形する速度を上げているのだが、

「……アイツの方も、速度を上げている……!?」

●

　アデーレは前に出た。
　相手が見える処まで行ければ、〝手〟がある。
　勝機はあるのだ。

「そこまで行くのが大変ですけどね！」
　だから行く。前へ。ただ前へ。その方法は、

「……読みです！」

「……どういうことなんです？」

●

　義姉妹の声に、ネイメアは頷いた。

「幾つかの〝読み〟を、従士先輩は重ねているんだと思いますの」
　と、己は右の五指を出し、数えていく。

「戦闘における〝読み〟。
　それは〝次に何が来るか〟を悟ることですけど、大体、次の要因に拠《よ》りますの。

・**相手の挙動（特に初動と残身）**
・**相手の連続動作パターン**
・**来る攻撃のタイミング**
・**コンビネーションパターン**
・**ジンクス**
・**こちらの対応からの返し**

　基本はこんな処ですの。

　これらを把握し、次に何が来るかを蓄積していくと、大体のパターンが読めてきますの」

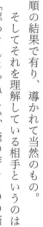

「――あの、ジンクスというのは？」

「Ｊｕｄ．、これらパターン外の偶発的なこと。たとえば、外で行われている工事の投光が頭上を回ったら攻撃する、とか、そういう〝パターン外〟で作れる条件ですの」

　こういったもの。もしくはこちらの想像以上のことを、従士先輩は恐らく読み取っている。

「――これは、ベルニーニの作る大風が、出来すぎているせいもあるでしょう」

「やっぱそう見えます」

　Ｊｕｄ．、と己は頷いた。

「芸術作品として出来上がるだけのものであるならば、その造形には破綻しているように見えてルールやクオリティがありますの。そもそも大風を作るには大風の〝型〟が出来ていなければなりませんから、それがある時点でパターンは必定。そして――」

　そして、

「読める上で、御母様達と幾度ない実戦を経てますもの。――前に出られない筈がありませんの」

●

　解って来た。

……ええと、こういう感じで！

　相手は両利きで、攻撃方向には不得手がない。一発一発は強力で、時に故意の破綻まで入れてくる。

　だが連続していると、読めてくる。

　風は不定形だが、タイミングは、攻撃範囲は限定だ。風同士がどれだけ近づくと干渉するかも見えている。

　解る。

　全身。肩。肘。手首。指先。

　これらを一呼吸として、時折にフェイントじみた時間差を入れながら、来る。

　一呼吸。一大風。

全身。肩。肘。手首。指先。
一呼吸。一大風。

……は……！

合わせる。
一呼吸を合わせる。
呼吸の半ばで前に出る。
そうすれば大風がこちらの横を通り抜けたあたりで、干渉出来る。
出来た。
だから行く。呼吸を合わせ、如何なる揺らぎと圧力も盾で流し、前に出る。

●

一呼吸。
一呼吸。一呼吸。
一呼吸。一呼——。
吸。ああ。
一呼吸。危なかった。
一呼吸。一。一呼吸。
そう。一呼吸。落ち着いて。一呼吸。
一呼吸。
一呼吸。
一呼吸。一呼吸。
一呼吸。
うん。
一呼吸。余裕。一呼吸。出てきました。
一呼吸。一呼吸。一呼吸。
行けます。
一呼吸。一呼吸。一呼吸。一呼吸。行けます！　一呼吸。一呼吸——。

●

豊の視界の中、従士が走り出した。
風の激突はある。押し返されもする。だから全身動作の割に、前には進まない。しかし、

「速……！」
　よく考えたら従士先輩。犬達と毎日走り回っていたんでした。アレ、私の認識では餌場まで

のダッシュ合戦でつまり餌の争奪戦だと思ってるんですけど、そんな感じ。

「いやいやいや！　ちょっと！」

こっちに反応した分、従士先輩が風に押し返された。

「従士先輩──！」

「ドンマイ！」

「豊が言うことじゃありませんのよ？」

だが従士先輩が前進する。

大風の中、身を回し、隙間を潜るようにして行く。

風の怒濤に沈むときもあれば、引く動きからまた半身でも前に行き、

「頼むであります！」

声は届いていないだろう。しかし構うことなく、従士先輩が疾駆した。

●

アデーレは前進に集中した。

見える。大風の震わせる風景の向こう、人影がある。

「……！」

ジャン・ロレンツォ・ベルニーニ、と、そう思おうとしたが、言語が脳に来なかった。

ただ集中して足を前に踏み、

「──」

見えた。

「……お」

向こうからもこちらが見えたらしい。故に仕掛ける。大風の隙間を、もはや探すのではなく感覚して、

「……！」

動く。その直前だった。

「いい位置だ」

不意に、全てが止まった。

●

「……え？」

ネイメアが見たのは、〝無〟だった。

これまで大風が暴れ、自分の目には流体光の乱舞が知覚出来ていたが、

「……ありませんの？」

無い。

「……は？」

豊が声を上げるのも当然だった。

境内にあるのは、玉砂利の庭と、篝火《かがりび》の光。

上階からの投光。そして工事の遠い響き。

先程まであった大風が何も無くなっている。

〝無〟だ。

これまでの全てがベルニーニの手に拠っていたという事を、しかし己は何となく理解していたのだろう。ゆえにふと思ったのは、

……芸術家が創作をしてなければ、そこには〝無〟がありますの？

そんなことだ。

「ネイメア様、詩的ですね」

幻聴にちょっと照れますの。

ただ、自分達以上に理解出来ていない人がいた。

従士先輩だ。

彼女は行動していた。

「……っ！」

従士先輩が、術式防盾を庭に突き込んだのだ。

従士先輩の動作を、ネイメアは危険だと思った。

やっていることは解る。

……術式防盾をスコップのようにして、玉砂利を散弾させますの！

反射する、という旧派式術式防盾の特性を逆手に取り、その下部で玉砂利を弾き飛ばす。

狙いは当然、ベルニーニだ。

飛んでくる大風は、やはり風ゆえ、〝浮いている〟場合が多い。だから地面間際から、跳ね上げるようにして、更には隙間狙いで通す。

ベルニーニが視界に入ったならば、大風の軌道も解りやすい。ゆえに、彼が見えた瞬間にぶち込むつもりだったのだ。

「ベルニーニにとっては、厄介な攻撃の筈」

彼はその左右の鑿で、彫刻することによって何かを〝作る〟。

●

このルールに基づけば、散弾のように飛んで来た石に対し、一個一個対処する事は出来ない。風なり、別のものなりで、盾を作る必要があるだろう。

しかし盾を作ったら、彼は攻撃が出来ない。

「従士先輩としては、そこで一気に距離を詰める筈でしたね」

勝ち筋だ。

だが、意外なことが起きた。

二つだ。

一つは、目の前で展開している通り、ベルニーニが大風の展開をやめたこと。

もう一つは、

「いい位置だ」

何が〝いい位置〟なのか。そう疑問したとき、彼に玉砂利が届いた。

●

高速の散弾。発射時に砂利が噛む音が鋭く響いた後、それは夜の境内の中を無音で飛んだ。

しかし豊は、確認する。自分が持つ近接系戦闘の技術から、ただただ視認。

……あれは――。

ベルニーニが弾けた。そう見えた。全身を広げるようにして、

「貰っておくぜ！」

到達の散弾全てを、左右の鑿でアタックしたのだ。

快音が火花付きで連続する迎撃。石に鉄が重なって音を重連して、

「……!?」

ネイメアの驚きは、ベルニーニの実力が想定を超えていたことによるものだろう。美術、芸術、そういったもののイメージから外れた速度での対応だ。

だがそれは完遂される。

玉砂利が、届く範囲全て打ち落とされ、垂直に境内へと落下。

そして己は見た。

「豊、あれは――」

そうだ。

火花で照らされたベルニーニの足下に、あるものがあった。

図面だ。

●

アデーレは、自分の放った攻撃よりも、次の展開を見ていた。

相手の足下。

図面がある。

それは手で描いたものではない。精密にも見えない。粗いものだ。

「玉砂利に足で描いたんですか……!?」

疑問は、それ自体が答えとして雄弁だった。

見える形に、迎撃された玉砂利が落ちる。
それは、図面上の何かに対して均等に。

「装飾ってヤツだ。サービス。加えておいてやるよ」
直後。
バロック最大の巨匠の技が展開した。

「――〝聖天使橋《ポンテ・サンアンジェロ》〟」

橋だった。

「……え？」
疑問する自分の目の前に、長大な橋があった。
五つのアーチをもった石の橋。
天使の像を幾つも設置させたそれは、中央に従士を乗せていた。つまり、

……橋の上に従士様がいるであります。
だが、おかしい。

●

その橋は、ベルニーニのいる対岸から、こちらの岸まで、百メートルを優に超えた長さがあるのだ。

「……百三十五メートル？」
流石でありますね！
否。驚いている場合ではない。
有り得ないことだ。
何しろここは武蔵の上。吹き抜け地下の中にある浅間神社の境内だ。
相対場として用いていたのは、十二、三メートル四方の場だった筈。
そこにこんな橋は作り得ない。

「イリュージョン!?」
幻聴元気でありますね。しかし、

「……流体によるものですが、本物ですの！」

「いやあ、元気な怪異ですよね！」

実在だ。
橋は石の硬さをもって存在し、その下を川が流れている。

「――川の水は玉砂利を使用した。枯山水って言うんだろ？」

そして、動きが二つ生まれた。
一つは、

「……っ!!」

従士が、前に疾駆したことで生じる動き。
対するもう一つは、

「――〝聖天使橋〟。天の裁きって言ったら、やっぱこれだろ」

●

アデーレは見た。
正面。六十数メートルという先にいるベルニーニが、鑿を振ったのを、だ。

……何を!?

宙を彫ったならば、やはり風だろうか。
だが、正面に見える彼は、揺らぎも何もしていない。
風ではない。だとすれば、彼が彫ったのは、

「彫刻では彫れないと、そうルネサンスの時代に判断されていたものがある。
まあ俺は出来るんだが、それが何だか解るか」

一息。

「――光だ」

直後。
天上からの雷撃がこちらを打撃した。

第二十章
『経験と特例』
これ
見たことありますの
ジャンプして
岩に頭ぶつけるアレですのよね！
配点（名前を出すなよ？）

落雷だ。

一発ではない。複数発、という言葉も通用しないほどに、重撃が同時着弾した。それは更に、

「やまないですねえ！」

喜んでませんの？　とネイメアは相方についてちょっと心配。自分の方も狼の聴覚に音がかなり響いてくる。

これは本物。

「彫刻で、光を彫れますの……!?」

「ベルニーニは、彫刻、建築だけではなく、絵画でも名を成しているのでありますよ。――ルネサンスの頃の巨匠と並び評されるのも、そのあたりによるものであります」

そして、瑞典総長が雷撃の網と直光が展開する空を見上げた。光が弾け、裂音が吠《ほ》える空は雲が荒れており、

「……あの荒天。恐らく先ほどまでの大風をベースとしたものでありましょう。雷撃を落とす準備を行った上で、敵である従士様を標的台としての橋上に誘導。しかも行くも戻るも難しい橋中央への誘導であります」

「橋から降りたらどうなりますの？　例えば橋下に避難とか」

「下は川なんで、落ちたら沈みますね多分。結構、こっちも荒れてますし」

言っている間に、雷撃が密度を上げた。もはや光の束のようになっている稲妻は、発生源の空を白く輝かせ、

「……集中しますの！」

ベルニーニとしては、勝ちパターンの一つだった。
……芸術ってのは、神の御業《みわざ》だからな！

橋上にて始末を付ける。周囲に何も無いロケーションで雷撃は最適だ。連打で光を生み、それを元にまた新しい雷を追加する。
落雷の無限循環だ。光が塗料になるならそんなことも可能だと、神の怒りは教えてくれる。

「――しかしやるじゃねえか！」

叩きつける光の下。影が見える。
雷撃を受け、散る姿ではない。
こちらに向け、

「……来るか！」

従士だ。

「……っ！」

敵が、橋上を突っ走って来る。
疾走状態であった。

●

GRは、相手の無事に安堵していた。

……良かった。
ベルニーニは、ちょっとやり過ぎる向きがある。ちょっとじゃない気もするが、ともあれ、

……どういう仕掛けです？
雷撃の重連を食らって、走っていられる訳が無い。見れば従士は、

「――！」

叫びというか気合いというか、何か声を上げている。
だがそんなものでどうにか出来る訳も無い。
実際、装備などの各所から焦煙が巻いているし、千切れている部分もある。しかし、

「直撃では、ない？」

何か術式か、加護か。思案した己は、正解を目にした。
疾駆の従士が、腕を振ったのだ。それは両の

手に旧派式の術式防盾を射出するもので、

「……!」

空からの着弾に対し、彼女が両腕の防盾を振り上げた。

無論。そんなもので防ぎ切れるものではない。

雷撃は盾を一瞬で砕くだけの出力がある。それに直線では無く、歪《いびつ》な軌道は水平方向から回り込みもするのだ。だが、

「——っ!!」

従士が、ある仕掛けを作った。

左手の術式防盾を軽く頭上に投げ、右手のそれで追い打つような打撃を打ち込んだのだ。

それが何の意味を持つのか。

直後に稲妻が従士に直撃した。

●

稲妻が、橋上を行くものを食った。

やや右舷方向からの斜め打ち。上に防盾を構えていては意味の無い角度からの着弾だ。

アデーレはしかし、落ち着いていた。

「ホントかな?」

「い、いや! 嘘です! ちょっと浅間さん修正お願いします!」

アデーレは**究極の慌て状態**になっていた。

「そこまでじゃないです! そこまでじゃ! あと、強調しなくていいです!」

アデーレはそこそこのレベルで慌てていた。

「何か海外ゲームの訳で〝攻撃が当たって　しかし　かわした〟みたいな言い方ね……」

「ま、まあそんな感じで!」

ともあれ為したことは術式防盾へのシールドバッシュ。

同じ術式防盾だが、背面側と正面側では防御性能が違う。通常使用される術式防盾は、術式的には中央から各方向均等に反射力を持つが、

……〝持ち手〟による差があるんですよね！

　背面側は、防御者が防盾を確保固定するため、装着用の術式が付加されている。これは手持ち用、空間固定用などあるが、術式としては防盾側の出力を利用しないもので、寧ろ不足する流体を供給する役目を持つ。

○

『横から失礼しますが、基本は空間固定式ですね。視線とモーションコントロールが共通した位置に術式防盾を射出、移動させる、というものです。武蔵の場合、武蔵が占有する空間、その周囲ならば〝自らの身体〟という認識で、自由に射出、移動出来ます。――以上』

『Ｊｕｄ．、一般戦士団が持つのは共用型ですのよね。防御陣形を組むために、並んだ戦士団を基準としつつ防盾が連動成立。そしてキツイ攻撃に対しては、背部から支えることで拝気供給して強化とか、そういうものですの』

『ここらへん、〝防御術式〟とかでひとまとめになりやすいですけど、実際は複合術式の産物で、結構高い技術の集合体なんですよね。防御の板、射出系、操作系、連動系などの術式が組まれて一つの〝術式防盾〟になってます』

『実際、単一の術式で出来てる〝術式〟って、今はほとんど無い筈ですね。各教譜ごとに幾つもの単一術式は開発されますが、それを組み合わせたり、加筆修正して一つの術式にまとめあげるのが普通です』

『母さんが作る加護とか術式も、そういうものですね。防御術式は世界的な消費量が激しいのでアップデートも凄いですが、安価化も凄いです。国や教譜、組合企業大手じゃないと生産しても元が取れないんじゃないですかねー』

『使用するときは、使い捨ての勢いでガンガン消費しますよね……』

●

　つまり術式防盾は、〝背面〟の方が他術式や

流体供給があるため、硬い。それは僅かな差違で、砕けるときに微妙なラグがある程度だが、

……それが無いと、砕けるときに防御者を守ってくれないんですよね！

その差が、多からず、というレベルであるが、貫通方向をズラしたり、またはこちらが身を逸らす程度の時間をくれる。

だが今回は、逆だ。

裏を打てば、打った方が負ける。

負けた。

宙に放った一枚の術式防盾。それを追い打ちしたもう一枚が砕け、

「……よし！」

叫んだ直後。雷撃の着弾が来た。

●

仕込みの結果は抜群である。

「……っ！」

まず砕かれるのは無事であった盾一枚。これは背部からの一撃を受けていたので、防御力が無いに等しい。

着弾と同時に破砕する。

しかし、受けたのだ。そして、

「流体です！」

稲妻の正体だ。

ベルニーニの雷は本物だが、流体加工の形質が強い。〝型〟としてみれば、純粋過ぎるとも言える。

ならば流体の産物である術式防盾とは、相性が良い。

結果。雷撃は崩壊前の盾に一瞬だが伝播《でんぱ》。

威力は反射で寸断されることなく、しかし大きく割れずに微細と散った流体光の欠片を、その先端から浴びて拡散する。

勢いのよい水が、しかし砂の中に飛び込むようなものだ。

盾の欠片ではなく、霧のような流体の塵に、

稲妻が伝播した。

「狙いが違うんですよ！」

流体性の雷撃を、盾で受けるのではなく、流体を浴びせることで、元の流体に戻す。

だが、神の怒りとも称される力は、簡単に減衰出来ない。

余力充分。初期の微細片を食い、力が来た。

「従士様！」

「大丈夫です！」

仕込みはそれだけではない。

「二段式ですから！」

散った術式防盾の下。既に先行して砕かれていた防盾の破片がある。

これもまた、防御力を使い切っての塵芥《じんかい》だ。

二重拡散。

光が破裂し、段階的な拡散で自壊した。

網目のようになりつつも外に、内側に幾らかは走るが、

「根性――!!」

自分自身に掛かる防御加護もあるのだ。

抜けられないものではない。

背後。散って裂音を立てる雷光を置き、己は走った。

相手は見えている。

……ジャン・ロレンツォ・ベルニーニ！

距離が残り四十メートルを割った。

見事ですの、とネイメアは思った。

「雷撃を受ける際、従士先輩、盾を左右に振り分けてますの」

「どういうことなのであります？」

「雷撃の着弾タイミングを読んでいて、自分の防御方向が偏らないようにしてるんですの」

「流体の盾ではなく、その破片を使った防御ですからね。そこに大出力の雷撃が通ると、地脈までは行きませんけど、ちょっとした〝型〟がつきます。それが同じ方向に連続すると、流体を拡散させる〝型〟が並んでしまい、誘爆する可能性が出ますから、左右に振って干渉を無くしてるんです」

「そのために、走りながら左右に橋上を移動もしてるんですけど、ベルニーニの攻撃を誘導することにもなってますの」

　雷撃は高速だが、荒天から飛ぶならば狙撃のようなものとなる。

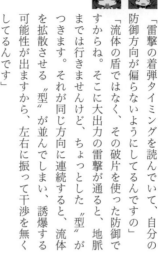

　下にいる従士先輩が左右に身を振れば、狙いを付けて撃つベルニーニは後手だ。

「従士先輩が、さっきの大風もあって、ベルニーニの攻撃タイミングを読んでますの。対しベルニーニの方は、このあたり、戦場での経験が豊富ならば、従士先輩の動きを読んで〝置き撃ち〟が出来ると思いますの。でもそうなってないあたり……」

「従士様の方が、優勢でありますか？」

　己は頷いた。そして豊が言う。

「――この解説。実は負けフラグじゃないですかね」

「何て事言いますの!?　言いますの!?」

　でもちょっとそう思ってましたの。

●

　アデーレは聞いた。

　連続する雷の咆吼《ほうこう》とは別。正面から、声が来たのだ。それは、

「Ｔｅｓ．、成程な。戦う者として、確かにそっちの方が経験が上だ。だけど、俺についての知識は、俺の方が上だな」

「え？」

「いいこと教えてやる」

何が、と思うまでも無かった。

「この〝聖天使橋〞。実は歴史再現では、俺の末期の仕事となる。まだその予定もない、設計段階なんだよ。だから、
だから――」

「砕けろ〝聖天使橋〞」

●

崩落だった。
百三十五メートルの橋が、中央部分から支えを失い、垂直に落ちていく。
雷撃はそれを加速させた。
打撃音が水飛沫《みずしぶき》に重なり、寒いとも思える響きを生んだ。
瞬間的に、中央側のアーチが消え、続いて前後のアーチが落下。
前後残り一つのアーチ。そこに差し掛かったアデーレは、

「うわ……！」

左右に身を振っていられる状況ではなくなった。崩落に追いかけられるように直線ダッシュ。
だが正面にいるベルニーニが身構えた。
天上からの落雷を作り終えた彼は、こちらに向かって左右の鑿を振り、

「食らってくれよ……！」

放たれたのは、大風でも、雷撃でもない。

「……壁!?」

大壁だ。
崩落する石の橋を分解し、構成し直す。

「反則――!!」

叫んだ直後。眼前が高さ二十メートル強の壁で塞がれた。

同時に、背後の空から多重の落雷が来る。

「……っ!!」

多段ヒット確定。

●

轟音《ごうおん》が大気を震わせた。

川岸に突き立った大壁の高さは二十メートル強。幅は五十メートルほど。

その川面《かわも》側に、空から斜め打ちの稲妻が多重着弾したのだ。

川岸は揺れ、水面が一斉に飛沫をあげる。

そして直後に崩壊が生じた。

壁が、根元付近に受けた衝撃に耐えきれず、ただただ破断。

それは組み上げた石の基部から始まり、連鎖するように各所が抜け、砕けては数を増す。

そこに追撃の稲妻が入った。

大音が走り、もう停まらない。

川面に落ちる石塊《いしくれ》の音を重く鳴らし、空に雷の喉鳴らす響きを重連し、堰《せ》き止《と》めの壁が役目を果たし、崩落していく。

●

ベルニーニは、一息をついた。

砕け、落ちていく壁の向こうに、従士の姿は見えない。

倒した。

……死んだか？

否。それはない。ここは自分が作った〝場〟だ。そこに現実としての死が発生することは無い。その直前に〝場〟にふさわしくないものとして吐き出され、回帰する。

ゆえに姿が見えないならば、こちらの勝利だ。

しかし、

「甘くはねえぞ」
言って、己は手を振るった。
雷撃を追加する。壁を砕き、完全に消すまで、だ。そして、

「——ベルニーニ！」
呼ぶ声に、己は危険を感じた。

●

GRの声から悟ったのは、意味よりも感覚だった。
本能的な〝震え〟にも似たもの。

……これは——!?
GRはこういうタイミングで声を掛けない。
では何だ、と思ったときだった。

「————」
己は影を見た。
右手側。
草原の中を、こちらに疾駆する姿がある。それは、

「……っ！」

「従士!?」
そうだ。
敵だ。
先ほど、あの壁で動きを止め、落雷の連打で砕いた筈の相手。それが何故、

……近え！
だが、それ以上にこう思った。

……何故だ？
どうして、無事でいる。
解るにはどうするべきか。〝作る〟者ならば、その方法を誰でも知っている。

観察だ。
ゆえに己は見た。接近する彼女と、その周囲。見れば、ある異質がある。

「……流体光？」

この戦いの中、散々に見た光だ。だがそれが、従士の周囲に残滓として散っている。
加速術式や冷却術式ではない。既に使い終わった術式の残り。
この状況を生む前に、彼女は何の術式を使い、そして生き延びたのか。
答えは、一度見ていた。そうだ。先ほどと言える時間に、彼女はそれを使った。

「降下術式か！」

●

「武蔵住人ならでは、ですの」

自分達は、それを見ていた。
壁に行く手を塞がれた従士先輩が、一つの決断をしたのを、だ。

「まさか、川に身を投げるとは」

それを可能としたのは、降下術式だ。
個人用ではなく強力な範囲系。
多人数の落下者を救助することが目的のそれは、崩落の橋の落下速度を緩めた。
そこに従士先輩は飛び込み、

「落ちる橋のブロックを伝って、川面側に回避。雷撃のピークを過ごしてから、今度は一気に壁の間際を走って、大外回りに接近しましたの」

運が良い、と言えたのは、雷撃によって起きた橋の崩落が、真下方向だけではなく、左右に広がったことだった。これによって壁の外側へ、川岸を遮蔽に移動する事が出来ている。
結果として接近は果たされ、低いダッシュは草原に隠れ、

「……機会ですの！」

●

一瞬が、三回あった。

最初の瞬間。ベルニーニが振り向き、大風を放つより先に、アデーレは逆側に回り込んだ。

直後にベルニーニの周囲に流体光の破裂が連続。その正体は、彼の術式ではなく、

「……符!?」

旧派の術式防盾。それを射出させるための符だ。

だが、発動はしていない。走り抜ける勢いで、宙に何枚も投げ捨てただけ。

それが意味を持つ。何故なら、

「チャフの妨害です！」

ベルニーニの術式は範囲系だ。加護付きの鑿を振るった周囲空間を、術式として変異させる。

「ならばそこに、先行して、術式となるものが散布されていたら!?」

彼が彫ろうとしている空間は、符によって発生する術式が干渉され、ちゃんとしたものが造り上げられない。

ゆえに術式は途中で遮断され、空中に流体の火花が散った。

「く……！」

次の瞬間。位置を変えようとしたベルニーニの背後に、アデーレが回り込んだ。

同時。ベルニーニが鑿を振るう。僅かな手元の空間を彫ろうとして、

「――」

最後の瞬間として、アデーレがベルニーニの右腰に手を掛け、己の身を寄せた。

そして彼の右手を取った直後。

手首を引き、固め、同じタイミングで右足首を蹴り弾いて、

「制圧確保!!」

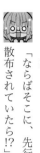

瞬時に、地面にベルニーニを押し倒した。
既に右腕は抱え、天上へと伸ばしている。
ハーフチキンウイング型のロック。それを成立させ、アデーレは叫んだ。

「……勝利です!!」

○

『従士先輩強ェ――!』

『強キャラ説出てきたわね……』

『いやあ、勝利！　最後は従士らしく、確保でシメてみました！』

『Ｊｕｄ．、怪我をさせずに勝利、スマートな解決は見事ですわアデーレ』

『Ｊｕｄ．、これで調子乗ってベルニーニ様の腕とか折ってたら、歴史級の大抗議がK.P.A.Italiaから来たでしょうねぇ』

『フフ、教皇総長のオッサンに放課後呼び出し案件よね』

『お、恐ろしいことを言わないで下さい……！』

『ともあれ吉報だった。これで、うちも大きく動けるようになる訳だからな』

●

アデーレがベルニーニに勝利したという報告は、即座に生徒会側に伝えられた。

「何が何だか、という話だが、――しかし、立場は明確になったのか」

「Ｊｕｄ．、ぶっちゃけ無茶苦茶な展開ですけど、制御してない処も含みで、三者の状況が確定しましたね」

と、竹中が図示した。

「こんな感じですかねー」

表示枠の画面に、瑞典総長、瑞典、武蔵のスタンスが表示される。

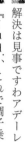

・瑞典総長
：「他に任せるであります」
・瑞典
：瑞典総長の強制帰還。
・武蔵
：瑞典総長の強制帰還阻止。

「まさかK.P.A.Italiaの襲名者の御陰で瑞典総長の意思が〝確定〟すると思わなかったが、バルフェットには感謝だな」
葵《あおい》あたりに菓子でも贈らせるか、と思う自分に、疑問が来る。

「――どないすんねん？　瑞典と、真っ正面から交渉戦するんか？」

「否。相手はもっと即決、短期決戦を狙ってる。こっちが交渉戦をしようとすれば、その方法を強行してくるだろう」
それは、

「相対戦だ」

●

正純は、相手の意図を理解した。

「K.P.A.Italiaの本意が解らないが、彼らが相対戦を望んだのは、やはり短期決戦と、自分達の希望を強行で通したいがため、だ。それには恐らく、瑞典の動向を摑んでいて、対抗する目的もあったろう。――つまり瑞典は、相対戦を望んでいる」

「何故ですか？　交渉した方が、国家間の遣り取りとしては正式ですよね」

「そこは瑞典側に聞かないと解らないが、恐らく、そういう処を探られないための短期決戦で有り、相対戦だ。交渉では武蔵が有利と、そう考えているだろうし」

「確かに、……うちはヴェストファーレンを凌ぐ交渉力がありますからねー……」

「瑞典側は長期の交渉に向いた人材がいないのも理由だ。本来ならそこに瑞典総長と副会長がつくだろうが、前者は武蔵側で、後者は強制帰還否定派だからな」

　そして、

「瑞典側としても、この問題は取り扱いが難しい。ならば、後に交渉する余地を残すため、まずは相対戦というのは有りだろう。だとすれば――」

「……あまり主力を出せないですね、その相対戦」

「そういうことだ。浅間神社でもバルフェットが出たのはそういう理由だからな。

　ただまあ、今回はそれなりに主張があるので、主力ではないにしろ、関係者は出せるだろう。

　大久保、リストアップしてくれ。二代やクロスユナイトと選出してみる」

「リストアップは副長の管轄やねんけど、……まあ、うん、うちの副長なら、私が代わりにそれやっとくわ」

「変な信頼感出すなよ！」

　だが翌朝にはリストアップが出た。

○

『……変な信頼感、なかなか出来るわね』

『Ｊｕｄ．、日頃から信頼を得られるようにしておくもので御座るなあ』

『スゲエよ……』

『――で、翌日になるとして、どうなるのかな？』

『相対戦だ。――夕刻六時。奥多摩吹き抜け公園の相対場で瑞典勢と三戦勝負の相対戦を行う……！　そんな感じだな』

『見物に行くとして、流石に国家間の相対となると、気合いが入りますわね……！』

第二十一章

『駆け引きと因果』

平和の準備と
争いの準備は
同じ事ではないだろうか
配点（政治的解決の欠如）

○

『ハイ！　このあたりで一息入れましょう！』

『ここから先は連戦ですものねえ』

『しかし、さっきの戦闘の感想戦いいかしら。相手側がいないけど』

『従士先輩、実は強キャラ？』

『Ｊｕｄ．！　従士先輩は強キャラですのよ？　御母様が用いるハンマーの芯になって大活躍ですもの』

『事実なんだが、情報が足りてない気がするさね……』

『ともあれ、話を聞いていて思ったのは、明らかに武蔵在住の強みですね』

『？　メンタル面が頑強ということですか？』

『……頷くと自分を巻き込むことになるので、やめておきましょう……』

『つまり天候制御への理解や、地上生活では使用しない術式の用意、ということよね』

『Ｊｕｄ．、風を読むこともですが、落雷への対処も、武蔵住人だったら小等部の頃から習いますよね』

『ええ、確かに小等部から教えてますわね』

『何で貴様が知っておるのだえ？』

『落雷の飽和処理も、習うもので御座りますか』

『極東には、落雷を札やアーティファクトで防いだりする話があるので、その再現として、神道でも符を使った対処方法が幾つかあるんです。そして武蔵は空を行く都合上、雷雲などに入らざるを得ない時がありまして……』

『一般人は基本、知識として修めますけど、そういう時でも出場がある私達は実践機会もあり

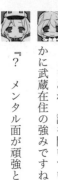

ますわね』

『更には降下術式で、本来ならば場外落ちになるのを回避……。降下術式を常備してるなんて、武蔵住人くらいよね』

『あと、最後の、ベルニーニさんに符を投げたの、アレは……』

『Ｊｕｄ．、アルマダ海戦で三征西班牙に食らったチャフ攻撃です。さっき〝武蔵〟さんが言ったように、武蔵はその占有領域内では結構好き放題出来ますけど、そこに阻害物が多量に入ると制御不能になります。だとしたら占有空間の流体制御をしているベルニーニさんにも同じ手が使えるんじゃないか、と』

『そして最後は制圧確保。戦士団所属として、見事なシメで御座るな』

『いやまあ、ある意味、ベルニーニさんに対しての天敵的な立場だったから勝てたのであって、コレ、実力的には負けてますよねー……。
　一個ピースが抜けたら負けてたと思うと、ピースを無視出来る力があるのが役職者だな、と思ったりです』

●

　そして翌夕。
　クリスティーナは、ちょっと困っていた。
　現場は奥多摩の吹き抜け公園だ。

「困っているのに何でありますが、あまりこの艦首側吹き抜け公園には来たことが無かったでありますね！」

「奥多摩の吹き抜けって言ったら、浅間神社の方が有名だものね」

「浅間神社の方が奥多摩の中央寄りで教導院に近いから、教導院と行き来してると、浅間神社に寄ったり、目に入るような道順選ぶんですよね。でもこの艦首側吹き抜け公園は、武蔵野と行き来する人じゃないとあまり寄らないので」

「更に艦首側に墓所があるから、一時期はそちらに行った後、その吹き抜け公園で一息とか入れてたなあ」

「なお、この処の武蔵の補修で、うちの飛び地みたいな扱いになりました。禊祓の水や流体経路のプール場所ということで、ちょっと離れてますけどだからこそ有用ですね。
　地下横町、縦町もうちの下の方と繋げてます。浅間神社から道を繋げて参道市場みたいに出来ないかな、とお爺ちゃんが言ってました」

「ますます広がる浅間神社の勢力図だよ……！」

「で、何をお困りなんです？　瑞典総長」

「アッ、アッ、昨夜はどうも有り難う御座いましたであります！」

「あ、いえいえ。こちらこそ！　御陰でこれから一ヶ月、結構なパン食が行けます！」

「ヘイ！　アデーレ様一丁お待ち！　いつもの犬達と合わせられる残ぱ……、パンのセット一／一ヶ月です！」

「あれあれ？　それいつもと変わらないんですけど!?」

「いえいつもとは違います。――これから一ヶ月、正純様との奪取合戦に対してアデーレ様が優先されるからです」

「な、何かビミョーな優先権が来ましたよ!?」

「というか、こっちを巻き込むなよ！」

「何この嵐のような話の脱線」

「まあアデーレは一ヶ月分の食料確定ということで。ええと、クリスティーナさん、何かお困りで？」

「あ、さっきまで忠興様と一緒だったのでありますが、ちょっとはぐれてしまったようであります」

「どっかで塗ってんじゃねえの？」

「塗られても大丈夫なようにコート材を下塗りしてたら笑えますね」

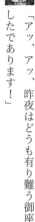

「クッソ！　今ので笑ってしまった自分の甘さを痛感するわ……」

「――長岡君なら、実はちょっと下がって貰ってます」

「え？　そうなのであります？」

「瑞典総長は瑞典総長として、今回ちゃんと、ここ、下に席など取ってありますけど、長岡君はちょっと立場がビミョーなんで並んで席取れないんですね。なので上に別席用意してあるんですが、そっちにいるんじゃないでしょうか」

●

と、竹中は上層のベランダを示す。

そこは普段から屋台が並ぶ通路だが、この処では相対場を立ち見する場所となっていた。

「今夜は招待席の場ですねー。要人はそこで結界守られたりしながら、という感じです。ぶっちゃけ、直上からの干渉をさせないための緩衝空間というか、措置でもありますけど」

「な、成程！」
という彼女の頷きに、自分は吐息。ちょっと位置を外してから、

『――第一特務の方、調査どうです？』

『アタリやな。――向こうのメンバリング、見えとるやろ？』
通神で言われ、見るのは相対場を挟んで向こう。
こっちが右舷ならば、左舷側にいるのは瑞典勢だ。

『副会長、副長、清原・マリア。――清原は第四特務やから、この三人で来るで？』

『向こうは国の意向ってのを前面に出して来ますねー……』

『うちは違うけどな』

『合わせなくていいのか？　儀礼に則るとか、そういうものは』

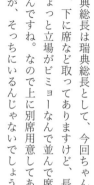

『ここは相対場ですよ。お互いが応じたら、一般市民が総長を殴ってもいいんです』
　言いつつ周囲を見ると、副王が総長の襟首をつかんで拳を振りかぶっていた。

「Ｊｕｄ．！　別に相対場じゃなくても有りですが？」
　特殊案件だし、通神見られてる気がするけど、いいんですかね？

○

『このとき、現場はどんな感じだったんだ？』

『国家間の相対とはいえ、まあ相対場の〝あり方〟というものがあるさかい。せやから相対場の周辺と、その上空に該当する処は武蔵戦士団で押さえて、関係者の指定席とか控えのバックヤードとして固めとるよ。
　しかし、それ以外の空間はいつも通りやな』

『現場ちょっと仕切るの手伝いましたけど、右舷側に武蔵勢、左舷側に瑞典勢が入ってますわね。瑞典勢も一応は武装解除の上で戦士団を入れてますわ。結構スペース空いているので、屋台とか入れて貰って一息つけるようにしてましたわね』

『Ｊｕｄ．、一階上のベランダは、やはり屋台など入れてますけど、相対場の周辺上空となる場所は関係者や関係国の招待者中心。二階より上からがフリーですね』

『意外にいつも通りというか、騒がしいな、と思ってたのは、やはり一般がかなり見物客として入って来ていたからか……』

『相対場って、そういうもんやし』

『代表委員長にしては、珍しくこういう場所に鷹揚《おうよう》ですね━』

『利権だよ利権！　大久保家は高尾押さえてるから、高尾での相対場のお祭り的儲《もう》けとか、裁判権とか、全部確保出来るじゃん！』

『別に代表委員長だったら全艦の利権押さえられますけど？』

『**オイイイイイイイ！**　喧嘩売ってきたよ！』

『いや、お前会計だから、その儲け分とか管理する役目だからな？』

『え!?　使っていいの!?』

『浅間神社代表。不正が今ここで宣言されとるけど？』

『あ、ハイ！　会計先輩！　正月明けより、尻から出させる担当になった浅間・豊です！　宜しく御願いします！』

『え!?　何!?　今聞き慣れた変な極東語あったけど、アサマチからの引き継ぎ!?　だったら一回リセットしない!?』

『ハイ！　初心に戻ってうどんですね!?』

『**オイイイイイ！**　ゼロでいいのよゼロで！　ゼロうどん！』

『……何語で喋られてるんですかね、コレは……』

●

　まあいろいろ言語混じってるよな、と正純は周囲を見回す。

　自分がいるのは相対場の上だ。大久保が仕切った現場は、どのくらい〝回っている〟のか、ぶっちゃけよく解らない。

「……こういう処、来ないからなー。
　文系にはちょっと用のない場所だと思う。だが、広い相対場の外は、一般市民を含め、学生達が集まっていて、熱気が見える。

「皆、暇なんだな……」

「アンタ、本気でこういう場所と相性悪いわね」
　と上から降りてきたのは、各階ごとの宙に張られた結界を確認していたナルゼだ。
　白嬢《ヴァイスフローレン》二型に横座りで乗っていた彼女が相対場に降り立つと、

「キャアアアア！　第四特務——！」

「人気あるなあ、お前」

「いや、今ならここに誰が立っても歓声上がるわよ」

「あら？　そうですの？」

「キャアアアア！　カーチャン！」

「いやいやいやいや。流石にいなかったいなかった」

「つーか人狼女王、貴様、邪魔しとるぞえ」

「キャアアアア！　義光《よしあき》様ァ——！」

「…………」

「……ビミョーにやりにくいのう」

「じゃあ自分が」

「…………」

「…………」

「…………」

「何で御座るかその沈黙！」

「いや、何となく有り難いから、そこにいろクロスユナイト」

静かな方がいい。その理由はあるのだ。

『そろそろ時間かなア？』

相対は六時から。今はその十五分ほど前だ。

だが、

「丁度いい。最終的な確認をしておきたい」

言って、確かめておくべき事がある。

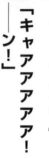

「——今回の相対の目的だ」

こちらの言葉に、瑞典側。相対場に上がろうとしていた副会長や清原達がふと動きを止めた。

彼女達の懸念は解る。

「安心しろ。別に、この相対を無しにするとか、そういうつもりはない」

『じゃあ何かなア？』

ああ、と己は頷いた。手元に表示枠を出す。その内容は、

「今回の相対における、両国の同意書だ」

本来ならば、相対を始める前にここまでのものは必要が無い。相対場での決定とは、諸処会議の簡略化だが、ほとんどの会議はちょっとした小競り合いなのだ。

相対後には、本来の会議に戻って、相対での決定を元に話を進める。つまり、

「〝決定〟の方法として相対を用いる」

そして、決定すべき内容とは、

「瑞典側にとっては**〝瑞典総長の強制帰還〟**。武蔵にとっては**〝瑞典総長の武蔵在住〟**。そのどちらかを決定するということで、間違いは無いか？」

「——武蔵副会長、訂正提案です」

「何だ？」

「Ｔｅｓ．、——私達の決定内容ですが、私達が敗北した場合、取り下げ抹消として下さい」

「どういうことかな？　負けたら、無しになるんだよね？　それをわざわざ取り下げ抹消って？」

「――Ｊｕｄ．、記録に残さない、ということですねー。何故なら、それが記録に残っていると、他国から追及される可能性が有るからです」

「でもそれは、こっちも同じよね？　どうするの？」

●

正純は、周囲も持ったであろう疑念を、問うて見た。

「――そうであるならば、武蔵側も、敗北時は同様とするが？」

「いえ、それでは釣り合いません」

「釣り合わない？」

Ｔｅｓ．、と瑞典副会長が応じた。彼女はこちらの背後。控えている者達を見て、

「私達は、副会長である私と副長を始めとして、役職者で揃えています。瑞典主力と、そう言って良い参加者です。しかし武蔵側は――」

言われた。

「どうも、違うようですね？　国家の意向というものに対して、少し、安全といえる余地を持っておきたい、というあたりですか？」

「リスクが違う、という事か。――だが、副長や副会長を出して来たのはそちらの勝手であって、こちらが付き合う道理は無いぞ」

己が告げた言葉に、相対場の艦尾側にいた大久保が頷く。彼女は表示枠を広げ、周辺警備や人の導線などを確認しながら、

「合意が取れれば一般人が総長殴ってもええのが相対場や。国家間交渉も隣家の諍《いさか》いも全て面倒だから簡易処理。相手との身分差があるのは当然やで？」

「合意が取れれば、の話ですよね？」

そうきたか、と己は思った。故に判断する。

表示枠を開き、

『大久保、竹中、――どっちだ？』

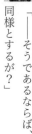

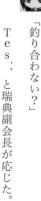

『おねーさんの方ですねー。ハイリスクで御願いします』
Ｊｕｄ．、と応じて、自分は瑞典副会長に言う。

「成程、合意か。では、こうしよう」
告げる。

「――三戦目は、私が出よう。それでバランスが取れるな？」

●

発言の直後に出た周囲の歓声を、ヨハンは全身に浴びた。
武蔵の副会長が参戦。

「マジですか……!?　副長が助けに入ったりしますよね……!?」

「ここまでのメジャー役職者が出るのは初のことよね！」

「コレもう、今後は相対場での相対は武蔵オフィシャルよね！」

「やたら反応デカいなあ。……クロスユナイトあたりに代わるか？」

「…………」

「…………」

「…………」

「自分何も反応してないのに、何で御座るかその沈黙！」
まあ静かになったので良しとしたい。
ただ、武蔵副会長の言ったことは、意味深い。
何故なら、

「バランスはまだまだ武蔵寄りでしょう。何故なら昨夜、クリスティーナがK.P.A.Italia勢と相対し、自分の立場を〝保留に等しい〟状態にしたと、浅間神社から報告を受けました。つまり武蔵側である浅間神社が、既に干与しているのでしょう？」

「いやでも浅間神社はアレでも仕事についてはアレでも中立だからな？　アレでも」

「何ですかそのアレばかりは……！」

●

「**アレ**です！　**アレ**の**アレ**です！　ここでーす！」

「世界から指示語を奪うな……」

「招待席に呼ばれてるのですから、静かにして下さいね？」

●

浅間神社はこの件において中立。

ヨハンはそのことを思案した。なのでとりあえず、確認してみる。

「浅間神社は武蔵側についているのではありませんか？」

「氏子同士が相対した訳だから、中立だろう？」

「いえ、でも、究極的には武蔵側ですよね？」

「何故そう言える？」

「あ、いえ、三河でそう宣言されました。——武蔵を守るためにその力を発揮？　でしたっけ？」

だから、

「今回の相対。浅間神社が武蔵側についているかどうか、もですが、相対後にこちらに一発ぶち込まれるのは避けたいと思っています」

●

「…………」

「……根本的な処で誤解があると思うんですよ」

「ククク、そうね！　誤解があるわよね！　三河で名の知られたデストロイシャーマン！　そうよ瑞典勢！　発禁王国瑞典と言っても、一晩で千五百一回とか！　オッパイカタパルトで戦艦撃沈とか！　そう言った所行は流石に無いとか、誤解してるでしょう!?」

「Ｊｕｄ．！　宗茂砲より高い命中率を誇る浅間様の梅椿《うめつばき》です！　おっと、そもそも宗茂砲は当たらないのが普通でしたね……」

「宗茂様！　宗茂様！　期間ごとの命中率をグラフにしなくていいです！」

「何か被害が変な方に飛び火してますのよ？」

●

うーん、と正純は考えた。一応言うべきは、

「元気なノイズは無視してくれ」

「元気なノイズ」

気にするな。

「基本、浅間神社は武蔵に直接危害があるときと、本舗勢がアオったときにやらかすから、今回は多分大丈夫」

「多分？」

「Ｊｕｄ．、多分無しで、大丈夫だ。浅間神社は今回、中立だろう」

○

『あの、正純？　正純の方でも根本的に誤解あるの気付いてます？』

『何かあったっけ？』

『智は千五百一回の後から、東照宮代表であって、浅間神社代表じゃありませんのよ？』

『…………』

『あ——……』

『よく考えたら、ここで気付いてなかった瑞典勢、実は国家存亡の危機だったのよね……』

『浅間神社は赦しても、東照宮が赦しませんの！　っていうアレですのね!?　流石は智母様ですの！』

『いやいやいや、だから誤解が生じてますって……！』

●

浅間神社の件については、とりあえず話を通す。

「実際、ここの結界とかの管理は浅間神社だ。上からものを投げられたり、術式ぶちかまされても、それより先にそいつの直腸に極太の千歳《ちとせ》飴《あめ》が勢いよく入ることになってるから安心してくれ。

なお、やらかしたときは、浅間神社と提携している施療院に行けば〝風呂で極太千歳飴を舐《な》めようとしたとき、うっかり転んでしまって〟とカルテに書いて貰えるから有用して欲しい」

「え？　え？　今、え？　説明が早すぎて！」

慣れろ、としか言えん。

だが、瑞典副会長が、一息を吐いて言った。

「では頂いた書面の再確認です。昨夜、浅間神社で行われた相対は、浅間神社が中立ゆえ、武蔵としても正式なものとして認める、ということで問題ありませんね？」

「Ｊｕｄ．、そのつもりだ」

だから己は言葉を投げた。

「――代理人は、許可されているぞ」

「Ｔｅｓ．、参考にさせて頂こうと思います」

彼女の即答に、表示枠の中で竹中が反応した。

『――動じませんねえ。ハイリスクなのに』

『元からそのつもりやったな？　瑞典副会長が持ち出した〝浅間神社の中立〟云々は、昨夜の

相対で行われたこと全てが〝正式〟であるという、そんな方向に持っていくための誘導やろ。つまり言質《げんち》とった訳やな』

『昨夜の相対で行われた事というと……』

『従士先輩そのものや。――メジャー襲名者かつ役職者の〝代理人〟』

『それを〝正式〟とすれば、今回の場合、瑞典側は副会長を出すと言っても、代理人を立てることが出来るんですね』

『だからまあ、こっちもそれを解ってるぞ、と返してやった訳だ。――そういう意味では、お互い、条件合えば誰を出してもいいので、何でも有りだなコレ』

『あらあら、どっちがどっちを利用したんでしょうね、今の流れは』

『まあ、うちとしては代理人を出せるルールを、瑞典側から持ち出させた訳だから、向こうに貸し一つというところかな』

『代理人を出せるようにしておけば、相対の進行によって出場者を代えられますからね。その方が正解です』

『私達を出さないようにしてたのは何故かしらと思ってたけど、そういうことね。最初から出していたら、固定になるものね』

『しかし、ルールとして、今後はある程度考慮すべきやなあ。決闘裁判に傭兵《ようへい》はつきものやけど、レギュレーションや管理者が不在だと単なる力合戦やし』

『代演の仲介が得意な神を、相対場で祀《まつ》りますかねえ』

いろいろと後輩組の動きが早い。

だが、今、自分達は探り合いをしている。

瑞典総長を巡って、相対の方法や条件を決めて、

『――どう思う？　葵？』

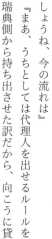

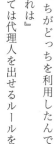

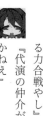

●

『あ？　俺？』

『現状の流れ、どう思うか、率直に言ってくれ』

『つーか、うちが勝つんだろ？』

『気軽に言うヤツだなあ……』

『え？　何？　そんなにヤバいの今回？』

『まあ、いざとなったら正純様の代わりに両腕を出せば良いので』

『ヤダ、何その無限の安心感……』

という、いつもの遣り取りに、己は思った。

……これは、〝そういうこと〟かなあ。

じゃあ大丈夫だ。

『大体了解した。勝ちに行くのは方針として変わらない』

●

さて、と副会長が片手を上げて見せるのに対し、大久保は頷きで応じた。

時刻は既に午後六時前。あと五分と言った処だ。

両陣営、条件などを意見交換し、相対場から下がって行く。

ならばここは、自分の担当だ。通神用の表示枠を開き、広報委員と連携、

『――時刻や。ではこれより奥多摩相対場にて相対戦を行うで？』

●

歓声が響く。その下から四方へ、そして吹き抜けの上方へ向け、声が響いた。

『議題は〝瑞典総長の帰還の可否〟や。三回戦。それぞれ一本勝負。

まずは一回戦行こうか。瑞典代表――』

声と共に、左舷側から一つの影が相対場に上がる。その姿は、

「瑞典主校、ストックホルム教導院第四特務。――清原・マリア」

と言ったときだった。艦尾側から、相対場に上がって来る影があった。

何者、と思う視界の中、その人物は一回滑って失敗し、二度目に上がって来る。

膝を叩いて埃《ほこり》を払い、表示枠を構えるのは、

「――解説、実況の書記ネシンバラだ！　皆、宜しく頼むよ！」

周囲のブーイングと共に、自分も半目で書記を見た。

ネシンバラはメゲなかった。この程度の反発で引き下がっていたら武蔵の共食い社会で生きていくことなど不可能。

ゆえに気にせず、集音器《マイク》を手に構え、表示枠と連動させて、

「左舷出場――！　瑞典より来た地獄の使者〝清原・マリア〟！」

相対場にアガリながら、マリアは右肩から提げる重機関銃のケースを解除した。

緊急時にはケースの中に入れたまま、一部パージで射撃出来るものだが、今は不要。ここから先は全ての力を剥《む》き出《だ》しにしていい時間帯だ。

「――――」

ケースを投げ捨てるではなく、相対場の外へと置くように放る。

瑞典の戦士団がそれを確保し、副長が告げた。

『思うがままにやってくるといいヨー！』

こちらは頷くだけだ。そして武蔵書記の声が聞こえる。

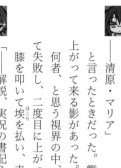

『さあ！　さあ入って来たぞ！　瑞典ブラックの整った侍女服！　ミステリアスな無表情！　それはつまりミステリアスな侍女式自動人形！　まさに黒は喪服を意味するのか。そして赤毛はこれからの惨劇を意味するのか！　闘う女性のレプリカ、恐るべき自動人形ストロングマシーン！　闘うワンマンアーミーが入って来たア――ッ！』

歓声が沸く。下から上がり、上から降ってきた。口笛や、何処かからブラスの音まで聞こえてくる。

既に吹き抜けの直上に切り取られた空は夜。

しかしその色は投光の朱に染まり、聴覚素子を澄ませれば工事の音も聞こえてくる。

だがそれ以上に、書記が思いきり仰《の》け反《ぞ》って、

『キ・ヨ・ハ・ラッ！　マッリィ――ア!!』

おお、と全域から声があがった。

応じて踏まれる足音の重連。

響きはまるで波のようだ。とにかく流れるような震動と熱気に、自分は思う。

……このノリの良さは何ですかね……。

そう思案するこちらの眼前。

不意に武蔵書記が身を翻した。

『さあ！』

彼が、右舷側の出場場所。階段部分を手で示した。

『来てくれるのか武蔵の一回戦代表者！　この地獄の使者に対して、誰もが本能的に身構えるだろう！　恐ろしい闘いになりそうな、そんな予感に応じるのは――』

一息。

『コイツだあ――！』

●

直後。

出場階段側に手を差し伸べたネシンバラの背

後。吹き抜けの最上階から飛び降りてきた人影が着地した。その正体は、

「どうも――!!」

●

可児《かに》は、名乗ろうとした。
……ここはやはり、名乗っておくのが一番です!
可児・才蔵《さいぞう》。元羽柴勢で、福島の補佐をやっていた。今は本土側M.H.R.R.にて人員の不足したM.H.R.R.旧派の補助として、武蔵からの出向という形で各地を警備している。
それが今回、竹中の呼び出しで緊急参戦となったものだが、

「こんばんは――!」

名乗る。その直前だった。不意に右舷側にいた武蔵副長が、一つ手を打ち、こう言った。

「**イカ殿**……! 久しぶりで御座るな!」

○

『御免、話が全く解らないんだけど』

『〝カ〟がついた海産物だからで御座りませぬか?』

『――流石福島殿、その通りで御座るよ』

『はい……。解散です……』

『何でアンジーより副長補佐の方がダメージ食らってるの?』

●

ともあれ可児は判断した。
今回、急ぎで呼集に間に合ったが、相対をするという以外聞いていない。竹中からの指示書には添付があった気がするけど、

……無かった気もします！

Ｊｕｄ．、有無のバランスがとれて良い感じです！

だがどういう状況なのか。自分の相手はどうやら向こうにいる赤毛の自動人形だが、

「書記先輩！　あれは誰ですか!?」

「Ｊｕｄ．！　彼女こそは地獄からの使者だよ……！」

成程！　と己は思った。ここは今、恐らく、本名ではなく、偽名で相対する場所なのだ。

……国家間の、ハッキリさせてはいけない事情とかもありますからね！

ゆえに己は名乗った。副長の言うことは正しかった。つまりここで自分は、

「――**イカです！**　宜しく御願いします!!」

●

両手で顔を覆った正純の横。ホライゾンの両腕がゴングを鳴らした。

相対一回戦目。開始である。

第二十二章
『イカと侍女』

熱気がある。
武蔵の吹き抜け公園は、どれも左舷側と右舷側に人工の小川を流している。それは武蔵艦内の廃熱処理や水質循環のためだが、

「さあこの奥多摩相対場！　吹き抜け公園の小川も熱気で水温が温まっている……！」

「浅間様、嘘つきは尿道から粒マスタードが出るとか、そういう神罰はありませんかね？」

「粒マスタードだったらいけると思いますね……」

「え!?　神道でもマスタード行けるの!?」

「調味料スキスキ一家の大御母様として言いますけど、マスタードも和辛子も、同じカラシナの実の加工品ですの」

「調味料スキスキ一家の娘として言いますけど、マスタードはカラシナの種を酢漬けにしたもの。和辛子は種の粉末を水や湯で練ったものですわ」

「調味料スキスキ一家の娘の娘として言いますけど、カラシナは世界中に分布していて、極東には奈良時代に唐から渡ってきたとされますの」

「何か私、挿画をこの前頼まれた同人小説で〝マスタードは欧州原産の植物だからね！〟って見た気がするわ……」

「結論だけ言うと修正案を有り難う！　ついでにいうと相対開始してるんだよ！」

「Ｊｕｄ．、では向こう正面の二代親方、そちらから見て、状況どうでしょうか」

『Ｊｕｄ．！　今の処、イカ殿とナンタラ殿が動かない状態で御座るな……！』

「雑だ……」

「頑張れイカ玉――」

解説席が賑やかですね！　とイカは思った。

「じゃあ行きます！」
と己は前に出る。
相対は開始されていて、相手の出方を見るタイミングは終わった、と思う。ここで相手が動いてこないならば、もはやこちらが動くしかないのだ。
正直、先手必勝でいきなりぶち込むのも有りだ。というかそのつもりだった。だけど、

「そちら！　それを狙ってますよね！」
カウンター狙い。
そんな空気感が、軽く落とした腰と、その姿勢から見えている。

●

……居合い？
相対場の左舷側、清原・マリアの構えが深い。
重機関銃を右腰、奥に引くようにして、半身《はんみ》。
左の肩を前にして重機関銃を隠すような構えだ。

「左利きの居合いに見えるで御座りますな」
そんな彼女に、イカが近づいていく。

「無防備に見えるけど、そうじゃないわね。歩きながら、周辺の空域に干渉しない位置取りしてるもの」
流石ですね、と思うが、伊達家副長だ。そのくらいを見るのは当然とも言える。更には、

「私と同じ、射出系の武装でしょう。――ハイそこ」
言われた直後。激音が響いた。
イカが突っかけたのだ。

●

左の下段だ。

……抜き打ちです！
イカの武装は空間射出式の大槍〝笹群《ささむら》〟。八本の槍を任意の位置から加速発射する。

賤ヶ岳戦で改良が入り、射出時に位相空間内で加速。更にはその強弱など制御出来るようになった。

……とはいえ〝戻り〟を考慮するので、常に最速で打ち出せばいい訳ではありません！

現〝笹群〟の形状は最も巨大な第一位から、下に移るにつれて細身になる。左右一対で一から四位まで。四位は最も細く、直径三十センチほど。長さ四メートルほどの杭状《くいじょう》だ。

それをほぼノーモーションでぶち込んだ。

射出音は大気の破裂。そして、

「……わ！」

意外なことが起きた。

火花だ。

複雑な、軋《きし》むような金属音は激突の結果。そして宙に弾き上がったのは、

「笹群!?」

打ち抜いた筈の〝笹群〟が、宙に舞っていた。

イカは感想した。

「凄いですね！」

全く解らん。一体どういうことなのか。ただ宙に飛んだ〝笹群〟は位相空間に回収。その上で相手を見れば、清原ナンタラは相変わらず身を捻るような半身で、長銃を己の身体で隠すような姿勢だった。

動いていないように見える。

だが今、確実に何かが起きたのだ。

……何ですかね!?

思った瞬間。己は食らった。

正面から聞こえた銃声は一発。

「……!?」

下から打ち上げるようなスマッシュアッパーの打撃力だった。

「イカ殿!?」

「……イカで通しますのね――……」

●

まあそういうものだろう。今までもそんな流れがあった気がする。だが気になるのは、今の状況だ。

イカが攻撃を食らった。吹っ飛ぶその姿は、

「……と！」

盾がある。

〝笹群〟だ。

眼前に停止状態で縦に射出した一本が、彼女の代わりに打撃を受け止めていた。

だが敵が放った一発の、その威力が高すぎたのだろう。盾に押される形になって、イカが宙を飛んで下がった。そして、

「……凄いですね!!」

さっきの一言よりも大きな声を上げて着地。そして前を見た彼女の視線を自分も追うが、

……動いていない？

清原・マリアは、不動なのだ。

●

「今のは――」

「あらあら見えましたわよね？　詳しくは教えませんけど」

「流石ですわね御母様！」

ネイメアは頷いた。自分にも〝見えた〟のだ。

清原・マリアの技というべきか。

「……以前、有明や小田原《おだわら》征伐で相対した筧《かけい》様の射撃術のようなものですか」

「いや。筧殿の技は、あれは筧殿にしか出来ぬ天賦のものに御座ろう。――ナンタラ殿の技は、術式や技術の産物に御座る」

「自動人形が扱うゆえ、再現性は万全。――相対にて仕損じは無いと考えた方がいいぞえ？」

Ｊｕｄ．、と己は頷いた。イカの方も、防御出来たということは〝見えている〟か、感じることは出来ているのだろう。そして、

「――――」

イカが近づいた瞬間だった。

「イカ！」

それは不用意ですのよ？　と思った瞬間。

再度の火花が散った。同時のタイミングで、先ほどと同じように小柄な身が吹っ飛び、

「……っ！」

笹群を縦に抱えるようにしたイカが、数メートルを後退させられていた。

「いやあ、全然解らないです……。どういうことなんです？」

あら、とミトツダイラは言葉を重ねた。

「イカはもう気付いたと思いますけど、――アデーレ？　貴女の得意な戦術で、とりあえずの解決は出来ますのよ？」

その台詞に、皆が相対場へと視線を向け直した時、そこで一つの動きが出た。

「行きます!!」

イカが前進したのだ。

ただ、今までとは違う。それは前傾の高速ダッシュであり、更には、

「笹群！」

右の上段笹群。太さ五十センチ近い一本を目の前に射出させると、彼女は両手でホールド。盾として抱えた上で、

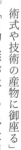

「……行きます!!」

●

イカの前進に、歓声が上がった。

浅間は、響く声を聞いた。そして周囲の警備や監視術式が上手く作動していることを確認の上で、相対場に視線を向ける。

……正直、これまでの清原・マリアさんの攻撃は、私にも見えないんですけど。

ただ、現象的なことと、術式的な観点からは、ある程度予測がつく。

「……飛来してくるのは、弾丸、もしくはそれに該当する打撃力ですよね」

「ええ。恐らく何らかの術式を通して、機関銃の弾丸、またはその力を放ってますの。だからこちらとしては――」

どうするべきか。見れば解る。既にイカはそうしているのだ。

「〝笹群〟でそれは防げるんですから、後は〝笹群〟を抱えて突撃するだけ……！」

●

イカは走った。

相手の攻撃は〝笹群〟で防げる。そうなったら、することは一つだ。

「シールドバッシュ！」

自分としてはちょっとレアな攻撃方法だ。たまにはいいんじゃないでしょうか！　しかし、

「よく考えたら突撃しないで、適度な距離から残りの〝笹群〟連打でよくないかしら……」

き、聞こえなかったことにします！

ともあれ突撃。距離を一気に詰めて、

「行きます……！」

行った。その直後に自分は見た。

「――」

敵が、僅かに動いたのだ。それもこちらを見るではなく、

……身を縮めた!?

どういうことか、と、そう思った瞬間。

「――っ」

自分は、右からの攻撃を受けた。

誰もいないはずの右手側から、だ。

狙撃であった。

●

イカが左の宙に舞ったのを、ミトツダイラは見た。

〝笹群〟を抱えての一回転だ。

何が起きたかは解る。

……右から被弾しましたの!?

イカと清原・マリアは正対していたのだ。

撃たれるならば、前から。だが盾として構えた〝笹群〟に当たって弾かれるのが当然の筈。

それが右から、ということは、

「――右手側に狙撃手の気配無し。相対場での〝技〟です」

「空間射出された気配も無かったですね。何らかの〝射撃〟術でしょう」

「では、――イカはどうですの!?」

「改めて聞くと酷い発言ですな」

心底そう思いますの。だが狙撃されたイカは、

「――!」

一回転した身で、〝笹群〟を相対場に打ち付けるように着地。

無事だ。よく今のを避けたと思ったが、

「――右肩に御座るか」

「直撃では御座らぬな。察知した瞬間、肩でガード出来るかどうか迷ったので御座ろう」

確かに、M.H.R.R.旧派合わせという極東制服の右肩が、その生地などを散らしている。
　そしてイカが声を作った。

「凄いですね！」

直後。イカが不意に身を沈めた。
真下だ。頭二つ分。その意味を示すように、

「……っ!?」

金属音が、立てられたままだった〝笹群〟から弾けた。
　それもこちらから見える側で、だ。

「……背後からの狙撃!?」

●

……マリアはちょっと、サービスで見せすぎじゃないかネエ……！

相手のイカがよく回避している。
回避の判断は攻撃が来たかどうかよりも、〝間〟だろう。攻撃が差し込まれてくるような〝間〟を危険と判断して、自分が油断している方向から回避しているのだ。

『随分と、上級の相手と戦ってきたんだねエ！』

「資料によれば、彼女、戦績としては敗北が多いものの、かなりの大物相手に連戦してますね」

『たとえばどんな感じカナ!?』

「最上総長に武蔵副長や人狼女王、加藤・清正、P.A.Oda現会計などもそうですね」

『こりゃあマリアも大変だねエ！』

「マリアは何と？」

　そうだねエ、と己は前置きした。今回の相対というか、武蔵に来る前の事だ。呼集した段階から彼女は自分に求められた役割を想定しており、こう言ったのだ。

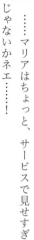

『初見であれば、クリスティーナ様以外に後れを取りません、だってさア！　言うねエ！』

●

瑞典側の方で、アクセル達がこちらを評しているのを、マリアは聞いていた。

……迂闊にこちらの手を明かすようなことがなく、幸いです。

　現状、安堵したことがある。

　自分の主人であるクリスティーナも、また、己の〝技〟について、武蔵側に漏らしていないのだ。

　中立。否。そんな筈は無い。

……クリスティーナ様の本心は武蔵在住なのですから。

　彼女はベタに武蔵寄りだ。

　だが、そんな彼女が、自分の持つ技術に関しては、武蔵に漏らしていない。

　そこに己は重要を感じる。主人は、私を武蔵での生活と同等に思っているのだ、と。

　だから、

「クリスティーナ様に、恥をかかせるような戦いは出来ません」

●

　イカは思った。

……凄いですね！

　まだまだ見知らぬ強者が世の中にはいる。

　清原・マリア。

　自動人形で、襲名者としては無名に近いと思う。自分もそれなりにマイナーだが、あっちはちょっとレベルが違う。墓も無ければ戦績なども当然無い筈だ。

　だが強い。

　解釈でも何も無し、ただ強い。だから己は、聞いてみた。〝笹群〟越しに、

「どうしてそんなに強いんですか!?」

　疑問した。

答えを望んでいた訳ではない。ただ自分の中にあるものを、言葉にしたらそうなったのだ。

しかし、声が来た。

「――当然のことです」

「何がですか！」

Ｔｅｓ．、と応じる言葉があった。そして、

「――クリスティーナ様がそれを望んだからです」

●

「勝利は必定である」

●

「……何か昔にやらかした？　クリッペは」

「あー、いやいやいやいやいや、そういうことではないであります！」

「無いのかあるのかハッキリしませんなソレ」

いやまあ、とクリスティーナは言った。

「……マリアは、真面目なのでありますよ」

●

可児は、眼前の〝笹群〟を解除した。身を低く、半身に構える清原・マリアと正対する。その瞬間に、

「――――！」

軽く振った頭の横を、大気の高速が擦過した。

〝間〟だ。

〝間〟が埋まったと思ったなり、攻撃が来た。

ゆえにそのタイミングで、回避した。

……危ないです！

危険極まりない。

何故なら、相手の攻撃が、本当に来るのか、

何処に来るのか、解っていないのだ。

しかし、適当に行っている訳ではない。

今までの経験上、このクラスの相手ならば、このタイミングで攻撃を送ってくると言う平均時間。

その時間を超えれば危険度が跳ね上がり、究極的な処では自ら身を飛ばすべきだと判断する。

そんな、攻撃が来るのではないかという経験で行う回避や防御行動。

己にとって、しかしこれは、

……安全確保のために必要な技です！

臆病だとは思う。相手が何もしていないのに、勝手に回避や防御を行うのだから。

だが、当たる。

それは危険時間の臨界点を超えた瞬間。

遅れれば食らうし、早ければ相手は気付き、そこに打ち込まない。

自分が気付くタイミングが、相手より近似、わずかに先回っている。そんな賭けに似た技術だ。

無論、誘導などは出来ない。そんなことをすれば、気付くレベルの者を相手にしている。

達人級。

強国の特務なのだ。そして、

……！

次の回避を行い、自分は気付いた。

……速度が上がりますね！

●

場が静かになっていた。

相対場の周囲、吹き抜け公園にいる皆が、戦闘の場で発されるものを望んでいるからだ。

音と、動きだ。

音は、宙を跳ねて薙《な》ぐ擦過音。

動きは、大気を削る響きに先行するイカの動作だった。

空中に何かが走るとき、それに先行してイカが身を弾く。
イカの挙動が乱れなければ、回避は成功。
もしも彼女が、

「――っ！」

軽く乱れたならば、それは被弾の証《あかし》だ。
そんな音と動きの連鎖が、しかし、密度を重ねていた。
初めは二秒で一発。
すぐにそれは一秒で一発となり、方向は四方を越え、八方を渡り、

「速え……」

一瞬ごとに時間を詰めた。更に全ては停まらず、八方は十六方となり、三十二、六十四と連打を重奏し、

「――！」

イカの動作と弾ける音が、相対場の上を反射した。

「見事ですわね……！」

「イカは私と一緒に大御母様と相対したときも、ちゃんとついて来れましたの。だから大丈夫な筈ですの……！」

言う娘の内容もかなりのものだが、確かにこういう瞬発動作は自分達人狼系が得意とするものだ。それをこなせるということは、

「戦闘でも〝笹群〟に乗ったり、身を弾かせたりとしていますから。〝笹群〟の代わりに敵の攻撃を見立てて、という処でしょうか」

「この相手の攻撃とは、経験と相性がいい、ということですのね？」

だが、と最上総長が言った。

「いつもは移動に槍などを用いているなら、現状は持久力勝負。普段よりも消費が激しいのだえ？　そして、――気付いておろう？」

「Ｊｕｄ．、これだけ攻撃の連射がありますけど、――外れた銃弾が何処にも着弾していませんわ」

「言われてみると……」

「貴女は副長なのだから気付いておくべきです本多・二代……！」

「空間射出の逆で、収納してる訳じゃないわよね？」

ええ、と己は頷いた。相対場にて動かぬ清原・マリアを見据え、口を開く。

「……これは、確認する必要がありますわ。この〝銃撃〟の仕掛けを」

●

イカは前に出た。

「……行きます！」

身体を前に傾けた。これまで回避専念であったが、この前傾で今後全ての動作が決まる。

正対する相手に向け、吶喊するのだ。

行く。聞こえる音と気配を何もかもかわし、

「行きます……!!」

身を前に発射する。

●

対するマリアは、息を深く吸った。

自動人形ゆえ、呼吸には生体組織を生かす以上の意味はあまり無い。大気正常化機能もつけていない。主人は喫煙などしない人だったのだ。

だが息を吸う。

「――――」

きっかり一秒。呼吸によって人工の呼吸系を動作させるが、その動きに合わせて全身の挙動をアジャスト。

身を整える、という感だ。

人工の思考系で一秒を数え、それに合わせて挙動制御を行うのとは違う。思考系から制御を

行うと、僅かながらに頭部に近い方から制御が行われ、末端で遅れる。
　呼吸系という、体幹に近い部分に全てを合わせることで、全身が同時に動く。
　合わせて、循環系でも同様のことを行う。
　人工の意思による制御では無く、人工の身体に制御を合わせる。
　五体。全てが整う。
　整った。
　その直後、全ての動作の乱れが零になる。

「……っ！」

　射撃した。

●

　イカは敵弾を見た。
　気配だ。撃ってくるタイミングという気配。
　だから回避。

「下……！」

　あ、声を出してしまいました！　まあいいです！　下！
　跳躍したような勢いから身を低く前に折る。
　だけど、

……違いました！

　下ではない。自分の全身が教えてくれる。この回避は回避になっていない、と。何故なら、

……普通すぎます！

　これまで、この相手は、どのような攻撃をしてきたか。
　一発ずつ、四方八方から連射してきたのだ。
　では質問です！　決め手の時に、同じような射撃をしてくるでしょうか！
　違います！
　一発？　違います！
　四方八方？　違います！
　連射？　違います！
　では回答の御時間です！

「――弾幕です!!」

正面。来る攻撃が解る。

こちらの全身をカバー出来るほどの弾幕だ。

恐らく弾数は百二十八。

縦横何発かは解らない。だけどこれまで攻撃してきた方向は百二十八。それらを前面専念すれば、

「縦十六発、横八発あたりが、全身の縦横比率で合うのではないでしょうか」

「流石で御座るな闇殿！　暗算得意で御座るか！」

成程！　じゃあそのあたりで！

しかしこれは壁だ。ならば、

「笹群！」

盾として〝笹群〟を射出。体当たりするようにそれを押し、

「前進……！」

盾で弾幕を押し切る。そう決定した自分の耳に、一つの声が聞こえた。それは、

「――追加」

同時。〝間〟でも勘でも気配でも無く、己は敵の攻撃を理解した。

左右。そして上方と後方。

そこに陽炎《かげろう》のような揺らぎが発生したのだ。

視界の隅に見える左右の異変は、縦十六発の横八発。

弾幕だった。それも、

「……囲みですか！」

弾幕の檻が、成立する。

第二十三章

『内心と見送り』

主を見定め
己は頽れ
前を見るのは
何の誉れだ
配点（挨拶）

●

左近は、ちょっと遅れて皆と合流していた。

途中、相対場脇の通路を移動している忠興と会い、軽く挨拶。実は自分は中等部なので一コ先輩なだけなのだが、深く頭を下げられて、

「実は私、老けて見られたりしてるんですよう？」

『馬鹿なこと言うな！　俺の何十分の一の年齢だ小姫！』

とんでもない比較が来たですよう。

だが現場に来てみれば、別の意味でとんでもないことになっていた。

「あれ!?　ピンチですよう可児さん！」

「シ――ッ！」

今はカニがイカですの！」

「今はカニがイカ!?」

『……貴様らの所行にはあまり何も言いたくないのだが、大丈夫なのか、それで……』

「ヘイヘイ！　ビビっておりますね将軍様！」

「御心配御座らん！　イカ殿はイカ殿で御座るよ！」

自信をもって言われている間に、イカに弾幕が着弾した。

○

『何？　あのとき後ろでそんな美味《おい》しいネタ回ししてたの？』

『イカの命が軽くないかしら……』

『酒のアテにスルメ囓《かじ》りながら言いますね伊達家副長』

●

マリアは弾幕檻の完成を見た。

全身の挙動を整えていたからこそ出来る、乱

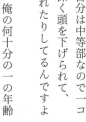

れない弾幕の五方向。

それは直後に、収縮したように狭まり、内部の敵に一斉着弾する。

……当たるが必定。
相手は盾を抱えたがゆえに、一瞬だが速度を落とした。
盾が邪魔で前に出ることも出来ず、

「笹群!!」

●

嘉明はそれを見た。

航空機動と射撃をこなす動態視力は、イカが身を更に低くしたのを確認。

もはや床に這《は》うような姿勢だが、

……低空状態になっても、弾幕には意味が無いわよ。
だが、イカが叫んだ。

「笹群!!」

頭上だ。

弾幕に弾かれず、自分に当たらない。這う全身の直上に射出されたのは中段左の〝笹群〟。

術式火薬によって発射された一発が、前に飛ぶ。

狙いは一つ。

「盾……!」

遮蔽の槍を、後追いの〝笹群〟が打撃した。

道を空けるように、盾が前に吹き飛ぶ。

衝突の響きあり。

火花が散った瞬間。伏せていたイカが前方に身を弾いた。

前へと倒れ、弾幕に当たっていく盾に向けて膝をかち上げ、

「……っ」
盾を蹴って上方。前へと。弾幕の檻が完成するより先に跳躍したのだ。

●

イカが飛んだ。

清原・マリアの頭上に届く軌道である。

ここで、一つの動きと、二つの判断があった。

動きとは、イカが射出した〝笹群〟だ。

低空から前へとぶち込んだ一発は、盾役の槍に激突。その後は勢いを失うことなく、高速回転しながら前へ、清原・マリアへと飛んでいた。

激突軌道だ。

対する二つの判断の内、一つはイカだった。

「——！」

大跳躍から清原・マリアの頭上に届く瞬間。

彼女は下方に右手を振りかぶった。

今、眼下の相手には、正面から〝笹群〟が一発、乱れた回転をしながら当たる。

当たらぬようにするには、対処するしかない。

防御か。回避か。

どちらにしろ隙が生じる。それは上からの攻撃を満足に避けられないということだ。

ゆえにイカは、必中の一発を狙い、

「……!?」

やめた。ただ、

「笹群！」

宙に射出した一発が身を現したのは、イカの足下だった。側転気味の姿勢となっていた彼女の右足。そこに出た穂先を蹴って、イカが相対場の艦首側に飛ぶ。
だが、彼女は視線を清原・マリアから外さなかった。
二つ目の判断。清原・マリアの判断が、ずっと生きていたのだ。

「——」

自動人形が、イカを視線で追っている。
正面から飛来する、回転付きの大槍を完全無視だ。

正面の大槍と、頭上のイカと、どちらを無視した方が被害になるか、迷いがない。
イカが相対場に着地する。
清原・マリアに、回転した〝笹群〟が激突する。
直撃だった。

●

皆の視線の先。
イカはほぼ無傷。
清原・マリアは、頭上にそれが飛んでも、イカから視線を外さなかった。
左腕だ。
機械の左肩から先が、千切れた侍女服の袖と共に、高い宙に舞っていた。
居合いのように、半身として前にしていた左肩が、回転する大槍に切断されたのだ。
槍は場外に飛び、そのとき、引っかけるようにして左腕が跳ね上げられた。
上方。三階ほど上にまで機械の腕が届く。
そして皆の視線の先。清原・マリアの右手側。
重機関銃を抱えるようにした右脇から、あるものが相対場の床にこぼれた。
金の色。無数の、水の溢れにも見えるのは、

「……薬莢《やっきょう》？」

射撃を終えた金属の塵芥が、莫大な量で清原・マリアの足下に波打ち広がり、波紋を作る。
薬莢の無数。そう言えるだけの量が、夜の明かりを鈍く反射した。

●

「見えましたわね。……これは、術式ですの？」

「代演ですね。――自動人形は重力制御を扱うことが出来ますけど、それと銃撃を合わせたんです」

「どういうことだ？」

「ええと、銃弾は、ほら、普通、まっすぐしか飛ばないじゃないですか。でも重力制御は、自由にいろいろものを動かせますけど、しかし威力が弱いですよね。だから――」

「銃撃の威力を、代演で、己の重力制御に置き換えた、という処かえ？」

「そうです。あの居合いのような半身は、おそらく左手で銃口を塞ぎ、弾丸を重力制御で受け止めていたんでしょう。そして受け取った威力を重力制御に変えて〝曲がる不可視の弾丸〟にしていた、ということかと」

「射撃が正確で高速なら、それを尊ぶ神がいて、代演も効きますね。ある意味、自動人形向きの術式とも言えますが、……担当は何処の神ですか？」

「狩猟の神はタケミナカタで諏訪《すわ》ですけど、戦闘用となると戦の神である熱田か鹿島《かしま》でしょうね。清原・マリアさんは元々が細川《ほそかわ》家所属なんで、関東主体の鹿島よりも熱田だと思います。――ぶっちゃけ、三河がボン！　しちゃって、熱田はまだ武蔵に多く入ってますから、神様的には身内や御近所でやらかしてる感ありますね」

●

『おい、どうする？　熱田最近お前らの都合でうちに間借りしてっから、一発殴って言うこと聞かせるか？』

『いえいえいえ！　お構いなく！　あまり騒ぎを大きくしたくないので！』

言ってる間に、吹き抜けの空、艦尾側から空に白い光が一本上がった。

「あれって、熱田の神がサクヤに土下座奉納してるんじゃないですかね」

「……ここ、神的にどういう魔境になってるんです？」

●

ともあれ、と清原・マリアは思った。

……手の内が見えましたか。

己が持つ、重力制御と銃撃を相互転換する代演。いいとこ取りとも言える術式だが、致命的な弱点がある。

自分の全制御、全重力制御を右手と左手に集中するため、動けなくなるのだ。

ゆえに初見のみ。

このような公開の場で使うことは禁じてきた技だが、今回ばかりは意味があろう。

クリスティーナに、〝自分が来た意味〟を伝えるためだ。

今、左の腕は無い。

もはや得意の代演は使えない。しかし、

……充分。蓄積があります。

重機関銃の弾丸。足下に落ちた薬莢は、放った攻撃の数よりも充分多い。

身動きが取れぬゆえ、一撃を受けて尚反撃出来るだけの力を有しておくことが必要。カウンターアタックが勝負を決める場合が多いというのは、経験と知識で知っているのだ。


だから己は、身を動かす。

これまで固めていた全身。左から背後に振り向く。

そこに敵がいる。

着地し、次の初動を取ろうとする相手だ。

イカと言った。凄い名前だ。自分だったら我慢の限界を超えるが自動人形なので我慢出来ます。大丈夫。何か矛盾している気もするが、そういうものでしょう。

だが、今は自分の事だ。

これまでの重力制御と代演の蓄積をもって、しかし、不動であることをやめ、身を動かすとは、どういうことか。

「決着は必定」

●

一発だ。

無事な右手を上げ、そして、お互いが視線を合わせ、だが、

「――――」

それぞれの射線を遮るように、あるものが宙から落ちてきた。

自分の左腕。

もはや力無いそれが、相手の視線を隠した瞬間。

「御覚悟……！」

今にも破裂しそうな重力制御の弾丸を、マリアは放った。

●

「――」

集束した百二十八発分。

弾幕ではなく砲弾としてそれを撃つ。

●

ミトツダイラは、イカの動きを見ていた。

着地からの初動。戦闘において、最も難しいタイミングだ。どう動くことも可能でありながら、着地の勢いを消すために一息が生じ、更にはあらゆる判断が掛かってくる。

……迷ったら負けですのよ！

だがイカは、恐らく最善の判断をした。

「笹群！」

自分の主力武器。それを信じたのだ。

声と共に彼女の背後、右肩の上方にそれが射出された。

「右上段〝笹群〟！」

初速は抜群。だが〝笹群〟の射程ではないだろう。

「重力砲撃の相殺用ですわね」

母の見立てを証明するように、イカが身を起こした。

彼女は己が放った〝笹群〟を追走。槍の一撃で清原・マリアの重力砲を相殺し、射程に入り次第二撃目を、ぶち込むつもりだ。
　一歩を踏み、既に左の手を前に振り、二歩目で、

「笹群……!」

　という叫びは、言葉として完成しなかった。
　これまで有り得なかった方向から、イカに攻撃が跳んだのだ。
　真下。
　イカの喉元に跳ね上がったのは、

「清原・マリアの左腕!?」

……重力制御!

　それはもはや残骸となった彼女の左腕をも操作する。

当たる。
　その直前に清原・マリアが右手を振り上げた。

「――――」

　左腕の制御か。否、

「砲撃の二発目ですの!?」

　〝笹群〟による重力砲撃の相殺を〝読んでいる〟。
　勘ではあるまい。

「イカ様が清原・マリアの攻撃を〝間〟として察するならば、清原・マリアもまた、イカ様の攻撃タイミング及び主武器への信頼をパターンとして記録していた、という事でしょう」

「Ｊｕｄ．、居合いは相手の動作を読んで、合わせて行う技術に御座る。不動であったがゆえ、安定したパターン読解の蓄積が出来たものかと」

「ホライゾンの両腕のパクリかと思ったら、違うのですね」

「ホライゾンの両腕はフリースタイルだと思いますのよ？」

しかし戦闘の〝流れ〟が進む。

左腕でイカの襟首を摑み、二発目の砲撃ラインへと力任せに誘導。

清原・マリアの戦術はそれだ。

「——これまでの重力弾丸攻撃は水平方向主体。良くて上方から、というバリエーション。更には真っ正面から砲撃しておいて、初の下方攻撃をここで持ってくるのね」

ですけど、という声があった。それは、

「しかしそのような戦術であれば、清原・マリアは、一回、ミスをしました」

そうだ。確かに彼女は、一度、やってはいけないことをした。

「——先ほど、イカ様が頭上に飛んだ時、下から牽制の視線を向けたのです。

構図として下方からの迎撃。一回ですが、イカ様には印象が残った筈。だから——」

という言葉の先を、戦闘の動作が証明した。

「——！」

イカが、跳ね上がりの左腕を迎撃したのだ。

●

無思考に近い動作だった。

左上段の〝笹群〟を放つために振る左手。

それを振り抜く軌道において、忘れ物があったように感じたのだ。

銃弾でも重力制御でもない。あったのは、

「これです！」

自分の左手。それと似たものが、そこにあった。

振り抜く。だがその軌道は下から忘れ物をつかみ取るもので、

「——これです！」

機械の左手。左手同士、絡みにくい指を一発で確保し、握った。

同じ左手であるがゆえに不揃《ふぞろ》いの握手は、しかし振り抜く動作で絡んだ。そして、

「笹群！」

●

大槍の射出位置は左手の甲。
超至近どころか、接触状態に近い発射だ。手指に負担が掛かり、だが、

「——！」

打ち抜いた。間違い無く左手の骨が何本か折れたが構わない。痛覚が叫ぶが、その先で機械の五指が破裂。そして、

……届いて下さい！

笹群を発射し、放った向こうに、己は敵を見た。
清原・マリア。
彼女が、動いていた。
迎撃だ。それは、

「——如何です？」

重機関銃だ。

●

先ほど、右腕を振り上げたのは、ベルト吊《づ》りの主武器を脇に構え直すためか。

……見事な勝利への執着……！

隣の闇が、敵の判断に頷きを見せることからも、解る。
この相手は、初見限定で有り、しかしそこに甘えてはいないのだと。
初見で己を使い尽くすつもりで、戦場に臨む。
ああ。全く、この相手と闘うには、

「……闇殿、拙者のこと、ぶん殴って記憶を消せるで御座るか？」

「消さないで良いなら何発でも殴ります」

闇殿厳しいで御座る。
だが射撃音が連発した。この相対において、初めての、純粋な術式火薬だけの発射音。
飛んだ弾丸は、飛来の槍に正確な火花を連続させ、

「逸らしたわね……！」

笹群の一発目が重力砲撃に相殺すると同時。銃撃を受けた二発目の笹群が、乱れた螺旋《らせん》軌道を得て軌道をズラされた。
一発目の衝突音と、二発目が大気を荒らして逸れる音。そんな中を術式火薬の連射音が貫き、

「――――」

己は見た。イカが、勝負を決めに行ったのを、だ。
位置は直上。
交差する攻撃の上。一発目の〝笹群〟が衝突によって宙に止まったのを踏み台に、

「……行きます！」

清原・マリアの頭上五メートルの位置から、攻撃を叩き込む。

「笹群!!」

●

清原・マリアは、直撃を悟った。
右肩。そこに、最大サイズの大槍が上から入り、貫くと言うよりも遮断される。

……右肩から先をパージ。
衝撃の緩和と、引きずられないようにするが、侍女服が千切れる分だけは身が揺れる。
重機関銃も右腕も、轟音付きで相対場に突き立った槍に食われた。
両腕不在。
だが己は、それだけのことをした敵を見ない。
見るべきは水平方向。右舷。武蔵勢の控える

奥。

そこに己の主人がいるのだ。

清原・マリアは思い出す。

●

「勝利は必定」

己は元々戦時用だ。

前総長グスタフが死亡したときのことだった。

ついて行くべき主人が不在となり、役目を終わったと自覚。自己を終了させようとしたのを、クリスティーナに救われたのだ。

それからは彼女の世話に回り、戦場とは日々の生活であると、そう理解した。護衛のため、これまで使ってこなかった銃器を手に取りはしたものの、不要であれと、そう思っていた。

だが主人は、自分に、勝つことを望んだ。

それは、戦場ではなかった。戦闘の場でも、日常でもなかった。

……ネルトリンゲン。奥様が自害を求めたときのことでした。
屋敷に一人残るため、誰も彼もを人払いするとき。そこに同席した巴御前は、こちらにこう言った。

「――マリア、君は弱くあれ」

しかし、それを聞いていた主人は、別れ際に一つの言葉を寄越したのだ。
出来れば残りたいという自分に対し、

「強くあるのです、マリア」

「……強くあれ……？　弱くあれと、そう言われた私が？」

「そうであります。マリア」

何故なら、と主人が言葉を続けた。

「マリア、貴女は自害を望み、それから逃れた身。そして私を洗礼に導いた身。――貴女は私よりも、常に先にいるのでありますよ」

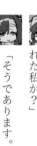

「私が自害より救われたのは、奥様の手筈《てはず》です……！」

「では私も、誰かによって、そうならぬことがあるのやもであります」

主人が笑った。

「私は弱い女であります、マリア。――でも、もし、私が強くあるならば、今とは違う流れになっていたでありましょう」

だから、

「私の先を行く侍女人形。弱くあり、強くあれ。――またいつか機会あれば、それを見せて貫いたくあります」

●

どうでしょうか、と己は思った。

最後の手筈。

「奥様」

自分は、己の中の使命を果たしたことを悟った。

強くあることを表現完成。また本来の自分に戻り、

「……み、見せましょう、奥様」

既に主人は、きっと、そこにいる。自分ではない者によって救われ、そこにいる。

弱さと強さの同居する場所。

武蔵。

主人が選んだのは此処《ここ》か。

自分もまた、しかし、違う地で、主人と同じ処にいるのだと示すために、

「しょ、勝利を示します……、奥様！」

●

一撃を打ち込み、着地に入ったイカは、それを見た。

双の腕を失った清原・マリアの足下。右腕のあった位置、スカートの下から、

「……薬莢!?」

先ほどと同等。否、それ以上となる金属の波紋が、相対場に広がった。

重力制御の蓄積は、まだ充分に残っている。

二発目の砲撃があるか。己が宙で身構えたときだ。

「……降下術式です!!」

届いた声。その意味が、

……え!?

何が降下術式なのか。意味が解るより早く、己は着地していた。

●

「……え?」

とつぶやいたのは、相対場を見る誰もであった。

皆。その場にいる全員が、戦闘の帰結を見ていた。

イカだ。

清原・マリアの頭上を飛び越え、相対場に着地。

決着のための行動を取る。それに向けた構えを取る。

その通りに、イカは動いていた。だが、

「……どうして?」

彼女の位置がおかしい。

「何で、場外にいるの?」

●

妙だ、と脇坂は思った。

「重力制御で、軌道を変えられた?」

「いえ、自動人形の重力制御は、対人に向けられません。物品などを対象とします」

という副長補佐が、一息をつき、軽く右足を踏んだ。

「清原・マリアは、その代演で、あるものを動かしたのですよ」

それは、

「有翼で、足下が僅かに浮きやすい貴女は気付かないでしょう。——清原・マリアは、相対場を中心に、この吹き抜け公園を傾けたのです。その莫大な重力制御で」

●

自動人形が膝を着くのを、武蔵野艦橋で鈴は知覚した。

重力制御の最大。

今、周囲では小規模な地域警報が鳴り響いている。

解る。

奥多摩だ。浅間神社の手前、艦首側にある吹き抜け公園の地殻部。艦の挙動時に衝撃や捻りを制御し、水平を保つために仕込まれている緩衝部が異変を告げている。

左舷側に、理由不明の傾きを起こしていたのだ。だが、自分は知っている。

「大丈夫」

「Ｊｕｄ．、大丈夫と判断します。——以上」

今、緩衝部は元の状態を取り戻しつつある。急激ではなく、ゆっくりと水平に。

上から押しつけていた力が消えたのだ。

清原・マリア。

膝を着いた彼女の全身は、重力制御の最大域を放ったのだろう。骨格の芯まで崩壊していた。

全身を保っているのは、外殻と一部の主骨があるからだ。かろうじて首から上、頭部は無事を収めているようだが、立つことも出来まい。

しかし自分は相対場の模造を拡大し、作り直しながら理解した。

正座したように腰崩れた清原・マリアが、全身で、クリスティーナと正対しているのだ。

全身の管理ＯＳが、自己保存のため、閉鎖状態に入ろうとしている。

その最中に、清原・マリアは主人を見た。

笑顔を見せていた。

「マリア」

ええ。

不思議です。

周囲、主人の声以外、音が何も聞こえない。

そして正面から、言葉が届いた。

「また、先に行かれたような気がするでありますねえ。貴女がここに来た意味、確かに見届けさせて貰ったでありますよ。
――行き先無くして、弱くあり、しかし強くあれ。そして――」
言われた。

「貴女の居場所は貴女の今いる処なのでありましょう」

そして清原・マリアは気付いた。

全ての音。聴覚素子が拾い上げるのは、強烈な雨音にも似た響き。

全域からの拍手だ。

「――っ」

振り向く必要も無い。見渡す必要も、振り仰ぐ必要も無い。

己は今、力を示した莫大な薬莢の泉の中、主人に姿勢を正し、

「Ｔｅｓ．」

腰と背のフレーム。接合部が折れた。それを残った重力制御で正し、自分はただただ、身を前に倒した。

一礼である。

スカートが床に広がり、金属の波紋を外に広げる。

そして己は目を閉じた。
自己閉鎖を許可したのだ。

●

「一回戦！　勝者、——清原・マリア!!」
相対場の上、担架で運ばれる自動人形に対し、皆、文句がない。相対場に上がらず、武蔵勢の方に回って行くイカについても、拍手と応援の声が送られた。

「敗因は何で御座りましょう」

「直接的には、イカが武蔵での生活に慣れていなかったことであろうよ。最後の着地、従士の言う通り、降下術式を使っていれば落下速度が制御出来、場外負けはなかろう」

「でも、と言いたそうですのよ？　最上総長」
そうよのう。と義光が言った。
拍手と共に運ばれ、送られる勝者。こちらに戻ってくるイカと比べると、どちらが勝ったのか解らない。だが、

「おう」
と、義光がイカを手招きした。

●

義光の視界の中。対するイカが、流石に荒れた息を整えつつ、やってきた。
彼女はこちらの目の前に立ち、副会長の方に一度顔を向けると、

「負けてしまいました！」

「Ｊｕｄ．、勝負はどちらかに転ぶものだ。正直、よく解らなかったというのが非戦闘系のアレだが、周囲の反応見てると充分な働きはしたものだと解る」

「まあ、仕方なかろうよ」
言って、己はイカを抱きしめた。細い身体。

昔よりも、しかし肉がついたか。

「よう頑張ったぞえ。以前より強くなったのう」

「……はい！」

Ｔｅｓ．Ｔｅｓ．、と己は応じる。その上で、自分は言った。

軽くイカを持ち上げ、皆に見せるようにして、

「――頑張った褒美に、後で団子でも馳走《ちそう》してやろう。頑張ってなければ無かったことぞえ？　光栄に思い、自分を褒めるがいいぞえ？」

●

さて、という雰囲気で、相対場に上がった姿がある。

まだ一回戦目の熱気も、皆の感想大会も終わっていない時間帯だ。だが、相対場に上がった姿を見て、皆、誰もが、

「――――」

言葉を失ったのは、意味がある。何故なら、

『アハ！　いいねエ！　こうなったら、一気に勝負付けるのに、あたしが出るしかないじゃんネエ――！』

Ｔｅｓ．！　と声が生じた。

左舷側、瑞典勢の構えるスペースだ。数は少ないが確かな響き。それを背に受け、瑞典副長が大きく手を広げ、勢いよくそれを打ち付ける。

快音。単純一発の高鳴りに重ね、アクセル・オクセンシェルナが叫んだ。

『アハハ！　馬鹿だけど強いから安心してヨ――！』

●

高らかな声に応じ、右舷側から相対場に上がってきた姿がある。

情報体として光り、流体光を散らすアクセルとは対照的に、黒の色。しかし両腕に銀の十字装備を重ねて登場したのは、

「武蔵所属。番外特務候補、――ネイメア・ミトツダイラ」

言って、彼女は相対場の艦尾側に立つ書記を見た。

その視線の投げかけと同時、静まっていた観客が爆発する。

「瑞典副長対、番外特務候補!? 立場的に合わないんじゃない!?」

「馬鹿ね! 番外特務候補は元羽柴勢十本槍の一人。人狼女王の家系よ!」

そうか、とか、そうだ、とか、そうなのか。という声が一気に吹き抜け公園全域を回る。

直後に皆が足を踏んだ。床を強く雷のように鳴らし、そして、

「行きなさいなネイメア!」

「そこ御母様の言う処じゃありませんのよ――!」

だが、動きはあった。

相対場の上、書記が手を上げ、

「――!」

声が歓声に掻き消されて聞こえない。

「――!」

聞こえない。

「……っ!」

全く聞こえない。だが、

「クッソ! 相対開始だ!」

皆が静まった。

「…………」

「最初から静まっとけよ!!」

何もかも無視して、両腕がゴングを鳴らした。

初撃だった。

ゴングが打たれた瞬間。それはまだ鐘が振動を始め、音として小さく鳴ったばかりの時。

「——！」

誰の目にも、彼女の全身が〝移った〟ように見えた。

一瞬でアクセルの正面に、黒の狼が立っていたのだ。

瞬発加速。

開始直後どころか、開始同時の攻撃動作だ。既に右腕の武装〝銀釘〟は振りかぶられ、放たれており、

「……打ちますの！」

打撃が入った。

●

激音が響いた。

皆が聞いたのは、しかし、予想とは違う音だった。

アクセル・オクセンシェルナは流体の情報体。流体による精製物が破壊されるときは、硝子のような音だったり、水のような響きだったり、透明感のある音が立ちやすい。

違った。今の一瞬で聞こえたのは、

「鉄塊!?」

「流石従士先輩、芯の経験があるだけに詳しいのね」

「おおっとディスなのかリスペなのか解らない評価が来ましたよ!?」

だが、違った。

そして皆が気付く。人狼の打撃を受けたアクセルが、しかし、一歩も引いていないことを、だ。

「——揺らいでも、ない？」

その通りだった。情報体の瑞典副長は、ただ右手の平で銀釘の一撃を止めている。更には、

無造作だ。

『どうかなア!?』
至近で、彼女は黒の狼に対して笑った。

『楽しいかナア!?　あたしは楽しいよォ――!?』
直後。アクセルが左手の指を掲げ、鳴らした。
一発。
それだけで、相対場が音と光に満ちる。
強力な爆撃が、相対場の全域を覆ったのだ。

第二十四章

『唱杀と力』

さあ始まりだ
貴女と私と
地金の強さを
貴女と私で
配点（激突）

相対場は障壁に囲まれている。

銃撃や、範囲攻撃、時には対艦クラスの砲撃もあると予想して、対応種を変えた防護障壁が適時多数重ねられているのだ。

今回は打撃系のネイメアと、銃撃、砲撃系のアクセルということから、主に物理系の障壁が複数組み合わされているが、

「ウヒョー！　真っ白に光って訳解らない！」

「どうなってますのコレ」

「範囲拡大・緩衝・防御・反射・吸収・冷却・防御・分散……、というあたりの複合をメインにして、十二枚ほど展開してたのが十枚食われましたね」

「フフ、何でアンタその説明で通ると思ってんの？」

ただ、武蔵側の皆が気にするのは一つだ。

●

「相対場にいたネシンバラ様、巻き込み食らったのでは？」

○

『え!?　気にするのそっちです!?』

『二重三重に酷いですわよ智』

『意表を突くのも大事。やはりネタ回しには厳しくないといけませんな浅間様』

『言われるとホントに気になってきたけど、どうだったんだっけ？』

●

ネシンバラは、既に相対場の外に降りていた。両の腕を左右に広げ、

「セ――フ……！」

「オメエ、審判がそれでいいのかよ」

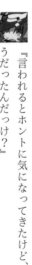

「いやいやいや、死んだらどうするんだよ！　僕の読者が哀《かな》しむだろう！」

「哀しむかどうかじゃなくて盛り上がるかどうかの話じゃないかしら……」

「アイタタタタ、ネシンバラ様、ここで思わぬピンチです！」

「今、僕が実況されてるよね!?　ね!?」

○

『……何かホントに当時の空気感思い出してきたかな？』

『あの、相対場の方を』

『あ、ネイメアは私が見てるんで大丈夫です。**凝――視！**　注意深く見守っていきたい！　そんな感じで！　母さん達は盛り上がってて下さい！』

『何言ってるか解りませんけど私も無事ですのよ!?』

●

アクセルは正面を見た。
先ほど銀釘を押さえた右手の向こう。黒の狼が距離をとって身構えている。
無傷だ。装備の端々に焦げ目や千切れはあるが、彼女自身に傷はない。

『今の爆撃を切り抜けたかア。――噂に聞く長尺の瞬発加速は、詰めるのも下がるのも出来る、って事かネ？』

「大御母様の**ドバア**より楽でしたの」

『**ドバア**？』

「ええ！　**ドバア**でしたの！　そうですのよねイカ！」

「はい！　イカ的にも**ドババドバ**でした！」

『えーとォ……』

「まあ！　こんな処で慢心無しに控えめに言って超強くて素敵に格好良くて見目麗しい私のことをそんな風に褒めるなんて！　うちの子の子ったら！」

「貴様、今のは武装としての評価だぞえ？」

まあ何かあったのだろう。帰ったら調べておくヨー。

しかし厄介。今さっきの一発で勝負が決まるかも、と思っていたのだが、長尺瞬発加速の移動力が思った以上だ。

母が使うような短距離瞬発加速は出来ないと聞いているが、

……この相対場の大きさから言えば、長尺の方が脅威じゃないかネエ？

いやはや。

『やはりここに上がって来るだけはあるネエ

——!?』

「御褒めに与り光栄ですの！」

素直に応じて、ネイメアは身構えた。

今の爆撃が何なのか、解らない。炸裂系と炎上系の多重砲撃であったのは確かだ。しかし後には砲弾の破片も、含まれていた符なども散っていない。これは、

「流体砲弾……？」

流体砲弾は完全に流体製。だとすれば、何の破片もないのは理解出来るが、しかし術式砲弾は基本的に光条型で、範囲爆撃や散弾爆撃は出来ない筈だ。

ただ、向こうには、解っていないことがあると理解出来た。

……こちらの迎撃が、解ってませんの！

長尺瞬発加速で距離を取り、早技で対応した

からこその無傷だが、それゆえにアクセルからは視認出来ていなかったようだ。

これが決め手になるかどうか解らないが、一つ、有利と言えるだろうか。

だが、それよりも、気になることがあった。

ゆえに自分は動いた。

「と」

瞬発加速で、一歩。一瞬でアクセルの背後に回る。

●

位置を取ったときには、もう攻撃動作に入っていた。

右のストレート。銀釘は爪状態。右肩を前に回しつつ、そこから放つ腕の反動に負けず、

……押し込みますの！

打撃に上半身と肩の回転速度を追加した。

放つ。

相手が情報体だろうと当たる。銀釘は銀鎖や銀十字、銀剣と同等の神格武装で、流体への攻撃が通る攻性アーティファクトだ。

届く打撃がアクセルの後頭部を抉る。

……命中ですの！

その筈だった。

打撃が止まった。

弾かれたのでも、打ち返されたのでもない。

……壁!?

ただ純粋に硬く、重いもの。

衝突音をもってこちらの一発を止めたのは、

『おっかないねェ――!?』

振り返りもせず掲げられた、アクセルの左の手の平だった。

●

ネイメアは、反応しなかった。

銀釘の先端。三連釘の内、中央部を覆って摑むようにして、アクセルの左手がある。

　そして彼女が振り向く。もはや半身に近い姿勢だ。

『――――』

　振り向かれた。

　右肩をこちらに見せた半身。

　ここから、どうとでも攻撃出来よう。

　しかし、己は動かない。

『賢明だねエ！』

「Ｊｕｄ．！　それなりに考えてますの」

「だって、密着していれば、さっきのような爆撃はありませんもの」

　爆撃がぶち込まれた。

●

……良い判断するねエ！

敵だ。

　密着していれば、と言った狼が、瞬間的に距離を取っていたのだ。

　そうだヨー！　それでいいヨ――！

　今、自分は情報体だ。それも武蔵側の仕様に拠っている。

　つまり常識的、物理的な法則において、地金の部分からズレた存在だ。だからそれに対し、密着していれば攻撃がないだろうと、そんな〝常識〟は通用しない。

　そして爆撃が放たれた直後、着弾より早く、相手は跳ねた。

　わずかにタメがあったが、一瞬でフィールドの右舷艦首端まで移動。

……凄いねエ！

長尺の瞬発加速で、一気に距離を取る。

こちらのあらゆる行動に対し、最適解だ。

たとえば、爆撃ならば直上から来る。

相対場の隅にいれば、当然、相対場の外に爆撃は落ちない。外に背を向けていれば、背部側は気にせず、振り仰げるだけの頭上に気を付ければ良い。

そして艦首側に行ったのも上手い。

爆撃がどのようなシステムであれ、上空から相対場への距離を通過するのだ。

艦首側にいれば、武蔵の持つ前進力について来られず、爆撃が艦首側に逸れるかもしれない。もしくは、武蔵の慣性上にいるとしても、吹き抜け公園の風は艦首側から艦尾側に流れるのが排気としての常だ。

爆撃は、流れる。

ならば、あとは左舷側にいるこちらから最大距離をとるために、何処に跳ぶのか。

右舷艦首側の端だろう。

それらの判断を、一瞬でしてのけた。

『……ああもォ！　あたし、副長で良かったねェ！
副長としての能力、経験から、相手の戦術が読める。気付ける。
過去の戦闘で頭半分吹っ飛んでて馬鹿なんだけどサ！
でもこういうのが解る部分は残っていて、これから相手が、こちらの放った爆撃をどう対応するのかも見て解るだろう。つまりは、

『楽しいねェ――!!』

●

アクセルの視界の中、狼が挙動した。

直上から降る爆撃を、迎撃するのだ。

「銀釘！」
銀の十字を一回打ち合わせて変形。三本爪が格納されると、回穿《ドリル》が既に高回転状態で突出した。更にはそれを頭上に向けて、

「杭打ち《パイルバンク》……！」

小さな構えの中で踏み込む。右踵《かかと》を外に回す動作に乗せて、右足首、膝、腰、胴、肩、と連続して回す。動作先端である右肩に、累積された速度が集中。更にそこから右肘、右手首を発射した。

打つ。

一つ一つが既に高速の動作だが、それらを順次重ねたことで一つの結果を生んだ。

頭上に放った回穿が杭打ちした瞬間。白い輪が生じたのだ。

音速を超えた一撃が衝撃波を生む。

……おォ。

音が消えたような、そんな感覚を得た。

直後に二発目。

左のコンビネーションが頭上へと発射。

重なる衝撃波が、彼女の頭上で大気を爆発させた。

無音。音を超えた双撃が、降下する爆撃を下から食う。

食った。

圧壊だった。

全域に落ちる炸裂と炎上の表現が、見えぬ傘に当たって消える。

流体光が光の塵芥となり、宙に笑う。

もはや衝撃の下には何も通らない。

……さっきの爆撃を抜けたのもコレかァ！

そして、

「るぁ……！」

咆吼が来た。

音が戻ったのだ。

聞こえるのは、狼の放った攻撃と同じ数の音ならぬ音。大気を裂く破裂の連続が、爆撃の重連の中で誇るように展開。

その時既に狼は両腕を戻している。

銀光の軌道は弧を描いて二つ。それは当たら

ず抉られた爆撃の炎と風の向こうで、一度彼女の背へと消え、

「……！」

黒の疾風が来た。

●

爆撃の残した風と煙、熱気を割って、狼が来た。

「る……！」

遠吠《とおぼ》えにも似た呼気を、アクセルは聞いた。

打撃が来る。

長尺瞬発加速の踏み込みと同時に、全身の連動。そこからの一発はこちらの顔面狙いだ。

見えている。だから、

『いいねェ！』

受けた。

右の手の平を出し、ただ当てる。

見た目としては、こっちの手が肘あたりから吹き飛びそうな絵面だ。だが、

『――――』

石をぶつけるような音と共に、己の手が銀爪を止めた。

●

火花にも似た流体光が咲く。

過熱で赤く光る色を、浅間は見ていた。

「……真っ正面から当たってますね」

一発ではない。

既にネイメアはコンビネーションを用い、二桁単位で打撃を積み上げている。それは止まらず、

「――――」

吹き抜け公園に響く衝打の音に、各階ベランダが共振。まるで弦楽器のような振音が多重に

鳴り始めていた。

「だけど、通らないんですか？」

不通だ。

アクセルは一歩も引かず、立っている。ただ彼女は両手を捌き、ネイメアの連打を当て返している。

「どういう……？」

「情報体、ということですけど……。ちょっと懸念ありますね」

小六《ころく》が振り向く。あ、頼られてますね、という感がある。結構レアな気も。その向こうで直《なお》政《まさ》が腕を組んで何か解ったように頷いてるのはよく解らないが、

「さっきあった爆撃は、あれ、実弾じゃなくて流体の行いなんですよね」

「……でも、術式砲なら砲弾が残るし、流体砲は爆撃に向かない」

「そうですね。でも、それらを解決する方法があります」

あの、と自分は横の方に声を掛けた。

「豊？　アクセルさんの設定って？」

「あ、母さんには全面的に漏洩しますけど、見ていても解ると思いますよ！」

「お前……」

何となく同意するが、ふと気になったのはネイメアを擁する狼一家だ。

ミトツダイラと、ミトツダイラの母。見れば二人とも、何か数えるように小首を揺らしている。そして、

「確かに豊の言う通りですわ。――そろそろ、相手の化けの皮を剝がしますわよ」

●

人狼女王は、タイミングを読んだ。

「――そこですわね」
そこだ。打撃の連打。それを弾かれ、通じないとしても、

「反動を振り被《かぶ》り動作に繋げることで、打撃は加速しますの」
江戸湾を渡る橋上の戦闘で、相対したのだ。まだ未熟な子の子は、しかしイカを相方に付けた撤退戦でこちらをよく凌ごうとした。
無理ではあったが、評価は高い。

「――それで押し切るのかえ？」

「短距離瞬発加速が出来るうちの子なら、そうするでしょうね。
そして私はそんなことしなくても押し切れますの。それに――」
言う。

「同じように、短距離瞬発加速が出来ないうちの子の子は、別の方法をちゃんと出来ますの」

告げた瞬間だった。自分が指を一つ鳴らすのに合わせるようにして、激音の連打はそのままに変化したものがある。

打撃だ。

一発目は打ち下ろすようなフック気味の右ストレート。しかしその着弾と同時に、狼の身が消えた。

いなくなる。否。

「――下かえ」
超低空の下段。身体を起こしながら前に出し、左腕を振り回しながら突き上げるのは、長射程のスマッシュアッパーだ。
浅い弧を発射した狙い。その行く先は、

「――アクセルがうちの子の子の右ストレートを受けるために前に出した左手の下。左膝。
これまで正面や上方気味の打ち込みに対し、いきなり下段。自らの左手が遮蔽となる状況で、さて……」
面白くなるでしょう。その期待を込めて自分は言った。

「見せなさいな瑞典副長。恐らく、武蔵に来て尋常ならぬ、そして思わぬ強化を得た自分の現在を」

●

ネイメアは、予感していたことが起きたのを視認した。

左の高速打撃。

浅く突き上げて狙った相手の左膝が、

……回避！

外にズラされた。
こちらの動きを読んだ動作だ。
遮蔽もフェイントも効かない。これはつまり、

「……武神の知覚系」

小六が言う意味は解る。

瑞典副長の本体は、大型の武神だ。彼女はその中に収められていて、合致した本体の機能をフルに使うことが出来る。

知覚、反射系などは全て人間の速度ではなく、機械基準。合致した本人の情報に負担が掛からない限り、最大で十万倍速度までは加圧する。

一秒が十万秒になる世界。

その中にいれば、こちらへの対応などは楽なものだろう。だが、

「フェイントや、戦闘の流れによっては、〝気付いたとて間に合わない状況〟というものが存在し得る」

その通りだ。だからこそ、遮蔽、フェイント、タイミング、そう言ったものを持ち込んだが、かわされた。
おかしい。

○

『さっきちょっとアクセルさんの謎解明、みたいなフリしておいて何ですけど、やっぱりあの回避、おかしいんですか？』

『Ｊｕｄ．、――膝狙いなので御座る』

『えーと……？　膝？』

『……説明不足なので追補しますが、脚部を動かすとき、膝というのは〝遅れやすい〟箇所なのです』

『？　膝蹴りとか、よくぶち込みますが、あれは膝が最速ではないのですか？』

『あら？　〝膝の筋肉〟で、膝が上がりますの？』

『――膝を上げるのは腿《もも》側の筋肉ですの。膝は、臑下の動きを司りますの』

『…………』

『Ｊｕｄ．！　今度実践してみます』

『いやいやいやいや。ええと、何となく解って来ましたけど、どういうことなんです？』

『Ｊｕｄ．、――人体の筋肉は、基本、伸びていて、身体の中央側に縮まる動きをします。故に膝を上げるには腿前側の筋肉を身体の中心側に縮めるのですね。つまり膝は、膝単体では位置を変えられません。位置は主に腿側で制御されているのです。そして――』

『地面を蹴るとき、膝から臑の筋肉で臑下を振りますが、〝蹴る〟という動作は地面を蹴った反動を用いるものです。つまり膝が固定されていないと〝蹴る〟反動が活きません』

『えーと』

『……だとすると、膝は、回避の時、腿側の筋肉の後に動いて、地面を蹴ったときも反動を得るために残る、と？』

『Ｊｕｄ．！　ゆえに近接戦闘では、相手の脚を狙うとき、膝あたりを取りにいきますの。でも……、今回の相手は、ちょっと有り得ませんでしたの』

『Ｔｅｓ．、遮蔽などあったら、先読み不可能。しかし、出遅れる筈の膝は、うちの子の子の動きを先読みしていましたのね。――さてこの謎、即座に解いてしまいなさいな』

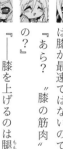

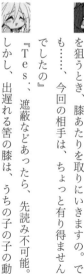

アクセルは、安堵した。

……バレてないかネェ!?

今、自分の知覚系は基本として十五倍。必要に応じて一千倍を基準とし、危険を感じたときは十万倍に移行するシステムとしている。

だがそれだけ高速であっても、遮蔽があれば解らないし、フェイントには見逃しで出遅れる。

両方を、タイミング合わせてやられた今の一発は、普通なら食らっていた。だが、

……今回は違うんだよネエ……!

バレてない。向こう、浅間神社代表は恐らく察した筈だが、個人情報の秘匿義務がある。

同じようにバレるとしたら、母の東照宮代表ぐらいだろう。

もしも彼女達から漏洩したとしても、戦闘中の相手には通じまい。ならば、

『——!?』

いきなり一発を受けた。

受けたのは、構えた手ではない。

膝ではない。

そして食らったのも、銀の回穿ではない。

受けたのは、前に出した左手の下腕。それも下から。

そんな場所を打ったのは、銀の武装ではなく、

「根性——!!」

根性頭突きだ。

派手な音がした。

が、とも、ご、とも、芯に響く一発だった。

だが、

「……っ！」

入った。

一撃を空振りして、身を戻す動作。

相手の左手を遮蔽として行われる姿勢制御を、しかし別の動きにした。

首を跳ね上げ、後頭部に近い位置で打つヘッドバット。

うっかりぶつけたと、そう見える一撃だが、

「――いい音でしたわねぇ」

その通りですの！

だが、そのまま後方に引く自分は、一つの答えを見ていた。

瑞典副長、アクセル・オクセンシェルナ。

速度と不意打ちで、肘関節を折りかねない一発だった。しかし、

『やってくれるネエ！』
彼女の左手は、その腕も肘も微動だにしていない。

●

……理解しましたの！
察した、とも言える。相手の頑強な防御。そして先ほどの爆撃が何であるかの謎。
全てはこういう事だ。

「〃隠れ〃設定を使って、瑞典の改派と神道を並列起動してますの！」

●

「いやあ、まさか神道が関してるとは！　盛り上がってきましたね！」
豊は、ショーロクの容赦ない半目を無視して言った。

「母さんも気付いていたと思いますけど、――代演です！」

「ククク、神道オタク！　ハイどういうこと!?」

「はい。恐らくですが、かなり高度な代演です。さっき清原さんもやってましたけど、攻撃系の技術を奉納して、あるものを情報体の身に代演してます」

それは、

「――彼女の本体。砲撃重視のあの重武神です」

●

「――何さね？　じゃあ、三河であたしに相対したシロジロ同様。あの身体は、重武神相当のパワーを持ってると、そういうことさね？」

直政の言葉に、浅間は頷いた。

己の言う通りならば、全て、ここまでの流れが説明出来る。

「術式砲弾を使用する筈の爆撃も、代演を通して、〝情報体化〟されてたんです。だから術式と同様の扱いになって、破片も残らない。

そしてネイメアの攻撃を止めるのも、キッツイ位置に一発受けて揺るぎもしないのも、あの身体にアクセルさん本体でもある重武神の防御性能や重量が展開出来るからです」

「え!?　そんな事出来るの!?　どんだけ金使ってるの!?」

「国家の存亡懸かってんだ。商売の上手い改派がそこで金に糸目はつけんだろう。それに、――瑞典は貿易船団で幾度も行き来してる。このための予算は現地回収くらいのつもりで来ているだろうな」

「副会長までが乗り込んできている訳ですね。――貿易関係、武蔵上で即決出来ますから」

そういうことだ。だが、解らない事がある。

「――Tsirhcの者が、ここまで深く代演出来るほど、神道を組み込めるのかえ？」

「そうね。出来るの？　そんなこと」

義光と成実《なるみ》の言葉に、アデーレが手を上げた。

「自分、結構そんな感じです！　神道の方が安いんで！」

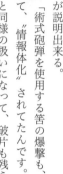

「ヘイラッシャイ！　そりゃあ極東全域の教譜ですから大量生産お安いですよ！」

ただ、と己は首を傾げる。

「アデーレなんかは長い年月を掛けて神道寄りの〝隠れ〟設定を作っていったんですが、それっていろいろ理由があるんですよね」

「経済的とか困窮とか貧困とか食事の好みとかですか」

「それ大部分同じ事言ってて最後のは犬の餌ですよね！」

流石過ぎる。ただ、と己は言った。

「——アクセルさんの神道ベタ踏みレベルは、ちょっと異常です。大体、サクヤも認めた相対場とはいえ、爆撃とか、重武神の能力を完全に降ろすとか。神道を〝隠れ〟にしたばかりの身では無理ですよ」

「アクセルだから、床までベタ踏みなんだろ!?」

「ウッワ、ネタ解りました父さん！　流石ですね！　**ヒョヒョ！**　あ、ちょっと浮かれて変な声が出ましたよ！」

コレ、私も外から見たらこんな時あるんですかね……。

「アンタの場合は、もうちょっと、何か、変に重いから……」

「うん。何か積み重なって発散されないから、アサマチの場合」

「ひ、人を賽《さい》の河原《かわら》みたいに言わない！」

「巫女が仏道用語使ってますのよ？」

まあ神仏習合ですし。ともあれ、何となく解ることがある。

「アクセルさんのやたら強い代演は、アレですね？　——〝武蔵〟さんですよね」

●

言ったと同時だ。こちらの眼前に表示枠が来た。

『Ｊｕｄ．、――武蔵が浅間神社と進めている情報体サービスですが、アクセル様はそれを適用しています。更に――』

　更に、

『アクセル様の方で、情報体サービスの安定性を求められたため、〝隠れ〟設定基準ではなく、神道基準でのサービスにしております。また、元々が情報体でのサービスモニターは貴重と判断し、艦内限定ではありますが、制限解除とさせて頂いています。――以上』

「……あの、制限解除というと、どのくらい？」

『Ｊｕｄ．、神奏者としては中位と上位の間くらいになっております。――以上』

　言って表示枠が消えた。

　以後、向こうからの反応や言葉が、何も無い。

そして、ややあってから、

「――言い逃げですね？」

「……責任放棄来ましたね。というか、中位と上位の間くらいって……」

「三河争乱時の智や我が王達が該当ですのよ？」

「ンンンンンン！　コレすごく面倒なのでは!?」

　ですけど、と声がした。

「さっき、瑞典副長は、自分の現状が〝バレない〟ようにしようとしましたわね？　それはつまり、うちの子の子を油断させてズガン！　みたいなことを考えていたと思うんですけど」

　一息。

「重武神の能力って、防御力と爆撃だけでしたかしら？」

　いきなり来た。

「……っ！」

一撃だ。

こちらがまた距離を詰め、高速の連打に行こうとしたなり、それが来た。

カウンターアタック。

動作としては、アクセルの右拳がまっすぐに突き出されただけのもの。初動も解りやすい振り被りで、

『――じゃあ、行くよォ――！』
見える。
だから受ける。左の銀釘でガードする。そのつもりだった。しかし、違った。

……すり抜け!?
こちらの銀釘の下。蛇のようにアクセルの右拳が来た。ガードとして、銀釘の大面積を生かす構えを取ったのだが、僅かに身を低くし、下を狙ってきた。
銀釘が遮蔽となって確認がしづらい。
気づけたのは、アクセルの初動が解りやすかったからだ。だが、

「――」

思った。この一発は危険ですの、と。

重武神だ。

アクセルの重武神は、かつてヴェストファーレンで見たことがある。要塞じみた砲台の塊。火力と防御力で圧倒するタイプの存在だ。

だがその重量を動かすパワーが、今、目の前のアクセルに宿っていたならば？

……危険ですの！
しかし防御は貫通された。
恐らくは、最大十万倍速になる知覚系。こちらの動きに対し、高速化した視覚と判断力で対応し、拳の一発を〝当てる軌道〟に変化させたのだ。
ならば当たる。

こちらの対応は、どうするか。回避か。否。

「根性――！」

再度の頭突きだ。

●

当てに行く。

食らうより先に、自ら当たる。そうすることで、相手の拳の速度が完全に乗り切る前に潰せるし、姿勢も崩せる。だから選択は一つ。

「根性頭突き……！」

ぶち込んだ。

そのつもりだった。しかし、

「え？」

目の前が空いた。

視界の中。銀釘をガードから開く動作が始まっているが、その先に、ある筈のものがない。

アクセルがいないのだ。

……これは……！

思った直後。当然といえるものが来た。

一撃だ。

背後。何の音も声もなく発された一発が、自分に直撃した。

発生するのは鉄の打撃音である。

第二十五章
『狼と高まり』

花誘う
そこは絶対の場
裏切らぬ力の花壇
配点（決意）

激震と、鉄を叩きつける音の後で、声が来る。

『――やるねェ！』

ナンタラの言葉に、二代は、見事を感じた。
二つの動きについて、だ。
一つは、一瞬でアレの背後に回ったナンタラの動きである。
アレが気付く前にナンタラが飛び込んだが、

「多分、うちのネイメアのことだと思うんですけど、アレは無しで御願いしますの！」

「…………」

「……ネナンタラ？」

「ネイメア」

「ネイメア」

「二代、今だけでいいから憶えとけ？」

「どうやったら憶えるのだえ？」

「戦闘すると憶えます」

「詳しいのね……。いいわ……。そうよね……」

「何だかよく解らないけど御母様達有り難う御座いますの！」

ともあれ人狼系のネイメアが一瞬後れをとった。あれは一体、

「何で御座る？　闇殿」

「――――」

「闇ちゃん！　闇ちゃん！」

「――Ｊｕｄ．、すみません。一回深呼吸しました。大丈夫です」

闇殿、落ち着きが無いで御座るな……、と思っているともう一回深呼吸された。そして闇が一つ頷きを作って言葉を作る。

「武神の力です。巨大な重武神を動作するだけの力は、単に打撃力だけに発される訳ではありません」

その言葉に重なるように、音が来た。

金属の重音だ。

『行ッくよォー!!』

打撃の連打。更にそれは、

「重武神クラスの力を人の身に、しかも代演という方法で、それを最も効率よく使える情報体の身として降ろしたならば、どうなるか」

「どうなるも何も答えが見えてるで御座るよ?」

深呼吸されたで御座る。

アクセルは機動した。

●

……久しぶりだねェ……!

情報体として、ある程度の外出は出来るようになっている。だが、

『この身体で戦闘出来るとはねェ!』

久しぶりだ。

昔。どれだけ前だろう。前総長の頃か。ろくに憶えてないヨー！　頭半分吹っ飛んでるんだもんネエ！　でも、でもだヨ！

『馬鹿じゃなかったら、こうだったかもねエ!』

武神に乗っている重騎士達は、武神だけしか使わない訳ではない。生身においても武器を修め、それなりに武術士としての技能を持つ。

自分はどうだったろうか。

……憶えてないネェ！

でも久しぶりだ。それは確定。こんな風に全身をもって、しかも、

……あたしの〝本体〟の力を使えるなんてさア！

いいねエ。

生身であっては有り得なかったこと。

今の自分の全肯定。

『アクセル！　費用が馬鹿みたいにリアタイで掛かってるんですからね！』

『馬鹿みたいじゃなくて馬鹿なんだヨ——！』

言って、己は前に出た。全速前進。

『勝負だヨォ——！』

打撃を重爆させる。

福島の視界の中、光が見えた。

流体光だ。

……瑞典副長の軌道。

情報体の彼女が、それゆえに光を残像として残しているのだ。

行く先。拳を叩きつける場所は、ネイメアのいる処である。

高速で、まるで渦を巻くように全身を振って打撃する。

金属音が着弾の響きだ。

鳴る。耳に突き刺さるような鉄の音が連続し、

「——砲撃で御座ります」

憶えている。運命事変の中、艦隊戦や武神を交えた戦闘など、幾度となく越えてきたのだ。

そういった現場で聞こえていた音が、これに似ている。

たった一人で砲火の重音を作れる存在。

「これが副長という存在……」

母上が振り向きましたが、既にリスペクトして御座りますよ？

アクセルは前に出た。

全身は無い。あるのは姿と力だけである。

……この姿は〝代理〟なんだよネエ……！

偽物では無い。自分と繋がり、外界と繋がる己の今の姿。

かつての姿を模している。

失ったものがあるのだ。

戦争で、歴史再現で、他や、自分自身を損失した。

だが、いる。

乗っていた武神が高性能であった、というのもあるだろう。この形で生き残った己は、クリスティーナを見出《みいだ》し、ヴェストファーレンを凌いで三十年戦争を終えた。

瑞典にとっては、ようやくの平穏だ。しかし、

……次の乱世があるんだヨ――！

クリスティーナの次代。カール十世の治世において、瑞典は泥沼のような戦争を始め、一気に疲弊していく。元々が大国では無いのだ。強国であっても、弱った時点で、あらゆるアドバンテージは失われる。

だから、だ。

だからここに来た。

武蔵だ。

しかし、

『いいねエ！』

そういうの、全部吹き飛ばして、〝今〟はいい。

〝今〟だ。ただそれだけを考えて、

『アハ……！』

己は加速した。

おお、という声が各所から上がった。

相対場の上。瑞典副長の残像が、多重の姿を明らかにし始めたのだ。

分身現象。

「既に五体……！」

実像では無い。残像ゆえの錯覚だ。だが一発一発の重さは武神同等で有り、加速された知覚系は相手の隙を逃さない。

打たれた方は位置を下げられ、動作を固められる。

そこにまた瑞典副長の連打が入るのだ。

固め打ち。

結果として生まれるのは、

「攻勢のみ……！」
瑞典副長の、一方的な攻撃ターンが継続する。
しかしその中で、一つ、声が生じた。

「本多・二代」

「？　何で御座るか？　闇殿」

「本多・二代。――貴女先ほど、見事だと思うことが二つあると、そのようなことを言いましたね？　一つは瑞典総長でしょうけれども、もう一つは？」
疑問であった。そして闇の問いかけに、二代がこう応じた。

「――言ってないで御座るよ？　ソレ」

「……えっ？」

○

『あああああああ！　本文！　本文ですねこれは！　言ってない！　これは不覚！　立花・闇、このような不覚を取って東照宮代表に御迷惑をお掛けすることになるとは！』

『あの、気にしないで下さい闇さん。桁違いで遙かに酷いのが何人もいますので』

『智？　それ全くフォローになってませんのよ？　あとホライゾンはガッツポーズとらなくて良いですの』

『闇殿、早とちりで御座るなあ』

『――』

『闇ちゃん！　闇ちゃん！　水飲もう！　水！』

ともあれ闇殿のリクエストがあったので、答えるで御座る。
「もうこの回想ジャンル、何でも有りだよね

……」

フリーダムに御座るよ？

「もう一つの見事は、アレ、存分に見えているで御座ろう」

相対場の上で、それは発揮されている。

「――ネナンタラ殿が、ナンタラの派手な攻撃を凌いで御座るよ」

アクセルとしては、驚きを感じるものであった。

『ヘエ……！』

最初の一撃。背後からの打撃への対処が、スタートだった。
不可視の位置より、己が放ったのはストレート。だが、

『防がれたヨ――！』

驚きだ。
見えていないだろうに。しかし狼は確かに銀の十字架を背後打ちに構えたのだ。
既に打撃を放っていた自分は、それを止めることも出来ずにヒット。震動が走り、しかし反動で相手は前に全身をスライド。すぐに防御姿

勢を取られて、

「……っ！」

そこからがただただ続行される現状だ。

こちらは攻撃ターンの連続。相手は防御専念。

己は加速するが、しかし敵のガードを崩せない。場外への押し切りも考えたが、脚捌きを使われて回り込まれる。

相対場は意外に広い。否。

「……回り込み続ければ、無限の広さだよねェ！」

そういうことだ。

●

激音が連続し、お互いの位置が移動する。その速度が上がっていくのを、アデーレは見ていた。

「……防御系は自分の得手ですけど、番外特務候補は凄いですね……！」

彼女とは幾度か組んだこともあるし、運命事変では決戦時に芯としてアタックを決められたような仲なのだが、

「ここまで出来るとは思わなかったです！　最初の一発もですし、他も、武神級の攻撃を受け流し続けられるとか……！」

「デカイ一撃を相手にするんだったら、アレですよう。安芸《あき》でオリンピア様の夢見から出る駄竜を相手にしまくったからですよう」

「駄竜？」

「流体製ですけどね。百メートルクラスのを皆で屠《ほふ》るんですよ。ホント、あれ楽しい合宿でしたねー。ガンガン撃って左近が死んだりするの見たら、食事ガッツ食ってたまに海で遊ぶだけ、みたいな」

「だからネイ子、賤ヶ岳で千人吹っ飛ばす、みたいな阿呆《アホ》やるんだよ……」

どういう環境だろうか。ただ、

「経験、……ですか」

「Ｊｕｄ．、攻撃速度や背後への回り込みだって、私を含め、これまでの戦闘で充分に経験している筈ですわ。そもそも狼はそういうのが好きですし、それに――」

それに、

「ネイメアは、P.A.Oda五大頂、滝川《たきがわ》・一益《いちます》のお墨付きですのよ？　隙を狙ったあらゆる方向からの分身攻撃。その最高の使い手を先輩としてますもの」

第五特務とて、滝川を倒して認められた過去がある。

同じ強敵を倒し、認められたものとして、

「――恥を掻かすんじゃありませんのよ？　私達にだって、背負ってるものはありますもの」

●

ネイメアは反射していた。

防御専念。相手の攻撃を受け続けているが、しかしそれだけではない。

……拍子を読んでますの。

母が、〝それ〟だ。戦闘において、瞬発加速を多用する母を相手にするとき、攻撃のタイミングを読んでいないと話にならない。

そしてどのような相手であれ、ものであれ、戦闘においては必ず拍子が存在する。

生物においては、骨格や筋力のサイズ、強度、反射速度。

機械においては、フレームや駆動系、判断系。

銃器においても、銃身や装弾系によって一定の拍子が生まれる。

……常に違う攻撃を行えるものなど有りはしませんの！

もしも常に違う攻撃を行うように制御術式を組んだならば、それは〝違う攻撃を連続〟するという拍子になるし、そうであっても数を重ねれば骨格や筋力の条件から傾向が見えて来る。

強いて言うならば、一回だけの単発攻撃は、拍子が無い。

そういう攻撃を読むならば、経験だ。

この相手、アクセル・オクセンシェルナにおいては、

……経験と知覚系ですの。

高速の相手だ。速度故に残像の分身すら見える。

対するこちらは、背を取られないように位置制御し、下がりながら防御。

防御のタイミングは、相手の初動だ。

アクセルは情報体だが、その身体は変形をしない。情報体としての外殻は筋肉の膨張や収縮などを再現しているが、腕が伸びたり全身が巨大化することもない。

速度は、歩幅から計上出来るもので、攻撃の到達距離は腕の長さをベースに想定出来る。

ゆえに空けた距離から逆算すれば、どのタイミングで攻撃を発するかは読める。

拍子を作るのは情報体外殻の形状と速度。

解りにくいのは、この相手には呼吸系と循環系が無いに等しい、ということだ。恐らく生身であった頃のクセが残っているだろうが、武神と合一しているために実際の部分では呼吸と鼓動がキャンセルされている。

……こういう相手、喜美伯母様だとどう対処するんでしょうね？

「フフ、私だったら踏む足の拍子か打撃のタイミングに合わせて介入するわね！　こう、タンターンと行ってドーン！　バーン！　ズバーン！　みたいな感じよ！」

「感覚的説明有り難う御座いますの……！」
理屈的実働をする自分でありますの。
だが、拍子を読んだ上で初動を見る。そして、

……来ますの！

一瞬だ。発射されれば砲弾の威力で攻撃が届く。視認速度を超えているために、防御する場所は初動や傾向から読み切るしかない。

一度でもミスの赦されない連続防御。

脚捌きで距離を取り、拍子を読み、初動を読む。

相手の情報体はよく出来ている。髪の動きの物理再現は完璧だ。前髪や後ろ髪の揺れを見ていると、全身のバランスがどうなっているか解る。

解った。だから己は動いた。

●

一度息を吸う。

鼓動を感じて自らを乗せる。

相手に無いものを実感し、それを味方だと思うメンタルは意気において充分。そして、

「——っ」
迎撃した。

●

音が変わったのを皆は気付いた。

これまで、一方的な金属の打撃音が鳴っていたのだ。

それが不意に複雑化した。壁を撃つような響きではなく、明らかな相互激突音。

流体光が散る激震は、これまでよりも強く吹き抜け公園を震わせた。

響く。

そこにいるだけで全身を支配する鳴動。連続する震えを飲み、己を取り返すように、皆は声を上げた。相対場で始まった文字通りの打ち合いに対し、歓声を、

「ホエ——————!!!」

「何処から声出てんだろう……」
打撃の響きが止まらない。

●

アクセルは敵を追った。

『おォ……!』

打っている。攻撃の主体は自分だ。
相手は防御だ。下がりながらこちらの打撃を迎撃する。
打っているが、下がっているために、こちらを打ち抜くだけの力は無い。
その筈だった。

『――――』

相手の下がる速度が、落ちていく。
それは一発一発ごとに鎮まり、やがて、

「……っ!」

正面から向き合った。その直後。

「――捕まえましたのよ!!」

●

……言うねエ――!! 捕まえた、かア。
それはこちらの台詞だ。しかし、間違い無く足を止めたのは向こうの決断。ならばこちらはこう返すべきだろう。

『――追い詰めたんだヨ――!』

●

打つ。
狙うは相手の身体。顔。当たる処なら何処でも良い。
右腕と左腕が駆動する。
発射。

「――!」

『――!』

発射する。
迎撃は必須。反動からの再発射も、連撃も当然とする。
上げる。

……いいねエ。

アクセルは自覚する。これは楽しいヨ、と。

いつもと違う自分。馬鹿だから忘れていて、戻らない自分。

戦いを凌ぎ、瑞典という国は勝ったが、己は損失した。そんな過去が、多分、あった。

馬鹿だから憶えていない。否、そんな過去、忘れたいだろうヨ。

忘れたいのに憶えていない。

しかし、だからこそ、

『おォ……！』

楽しいネエ。

打ち合っている。

きっと、忘れた向こうにいる自分では、コレは出来ないヨ。

〝今〟の自分だけだ。

高速で、身体を使って、しかし有り得ない力で打ち合う。

馬鹿で良かったヨ――。

打つ。

代理の身体が、過熱するくらいの駆動。

ともすれば情報体の全身が乱れかねないほどの衝撃と音。

視覚は数千倍をもはやベースとし、響きは着弾よりも後に届いてくる。

衝撃波が至近で生まれ、お互いの加護や術式で弾かれて相殺し、ただ霧が棚引いてまた散っていく。

知ってるかナ。

瑞典。高地では息をするとこんな風に霧が己の周囲を巻く。

憶えてないけどサ。でも、解っているんだヨ。

……そうだネエ。

解っているのサ。

己は見る。敵の向こう。そこにいるのは、

「――――」
何かを叫んでいるようだが、聞こえない。
ただ、解る。
霧の棚引き。故郷の風。高地の気流に巻かれれば思い出す息吹。しかし、

「――っ!!」
ここは武蔵だ。
クリスティーナの選んだ場所。
ここは武蔵なのだ。

●

武蔵という航空都市艦の高度は、地球上のあらゆる山系よりも高い位置に至る。

●

アクセルは機動した。
打撃を五発。左に二発、右に三発という偏りを生成。
それは自らの打撃で遮蔽を作り、相手に迎撃を打たせ、

『……っ!』
加速した。前に出る。これまで分身を五つ生む打撃の最後、強引にもう一打を、

『――行くヨォ!』
六発目。
放つのは遮蔽下での超低空の下段。それはかつて、

……君が見せた攻撃だヨ!
放った。
打つのは相手の膝。最も遅れる部位である。
打った。
高速の一発が、過熱で赤光化する右手で果たされる。
当たる。しかし、

『……!?』
打撃した相手が、その力が抜けるより先に消えたのだ。
いない。
残像だった。

●

……見事に御座ります!
元羽柴十本槍の戦闘系リーダーである福島において、ネイメアに優を認めるものがある。
速度と力の表現と、その多彩だ。
自分が速度を上げ、高速を求めるのに対し、

……ネイメア殿は、速度と力を、使いこなすので御座ります。
その通りのものがあった。
実像分身。
数は五。
かつての五大頂、滝川・一益が決め手として用いた体術だ。
残像に至る速度無しに、ネイメアはこれを使う。
そして狼が動いた。

「るぁ……!!」
一体が、下段打ちを行ったアクセルの分身と共に消える。
残りの四体が、残存するアクセルの分身を打ち、消えていき、

『……っ!』
先ほどまでネイメアのいた位置に、アクセルがいる。
そして相対場の中心に、ネイメアがいる。
共に移動を終えた直後。お互いが元々にいた位置。しかし背を向けた姿勢だ。

「——振り向きはどちらが先です!?」
清正の問いかけが聞こえた時だった。

アクセルが変化した。
　向けていた背、頭に、胸や腹、顔が浮かび上がり、めくれるようにして、

『アイヨー!!』

　裏返った。一瞬だ。対するネイメアはまだアクセルに背を向けている。
　しかし、

「ネイメア殿は速いだけでは御座りませぬ！」

『じゃあコレを凌いでみなヨ！』

　叫びと共に、アクセルの周囲全域にそれが展開した。

『フルバレルオープン!!』

　流体で出来た無数の砲門群。
　アクセル本体の武神が持つ砲塔の、代演による召喚再現だった。

神は芸を尊ぶ。
　人狼女王は神をさほど信仰していない。
　無論、術式は便利だと思う。だから夫との擬音系のあれやこれやに役立つならば採用！　そんな感じで最近は東照宮代表に大変お世話になっておりますの。

「アサマチさあ……」

「いやいやいやいや！　私じゃなくて浅間神社代々から由来の通常業務なんで！」

「そうですナイト様、浅間様が本気になったら竹のペン立てでも敵《かな》いません」

　竹のペン立て!?　そこまで極東は進んでますの!?

「御母様！　話！　話！　話！　モノローグを戻しますのよ！」

　そんなこともありましたわね。母はとってもサービス上手。

ともあれ神は芸を尊ぶ。極東の神は職能神がメインであるためか特にその傾向が強い。

今、アクセルの周囲に展開した砲門は左右対称に大小合わせて九十六。

これだけの一斉射撃を個人で行うのは、もはや芸であろう。

彼女の周囲に熱田神社の刻印が入った表示枠が何枚も展開。既に代演は成立していて、

『見せるヨ――――!』
爆圧とも言える砲撃弾幕が壁として飛んだ。

●

ネイメアが、アクセルに背を向けたままなのを、ミトツダイラは見ていた。

「Ｊｕｄ．、そうですわ……」
声と共に、娘が挙動をスタートする。
全身を、相手に背を向けた状態で、しかし寧ろ逆側に軽く巻き込む。
自分を深く抱くようにして捻る動きは、

「ええ」
背を向けていたのではない。

「全身を使用したトルネードの螺旋打ち。――その準備ですわ!」
声と共に、黒の狼が全身を放った。

●

ただの一撃では無い。

普通の一発が、攻撃する腕に準じた足を踏み込むのに対し、背を見せてからの螺旋打ちは、寧ろ逆の位置からスタートする。

左の小指、それを旋回方向に振り、

「……!!」
薬指、中指、人差し指、親指、手の甲、手首、肘、肩、そして左の鎖骨と胸部と腰を回し、左脚を後ろへと加速。そして腿、膝、足首、足甲、左足の五指と連続加速。

叩き込む。

速度が加算されるたびに全身が跳ねる。

既に半身の加速を終えた時点で、いつもの一撃を威力で超過。

しかも旋回半径を最小限どころか零に近づける。これによって回転の慣性モーメントは一切逃げることなく、全てが速度と力となり、

「……行きますの！」
右足を前に踏み、順次加速。先ほどの左半身とは逆の順番で速度を立て続けた。
結果は明確。右腕は容易《たやす》く音速を超え、更に、

「銀釘！」
右腕の装備。銀釘の形が今までとは違う。二本の銀釘を連結させた先。長砲とも長槍とも見える武装の先端から高加速の流体杭《ぐい》が発射された。

●

皆が見たのは、芸だった。

砲撃の壁が、狼の咆吼と同時に打たれた月色の杭に貫かれる。

その瞬間に、両者が止まったのだ。

あ、と誰もが息を飲んだ瞬間に、声がする。

「――神が、慶んでいますよ。希なる芸が奉じられている、と」
直後に結論が出た。

『――咲け。それが粋だ』
砲撃の壁と月の杭が流体光として咲き散った。その光は一瞬で空に昇り、吹雪となり、音を奏で、

「決着しますわ！」
光の舞い散る底で、二人の相対者が向き合っているのだ。

●

光の吹雪の中、アクセルは、流体による砲門を一つ召喚した。

本来ならば、本体の右腰、背部からのアームで引き出される一門。それは、

『あたしの主砲だヨ……！』
対するネイメアは、両腕を外に振った。
銀釘を相対場に突き立て、一息の後にこう言った。

「御母様、大御母様。見ていて欲しいですの。これから私、――初めて見せる技で、あの相手を倒しますの、だから――」
彼女の言葉に、狼が首を下に振る。

「ええ。行きなさいな」

「今夜は肉巻き焼き肉ですのよ？」
聞こえた台詞に、黒の狼が小さく笑う。

それがスタートだった。

●

流体光の欠片を巻き上げ、狼が跳ねてくるのを、アクセルは見た。

長尺の瞬発加速。

これまで幾度も見たものだ。

一気に距離を詰めてくるが、彼女の母親の短距離瞬発加速と違って途中で加速を追加出来ないため、初速頼りの移動と言える。

そして自分は、既に彼女の長尺瞬発加速を、速度、移動距離ともに計測している。

……届きはするけど、こっちが動く方が先だネエ！
つまり迎撃出来る。
だが相手はさっき、親族にこう言った。
初めて見せる技で、こちらを倒すと、そういうことを、だ。

……何かなア！　それはサア！

長尺の瞬発加速でこちらに飛び込み、何かを行うのか。
全ては計測の上。解り切った状況だ。しかし、

『油断は無しでいくヨオ！』

ゆえに散る流体光の中、対するこちらは、砲撃を合図する。
予定よりも早い段階での射撃。相手を、加速移動中に潰すための一撃だ。
撃つ。
迎撃として、自分自身も相手の動きを読んでいる。
高速の視覚と判断。打ち返すのは正面から来る右の打撃と決めた。
行ける。しかし、

――オゥ？

疑問は明確だった。
いきなり、目の前に、黒の狼がいたのだ。
至近。そんな位置に狼がいる。

「……！」

息があれば届くような距離だった。
有り得ないことだ。こちらの計測情報を遥かに超えている。

『……これは――』

ただ、自分の視界はそれを見ていた。身を低くしてスタートした相手が、

「……っ！」

長尺の瞬発加速の途中で、相対場の床を蹴ったのだ。
回数は、少ない。
たった一回。だが、これは、彼女が今まで出来ていなかったはずの、

『……短距離瞬発加速!?』

●

ネイメアは、跳ねた。

これまで出来ていなかった技を、ここで行う。

布石はある。

母との体格差によって至難とされる短距離瞬発加速だが、自分は、似た技を持っているのだ。

……実像分身!

最大五体。超至近で行う加速は、全身を躍動させるものであり、力の節約を兼ねる瞬発加速とは逆の行いだ。
だが、それを〝使う〟ならば、出来る。
そしてこの現場は、そこまでの自分の実力を必要とし、引き出してきた。
瑞典副長。相手にとって存分である。こちらの実像分身と互角してもいるのだ。だから、

「行きますわ!」

方法は、母とは違う。最大は五回であろう、実像分身式の、

「……短距離瞬発加速!」

●

打ち込む。

跳ねて、打ち込む。

限界まで自分を押し、床を跳弾するようにして、全身を振り絞り、

「……っ!」

行った。

●

一撃で勝負はついた。

正中線上部への右正拳突き。

だがその結果も、果たされてから気付いた者

達ばかりだった。

「おぉ……!?」

既にネイメアは拳を引き終え、代わりというようにアクセルが膝をつく。

狼が、ただ右正拳の残身を終える。

そしてアクセルの長砲が天上を差し、

『――!!』
頭を垂らすと同時に、砲撃が夜を貫いた。
それはまるで祝砲のように。だが、

「終了――!!」
相対が、また一つ終了したのだ。

●

勝利の光景と、散る光。そして周囲の沈黙を、ミトツダイラは全身で知覚していた。

「今のは……」
嘉明は、ネイメアの戦闘を幾度か間近で見た経験がある。だから解るのだろう。

「ええ。ネイメアが出来る瞬発加速は、その体格とバランスゆえ、全身単位でのもの。距離を詰めるのは出来ても、私のように関節単位で出来ず、攻撃動作となると地金の速度に頼るしかありませんの」
自らの体軀《たいく》に頼った最大速度が、先ほどの螺旋打ちだ。
だが、そういった中で、理解したのだろう。

「関節単位での身体制御。実像分身には必須の技術ですけど、これほどに密度高く出来る機会はまずありませんわね。
あとはそれを転用する発想があれば、……という処ですけど、ここでそれが叶ったのでしょう」
だからだろう。最後の最後で、ネイメアはそれを行った。

「右臑を用いた蹴り足。そして叩き込む右肩から肘。その二箇所のみですけど、短距離瞬発加

速を叶えましたわ」

自分が行うレベルには遠く及ばない。

だが、零から、数を数え出すような行為をやってのけたのだ。

結果として、アクセルの高速知覚をもってしても予想外という回避不能を導き、

「よく出来ましたわ。――ネイメア」

●

ネイメアは、息が出来なかった。

これまでの疲労もだが、初めて行った関節単位での瞬発加速が全身に響いてくる。

まるで、瞬発加速中に実像分身を発動するようなものだ。

理屈としては最大五回行けるだろう。だが、

……脚と肘の二箇所だけでこのド疲労ですの

……！

右上腕と右臑。筋肉の断裂が生じていよう。

己の体格では無理があること。だけど、

……出来ましたの！

これから、どうするか。自分にはまだ可能性が多いという喜びは、痛みを超え、

「る……、お！」

両手を握った咆吼を、勝《か》ち鬨《どき》として己は宙に響かせた。

そこで意識は途切れている。

●

倒れたネイメアが担架で運ばれ、豊による治療を受ける。

「さあ！　今回はネイメアの方がキッツイですよ！　大変ですねえ！」

「何か嬉しそうなのは何故ですの――!?」

だがまあ、と正純は言った。

「大金星だ。番外特務候補で人狼女王家系の襲名者とはいえ、二年生が瑞典副長を倒した訳だ

から」

「瑞典側としてはアウェイで御座ろうが、これは確かに見事な結果」

「凄いです糟屋先輩！」
イカの呼び方が古い。まあそういう環境差か、と思っていると、親族が来た。

「よくやったものですわね、ネイメア。重量物が無いネイトでなければ出来ないような関節単位の短距離瞬発加速は、私でも出来ませんもの」
言って、人狼女王が軽く右腕を振って見せた。

「ほら。出来ませんわ」
振った右腕。下腕が、超加速で布を激しく破ったような音を立てた。
その響きに、皆が動きを止め、沈黙した。一方の人狼女王は、

「…………」

「あら？」
今のは、という顔の彼女から、全員、ある人物に視線を向ける。
ミトツダイラ。
彼女は既に両手を前に立てていた。そして母親に視線を向けると、

「御母様？　今のは……」

「ええ」
人狼女王が言った。

「子供に出来て親に出来ないことはありませんのよ？」

「い、今出来るって初めて気付きましたわよね!?　あと、何かいろいろ台無しですのよ……!?」

「大御母様、規格が違いますの……！」
何が何やら、という処だが、しかし現場は動

いていた。
　相対場だ。そこに人影が一つ、立っている。

「よーし！　じゃあ二回戦目も盛り上がった
ね！　現在は武蔵と瑞典が一勝一敗！　次で勝
負が決まるんだ！」
　さあ、とネシンバラが声を上げた。

「では決勝、第三回戦目！　最後の代表、出て
きてくれ！」

●

「ぶっちゃけコレで向こうからトーリ様が〝ド
ウモォ――!〟とか甲高い声で現れたら開幕
〝悲嘆の怠惰《リピ・カタスリプシ》〟で外しますよね」

「外していいような悪いような……」

「というか俺、ここにいるんですけど！　いる
んですけど！」
　いやまあ、と皆が言っている間に、左舷側か
ら一つの姿が上がった。それは、

「――――」
　長岡・忠興だった。

●

「おおっと!?　これは意外な登場！　瑞典代
表!?　その名は――」
　という言葉。誰もが何も言えなくなっている
中で、少年が差し出された拡声用の表示枠を手
に取る。
　あ、あー、と通神が通っていることを確認。
そして告げられたのは、

「傭兵だ。――コードネームはスカイブルー」

●

　よう御座いました、と言った声がある。
　左舷側。用意された椅子に、スペアボディと
のラフな換装を終えたばかりの清原・マリアだ。
　彼女は全身のアジャスト設定を行いながら、

取り戻した視覚で相対場を見る。

「……さ、昨夜、交渉に出た意味があります」

未明だ。K.P.A.Italia側の襲撃があり、主人が浅間神社に保護された一方。長岡・忠興は自宅に戻ったという情報を得た。

そこで自分が、彼をスカウトに入ったのだ。

結果。尽くした言葉によって、長岡・忠興は傭兵としてそれを了承。ゆえに、

「――存分に、クリスティーナ様」

言う視覚の中央。右舷側から上がってきた姿がある。

白の女子極東制服。茶色の髪を光の吹雪の中で流すのは、

「傭兵であります。――コードネームは、そうでありますね」

言った。

「ガラシャと、そう名乗っておくでありますよ」

第二十六章

『年上と年下』

ヘーイ
ヘーイ
ヘーイ
配点（似ているが違う）

○

『す、すみません。ちょっと書いていて身体がガクガク震えて来たであります……！』

『クリスティーナさん！　落ち着いて！　書いてしまえば一瞬ですから！』

『私、似たような台詞をアンタに言わせたことがあるわ……』

『三冊持ってて一冊ネイメアに布教しました！』

●

クリスティーナは、忠興と向き合った。
距離十メートル。相対場に上がったばかりのような位置だが、

「お互いの武装を考えるならば、この距離から充分間合いですね」

「瑞典総長の技も、充分に届く距離だものね」

「なかなか無い相対ですわね。こんな距離からスタートというのも」

○

『じじじ実はあまり近づくと忠興様のキリっとしたのが視界に入りすぎて血圧が危険であります……！』

『クリスティーナさん！　落ち着いて！　血圧ギュンって下げる術式ありますんで！』

『それ別の意味でマズくないかな？』

『いやいや！　使えますよ！　常用してますから！』

●

忠興は前を見た。
嫁がいる。
どういう構図だ、と思いもするが、昨夜、瑞典からの使いの話に乗ったのだ。
傭兵契約だ。

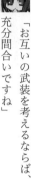

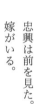

……俺しか出来ない事がある、ってな。

ゆえにここは、手筈を進める。

「傭兵として雇い主に問う！」

己は、控えのスペースで自己調整に入っているアクセル・オクセンシェルナに言う。表示枠の群を相手に、本体との接続や同期の取り直しをする彼女に対し、

「どうして欲しい？」

『撃ち抜いて欲しいねエ！』

即答であった。

ゆえに己は正面に視線を向け直す。嫁がいる。動いていない。しかし自分は右手を前に構え、

「〝三十六歌仙〟。——個々狙撃展開」

脇から零れて展開するのは小銃。しかしそれは変形し、バレルを伸ばし、一丁の狙撃銃となる。

己はそれを手に取らない。術式表示枠による重力制御で右手側の空中に半固定する。そして、

「俺は傭兵だ！　——だけど、ガラシャ！」

「アッ、ファイ！　何であります!?　スカイブルー様」

「スカイブルー様」

「スカイブルー様（塗）」

「スカイブルー様ッ」

「うるせーよ！　あと、最後の変に似せるのキモいからやめろ！」

いいか、と己は嫁に向き直る。

「お前が傭兵と言っても、嘘かもしれねえ。それをこれから確かめる。いいな!?」

「ファイ！　どのようにするであります!?」

己は応じる。宙の三十六歌仙を指し、

「これでこっちの副長が言ったように、お前を撃ち抜く一発を試す。かわすのも、防御するのも自由だ。――――でも、出来ないなら、下がっとけ」

答えが来る。

「大丈夫であります」

「いつでもいいでありますよ？」

言葉に応じ、己は射撃した。

●

一発。試しとしての射撃だ。
嘉明は、狙撃型に変形した一丁の狙いを、瑞典総長の胸部中央だと見切った。
真っ正面。顔を狙わないのは行儀いいわね、と思っておく。そして、

「――――」

自分は、音と光を見た。
瑞典総長の眼前で、焔《ほのお》のような火花が上がったのだ。
それには鉄の響きも付いてきた。
つまり、

「撃った！」

「――弾いたであります」

解りやすい二人であった。
だがそういうことだ。一瞬の中で、忠興が射撃し、瑞典総長が迎撃した。
瑞典総長には何も生じていない。無傷だ。ならば、

「……瑞典総長の迎撃型防御システム〝火の子〟ね」

爆砕術式の基礎。着火系の極小術式を大気に流す。しかし、着火と言ってもかなり強化されたものだ。
初出となったヴェストファーレン会議では、至近の砲撃すら弾き返している。つまり、

「ズキュウーンと撃ち抜くのは大変ね」

●

ナルゼは、皆が自分の方に視線を向けたのを見た。
何となく察せられたので、己はスカイブルーに身体を向ける。そして胸前に、両手でハートマークを作って見せて、

「ズキュウーン」

「ズキュウーン」

「ズキュウーン」

「だからうるせーよ！　黙って見てろ！」

「いや、お前、一応敵なんだから、こちらとしては妨害として有効だぞ？」

●

クリスティーナは、忠興を見た。

「ええと、——今ので充分でありますか？」

「あー……。いや、偶然かも知れねえ」

「次はどうするでありますか？」

「九発撃つ」

その言葉に己は応じた。Ｔｅｓ．、と言い、

「大丈夫でありますよ？」

宙に展開した銃群は九丁。
それらがほぼ同時に火を放つ。

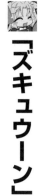

●

「九回ね。……解ったわ」

「千五百一回とかいうトンチキより普通だよね」

「ハイ！　ハイそこ！　変な数え方しない！」

●

九発だった。
銃声は重なり、吹き抜け公園の各階にて反響。
突き抜ける音を見据える皆の前、相対場の中央に花が咲いた。
流体光の光だ。
爆砕術式。光が一瞬で焔となって、鉄を撃つような響きが八つ。
炎のアーチはそれぞれ自ら爆《は》ぜて砕けて、

「――どうでありますか？」

「――やるじゃねえか」

では、と相対する方が言った。

「こちらから、であります」

そうでありますね。

「――十八、であります」

○

『……十八であります』

『……どうかしましたの？』

『……私、二十八でありまして』

『……それがどうかしましたの？』

『……傭兵なので、履歴をチョイと……』

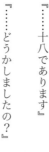

『クリスティーナさん！　そこから先は危険な気がするからやめましょう！　ストップ！　ストップ年齢詐称！　大体、十八でもまだ四歳差がありますよ！』

『危険の内容全部言ってないかな？』

●

無音だった。
十八という数を指定された直後から、誰もが身動きを止めた。
スカイブルーが新たに狙撃銃を展開。合計を十八にした上で、全体に沈黙が生じ、

「瑞典総長の迎撃術式は不可視に近いので、静まっても無駄で御座るよ？」

「菓子を囓りながらト書きの否定を喋らない……!!」

ともあれ皆が沈黙し、不意にそれが起きた。
十六発。
赤の焔が空中に咲いた。そして、

「……！」

彼の眼前。二発が追加された。火が散って、全て宙に消えて、

「御見事であります」

●

「……二発遅れは、何で御座ろうか。スカイブルー殿の読み遅れで御座るか？」

「巨乳分が遅れたんじゃねえの？　スカイブルー、少年全開だから」

「ちょっと面白いと思ったので有りとしましょう。トーリ様、現状維持です」

「え!?　マジ!?　下げないでくれるの!?　本当に!?」

「自己基準低すぎないか、お前」

「大丈夫と、強気で知らせる遣り取りね……」

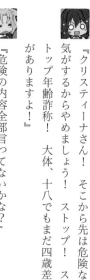

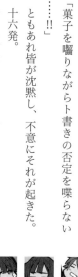

「補足しますと、初めに長岡少年は九発撃ち、一発を故意に外しています。無駄な反応がないか確かめる為ですね。そして返す瑞典総長は倍の十八発中、しかし倍の二発を〝当てに行った〟のです」

●

武蔵野艦橋。

片桐は母である鈴の補佐として入っていた。

母が奥多摩相対場と周辺の再現に集中しているため、それ以外の知覚管理を代行しているのだ。

ただ、母の手元で作られる再現は、武蔵の処理能力を利用して数秒から数十秒の先読みを行っている。それは外れれば補正されるものだが、見ている自分としては、

……見て状況判断して、丁度くらいのタイミングですね。
しかし、それでも解らないことがある。

「――どっちが、実力として上でしょう？」

「ん。――そういうものじゃないから、大丈夫」

「え？」
言われている意味が解らなかった。

「そういうものじゃないとは……」

「片桐様。……そういうものじゃないのです。――以上」

「そうですね片桐様。鈴様の言う通り、そういうものじゃないのです。――以上」

「何か厳しい時間帯が始まってますよ！」

○

『失敬。ちょっと横から加わってみました。――以上』

『え、えぇと、説明不足だった、かな？』

『いえ鈴様、……そういうものじゃないのです』

『な、何か始まってる？』

『気にしないでいいわ鈴。――そういうものじゃないのよ』

『始まってます！　始まってますね!?　そういうものじゃないものが！』

『そういうものじゃないとして、先に進みますわよ？』

●

そして皆は見た。

スカイブルーの周囲に、狙撃型の長銃が一斉に展開したのを、だ。

数は三十六。どれも自動給弾装置をつけ、高度差をつけ、半円の壁のように、しかし全ての攻撃の行き先をガラシャに向ける。

「――行くぞ」

「行くであります」

お互いは同時に言い、何もかもが散った。
三十六の、防性攻撃と、攻性防御が交叉《こうさ》したのだ。

●

最初に散るのは光だった。

銃弾は実弾ではなく術式弾。符であるために多量のストックが可能で、連射を必須とする現場ではマストな選択だ。

……これしかねえ！

弾丸としての術式は凝縮硬化と加速。符を弾丸状に固め、術式火薬に頼らず自ら銃身内で速度を上げる。そうすることで、持ち込むべき術式火薬の重量やスペースを減らせる上、火薬の後残りとそれによる動作不良を無効と出来る。
加速力を上げるには、銃身内に彫り込んだ紋章型加速術式に流体を装填して使用。普通の拝気量で三十六丁を賄うのは無理だが、流体燃料については瑞典側のバックアップがある。

気にするものではない。

ゆえに狙撃。且《か》つ連射。

鉄弾同等の威力を持った術式弾が光として飛び、

「……！」

相手と自分の間。空中に着弾する。

●

二番目に散るのも光だった。

〝火の子〟は空中に散らすもの。着弾すると術式によって着火。そこから爆砕に変わり、衝撃物を弾いて散らす。

……最初に起動するのは術式なのでありますね。

ゆえに光だ。

そして三番目として、火が散る。

●

光が火焔《かえん》に変わり、爆砕の炎と煙になるのを、マリアは見た。

……御見事。

正しく正面から迎撃している。それがため、火は垂直に上がり、煙は流体光に巻かれて共に消えていく。

荒れた爆発ではない。

光が上がり、炎に燃えて火煙と火の粉が昇るが、慎《つつ》ましやかにまた光に消えていく。

それが主の術式だ。

細川・ガラシャと、そう名乗った人物の歴史再現。そのあり方に等しい術式だと、己は思う。

そして四番目に散るものとして、音が来た。

銃声と、反射の衝撃。

音は後からやって来る。

こちらの傭兵が全く手を抜いていないのが解る。銃弾の加速を緩めたならば、発射音がしてから光が散るだろう。

そうではなかった。

自分ではこれが出来るか？　否、自動人形の特性というものもあろうが、主人に対しては判断に条件が掛かって迷う場合もある。

主人撃ち。

果たしたら下克上という時代である。

それを、人の身は、人の心は、恐れず行う。

……御見事。

ただただ、そればかりだ。

聞こえてくるのは遅れて響く銃撃と迎撃。何よりも先に光が散って、正しく焔が宙に昇り、

「……答えを」

●

花が散る。

二人の傭兵の間に、近く、遠く、高く、低く、正面に、逸れるように、内に、そして外に花が咲いて空に散る。

音は、起きた現象を支えるように証《あか》し。

弾ける光が無数の照明として相対場を照らした。

二人は向き合い、

「――」

「――」

視線を合わせたまま、加圧した。
花の密度を上げたのだ。そして、

「……っ！」

動きを明確にしたのは、スカイブルーだった。

三十六の狙撃銃を動かし、角度を変えて相手を狙撃したのだ。

揺らす。

花の数が増えながら、その位置がずれていく。

まるで坂道を滑るように、

「……全ての火焔が、瑞典総長に寄せられていきます！」

『やるもんだネエ！』

　というアクセルの言葉を、ヨハンは聞いた。

　先ほどから、音に集中するためか、目を伏せたマリアとは別で、アクセルはともすると場所を動きたそうに、伸び上がったりしながら相対場を確認している。

　自分は、どのタイミングで注意しようか考えつつ、

「……アクセル？　何が〝やる〟んですか？」

『うちの傭兵のことだヨー！』

　それはどういう、と言いかけた時。こちらの言葉を食うようにしてアクセルが言う。

『どっちが有利かって言ったら、クリ……、ガラシャの方が有利なんだヨ――！　だってスカイブルーの方は得物が見えてるんだからネエ！　狙撃銃の向きと挙動を見ていれば、あたしみたいな高速知覚だと完全対応出来る筈サア！』

「……対するガラシャの方は、〝火の子〟が視認不可能な術式ですからね。だとするとスカイブルー側としては、防御に回ると不利と、そういうことですね？」

『Ｔｅｓ．、だからスカイブルーは攻勢を掛けなきゃあいけないんだよネー！　だからここは、動くしかないって処だけどサア』

　だけど、

『見方によっては、ガラシャの方もよくやってるってことになるんだよネエ――！　こ・れ・が・サ！』

「瑞典総長には、本当に、驚かされるわね……」

成実は素直に感想する。

「見た目、長岡の方がよくやっているように見えますけど、違いますの？』

「長岡もよくやってるわ。でも、瑞典総長は、技量はあれど、元々が戦闘系の総長じゃないのよ？」

実戦経験はほとんど無い筈だ。このあたり、長岡の方が場数を踏んでいる。

それでいて、今、彼の攻撃を迎撃していられるというのは、

「実力と、仕込みね」

「強力な暗記能力と情報処理、ということか？」

Ｊｕｄ．、と応じたのは立花・誾だ。彼女は一つ頷き、

「最初にスカイブルーが九発中八発撃ち込んで受けましたが、アレが仕込みです」

「あれの、何が仕込みなんだ？」

「瑞典総長は、暗記能力と、そこからの積み重ねや応用に秀でているの」

だから、

「あの試し。正面で狙いも解りやすく、どうやっても受けられるような九発だったけど」

「……私、無理だなあ」

「正純様、文系ですから」

「いやいやいやいや。関係無い関係無い」

姫と第三特務が硬く握手するのを確認してから、己は言う。

「――故意にハズした一発も入れたあの九発で、いろいろな情報を得たのよ。この相対場の大気の流れや、送られる弾丸の速度や、狙いの位置などの情報を、ね」

「外した一発が特に大事ですね。あれの有る無しで、無駄な判断と事故が無くなります。後は応用や、置き換えでしょう。更には、そこから

の変化の蓄積で、対応の幅を広げて行くものと思います」

「Ｊｕｄ．、……と言いたいところだが、現状、追い詰められてるようにも思う。そのあたり、どうなる？」

「立花・誾が言った通りよ。――変化の蓄積。そこから、対応の幅が広がるわ。

解るかしら？　今、狙撃の角度などを変えているけど受けていられるということが」

見れば解ることだ。

「それは――」

「Ｊｕｄ．、――追い詰められてるのではないわ。どのような攻撃ももはや防いでいるの。ただ経験が浅くて後れを取るけど、二回目からは改善されるでしょう。だから、ほら」

視線を向けた先。

相対場の上で、動きが生まれた。

「瑞典総長が、攻めに転じるわ」

クリスティーナは、情報を蓄積した。

忠興の送ってくる弾丸を受け、この相対場の大気の流れや、温度、そして小川などから得られる湿度の動きを情報化。マッピングしたのだ。

……総艦長代理だと、もっと直感的にするのでありましょうね。

ただ、出来た。

この周辺空域の状況把握は、〝火の子〟を制御するのに必須となる。

ただ〝火の子〟は万能な迎撃術式ではない。不可視、と言えるほど小さいが、それゆえに隙間がある。

かなりの部分は格子状に何重も配置することでカバー出来るが、それでも壁にはなり得ないのだ。

ゆえに定位置の防御とは別で、遊撃、または攻撃用となる〝火の子〟を飛ばすが、これの操作は周囲の環境を大きく受ける。

……ヴェストファーレンのように、固定条件の多い場ではないであります。

ヴェストファーレンの会議場は広く、観客も遠かった。大気の動きはほとんど無く、〝火の子〟は思うがままに操作出来ていた。

ここは違う。

対運命戦の決着の時、武蔵の甲板上のようでもあり、また違う。

全て敵に向けて迎撃すれば良かったあの時とは違い、今は、

……忠興様に、応えねばならないのです！

ここは至難の現場だ。

熱気に溢れ、自然を模した環境があり、何よりも複雑な吹き抜け構造で、人の量も移動も多い。そして声は飛び、換気は為され、

……ああ。

まあ、関係ないであります。

彼の銃弾を幾多の角度から受け、情報は取り切ったのだ。だから、

「変化を、起こすでありますよ？」

●

初めの動作は、簡単なものだった。

右手を上げるだけ。

右の手の平が前に、天上を向いて差し出される。

するとその行き先で、

「――――」

火の花が咲いた。

それはこれまでにもあったようなこと。だが、幾人かは気付いた。

「――変化したで御座りますな」

変化。その言葉はどういう意味か。

証明するようにガラシャが身を動かす。

左右の手を振り、

「――――」

　そのたびに、彼女の手が振られた先で火の花が咲く。

　火焔が起き、音が鳴り、更に連続した。

　大きく腕を振る動作は、身を回すものとなり、

「フフ、変わったわね」

　言葉通りのことが起きた。

　空中。これまでは散発的に生じていた爆砕の迎撃が、ラインを描いたのだ。

　ガラシャの手が描く軌道。その先で火の花が咲く。そして、

「――――！」

　ガラシャが舞った。

●

　緩い舞だ。強いものではない。

　ともすれば倒れるようにも見える、力の有無すら疑問に思える流れ。

　それが相対場を静かに回る。

　一歩、二歩、確かめるような歩みは三歩目から膝の動きも定かにしないスライド動作となり、ただ回る。相対場の四方を削るように円を描き、

「――――」

　全身の動作に火花と爆ぜる音が追随する。そして、

「――――！」

　傭兵が、共に対称位置を保つ動きで、相対場を回り出す。

　静かな圧と、弾ける光をもって、二人が等距離に身を置き続ける。

　回っていく。

●

　成程ね、とナルゼは思った。ちょっと気になったので、飛翔して上から見てみる。

「綺麗に対称に回るもんだわ」

ガラシャは舞うように、時折に身をスピンさせ、極東制服の袂《たもと》やストールを振り回す。

まるで、着ているものを皆に誇るかの如《ごと》き翻し。全ての挙動は曲線動作だ。

それを追う軌道で、だが、腰を落とした摺《す》り足《あし》で行くスカイブルーは、ガラシャに対して狙撃をやめない。

見ていると、まるでガラシャがスカイブルーを追っている風にも見える。

ただ、これは仕込みだ。

「風だわ」
〝火の子〟の制御だ。この吹き抜け公園は、微細な風や大気の動きとしてはかなり複雑な流れを持っている。主に換気のせいで上に抜けていくのだが、〝火の子〟にとっては放ったものが上方に流れることになる。
ゆえに〝火の子〟には制御が必要だ。

単純な、この相対場を知るための遣り取りはもう済ませた。

そこから幾度かの攻撃と迎撃を経て、動き出したのが〝今〟である。

「舞っている動作は、〝火の子〟の投射制御だけじゃなくて、自ら風を起こして、相対場の管理をしている。そういうことね」

それは加速する。

ガラシャの舞が、緩やかながらに、動作の全域で〝火の子〟を放ち始めたのだ。

もはや手先だけではない。

腕の振り。翻る布地。波回る髪が起こす風に乗せて、〝火の子〟が散る。

もはや彼女の動作の延長線上、全域が爆砕の庭だ。

ならば対するスカイブルーは、

「――根性見せなさいよ！」
彼もまた、挙動していた。

楽器であります、とクリスティーナは思った。

……忠興様は、音楽がお好きなのであります。

一緒に黒盤や金盤を買ったこともあれば、好きな曲について話し合ったこともある。

　そんな忠興が、今、宙を弾いている。

　両の手を振り、交叉し、時に力強くひっかくようにして、しかし五指を絶えず走らせて打ち、時には爪弾きもする。

　全ての動きに連動して、三十六の長銃が火を放つ。

　音の全ては後から来るが、だからこそ響きは浸透する。

　遠くの花火を見るのにも似た、光に遅れて音が来る。

　この音を自分は知っている。

……忠興様の音でありますね。

　浅間は、横に立つ喜美が指で何かを連弾しているのに気付いた。

「……また何か、ミョーなことを始めました？」

「フフ、ちょっと変わったわね、って思ったのよ」

「何がですの？」
　ええ、と喜美が言う。

「あの二人が打ち合いをしてられるのって、ガラ子の記憶力とかいろいろあるけど、何より大事なのは、二人が、お互いのことを知ってるって、そういう話なのよ」

「それは——」

「……ヴェストファーレンで瑞典副長と相対したとき、狙撃術式の補佐などを行ったのは長岡だったな？」

「そうね。でも、それだけじゃないわ。運命事変の最終決戦でも二人は一緒にいたし、それ以外の時間でも、そうでしょ？」
　そして、ね、と喜美が笑った。

「今、スカイブルーが使っているのは、サムライパンク〝切腹小姓隊〟のヒットナンバー〝上段ハラキリ〟の拍子ね。この曲、尻上がりにテンポ上げていくけど、ガラ子がついていけてるあたり、二人が知ってる曲なんだわ」

「だとしたら……」
　確かに喜美が言う通り、音と光の密度が上がっているように思う。しかし、ここから更に加速するには、どうすればいいか。ミトツダイラが、その仕掛けを告げた。

「二人の間合いが、詰まってますわ！」
　両者の回転速度が、上がるのだ。

花の天蓋が生じていた。
　幾つもの方向から穿つ三十六の火と。
　それらを防いで押し返す舞と火焔と。
　両者が交叉して回ることで、吹き抜けの中天にそれが生じた。
　回り続けて上がり続ける火焔の天蓋だ。
　それは流体光を周囲に散らし、高速化する射撃と金属の音を遠雷のように鳴らす。
　そして加速する全ての下で、

「あ……！」

「おお……！」
　二人の男女が、回り、お互いを見つめながら距離を詰めて行く。

私の花は夜の灯火
貴方の花は朝の光
夢終わり現に開く
彼岸と此岸の花咲

配点（ノリノリであります）

第二十七章
『喧嘩と花火』

クリスティーナは〝火の子〟を散らしながら、こう思った。

もし、もしも、

……初めて会ったときに、これだけの距離を詰めることが出来ていたならば。

ネルトリンゲンは有り得なかったろう。

それはマリアとの別れも無く、瑞典との今の関係も無かった筈だ。

だが己は思い出す。

ネルトリンゲンで彼に救われ、そして以後、いろいろなことがあった事実を、だ。

回る。

回す。

翻って足下を確かにしながら〝火の子〟を宙に捧げる。

彼と目を合わせ、背を向けて目を切り、しかし振り返るとまた視線が合う。

その視線の先に手を伸ばし、〝火の子〟を送る。

届いて欲しいであります。

あれからいろいろあった。

手を繋ぐことで鼓動を速くし、共に祭を歩けるだけで幸いを感じ、関《せき》ヶ原《はら》ではいろいろやらかしたが、二人三脚では背を支えてくれて、

「ケッコー美化してませんかガラ子様」

「い、今、良い処なのであります！」

容赦の無いのが武蔵勢。

だがそんな中だからこそ、今、こうしている。

〝火の子〟の精度を上げるために組み込んだ狙撃術式は、彼のものだ。

そして今、高速の遣り取りが出来ているのは、彼と一緒に聞いた曲の御陰。

恐れずに全力を振るえている安心感は、これまで支えて貰った自信ゆえ、だ。

これらが元からあれば、ネルトリンゲンではどうだったろうか。
だが、

……ネルトリンゲンでは、私はこうではなかったのであります!
以前と、以後、だ。
ならば答えは決まっている。
距離を詰める。
お互いが会ったからこそ詰められる数センチ。
それを繰り返して回り、

「ああ」
彼が奏でる銃撃が、私の〝火の子〟舞う音楽のようであります。
それでいい。
皆の前。祭でハシャいで、二人、楽器を奏でて踊ってみせる。
空には彼と作った光と火の天蓋。
地には足取りを支える相対の場。
この天地の中で、今日は二人だけの火の祭。
誰が何を言い、何を思おうとも、今夜は私達が主役の相対祭。
そう、距離が近づき、手が届きそうになって、

「……!」
最後の加速をキメるであります。

●

桜が散った。
全ての火、炎、焔に煙さえもが流体の花に変わり、桜の吹雪と転じた。
響く銃撃音は、明らかに楽器の高鳴りとなり、

「? これは……」

「サクヤ!!」

『――ああ。いい奏上じゃねえか! 曲もこれだけ加速していりゃあ、いい本歌取りだ。
――〝三十六歌仙〟! そしてガラシャか!
私だって意味を知ってるぞ』

それは、

『グラシア！　恩恵と恵みあれ！　その通りだ！』
　神が手を打つ音が響いた。
　その直後。莫大量の花吹雪が吹き抜け公園の上空に生まれた。

「ウヒョー！　サクヤ様、ラブホの新サービスのようですね！」

『違えよ！　ってか、変な合体を奉納しようとか考えるんじゃねえぞ！』
　だが、頭から被るような密度の花群が、波音を立てて全てを包み洗った。

●

　誰もが見た。
　光の吹雪が落ち切って舞い、何もかもがまた新しい光となって空に消える下。
　相対場の上で、二人の男女が向き合っているのを、だ。

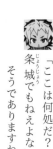

　お互いは、手を取り合っており、

「おい」

「何でありましょう」

「ここは何処だ？　ネルトリンゲンでも、二《に》条城《じょうじょう》でもねえよな」
　そうでありますね、と女が応じた。

「ここは、——私と貴方が、全てを始める場所であります」
　男が問うた。

「——そうなのか？」

「他、何もねえのか？」
　そうでありますね、とまた女が応じた。
　彼女は、お互いの取り合った手を離した。
　僅かに離れる。
　だが、彼女は動いた。彼の肩に手を寄せ、抱きしめた。
　彼もまた、抱き返し、それぞれが共にされる

がままに任せて、

「どうでありましょう」

言った。

「もう、〝撃つ手〟が無いでありますよ」

●

「引き分けですわね」

　という人狼女王の言葉に、義光は頷いた。

「お互い、四人目を用意しておらず、こうなった時の取り決めもしておらぬであろう？　ならば、――狙い通り引き分けよのう。違うかえ？」

　問うた先、竹中がいる。彼女は肩をすくめ、

「狙い通りって、どちらに対してですかねー」

「どちらも、であろう？　――武蔵も、瑞典も、この相対で狙っていたのは引き分けであろう。違うかえ？」

「最上総長、基本的にうちら、それは否定するんやけど。――どうしてそう思ったんや？」

　建前とは難しいのう、と、そう思いつつ、己は苦笑。

「……瑞典の現状において、最も、恐れなければならないのは何だえ？」

「……失敬。それはやはり、次代のカール十世による疲弊ではありませんか？　本国がそうですが、歴史再現とは言え、疲弊の再現は国にとってかなりの重荷になります」

「Ｔｅｓ．、その通り、と言いたいが、ちと違うのう」

　正解は、こうだ。

「――他国からの、一切の干渉であろうよ」

●

　解るかえ？

「瑞典は三十年戦争の戦勝国。今の瑞典にとっては、周囲のあらゆる国が〝疲弊〟を望む敵と

同様であるのだえ。この場合、瑞典は次代に向けてどうすると思うかえ？」

答えは基本的に二つある。

「一つは、カール十世の歴史再現を準備し、安全にやり切ること。

もう一つは――」

「前王たるクリスティーナの治世を引き延ばすだけ引き延ばして、カール十世の歴史再現を行う期間を短くしてしまうことですわね。――この場合、カール十世の歴史再現を前倒しとして行って、損失が出たらクリスティーナの治世で補填と、そういうことも出来ますわ」

「そうよの。この二つが、基本、思いつく答えであろうよ。

しかし、――第三の答えが今ならあると、気付くかえ？」

手が上がった。武蔵副会長だ。

ほう、と視線を向けると、彼女が即答した。

「――瑞典総長が武蔵にとどめられて帰して貰えない。そういう状況を作る事だ。これならば、本国はずっとクリスティーナの治世を続けられて、他国から何か言われても武蔵のせいに出来る」

「Ｔｅｓ．、――では、それをする条件とは、何かえ？」

あ、と声が上がった。この段になれば流石に気付くだろう。

従士が挙手した。作られる言葉は、

「瑞典側が瑞典総長の強制帰還を望み、武蔵が拒否！　それを他国も認められる方法、――つまり相対戦で決着することです！」

ですわね、と人狼女王は頷いた。

「――昨夜からの、性急な交渉。短期決着を狙ったやり方は、この状況を生むもの。そして相対戦で引き分けを望む。そんな処ですわね」

「？　何故、引き分け狙いなのですか？　瑞典側が勝って、武蔵に譲るなどして有利に進めるのは有りだと思いますが……」

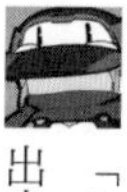
「Ｊｕｄ．、引き分けにしておくと、〝保留〟に出来るので、また他国からいろいろ言われたときに武蔵・瑞典間で交渉や相対が出来るので御座るよ。延々と引き分ける、という手もあるで御座るな」

「…………」

「……言われた内容は納得出来るのですが、別の処で納得いかないのは私の人格が劣っているからでしょうか」

「いいのよ……。〝引き分け〟とか〝保留〟とか〝延々と〟が好きなヤツの言うことだから」

「――納得しました」

第一特務が第四特務の方に無言で顔を向けるが、英国王女以外気にしないのがいつものターン。

そして自分の子の子が疑問した。

「では、今回の勝敗、仕組まれていたものですの？」

「いえ、先ほど次期英国女王が言った通り、瑞典は勝てるなら勝った方が良いんですの。勝った上で、武蔵が交渉で瑞典女王の在住を許可して貰う……、そういう構図になった方が、瑞典としては、武蔵の責任問題に出来る上で、武蔵に貸しが作れますもの」

だから、

「一戦目で勝利した瑞典としては、勝つ気で二戦目を行ったでしょうね。それを覆して一勝一敗。こうなったら安全に引き分けに持ち込むのがベスト。

……その状況を作り出したのはネイメア、貴女ですのよ？」

「向こうが副会長を温存したのも、そのためですわね。もし私達か瑞典が先に二勝したならば、三戦目は副会長同士で交渉戦。そうなったと思いますわ」

だけどそうはならなかった。

「三戦目。瑞典が長岡を傭兵として出したのは、それ自体がこちらへのメッセージであろうよ。

引き分け狙いである、と。

ならばそこで、確実に引き分けを取れる人材を出せるかどうか」

皆が、武蔵副会長を見た。

「――と、好き勝手言いましたけど、副会長としては、未明の段階でそこまで読んでいた訳ですわね。瑞典総長の準備が出来ていたのは、そういうことですもの」

「うーん。他国の連中も結構いる現場だから明言は避ける」
だが、と彼女が言った。

「――引き分けで良かった。ベストな結果だろう」

●

そうですね、と浅間は相対場を見た。

サクヤが作った光の花吹雪は、まだ終わっていない。

その下で、抱き合っているクリスティーナと忠興は、戦闘をすることなどなく、

「……引き分けですね」

「そうですねえ」

と、言った時だった。相対場の上、二人に近づいたネシンバラが、ふと首を傾げた。

何事か、と思うなり、それが生じた。

クリスティーナの抱き締めの中、腕の間から、忠興の身体が真下に落ちたのだ。

膝を着き、ややあってから、横倒しになる。

「……え？」
聞こえた疑問の直後。ネシンバラが、倒れた忠興の力無い右手を一回持ち上げ、しかしすぐに両腕を頭上で交叉させた。

「ドクタァ――!!」
気絶している。

第二十八章

『結末と決着』

もしも
私が忘れられたとしても
きっと
貴方が思い出させるから
配点（芸術）

「エ、只今《ただいま》の決まり手はァ——、武蔵側、クリスティーナ様による、右上手からの巨乳暗黒オトシィ——。巨乳暗黒オトシィ——」

「勝利——、武蔵!!」

●

「まあ！　私がうちの人についついやってしまう事故に、武蔵では技名がついているんですの!?　流石はアングラ神道の国家ですわね！」

「いやいやいやいや。ちょっと違いますのよ?」

『というか引き分けはァ——ッ!?』

「あわわわわわわわわわわわわわわわわ」

「あははははは！　無茶苦茶カオスだよね今！」

●

そして皆が、どうするんだ、という空気になったとき。
相対場に二つの影が上がってきた。
正純とヨハンだった。
二人は首を傾げながら近寄って、ヨハンが、

「そ、そーれ」

猫のようなパンチを放った。
対する正純が、棒読みで、しかしその一発が当たる前に、

「うわー。やられたー」

と相対場に倒れ込む。
動かない。ツキノワが、何事かと辺りを見回すだけだ。
数秒。
ややあってから、ネシンバラが左舷側に手を振った。彼はヨハンの右腕を持ち上げ、

「勝利——、瑞典!!」

一息。

「両勢二勝二敗!、——選手がこれ以上いないので、引き分けと結果するよ! いいな!?」

●

「強引にも程があるわ」

「……おねーさん達、こういうのにやられたんですよねー」

「正純様……、もうちょっとソレっぽく……、ならんのですかね……」

「ほらほら愚弟! 〝そ、そーれ〟」

「うわー。やーらーれーたー」

「キモい真似すんなよ! というか現場の責任者としてやることやったんだから仕方ないだろ……!」

「仕方ないだろ?」

「流石はギャグに厳しい戦闘国家……」

「何かもう、それでいいです……」

●

ただ、と起き上がった正純は、一息を入れた。艦内通神用の表示枠をツキノワに射出させ、辺りを見回す。

「いいか皆」

言う。

「引き分けって事で、もう帰っていいか?」

見ると、皆が静まっている。そして相対場に上がってきたナルゼが、皆に向けて両の手の平を一度伏せ、さん、はい、と挙げてから、

「ちゃんとシメる!!」

しょうがないなー、と己はまた一息。だが、

「――ここにいる各国の外交官及び代表達も、納得いかない者がいるだろう。ならば、ここで一つ、時代の進め方に確定ルートを作ろう」

「……確定ルート？」

「Ｊｕｄ．、恐らく多くの国に対し、一部の歴史再現はこの流れで進む、というルートの確定だ」

そうなったならば、どうなるか。

「――確定している以上、それに沿った自国の今後を決めることが、他国に対してのアドバンテージとなる。だからこうしよう。――これより三時間。ここで起きる結論とルート確定に対し、武蔵はその情報を表に出さないものとする」

直後。吹き抜け公園にいる総勢の眼前に、表示枠が出た。浅間神社の刻印が為されたそれは、

「――はい！　浅間神社の情報解錠術式です！　武蔵はこれから三時間、ここでの情報を術式的に表に出せなくしますが、その解錠術式はそれをパージすることが出来ます！」

「あらあら面白いサービスですわね。個人的に使いたいので、後で隠蔽術式も含めて二、三頂けますの？」

「はい！　ジャンジャンバリバリ使って下さい！」

あらあら、と人狼女王が笑う。

しかし彼女は、こちらに視線を向け、小首を傾げて疑問した。

「――でも、肝心のルート確定。どのように、何を行いますの？」

「それについては話が通っている」

己は指を鳴らした。

すると二つの影が立つ。武蔵側の控え席。そこに座っていた二人分の白いフード姿が、相対場に上がって来る。

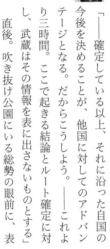

●

武蔵側の幾人かが道を空けると、二人は相対場に辿り着いた。

そして上がりつつ、それぞれがフードを脱ぎ捨てる。

白の布が、ようやく終わりつつあるサクヤの花吹雪を切るように落ち、

「――」

「――」

見えた姿に、あ、という声が各所から上がった。

先夜の高尾相対場における騒動を、知っている者達はそれなりにいる。ベルニーニだ、という声も幾つかあり、

「有名人は大変だな」

「ウワー、自覚あるんですね」

言って、GRは武蔵副会長に視線を送った。

すると武蔵副会長が、ん？　と首を傾げ、後ろ、武蔵勢の方を向き、

「……何かやったか？　お前ら」

●

……違う――!!

流石は武蔵勢、話に聞いていた通り、不規則言動が激しい。

だが自分としては、この場が重要だ。

周囲を見回す。左右、頭上、きっと他国の間者と言える者達が多くいるだろう。ゆえに、だからこそ己は、物怖《ものお》じを無くして口を開いた。

名乗る。

「皆さん、御機嫌よう。――K.P.A.Italia、PapaScuola所属。襲名者、ジュリオ・ロスピ

リオッシです」

●

凛と響いた声に対し、反応は二つに分かれた。

「誰よ？」

「解らないのですかトーリ様。アレですよアレ。ホラ、簡単に言えてしまうんですが、ここはちょっと勿体ぶっておきたいところですねえ。誰かホライゾンの代わりにサクッと答えられる人はいませんかね。トーリ様、どうですか？」

「……この反応二つは間違いだと思いますのよ？」

「そんな気もしますね……」

「フフ、ではどんな反応がいいのかしら？」

「――闇殿」

「すぐ人を頼らない……！」

「これもまた違うというか。ええと、ミト？　ジュリオ・ロスピリオッシって、どういう人なんです？」

大半の反応はコレだ。解らない。だが名乗った少女の堂々さは、どういうことなのか。

それに応じるもう一つの反応は、明確だ。息を詰め、彼女の名乗った名を自分も復唱し、人によっては身を正す。

何故か。その答えは、

「――ジュリオ・ロスピリオッシは、次々代の教皇となる人ですの」

つまり、

「――彼女が、今の教皇総長の次の次、その時代における教皇総長〝クレメンス九世〟その人だ」

●

正純は、吹き抜け公園の中に沈黙が落ちたのを悟った。
聞こえるのは、屋台の調理の音と、吹き抜け公園を流れる小川の響きくらいのものだ。
静かだな、と思い、

「いつもこのくらいだといいんだが……。全くお前らときたらいつもいつも……」

「正純！　そういう事言ってる時間帯じゃないんで！」

急かしにきたぞ。だがまあ、今時分、重要なのはここだ。己はGRに視線を向け、

「誰の手引きだ」

「――教皇総長です」

「そうじゃない」

「そうでしょうね」

小さな笑みと共に、懐かしい名前が告げられた。

「――ウルバヌス八世です」

あ、という声が上がった。メアリだ。ウルバヌス八世と少なからず関係のあった彼女は、相対場の下からGRに軽く頭を下げる。

「彼の方の導きに感謝します」

「――何かあったら頼れと、短い文面でした。ただ、現教皇総長にはよく効きまして」

「ウワア……」

「ウワア……」

「何ですか皆してその反応」

「いや、何か言ってたか？　教皇総長」

「いいか!?　俺の方を武蔵に畏怖されているのだからな!?　そして口が利くのも俺だ！　解っておけよ!?　なあ、おい！」

●

「武蔵の永住権取りに来いよあのオッサン……！」

●

「世界遺産級のツンデレですねえ」

まあ上の理解があるのは良いことだと思う。

そして、

「――では、未来の教皇総長候補が、この場においてどのような裁定を下す？」

「Testament」

ＧＲが告げた。手元に出される表示枠は旧派式。教皇総長の名が記されたもので、

「教皇総長代理人として、この相対に立ち会ったものであります」

一息。

「武蔵と瑞典間における瑞典総長の去就問題は、一時保留。その結果を認知します」

●

わ、という反応が全域から起きたのをクリスティーナは聞いた。

驚きと、歓喜。手を取り合って喜ぶ者もいれば、声を発して息を詰める者もいる。

自分も、忠興が医務室送りになってしまったので、近くの武蔵勢と歓喜する。

「Ｔｅｓ．！　良かったであります！」

「良かったですね！　これからも当神社を御愛顧宜しく御願い致します！」

「ええ、良かったわ。これからもいい原作で有り続けて欲しいわね」

「メデタシ！　メデタシ！」

「……今の流れ的に目出度《めでた》いので御座るかな？」
だが、その中で、疑問が生まれた。

「つーか、どうして？　何でK.P.A.Italiaが？」

「同じなのでありますよ」

「同じ？」
Ｔｅｓ．、と自分は頷いた。

「次の次の教皇総長となるクレメンス九世は、私がローマに移住した後に教皇となるのでありますね。神代の時代では、教皇になってから諸処目覚ましく成果を出していく利発な方だったのであります。しかし――」
しかし、

「……在位たった二年で、クレメンス九世は亡くなってしまうのであります」

●

これは、どういう話となるのか。
己は皆の前で、言葉を作った。

「私が旧派に改宗して瑞典を出てローマに入るのは、次代教皇たるアレクサンデル七世の時代であります」
そう言うと、反応が一つ来た。

「あれ？　……でも、ええと、瑞典総長は、……今の段階で旧派ですよね」
その通りだ。自分が手元に出す表示枠も、旧派のものとなっている。だがこれは、

「――これは、ガラシャ夫人としての歴史再現なのでありますよ」
いいでありますか？

「ガラシャ夫人はイエズス会の宣教を受けたので、ガチ旧派であります。そして武蔵在住の確立性を上げるために私の極東側襲名を強く立てるならば、私は改派のクリスティーナではなく、旧派として、ガラシャ夫人と、旧派改宗をした

クリスティーナを兼ねる、というのが、各国の干渉を受けにくく、また強いのでありますね」
でも、これはある問題を引き起こす。

「……しかしその場合、クリスティーナ様は旧派改宗後のクリスティーナ様となってしまうので、既にローマ入りしている……、という扱いにもなり得るのですね？」

ああ、と皆が頷いた。
ここでようやく、自分と、クレメンス九世が繋がるのだ。

「……私がローマに入ったと言うことは、現教皇総長のインノケンティウス十世を追い落とし、次代となるアレクサンデル七世の時代になるということであります。これは、更に詰めれば――」

「……クレメンス九世の即位を呼び、更には彼女を二年で追い落とせる、と」

「つまり瑞典総長が旧派状態で確定すると、瑞典総長としてはいろいろやりやすくなるんですが、K.P.A.Italiaとしては他国の干渉によって一気に時代を進められてしまう可能性が出るんですねー。自分達の歴史再現を、他国からの要求で前倒しかつ性急化されるんですよ」

更には、

「ウルバヌス八世が見出したクレメンス九世の治世を、解釈で延ばすことも、また難しくなりましょう」

「Ｊｕｄ．、だから保留だ。――瑞典総長を武蔵に留め置くことで、K.P.A.Italiaは未来に対して莫大な余裕を得る」

「成程ねえ……、って処だけど、正純？　何でアンタ、それに気付いたの？」

「〝本〞だ」

副会長の言葉に、皆が静まった。
ややあってから、武蔵の姫が、

「……正純様、まさかここで〝本多〞と〝本だ〞を掛けたシャレとは、神をも恐れぬ行為では……」

「そういうことじゃないぞ！　今のは偶然だ!!」
　正純は、一息を入れて両の手の平を上げて見せた。

「昨夜、瑞典副会長が来た時、彼女は瑞典総長と偶然出会い、こう一言漏らしたんだ。
　――〝本が〟と」

「……本？　それが何かあんのかな？」

「ああ。瑞典総長には、歴史を動かす本のエピソードが、一つある」
　それは何か。

「バレト写本。――１５９１年に作られた、日本布教用の〝聖書〟。つまり最古の日本語訳〝聖書〟を含む写本だ」

「このバレト写本。布教に用いられたり、日本を理解するために用いられたせいで、写本のほとんどは断片的なものとなっている。
　だが瑞典女王クリスティーナはこれの完全版を所持しており、カトリック改宗の後でローマに入った際、奉じるんだ」

「……瑞典女王が、聖書の日本語訳版を持っていた……!?」

「Ｔｅｓ．――私がガラシャ夫人と瑞典女王クリスティーナの二重襲名なのは、偶然では無いのでありますよ。
　バレト写本の意味が解る、日本の旧派であり、女性。
　写本が出来た頃には、存命であり、ひょっとすると、バレト写本に連なる教えを受けていた可能性もあるのであります」

「その場合、二人の女性を、バレト写本が結ぶと、そういう話でありますねー」

「Tes.、これほど適切な人材もいないでありましょう」
つまり、

「――瑞典総長がローマに入ったとき、バレト写本を所持していれば、彼女のローマ入りの歴史再現が確定する事になる。
ゆえに瑞典副会長は、問うてしまったのだな、
〝本が――〟」
さて、と己は言う。瑞典総長の方に視線を向け、

「瑞典総長？　バレト写本は、どうなのだ？
〝本が――〟、という言葉の先。
本が、あります、ではおかしい。持ってきた、もおかしいし、持っていますか？　もおかしい」

「翻訳加護のブレがあるかもしれませんが、〝本が、今、どうなっているのか〟とか、そのあたりでしょうか」
ならばどうだろう。

「瑞典総長？　――バレト写本は、どうなっているのだ？」

答えは一つだ。ここで最も、全体が〝得〟となる答え。それは、

「――さあ？　それは内緒でありますよ？」
そういうことだ。

●

あれ？　とアデーレは疑問する。今の話で、瑞典総長とクレメンス九世、そしてK.P.A.Italiaとの繋がりは解った。

「でも、何でベルニーニさんが？」

「Tes.、――ウルバヌス八世は、クレメンス九世を見出した一方で、ローマを芸術の都とするために、ベルニーニも採用するのであります。
二人は、この頃からの旧知なのでありますよ」
だから、

「クレメンス九世が即位した頃、ベルニーニは他芸術家達からの謂れ無き揶揄《やゆ》によってローマ

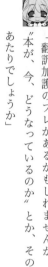

を離れ、仏蘭西などで仕事をしておりました。しかしクレメンス九世は即座に彼を呼び戻し、また、仕事を与えたのであります。その仕事が――」

「まさか……」

自分は知っている。体験したのだ。あれは、

「……聖天使橋！」

「そうであります。――あの橋の改修、天使像の建造や設置などを、クレメンス九世は命じたのでありますね。ただ……」

ただ、

「……それが完成した頃、クレメンス九世は亡くなるのであります」

ああ、と己は理解した。

「……あの橋を作って、何で壊すのかと思ってたんですけど、ベルニーニさんとしては、壊さないと駄目なんですね？」

「完成させると、……クレメンス九世が亡くなるかもしれないから、そうですのね」

「わあい！」

●

好き勝手言ってんなあ、と半目になってベルニーニは思う。

だが、横に立つＧＲがさっきから肩を震わせて笑っている。

「何だよ一体」

「Ｔｅｓ．、だって、そうじゃない。K.P.A.Italiaにとっては、貴方は文化の面での巨匠。私は、短い期間ながらも共和と協働の形でローマや各国との繋がりを作る、大事な存在。

だからこそ、他国からは牽制され、私は早死にを求められると、そう思っていたけど」

ＧＲの振り向く先、武蔵勢は、変に盛り上がっている。

「愛ですね、愛！　――御利用は浅間神社まで宜しく御願いします！」

「教皇に神道勧めるとは」

「しかし何？　公的にイチャつき認定と延長に来た訳よね」

そんな遣り取りを聞いて、ＧＲがまた笑う。

「……私も、失われずに済むのかも知れない」

「当たり前だ」

言って、自分も笑う。周囲、頭上、ざわめきつつもこちらを否定しない人々を見上げ、

「落ち目の俺に仕事をくれるのはお前しかいねえんだ」

直後に自分は手を走らせた。使う素材は散り落ちていくかすかな光。神の花。それをもって宙に彫り上げるのは、

「次々代教皇総長クレメンス九世の像だ！　これをもって、K.P.A.Italiaの認証とする！」

決着した。相対は終わり、国々が動き出す。

ちらほらと吹き抜け公園を急ぎ出て行く姿を見ながら、正純は右の手を軽く挙げた。

「いいか皆」

言う。

「次々代教皇総長に至るK.P.A.Italiaの流れが確定し、旧派各国は安定した道筋を持って、国家事業や、また、駆け引きを行っていくことになるだろう。

同じように瑞典という改派強国の流れも確定し、改派各国は、少なからず安定した道筋を持って、同じように未来を構えることが出来るだろう」

いいか。

「我々は瑞典総長が望まぬ帰還を強制されることを拒否し、そしてまた、クレメンス九世が歴史再現として死の強制を要求されることも拒否

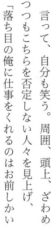

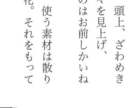

する。

　各国、憶えておけ。何故なら、それが武蔵の望む新秩序の一端だ。文句があるもの、または同意で乗っかろうという者、武蔵にやってくるといい」

　ああそうだ。言っておく。

「馬鹿が、かつて言ったな」
　じゃあ私も言おう。

「——誰が一番強いのか。やってみようじゃないか」

●

　言った。その上で、解散のために、己は挙げていた右手を外に振る。

　場はどちらかというと緊張。

　馬鹿の台詞が、三河における宣戦布告であったことを憶えている者も多い筈だ。

　それなりに場は引き締まったが、敵意は本意では無い。ゆえに己は口を開く。

「まあ、個人的な感想としては、クレメンス九世に、死の強制が起きないよう、手配が出来たのは大きい。何故かと言えば——」
　言う。

「クレメンス九世だけに急逝とか、出来すぎているからな。——どうした。遠慮無く笑っていいぞ？」
　皆が無言で背を向けて公園から出て行くのは何故だ。

○

『最悪ですな正純様』

『流石に〝さん、はい〟をやる気にもならなかったわ……』

『よく考えたら解散とか終了の挨拶してないですよね』

『オイイイイイ！　今のがソレだ！』

『ハイ、そんな訳で終了ー。終了ー』

『ウワー。何かお疲れ様……！　ママ達メインだと濃さが違うねえ！』

『それでいいのか甚だ疑問ですけどね？』

『いいえ。武蔵だと、それでいいのでありますよ』

『そうなんですか？』

『Ｔｅｓ．、――何はともあれ私は武蔵在住。ベストな結果でありましょう。今後、各国の流れを見ながら、また、それぞれが満足を感じたところで、またこのような相対があるのやもしれないでありますね』

最終章

『花と火』

そして私は
乗ったのでありますよ
配点（武蔵）

そして数日が過ぎた。

クリスティーナは、忠興を待っていた。

夜八時。

高尾の吹き抜け公園だ。二階ベランダ。縁に身を寄せて階下を見れば、相対場では今日も何処かの勢力がぶつかり合っている。

「くそ！　お前、解らないのか！　メアリ様がいなければ清正様も生まれないんだぞ！　ハッキリ言うけどメアリ様をまず推すべきだろう！」

「貴様こそ解らないのか！　そのルールではうちの第一特務も推さねばならんだろう！　ハッキリ言うけど俺はそれは嫌だ！」

「何を言ってる！　メアリ様と清正様の間には、ハッキリ言うけど第一特務は存在しない！」

「ハッキリ言うけどそう来たか――ッ！」
ハッキリ言い過ぎな気がするであります。
だがこの前の相対で、結構、顔を知られた。
立っているだけですれ違う人々から頭を下げられたり、子供達から、

「あ！　巨乳オトシの姐《ねえ》ちゃん！」
とか言われるのは、ハッキリ言うけど良いことかどうか解らないであります。
そしてすれ違う人の中で、

「――お」

「ベルニーニ様でありますか。――相対で？」

「いや、〝高尾〟？　艦長の方、それからここに、ちょっと彫像作ってくれって依頼があったから現調と採寸」

「何の彫像でありますか？」

「いや、〝高尾〟本人。ここで皆が騒いでいるのは解ってるんだけど、ちょっと自分が蔑《ないがし》ろではありませんかねとか、そんな話」

「Tes.、確かに管理者を忘れ気味でハシャぐでありますねえ」

「そういうもんだろ。――何か後光出せないかとか、中に通神関係仕込んで喋れるようにしたいとか」

「もはやスペアボディ置いただけの方がいい気がするであります」
　まあな、とベルニーニが頷いた。

「ともあれ、一体いいのが出来たら、他の艦からも発注来るだろ」
　そういう彼の言葉に、ふと、自分はある察しを得た。

「武蔵在住となるのでありますか？」

「GRがな。――俺はローマや六護式仏蘭西での仕事があるから、ここではよくて外交官だ」
　そして、

「無論、アンタが武蔵在住じゃなくなるなら、GRも武蔵にいる意味はねえよ。
　――アンタは？」

●

　問われて、自分は頭上を指し示した。

　今だ。丁度、多摩のウイングデッキから浮上した輸送艦群が、高尾上空をかすめる軌道で北へと向かっていく。白を基調とした輸送量と装甲重視の作りは、

「瑞典の艦か。見送りは？」

「瑞典は改派でありますよ？　貿易、商業、好きにやれる教譜でありますゆえ、これからも日参で武蔵には来るし、外交館には誰かがいるであります」

「……と、ヨハンに諭されたであります」

「……アンタんトコの副会長、結構現実的だな」
　だがまあ、と彼が言った。

「その調子なら安心だ。――アンタの相方は？」

「Ｔｅｓ．、忠興様なら、今、仕事に入る処でありますよ。ここで待ち合わせしているのでありますよ」

「…………」

「何でありますか？」

問うと、やや考えてから、ベルニーニが口を開く。彼は首を一回傾げて、

「アンタ、相当にやらかして武蔵にいる割に、相方といる時間があまり無いように見えるんだが」

「忠興様があまりガッツいてないので、合わせているのでありますよ」

「……向こうがＯＫ出して来たら？」

「死ぬであります」

「……うん、まあ、そういう」

何かおかしなことを言ったでありましょうか。

「……しかしまあ、大丈夫なのでありますよ」

「何がだ？」

「距離であります。——死のうとしても生きることを選ばされた。生と死と、これほどまでに距離のある事象ですら、私達は繋がっていて、乗り越えたのであります」

「じゃあ何で瑞典に帰らない？」

「決まっているでありましょう」

そう。決まっているし、決めたのだ。
先夜の相対で、明らかにした事。

「私達は、ここで出会ったのであります。そして——」

そして、

「ずっと、解りあって繋がったまま、出会い続けているのでありますよ」

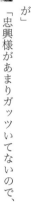

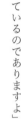

「Tes.、成程な。――アンタと彼に恵みあれ。グラシア」

　言って、ベルニーニがすれ違う。軽く手を挙げられるが、既に彼の視線は前に向いている。

　行くべき処に行くのだ。

　そして自分も、下を見た。眼下、相対場に、一つの姿が上がって来る。

「――右舷側ー！　傭兵として、高尾表層部・八王子商店街代表！　コードネームはスカイブルー！」

「その呼び名やめろ……！」

●

　ネイメアは、忠興のバックアップで控えていた。

　今回の案件は簡単だ。

「元M.H.R.R.互助団、高尾表層部班として要求する！　商店街の軽食店に**〝驚嘆武者チョコラトル〟**の**〝復刻・人狼の夜編〟**を入荷してくれませんか!?」

「まさかの私ちょっと関係してる案件ですの――!?」

「というかそんな案件で相対すんじゃねえ――ッ！」

　まあそういう案件を片付けるための相対場でもある。

「長岡後輩！　ぶっちゃけ負けても全然ありな案件ですの！」

「いやいやいや、俺の評判落ちるって！」

　そんな気もしますの。

　ただ、長岡がこうやって実戦の場を得るようになったのは、良いことだと思う。自分も含み、戦闘状態を保つ価値がある、というのは、重要な事だからだ。だが、

「クッソ……」

「長岡後輩？　あまり高望みや名誉を先んじても、意味はありませんわよ？」

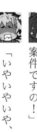

「……そりゃあ、解ってるけどさあ」
あら、と己は内心で軽く驚く。いつも、随分とビシッとした少年だと思っていたが、何か今日はちょっと我《わ》儘《まま》が強いようだ。
否、ひょっとすると、コレが本当の彼なのかも知れない。だが、

「忠興様！　応援しているでありますよ！」

●

上階からの声に重ねて、ネイメアは視認する。
目の前の少年が一息を吐いて、

「——ま、そういうもんだよな！」
いつも通りになった。その事実と意味に自分は気付き、

……あら。
この少年は、きっと、〝今〟が好きなのだろうと、そう思った。
何となく解る。
小さくて、早熟で、年若いのだ。
だが彼に最大の期待をしてくれる相手がいる。
傍に、遠くに、距離を構わず、もはや疑うことなく信じてくれる人がいるのだ。
手に入れた出会いを、甘く見たり、裏切ることは、無い。だから、

「——一丁やってやらあ！　覚悟しとけ！」
少年が両手の先に長銃を展開した。一気に三十六。その名は、

「三十六歌仙〝桜嵐〟！　先の戦いで成果を出した展開パターンだ！　憶えておけ！」

●

うわあ、うわあ、と内心で上ずりながら、クリスティーナは彼の相対を見る。
何かもう、見てるだけで呼吸が荒れるが、

……応援するであります！

そうだ。

解っていることがある。

この応援があれば、もう、死のうとした自分は生まれない。

応援無しに救われた過去は、応援があれば、無敵の〝今〟となる。

声を送る。

距離は遠くても遠くならず、自分と彼は、常に傍にいるだろう。

良かったであります、と己は思った。

武蔵在住。

下で武蔵勢が振り仰ぎ、手を振ってくるのに振り返しながら、しかし自分は未来の夫に声を送る。

「忠興様！　仕事が終わったら、一緒に帰るであります！」

今日もきっと、また、無茶なことが起きるのだ。否、起きないとしても、期待は消えない。

もはや世界は自分達を放っておかないのだ。

「楽しいでありますよ！」

あとがき

「ハイ！　そういう訳でＧＴＡ始まりです！　ＧＴＡのＡはADVANCE《アドバンス》ということで、皆さんこれから宜しく御願い致しますね？」

「ゴリラトークアドバンス……！」

「違うで御座るよ福島殿。ゴリィラタークアドヴァンスに御座る」

「……二人とも、ちょっとこっちに」

「しかし何がアドバンスなんです？」

「……エロ解禁……？」

「文庫で既にやってないかな？」

「まあ！　最近の〝子〟達は進んでますのね!?」

「……貴様な？　ちょっとこっち来《こ》う？」

「まあ解りやすく言って、アイコントークになったってことだな」

「そうね！　〝ア〟イコントークのＡでＧＴＡってことよね！」

「流石は喜美様！　英国弁もバリバリですな！」

「うわあ！　姉ちゃんすげえ！　物知りだけど馬鹿じゃねえの!?」

「この始まり方で、あとがき大丈夫ですの？」

「そういう訳で既刊の〝狼《おおかみ》と魂《たましい》〟、〝祭《まつり》と夢《ゆめ》〟、〝縁《えん》と花《はな》〟も、電子書籍にてＧＴＡとして発売中ですね！　紙本では出てないので気を付けて下さいね！」

「でも、どれから読めばいいんですの？」

「既にこれを読んでないかしら……」

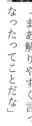

「いや、ネイ子さっき戦闘やって頭打ってるからさ……」

「何か酷い扱いになってますの！」

「ともあれNB《ネクストボックス》としては英国編が出ている一方で、では武蔵の生活や現状はどうなっているのか、という、そのあたりが見えるのは有り難いですね」

「私が戦闘するようなことにならんで、まあ幸いや……」

「面白いネタとしては、バレト写本だね。ガラシャ夫人とクリスティーナ女王を繋いでいる可能性があるかもしれない、というのは歴史の浪《ロ》漫《マン》だろう」

「伊達家も欧州には気を向けていたものだけど、それ以前から欧州は極東に意識を向けていたのね」

「いやあ、物持ちいいとこういうことがあるでありますねえ……！」

「さて今回の作業曲はパスピエで〝花《はな》〟。歌唱、という感じの曲でいいですよね」

「ええと、じゃあ今回は、一体誰が一番本意を果たしたのか、ということで！」

「ともあれそんな感じでGTAもスタートです！　皆様宜しく御願い致します……！」

令和三年　パラリンピックの始まる朝っぱら

川上《かわかみ》　稔《みのる》

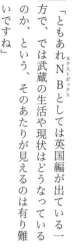

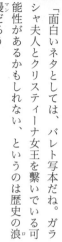

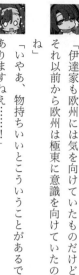

電撃の新文芸

GENESIS《ジェネシス》シリーズ
境《きょう》界《かい》線《せん》上《じょう》のホライゾン NEXT《ネクスト》 BOX《ボックス》
G《ガールズ》 T《トーク》 A《アドバンス》 喧《けん》嘩《か》と花《はな》火《び》

著者／川《かわ》上《かみ》 稔《みのる》
イラスト／さとやす(TENKY)

2021年12月17日　初版発行

発行者／青柳昌行
発行／株式会社ＫＡＤＯＫＡＷＡ
〒102-8177　東京都千代田区富士見2-13-3
0570-002-301（ナビダイヤル）
印刷／図書印刷株式会社
製本／図書印刷株式会社

【初出】……………………………………………………………………………………………
小説投稿サイト「カクヨム」(https://kakuyomu.jp/)にて掲載されたものに加筆、訂正しています。

ISBN978-4-04-914052-1　C0093　Printed in Japan
JASRAC 出 2109944-101

●お問い合わせ
https://www.kadokawa.co.jp/（「お問い合わせ」へお進みください）
※内容によっては、お答えできない場合があります。
※サポートは日本国内のみとさせていただきます。
※Japanese text only

ファンレターあて先
〒102-8177
東京都千代田区富士見2-13-3
電撃の新文芸編集部

「川上 稔先生」係
「さとやす(TENKY)先生」係